Mariolina Venezia
Tausend Jahre, die ich hier bin

Zu diesem Buch

Am selben Tag, als das noch nicht eroberte Rom zur Hauptstadt des vereinigten Italiens wird, kommt es in einem kleinen Ort im Süden des Landes zu einem Ereignis, das zur Legende werden soll: Das ganze Dorf wird überschwemmt von Olivenöl. Es stammt aus dem Haus von Don Francesco Falcone, wo Concetta gerade ihr gemeinsames Kind zur Welt bringt. Und ihre Schreie sind so gellend, dass davon sämtliche Ölkrüge zerspringen. Trotz des Verlusts ist die Freude groß, als nach sechs Mädchen ein Junge geboren wird – für Don Francesco ein Grund, die Mutter seiner Kinder endlich zu heiraten. Damit beginnt eine mehr als ein Jahrhundert umspannende Familiensaga in Olivenhainen und den staubigen Straßen Grottoles in der Basilicata, so sinnlich und abenteuerlich wie der mediterrane Süden.

Mariolina Venezia, geboren 1961 im süditalienischen Matera, lebt heute in Rom. Sie hat ein Diplom der Scuola Nazionale di Cinema, schreibt Drehbücher und setzte als Regisseurin bereits mehrere erfolgreiche Dokumentarfilme um. Während eines mehrjährigen Aufenthalts in Paris veröffentlichte sie drei Gedichtbände. Für ihr Romandebüt »Tausend Jahre, die ich hier bin« erhielt sie 2007 den hoch angesehenen Literaturpreis Premio Campiello.

Mariolina Venezia

Tausend Jahre, die ich hier bin

Roman

Aus dem Italienischen von
Susanne Van Volxem

Piper München Zürich

Mehr über unsere Autoren und Bücher:
www.piper.de

Ungekürzte Taschenbuchausgabe
Mai 2009

Titel der italienischen Originalausgabe:
»Mille anni che sto qui«

Umschlag: Büro Hamburg. Anja Grimm, Stefanie Levers
Bildredaktion: Büro Hamburg. Alke Bücking, Sandra Schmidtke
Umschlagabbildungen: Carlo Dalla Mura
Autorenfoto: Muriel Oasi
Satz: Uwe Steffen, München
Papier: Munken Print von Arctic Paper Munkedals AB, Schweden
Druck und Bindung: CPI – Clausen & Bosse, Leck
Printed in Germany ISBN 978-3-492-25392-5

»Du musst mir einen Stammbaum aufmalen, ich kann mich an nichts mehr erinnern. Nicht an die Namen meiner Kinder, noch wer mein Vater war. Ich werde den Zettel immer mit mir herumtragen.«

»Gut, ich male dir einen auf.«

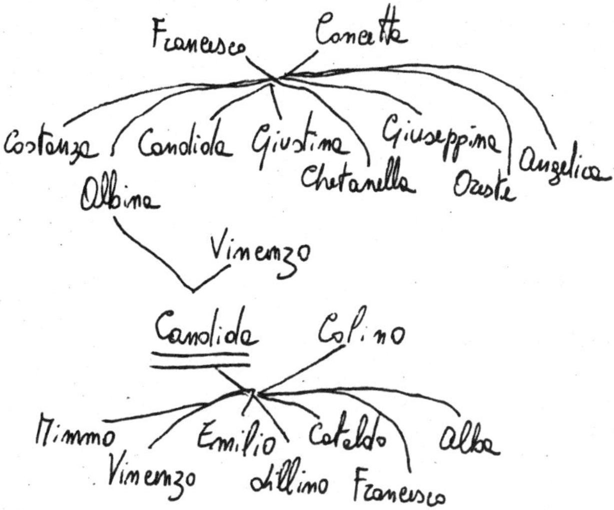

»Der unterstrichene Name bist du. Und mich gibt es noch nicht.«

I

An manchen Tagen erhob sich ein bunter Wind, der so viel Staub aufwirbelte, dass alles in die Höhe stieg wie Brotteig unter einem Tuch. Ereignisse, die bereits geschehen waren, wurden Gegenwart, und die, die erst noch geschehen sollten, gaben sich zu erkennen. Die Zugluft, die in jenen Tagen unter den Türen hindurchpfiff, klang wie das Lachen ungeborener Kinder, sie wand sich um die Knöchel der Frauen wie eine zarte Fessel, die sie zum Stolpern brachte. Die Fensterscheiben klirrten. Die Milch gerann in den Eimern. Die Männer zogen die falschen Kleider an, und die Mädchen wurden zu Frauen.

Auch Gioia, wo immer sie sich befand, spürte diesen Wind. Sie musste lachen und weinen und drehte sich gedankenverloren um sich selbst, dann war wieder alles, als wenn nichts geschehen wäre.

Es war immer so. Es war immer so gewesen, seit damals, als Mammalina ihr die kleine Maus gezeigt hatte, die, aus einem zerknüllten Taschentuch geknotet und mit einem Eigenleben versehen, sich in ihrer Hand verkrochen hatte – Geheimnis der Kindheit, das sie der Langeweile entriss, der Angst vor Insektenstichen, den goldenen Talern mit dem Herzen aus Schokolade, die so oft zu schmelzen drohte, den langen Nachmittagen im Krankenbett, das von Bergen und Tälern durchpflügt war, von eiskalten Seen und unendlichen Wüsten, in denen sie sich manchmal auch verlor.

Gioias Traurigkeit kam von weit her. Sie überraschte sie ganz plötzlich in einem U-Bahn-Abteil, an einer

Bushaltestelle, während sie die Straße überquerte, mitten in einer Menschenmenge. Manchmal hörte sie ihren Widerhall in der Nacht, kaum wahrnehmbar, wie Hufgetrappel auf erdigem Boden, das immer näher kommt, Brigantenpferde, schwarze Mäntel, Hufe, die schlagen wie ein Herz, wie eine Trommel und die Dunkelheit erst mit Gewisper, dann mit Schreien erfüllen. Gioia vertrieb sie mit einem Lidschlag und einem Blick in den Spiegel. Sie zupfte ihr Haar zurecht. Sie trug ein wenig Parfum auf.

Auch das Glück kam von weit her. Von noch weiter her.

Erstes Kapitel

Es war etwa drei Uhr nachmittags, am 27. März 1861, als in Grottole, in jenem Teil der Basilicata, der sich rund einhundert Kilometer von der apulischen Küste entfernt im Landesinneren befindet, ein Ereignis geschah, das zur Legende werden sollte.

Noch lange rätselten die Einwohner von Grottole in den darauffolgenden Stunden über seine Natur und stellten alle möglichen Vermutungen an: Für die einen war es ein Wunder, für die anderen Hexerei oder – je nach Frömmigkeit – eine Versuchung Satans, und nur einige wenige, die Gebildeteren unter ihnen, sahen darin ein vollkommen natürliches Ereignis.

Vielleicht lag es ein kleines bisschen auch an Zì Uel u Furnaciar, dem Töpfer, aber später, als die Geschehnisse voranschritten, dachte niemand mehr daran. Manchmal, wenn sich unter den Ton winzige Steinchen gemischt hatten, statt sich zermalmen zu lassen, brachen die Gefäße nämlich nach einer Weile auseinander. Aber ihm passierte das so gut wie nie. Zì Uels Hände auf der Drehscheibe waren schnell und geschickt, die schwieligen Fingerspitzen strichen sanft über die runden Wölbungen der Kannen und Krüge so wie Gott über die Hüften Evas am letzten Tag der Schöpfung. Er knetete, modellierte, schob in den Ofen, dem er Öllampen, Ölfässer und Krüge entnahm. Er versah sie mit konzentrischen Kreisen, ritzte Graffiti in sie ein, die einst die Lebenden mit den Toten in einer Sprache hatten sprechen lassen, die niemand mehr verstand. Feinste Töpferwaren, die Klänge von sich gaben, durch ihre Poren atmeten, feucht und luftdurchlässig waren. Krüge, die das Wasser kühl hielten. So vollkommen und fein, dass ein Schrei genügt hätte, sie zerspringen zu lassen.

Am selben Tag, an dem das noch nicht eroberte Rom zur Hauptstadt des endlich vereinigten Italiens wurde, war der Erste in Grottole, der dieses gleichermaßen übernatürliche wie fantastische Ereignis bemerkte, Rocchino, der jüngste Sohn der Rabbias, der sich in der Nähe eines abgelegenen Fleckens herumtrieb, dem *»s'rretiedd«*, einer Anhäufung enger Gassen und dicht gedrängter Häuser, in die nie ein Sonnenstrahl drang.

Der Magen knurrte ihm, und die Ratte, die er an einer Leine mit sich führte, wollte seinem Zerren nicht folgen, als er eine gelbe Flüssigkeit langsam den Stretto del Saraceno hinunterlaufen, in den Vertiefungen zwischen den Pflastersteinen innehalten und dann Stufe um Stufe weitertröpfeln sah, um schließlich über die von Maultierhufen glatt geschliffenen Steine zu gleiten, sich in Stiegen und Winkeln zu verlieren und dann den Hang hinabzustürzen. Im ersten Moment dachte er an Maultierpisse, aber er hatte weder ein Maultier noch Totonnos Kuh jemals einen so üppigen Strahl pinkeln sehen. Nicht einmal um den Inhalt aus Don Filippo Coccas Bettpfannen konnte es sich handeln, denn so viele Gäste ihm sein in Salerno studierender Sohn auch bringen mochte, nur ein ganzes Bataillon hätte diese Unmengen an Pisse produzieren können. Rocchinos Neugier war so groß, dass er gar nicht bemerkte, wie ihm die Ratte weglief. Er konnte das Rinnsal fast mit der Nase berühren, so dicht beugte er sich darüber. Es lief immer noch weiter. Von zähflüssiger Konsistenz, durchsichtig und goldgelb funkelte es im Sonnenlicht, bildete hier und da eine dicke Blase und setzte seinen Weg mit neuer Kraft fort, als würde seine Quelle statt auszutrocknen niemals versiegen wollen.

Endlich tauchte Rocchino einen Finger in die Flüssigkeit, schnupperte und leckte dann daran. Sein Gesicht verzog sich zu einer Grimasse, ob aus Abscheu oder Wohlgefallen, war nicht zu erkennen.

Um diese Uhrzeit befanden sich nur Frauen, Kinder, Krüppel und Verrückte im Dorf. Die Männer im arbeitsfähigen Alter waren noch nicht von den Feldern zurückgekehrt. Da beugte sich Rocchino mit dem Gesicht noch dichter über die Pfütze und fing an zu lecken, seine Füße wurden nass, die Hände, der kurz geschorene Schädel, und am Ende wälzte er sich mit dem ganzen Körper darin wie ein Schwein in der Scheiße. Es war Öl, Olivenöl!

Glockenklänge hallten in seinen Ohren wider, er spürte, wie ihm das Leben fett und sämig durch die Venen strömte und der trockene Tod sich zurückzog. Die Rabbias, so munkelte man im Dorf, hätten eines ihrer neugeborenen Kinder am Spieß gebraten und aufgegessen, in einem dieser harten Winter. Ein ätzender, unvergesslicher Gestank hatte tagelang den ganzen Ort eingenebelt.

Während Rocchino vor Behagen grunzte und beinah an seiner Gier erstickte, war der Zweite, dem das Ereignis in seiner ganzen Merkwürdigkeit auffiel, Felice la Campanella: Reglos saß er auf einer steinernen Bank und hoffte vergeblich, dass die Nachmittagssonne ihm das Herz erwärmen würde, als er die Satanspisse sich einen Weg in dem schlammigen Pfad bahnen sah, der zum Gemüsegarten von Zì Titt führte.

Für einen Moment trat er hinaus aus der Erinnerung, die ihn seit zwanzig Jahren in ihrem Bann hielt, dem üppigen Körper seiner Frau, durchbohrt von dreißig Messerstichen.

Als er aus dem Königlichen Gefängnis von Neapel entlassen worden war, hatte er seine Sprache verloren, bis auf die Flüche, die er vor sich hin murmelte wie andere das Ave Maria, und die Albträume seiner verdammten Seele waren durch seine Haut bis an die Oberfläche gedrungen. Vom Hals bis zur Taille und bestimmt auch der Rest des Körpers, die Hände bis zu den Fingerspitzen und vielleicht auch die Geschlechtsteile: eine einzige Galerie wilder Teufel, gebrochener Herzen, nackter Frauen und obszöner Wörter, die früher bei jedem Muskelzucken zu tanzen begonnen hatten und sich nun in der grau gewordenen Brustbehaarung am liebsten zu verkriechen schienen.

Schwarz flatterten seine Mantelschöße durch die engen Gassen, während er sich vor Einsamkeit verzehrte, die Hände auf dem Rücken in einer den Teufel beschwörenden Geste erstarrt, an den Gürtel größere und kleinere Anhänger in der Form von Hörnern gehängt, die bei jedem Schritt in dem mittlerweile lächerlich gewordenen Versuch, das Unheil abzuwehren, leise gegeneinanderklirrten. Nur die Kinder liefen ihm nach und bewarfen ihn mit Steinen, hinterrücks überraschten sie ihn und versteckten sich schnell hinter einer Mauer oder in einem Torbogen.

Galliggelb erschien ihm das Öl, teuflischer Auswurf, und er dachte, dass endlich das Böse gekommen sei, um ihn zu holen. Er ließ einen schrecklichen Fluch fahren, und mit einem gewissen Gefühl der Erleichterung machte er sich bereit, ihm zu folgen.

Eine Frau war es, die das Rätsel für alle hörbar schließlich löste.

Sich aus dem Schatten der bröckelnden Mauern hervorwagend, trat Cumma Tar'socc' hinaus ins Sonnenlicht, mit wachsamer Miene und gehüllt in einen braunen Schal, unter dem sie einen stinkenden Nachttopf verbarg. Im Largo Sant'Andrea wollte sie ihn auskippen; um diese Uhrzeit würde sie bestimmt von niemandem erwischt werden, denn wer nicht bei der Arbeit war, hatte sich auf ein Nickerchen zurückgezogen. Hastig entleerte sie den Nachttopf auf die von Fuhrwerksrädern glatt polierten Steine, direkt vor dem Haus ihrer Schwägerin Agnese. Was für eine Überraschung, als sie die Scheiße in einer gelben Pfütze dahintreiben sah, die viel größer war als das, was die Ihren zu produzieren vermochten, so zahlreich sie auch waren.

Auf Zehenspitzen stand sie dort und wunderte sich über das Ereignis, den Hals vorgereckt wie ein Huhn, den Nachttopf auf der Hüfte abgestellt, als der Aufschrei ihrer Schwägerin die träge Mittagsluft durchgellte, Wolken von Fliegen aufscheuchte und das vor sich hindämmernde Dorf aus dem Schlaf riss: »*Ca pzz scttà u' sagn' da n'gann!*« – »Das Blut soll dir aus der Kehle spritzen!« Das lang geheulte »*a*« von »*n'gann*« prallte gegen die Mauern, wurde, von Straße zu Straße dunkler werdend, in dem Gewirr von engen Gassen zurückgeworfen und entlud sich schließlich in einer wahren Echokaskade in den Schluchten des Tals. Voller Vorfreude auf die bevorstehende Familienfehde traten die Nachbarsfrauen aus den halb geöffneten Türen, doch das, was sie dann zu sehen bekamen, war viel besser als erwartet, und selbst siebzig Jahre später konnte sich die eine oder andere noch erinnern und erzählte ihren Enkeln davon, zusammen mit den Geschichten von Petrus, dem Teufel und der Dame mit dem weißen Ferkel, die an Weggabelungen erscheint, wenn man sich verlaufen hat.

Agnese und Tar'socc' hatten gerade angefangen, sich zu stoßen und zu schubsen, die Hände wie Katzenkrallen gekrümmt, als Tar'socc einen falschen Schritt machte und ausrutschte. Sie fand sich mit dem Hintern auf dem Boden wieder, der Nachttopf war in zwei Teile zerbrochen, und sofort war Agnese über ihr: Die Arme um sie gelegt, drückte und würgte sie die Schwägerin, während sich ihre Röcke mit der sämigen Flüssigkeit vollsogen und an ihren Beinen klebten.

Die beiden Frauen hielten einander die Hände um den Hals gefasst, als wären sie Hühner, denen selbiger gleich umgedreht werden sollte, und Agneses Augen begannen auch schon hervorzutreten, als sie mit blau angelaufenem Gesicht und zerrauftem Haar endlich vermochte, Tar'socc's Kopf nach unten in das gelbe Nass zu tunken. In dieser Stellung verharrte Tar'socc' einen langen Moment, ohne Luft zu bekommen, dann nahm sie mit einem mächtigen Kollern in der Gurgel einen tiefen Atemzug und murmelte erstaunt, wobei sie sich den Bart von den Lippen leckte: *»Iè iuoggj!«* – »Öl, Olivenöl!« Überzeugt, der fehlende Sauerstoff habe ihr auch den letzten Rest Verstand geraubt, blickten die Nachbarsfrauen einander an.

Die darauffolgende Stille, eine geschlagene Minute lang, wurde von Lucietta unterbrochen, der ältesten Tochter von Peppino Paglialunga, die sich der Pfütze näherte, vorsichtig den Finger hineintauchte, diesen mit einem schrägen Blick bedachte und ihn dann ableckte. »Das ist wirklich Öl«, sagte sie schließlich auf Hochitalienisch, jede einzelne Silbe mit verhaltenem Stolz betonend, denn immerhin hatte sie bis zur dritten Klasse die Volksschule besucht.

Ein Raunen ging durch die Menge der Weibsbilder. Eine begann von jenem Mal zu erzählen, als plötzlich glasklares Wasser unter dem Bett von Nascafolta hervorgesprudelt war, aber niemand hörte ihr zu.

Ob die Novenen, zu denen der neue Pfarrer angeregt hatte, vielleicht tatsächlich etwas bewirkt hatten und diese wundersame Quelle entsprungen war, um die Armen vom Hunger zu erlösen? Cumma Caniuccia mochte mit der Autorität ihrer neunundneunzig Jahre noch so stimmgewaltig verkünden, nicht einen Tropfen von diesem Öl anzurühren, das so sicher wie der Tod aus jenen Töpfen herausgequollen war, in denen die Verdammten in der Hölle schmorten – sie ließen die Alte ihre Kassandrasprüche krächzen und stürzten sich allesamt auf die fabelhafte Flüssigkeit.

Lucietta hatte sich ihr Taschentuch vom Kopf genommen und es in das Öl getaucht; vorsichtig wie ein neugeborenes Kind trug sie es nach Hause, um es in dem leeren Ölfass auszuwringen. Und so tauchten, wrangen, schöpften sie alle voller Tatkraft, die eine mit der Schürze, die andere mit dem Taschentuch, noch eine mit dem Holz- und wieder eine andere mit dem Kupfereimer.

Dem Rinnsal bis hinauf zu seiner Quelle folgend, standen sie schließlich vor dem Haus von Don Francesco Falcone. Ninetta, die Jüngste, Tochter von Zica Zica, hob den Blick und erkannte, dass das Öl zwischen den Planken unter dem Lager hervortropfte. Unschlüssig, was zu tun war, schaute sie die anderen an, als die Kirchglocken den Feierabend einzuläuten begannen.

Weiter unten im Dorf hatte das Ölrinnsal ganz andere Reaktionen hervorgerufen: Streitigkeiten, Ratlosigkeit und jede Menge Diskussionen. Don Valentino Blasone, hochdekorierter Volksschullehrer, Verfasser einer lukanischen Literaturgeschichte, Stellvertreter des Bezirksarztes und Ehrenbürger der Kommune von Miglioncino, hatte nachdrücklich zu verkünden versucht, dass dem Ereignis keineswegs etwas Übernatürliches anhaftete. Kein Wunder, sondern lediglich ein chemischer Prozess, eine Ansammlung von Molekülen. Durch einen glücklichen Zufall seien bestimmte natürliche Elemente in einer unterirdischen Bodenschicht aufeinandergestoßen, und bei dieser Begegnung habe sich eine Flüssigkeit gebildet, die unter gewissen Umständen eben in Form von Olivenöl auftrete. Aber bevor es verwendet würde, hob er hervor, sollte man es besser unter dem Mikroskop untersuchen lassen, wegen der Mikroben.

Der Nachhall der Ereignisse war auch bis an die Ohren Don Antonios gedrungen, des jungen Pfarrers aus Salerno, der vorsichtshalber beschlossen hatte, die

Glocken zu läuten, sei es, um irgendeinem Heiligen zu danken, sei es, um dem Teufel einen Schrecken einzujagen.

Die Letzten, die erfuhren, was passiert war, sollten die unmittelbar Betroffenen sein, nämlich die Familie Falcone, und der Allerletzte der am meisten Betroffene: Don Francesco Falcone.

Im obersten Stockwerk des Hauses war Concetta wieder einmal dabei zu gebären. Ihre Schmerzen waren so stark und ihre Schreie so gellend, dass die Vibrationen sämtliche im Lager befindlichen Tonkrüge Stück für Stück zum Zerspringen gebracht hatten. Zumindest wurde dies behauptet. Das Öl, das sie enthielten, war durch die Löcher im Boden geflossen, die für die Katzen ausgesägt worden waren. Fünfzig Doppelzentner Öl, so viel, dass es ein Jahr für die ganze Familie von Don Francesco und für ihre Dienstboten gereicht hätte.

Die Erste der Familie, die von dem Ereignis Kenntnis nahm, war die dreizehnjährige Licandra, die dritte Tochter Don Francescos und Concettas, einer ehemaligen Bäuerin. Zusammen mit den Schwestern stand sie um das Bett der Mutter herum, die zum siebten Mal gebar – die vier spontanen und fünf selbst herbeigeführten Aborte nicht mitgezählt.

Niemand, außer Concetta selbst, nährte mehr die Hoffnung, dass die Madonna die all die Jahre so inbrünstig erflehte Gnade noch gewähren würde. Zu bitter war die Enttäuschung die anderen Male gewesen, sechs Stück an der Zahl, als Don Francesco und mit ihm der gesamte Hausstand immer wieder vergeblich gehofft hatte, ein Stammhalter möge das Licht der Welt erblicken. Dieses Mal hatte Don Francesco von der ganzen Angelegenheit nichts wissen wollen. Obwohl Concettas Wehen bereits in der Nacht eingesetzt hatten, war er bei Tagesanbruch zu seinen Ländereien aufgebrochen, zornerfüllt wie ein Brigant, sich verabschiedend mit den

Worten, sie solle zusehen, wie sie zurechtkomme, das alles gehe ihn nichts mehr an. Abgesehen davon, dass sich Concetta zu schlecht fühlte, als dass sie sich auf andere Dinge hätte konzentrieren können, hatte sie ihm sein rüdes Verhalten nicht weiter übelgenommen, denn sie verfügte über den Langmut eines Maulesels, die Fügsamkeit eines Schafes und die Leichtigkeit eines Schmetterlings – Eigenschaften, ohne die sie es nicht lange an der Seite Don Francescos ausgehalten hätte, der seinerseits von Natur aus launisch wie ein Mistraltag und nicht einmal ihr Angetrauter war; daher drohte er auch jedes Mal, wenn ihm etwas gegen den Strich ging, sie aus dem Haus zu werfen, also jedes Mal, wenn sie wieder ein Mädchen zur Welt gebracht hatte.

Don Francesco hatte es nicht für nötig befunden, einen Vertrag zu schließen, um sich das zu sichern, was ihm ohnehin gehörte: nämlich den Körper Concettas in absoluter Nutznießung, ihre Verfügbarkeit, Ergebenheit und auch etwas, das er für Liebe hielt, das in Wirklichkeit aber Mitleid war, ein tief empfundenes Gefühl des Erbarmens, das Concetta ausschließlich verletzten Tieren, Bettlern und ihm entgegenbrachte, was insofern freilich unverständlich blieb, als er reich, gesund und stark und überdies ihr Ernährer war.

Der einzige Grund, warum Don Francesco Concetta hätte heiraten wollen, wäre das Geschenk eines Sohnes gewesen, doch dieses Ereignis, sosehr es auch von den sechs Bastardtöchtern herbeigesehnt wurde, hatte sich noch nicht eingestellt, und die Chance, dass es sich noch einstellen würde, schien von Tag zu Tag kleiner zu werden.

Bevor er sich Concetta ins Haus geholt hatte, war Don Francesco mit Donna Nina verheiratet gewesen, einer Matrone, die ihm sein Vater ausgesucht hatte, nicht mehr die Jüngste, von gelblichem Teint, weichem Fleisch und hohlen Vogelknochen, die die Ländereien von Arsizz', Mazzam'pet und Sant'Làzzar' sowie das Landgut Serra Fulminante mit in die Ehe gebracht hatte, das mehr als tausend Dukaten im Jahr erwirtschaftete.

Donna Nina war in einem Kloster in Neapel aufgewachsen, wo sie gelernt hatte, wie man Spitzentaschentücher säumte, Märtyrergeschichten las und sich vor Leuten in Acht nahm, die sie als »ungehobelt« bezeichnete, vor ihnen ganz besonders, als genügte ihr bloßer Anblick, sich mit den Pocken zu infizieren. Die Eheleute verachteten sich gegenseitig. Nach der ersten gemeinsamen Nacht, in der Don Francesco seine Pflichten erfüllt und seiner Mutter das mit dem Blut der Gattin befleckte Laken überreicht hatte, waren er und Donna Nina übereingekommen, weiterhin in ein und demselben Bett zu nächtigen, jedoch jeder strikt auf seiner Hälfte. Nach einem Jahr waren sie immer noch ohne Kinder.

Ohne je die Nase aus dem ehelichen Schlafgemach zu stecken, verbrachte Donna Nina ihre Tage, meist mit der Ausrede irgendeines Leidens, gram- und grollerfüllt im Bett, und die Luft in diesem Zimmer war so abgestanden, dass Don Francesco jedes Mal, wenn er nur den Fuß hineinsetzte, dachte, in Ohnmacht fallen zu müssen. Es herrschte ein Gestank nach Verwesung, durchwoben vom penetranten Duft der Lilien und der Kerzen, die als Zierde für ein Marienbildnis dienten – eine ziemlich affektierte Madonna –, die seine Frau kultisch verehrte.

Ausgestreckt neben Donna Nina, wollte es Don Francesco einfach nicht gelingen, den wohlverdienten Schlaf zu finden, wenn er nicht gerade am Ende seiner Kräfte war: vielleicht, weil er Angst hatte, direkt im Jenseits wieder aufzuwachen, gefesselt an sämtlichen Gliedern mit den feinen Stricken des Neides, den balsamgetränkten Mumienbändern seiner Frau. Doch er wagte weder, sie darum zu bitten, die Fenster zu öffnen und Luft hereinlassen zu dürfen, noch woanders hinzugehen. Genauso wenig wagte er, aus dem gemeinsamen Schlafzimmer auszuziehen, da dies einen Skandal heraufbeschworen hätte.

Doch am Vorabend von Johannis hatten die verfrühte Sommerhitze und das stickige Klima plötzlich das Blut in den Adern Don Francescos in Wallung gebracht. Bis hinauf zu ihnen waren die Lieder hochgeschallt, die auf den Straßen gesungen wurden, gedämpft zwar, aber dennoch. Zu guter Letzt hatte er den Raum verlassen müssen, um frische Luft zu schnappen, mit dem Furor von jemandem, der lebendig begraben ist.

Der 21. Juni, die Sonnenwende, war der längste Tag im ganzen Jahr. Die Bauern hatten schon am Nachmittag begonnen, auf den Straßen und Plätzen Ginstergesträuch zu riesigen Scheiterhaufen aufzutürmen. Feuer wurden angezündet, damit die Sonne nicht allein den Tag erleuchten musste. Die Asche wurde aufgesammelt und in die Häuser gebracht, um die bösen Geister zu vertreiben und für eine üppige Ernte zu sorgen. Es wurde gesungen. Und über die heiße Glut gesprungen, jedes Mal mit der gleichen naiven Inbrunst, denn es galt, einen Menschen zu finden, mit dem man künftig Freud und Leid würde teilen können.

Don Francesco hatte das Fenster geöffnet. Der Nachtwind war ihm ins Gesicht geschlagen, hatte seinen schwarzen Bart und sein Haar liebkost und bewirkt, dass er sich jung und stark fühlte. Doch zusammen mit diesem angenehmen Gefühl war ihm zum ersten Mal in seinem Leben, einer dunklen Vorahnung gleich, der Gedanke durch den Kopf gegangen, dass, wie auch immer die Dinge sich entwickeln mochten, selbst wenn er den Fallstricken des Bösen ausweichen könnte – Hexereien, Neidern, Kriegen oder ansteckenden Krankheiten –, er früher oder später sterben müsste und sein Körper, der jetzt in seiner ganzen sehnigen Manneskraft wie aus Olivenholz geschnitzt wirkte, weich und schlaff werden und sich auflösen würde wie ein abgenagter Maiskolben und andere Abfälle, die zur Herstellung von Dünger in Wasserlachen geworfen wurden. Die kehligen Laute von unten, die sich mit seinen Gedanken verflochten, hatten ihn schwindeln gemacht. Er hatte sich aus dem Fenster gelehnt: Die Glut und die Augen der Mädchen funkelten in dem dämmrigen Licht. Ein Lachen, das tief und warm wie von einem Brummtopf erklang und sich schließlich wie Glockengeläut mehr und mehr in die Höhe schraubte, hob sich aus dem Stimmengewirr heraus. Don Francesco Falcone versuchte seine Augen an die Dunkelheit zu gewöhnen. Im Schein des Mondes und der tanzenden Flammen gewahrte er, dass etwas ganz Außergewöhnliches im Begriff war zu geschehen.

Von einem Tag auf den anderen war sie erblüht, mit ihren kirschroten Lippen, dem noch nicht zusammengebundenen Haar, das um ihre Schultern wippte, und dem kleinen kurvigen Körper, dunkel und glatt wie eine Traube, mit Brüsten, die vor seinen Augen zu reifen schienen.

Nicht dass er sie noch nie zuvor gesehen hätte, dies war unmöglich in einem Dorf, in dem alle Einwohner, wenn nicht direkt miteinander verwandt, so doch auf andere Weise verbrüdert oder verschwägert waren, ein gewissermaßen viel stärkeres Band als das des Blutes. Nein, eher lag es daran, dass die Natur hin und wieder einfach ein Mädchen von einem Tag zum anderen zur Frau werden lässt, wie eine Rose, die sich eines Nachts öffnet, um am nächsten Morgen schon verblüht zu sein.

Er hielt inne, um dieses Wunder zu betrachten, gepeinigt von der Sehnsucht, nach unten zu gehen und sich unter die feiernden Bauern zu mischen, wie er es vor Donna Ninas Ankunft in seinem Haus oft getan hatte, gepeinigt von dem Verlangen, sein Fleisch mit dem dieses jungen Mädchens auf der Schwelle zum

Frausein zu vereinigen und zu spüren, wie das Leben, das in ihr erwachte, mit dem Tod kämpfte, der an seine Tür klopfte.

Eine Hand legte sich auf seine Schulter und ließ ihn zusammenfahren: Donna Nina, die ihn mit farbloser Stimme bat, das Fenster zu schließen, weil die Zugluft bis zu ihr ins Zimmer hineindringe und sie am Schlafen hindere. Don Francesco gehorchte und folgte ihr ins Bett. Er hatte Angst vor ihr, weil sie lesen und schreiben konnte und kaltblütig war wie eine Eidechse.

Als sie das Licht gelöscht hatten, sagte Nina, dass es eine Sünde sei, verheiratet zu sein, aber keine Kinder zu haben. Don Francesco wusste dies wohl, und insgeheim machte es auch ihm zu schaffen. Er versuchte sich eine Antwort zurechtzulegen, doch sie hatte bereits ihren Entschluss gefasst. Sie bekreuzigte sich zweimal, dann streckte sie ihre kalten, spröden Hände nach ihm aus. Don Francesco, der stark und kräftig war, doch sich oft verloren fühlte wie ein Kind ohne Mutter, wusste nicht, wie er sich ihrem Griff entziehen sollte, und gab sich dem Akt hin, während in seinem Inneren das klare Wasser trüb wurde, die Rosen verblühten, die Nacht über den Tag siegte und das Leben sich dem Tod ergab.

Im Morgengrauen, von Nina unter halb geschlossenen Lidern beobachtet, denn sie hatte die Gabe, sich einer Katze gleich nicht die kleinste Regung entgehen zu lassen, hatte Don Francesco sich angezogen und war auf seine Ländereien hinausgeritten.

Er hatte lange gebraucht, den Ekel abzuschütteln, der sich seiner bemächtigt hatte, jene Schmach eines Vergewaltigungsopfers, den Schmutz, mit dem das fehlende Verlangen ihn besudelt hatte, aber noch länger brauchte er, das zu finden, was er suchte, denn sein Besitz war so groß, dass ein ganzer Tag von Sonnenauf- bis Sonnenuntergang nicht genügt hätte, ihn einmal ganz zu durchqueren.

Die Bauern mähten bereits die Felder. Zu Mittag hatte er zusammen mit ein paar Männern, die vom Meer gekommen waren, Brot mit gebackenem Blut gegessen und sich gleich etwas besser gefühlt.

Er hatte sie schließlich bei Ai Mar gefunden, wo sie Ähren las, während die Sonne langsam unterging. Mit seinen traurigen Raubvogelaugen hatte er sie eine Weile beobachtet, um sie dann unvermittelt anzufahren, wer ihr das eigentlich erlaubt habe, denn er war kein Mann vieler Worte, und es war ihm nichts Besseres eingefallen, wie er ihr den Hof hätte machen können.

Kaum hatte Concetta ihn gesehen, hatte sie gewusst, dass ihr das Gleiche bevorstand, was ihrer Mutter, ihrer Großmutter und zahlreichen Cousinen widerfahren war, und tuschelnd hatte sie sich den Freundinnen anvertraut, während sie zusammen Wasser holen gingen. Der Gedanke, sich ihm zu entziehen, kam ihr nicht einmal. Sie ließ den Bruder in seinen Windeln unter der Eiche liegen und ging ihm entgegen. Don Francesco spürte ihr Herzklopfen, während er sie auf seinem Pferd davontrug.

Doch als sie die Sennhütte in Santa Lucia erreicht hatten, geschah etwas Außergewöhnliches, das weder ihrer Mutter noch ihrer Großmutter noch ihren Cousinen passiert war. Während er sie um die Hüften fasste, um ihr vom Pferd zu helfen, wurde Concetta nicht von der Eleganz seiner Kleider überwältigt und auch nicht von der Männlichkeit seiner Hände, sondern von der Wucht seiner Melancholie, und sie wollte ihm ein zusätzliches Geschenk machen, eines von der Sorte, wie sie die Armen den Reichen bescheren. Zusammen mit ihrem Körper schenkte sie ihm etwas, von dem sie nicht wusste, wie sie es hätte benennen sollen.

Er nahm sie auf einem Bett aus Maisblättern, die sie in der Hütte vorfanden. Concettas Haut roch nach Korn. Das Blut ihrer verlorenen Jungfräulichkeit vermischte sich mit dem ihrer ersten Menstruation.

Die Ernte in Calavrès und Sant' Làzzar' war noch nicht abgeschlossen, als ihr bereits ein hübscher runder Halbmondbauch gewachsen war, der sein Verlangen nach ihr nur noch verstärkte. Währenddessen wuchs auch der Bauch von Donna Nina. Sie hatten kaum die Spreu vom Weizen getrennt, als Donna Nina wegen ihrer ständigen Übelkeit das Bett nicht mehr verlassen konnte. Sie waren mitten in der Saat, als sie zum ersten Mal Gefahr lief, das Kind zu verlieren, und das Korn war grün, als ihre Wehen einsetzten. Es dauerte die ganze Nacht und den ganzen darauffolgenden Tag, und es war wiederum Nacht, als sie ein fischköpfiges Monster zur Welt brachte, das nur wenige Stunden am Leben blieb, woraufhin sie ihm ins Jenseits folgte.

So nahm Don Francesco sich Concetta ins Haus, die ebenfalls kurz vor der Niederkunft stand, und machte sie zu seiner Dienerin und Hure. Er legte vor sich selbst den Schwur ab, dass, wenn sie ihm einen Sohn gebären sollte, er sie, zerlumpt und ausgehungert, wie sie war, zu seiner Frau machen würde, zumal sein Vater in der Zwischenzeit gestorben und er niemandem gegenüber mehr Rechenschaft schuldig war. Doch es wurde ein Mädchen, und sie nannten sie Costanza.

Nach der Geburt seiner Tochter begann für Don Francesco eine Zeit extremer Düsternis. Er wurde noch unzugänglicher und cholerischer, und die Ironie des Schicksals wollte es, dass ausgerechnet Concetta, die eigentliche Schuldige an seiner schlechten Verfassung, ihn als Einzige aufzumuntern verstand.

Seine Enttäuschung einmal überwunden, wurde das Verhältnis von Don Francesco zu seiner Tochter Costanza so innig, wie keiner es sich je auszumalen gewagt hätte, am wenigsten er selbst. Wenn die Kleine ihm auf ihren Stummelbeinchen entgegenstolperte und »Papa!« rief, fingen seine Augen an zu leuchten, und sein Herz schmolz dahin, als wäre er bereits senil geworden. Costanza wurde all das zugestanden, was nicht einmal im Traum jemand anderem gestattet worden wäre: ihn am Bart zu ziehen, ihm den Finger in die Nase und in die Ohren zu stecken, seinen Hut vom Balkon zu werfen und in seinen Taschen nach Mitbringseln zu wühlen.

In seinen seltenen lichten Momenten versuchte Don Francesco hin und wieder, seine draufgängerische uneheliche Tochter in ihre Schranken zu verweisen, doch das von Natur aus herrische und halsstarrige Mädchen war mittlerweile so verzogen, dass alle seine Bemühungen zum Scheitern verurteilt waren und Don Francesco nichts anderes übrig blieb, als sich damit zu trösten, dass sie eben ganz nach ihm geraten sei. Also reagierte er seine Wut an Concetta ab.

Sich vergewissernd, dass Costanza nichts davon mitbekam, drohte er ihr, sie und ihre Bastardtochter ohne ein Hemd am Leib aus dem Haus zu jagen, wenn diese ihn noch einmal die Geduld verlieren ließe, dass es jede Menge gute Partien gebe, die alle auf ihn warteten – doch bei Concetta gingen diese Drohungen zum einen Ohr rein und zum anderen wieder raus. Sie wusste, dass niemand – außer ihr selbst – sich jemals so tief wie ihre Tochter im Herzen Don Francescos hatte verankern können, der empfindsam war wie ein Rassepferd, melancholisch und cholerisch, aber umso mehr nach Liebe dürstete. Im vollen Bewusstsein dieses Geheimnisses lebte Concetta in seinem Haus, ohne sich über die üblichen Verdrießlichkeiten hinaus, die das Leben bereithielt, zu grämen, achtete darauf, dass auf der Feuerstelle stets ein Tonkrug mit Erbsen und ein zweiter mit dicken Bohnen für die Armen bereitstand, und dankte der Madonna jeden Tag erneut für ihre Umsicht, es weder ihr selbst und ihrer Tochter an Brot noch an dem Aufstrich dafür fehlen zu lassen.

Nach Costanza kamen in folgender Reihenfolge zur Welt: Albina, Candida, genannt Licandra, Giustina, Gaetana, genannt Chetanella, und Giuseppina. Ihre Ankunft war stets von stürmischen Szenen, Tränen und Reueschüben begleitet, doch jedes Mal hatte sich punktgenau jenes wundersame Ereignis, das Dahinschmelzen Don Francescos, wiederholt, auch wenn keine der Töchter mehr so viel Platz in seinem Herzen einzunehmen vermochte wie Costanza.

In seiner unerfüllten Sehnsucht nach einem Sohn hatte Francesco seinen Bastardtöchtern eine Erziehung angedeihen lassen, die ein wenig jene fehlende Männlichkeit im Haus ersetzen sollte.

Costanza hatte er das Rechnen beigebracht, sodass sie im Alter von siebzehn Jahren bereits die Buchführung über alle Einkünfte der väterlichen Ländereien und Güter besorgte sowie die Pachteinnahmen und erforderlichen Ausgaben kontrollierte.

Das Männliche – und vor allem Francesco-Typische – an Albina waren ihr Jähzorn und ihre mangelnde Herzlichkeit, ihre brutale Ehrlichkeit, Kälte, Härte – mit anderen Worten: ihr unbeugsamer Stolz, der sie eher hätte zusammenbrechen lassen, als eine Leidenschaft oder Schwäche offen zuzugeben.

Licandra wusste die Flinte zu gebrauchen. Darüber hinaus war sie schön, sanft und weiblich und starb sehr jung an Malaria.

Giustina wollte nichts, als ihr Wissen zu erweitern – mit dem Ergebnis, dass sie später, als es darauf ankam, in der Lage war, sich als Lehrerin ihr Brot zu verdienen.

Chetanella ritt schon als Kind wie eine Amazone, rittlings, breitbeinig und nicht etwa im Damensitz bei geschlossenen Knien.

Giuseppina hatte die unpassendste männliche Eigenschaft von ihrem Vater geerbt, nämlich eine unleugbare

Leidenschaft für das weibliche Geschlecht, und als dies für alle Beteiligten zur beschämenden Gewissheit geworden war, begann man sie in den abgelegensten Winkeln des Hauses zu verstecken, wo sie schließlich vergessen wurde und, nachdem ihre Zügellosigkeit sich gelegt hatte, unbemerkt ein ewigwährendes Dasein als alte Jungfer führen sollte.

An jenem Nachmittag im März 1861, den die Geschichte aus anderen Gründen berühmt machte, sollte Concetta ohne Hebamme gebären. Cumma Rachele, die fast allen Kindern Grottoles auf die Welt geholfen und nicht eben wenige mithilfe von Stricknadeln oder Petersilieninfusionen auf direktem Wege zurück zum Schöpfer geschickt hatte, war inzwischen zu alt, um ihren Beruf auszuüben, und ließ sich nur noch in besonders ausweglosen Fällen blicken.

Wenn Concetta nicht gerade vor Schmerzen brüllte, wies sie ihre Töchter an, was sie zu tun hätten, denn mittlerweile kannte sie die notwendigen Handgriffe in- und auswendig. Doch dieses Mal stellte sich die Angelegenheit als schwieriger denn gewöhnlich heraus, da es sich um eine Steißgeburt handelte. Vor lauter Drücken und Pressen hatte Costanza den Bauch ihrer Mutter zu einem einzigen blauen Fleck werden lassen, was Albina, die keine Gelegenheit ausließ, an der Schwester herumzukritteln, ihr heftigst zum Vorwurf machte, indem sie ihr erklärte, die alleinige Schuld daran zu tragen, wenn die Dinge nicht so verliefen, wie sie verlaufen sollten. Licandra hatte trotz des Gebrülls der Mutter und Gezänks der Schwestern ein merkwürdiges Stimmengewirr vor dem Haus vernommen. Ihr erster Gedanke galt Briganten, deren Taten bei den Dorfbewohnern im Guten wie im Schlechten in aller Munde waren. Aufgeregt lehnte sie sich aus dem Fenster, denn in ihrem tiefsten Inneren stand sie auf ihrer Seite. Kaum war sie über die Geschehnisse auf dem Laufenden, rannte sie auch schon hinunter ins Lager, wo sie sich von der unabwendbaren Dramatik der Ereignisse überzeugen konnte.

Es war Sonnenuntergang, als wie jeden Abend – während in Turin der eigens aus Neapel herbeibestellte Feuerwerksmeister seiner Berufung nachging – die Grottoleser Bauern von den Feldern heimkehrten, der eine auf dem Fuhrwerk, der andere auf dem Maultier, der dritte am Eselsschwanz hängend und die meisten zu Fuß. Hinter ihnen allen kam Don Francesco auf seinem Rappen geritten, dicht gefolgt von den Kleppern seiner beiden Knechte.

Die Kirchglocken begannen das Tedeum einzuläuten. Obwohl sie von dem langen Arbeitstag unter der sengenden Sonne erschöpft waren, hielten die Bauern in ihrem Aufstieg zur Piazza kurz inne, fragten sich, ob der neue Pfarrer verrückt geworden sei oder bloß keine Ahnung von den üblichen Gepflogenheiten habe oder ob etwas Außergewöhnliches geschehen sein mochte – was in ihren Augen gleichzusetzen war mit einem Unglück.

In seinen schwarzen Mantel gehüllt, die Schnurrbartenden hochgezwirbelt, die Flinte unter den Arm geklemmt, dachte Don Francesco an Concetta und hoffte mit all seinen Sinnen, dass die Dinge sich zum Guten entwickeln würden, was er jedoch keiner Menschenseele gegenüber zugegeben hätte, weder sich selbst noch unter Folter. Da trat Tommasino an seine Seite, einer der vielen Söhne der vielen Frauen, die die unglückselige Concetta auf seine Kosten in seinem Haus durchfütterte.

Tommasino war auserwählt worden, weil er besonders schnell laufen konnte, damit er der Erste wäre, der ihm die Nachricht verkündete. Als Don Francesco ihn gewahrte, hüpfte ihm das Herz in der Brust. Wenn es wieder ein Mädchen gewesen wäre, hätten sie nicht gewagt, ihn an der Kreuzung der Via Nuova warten zu lassen. Es war ein Junge! Nur das vermochte diese Eile zu rechtfertigen. Er glaubte vor Glück sterben zu müssen, doch sein Sanguinikergesicht verriet nicht die geringste Bewegung. Tommasino flüsterte ihm ins Ohr, dass sie Öl verloren hätten, sämtliche fünfzig Doppelzentner, bis zum letzten Tropfen, weil die Krüge zerbrochen seien. Don Francesco verstand erst gar nicht, wovon er redete.

Tommasino wiederholte die Neuigkeit drei weitere Male. Er schaute zu, wie das Gesicht seines Patrons sich verdunkelte wie das Meer – er, der er nie ein Seebeben erlebt hatte – oder wie der Himmel, den er so viele Male unmittelbar vor dem Sturm hatte betrachten können, und er machte sich, so rasch er konnte, mit all der Kraft seiner mageren Beine davon, bis er sich in den engen, dunklen Gassen von San Nicola verlor, wohin der Rappe ihm niemals hätte folgen können.

Daheim hatte Concetta zu weinen begonnen. Ein wenig aus Dankbarkeit der Madonna gegenüber, die ihr Glück gebracht hatte, ein wenig, weil ausgelaufenes Öl eine herannahende Pechsträhne ankündigte, und ein wenig, weil sie sich nicht vorstellen konnte, wie Don Francesco dieses Mal reagieren würde. Sie weinte und lachte und presste ihr neugeborenes Kind an die Brust. Es war ein Junge.

Als Licandra zu ihnen getreten war, in das Zimmer, in dem ihre Mutter seit Stunden ohne sichtbaren Erfolg zu gebären versuchte, und ihnen von den denkwürdigen Ereignissen berichtet hatte, war die allgemeine Aufregung so groß gewesen, dass Concettas Eingeweide in Aufruhr geraten waren und das erbarmungswürdige Kind sich endlich im Mutterleib gedreht hatte. Nach wenigen Minuten war es draußen, an die Welt befördert von Albina, die ihm noch nicht einmal die Nabelschnur durchschnitten hatte, als sie schon ungläubig ausrief: »Es ist ein Junge – ein Junge!«

Don Francesco betrat im Sturmschritt und mit einem Gesicht wie drei Tage Regenwetter das Zimmer, die Doppelflinte noch unter den Arm geklemmt und den Hut tief in die Stirn geschoben. Jetzt reichte es! Alle hatten sie den Raum zu verlassen, von der Ersten bis zur Letzten, all die Unglücksweiber, der Ruin seines Hauses, lauter ungültige Wechsel, dieses Mal würde er sich nicht mehr beschwatzen lassen, nichts und niemand würde sein Herz mehr erweichen können, keine einzige dieser unverschämten, koketten Läuse im Pelz, weg mit ihnen, ohne auch nur eine Sekunde Zeit zu verlieren, und mit keinem Heller mehr in der Tasche als dem, was sie auf dem Leib trugen, was ihn ohnehin schon genug gekostet hatte, selbst ihre Namen wollte er nie mehr erwähnt hören, weg mit ihnen und damit basta, als hätte es sie niemals gegeben. Fünfzig Doppelzentner Öl! Die Straße hinabfließend wie dreckiges Abwaschwasser, wie Maultierpisse – so etwas passierte nur einem, der sich zu viele Frauen ins Haus geholt hatte!

Concetta schob das Laken zur Seite und packte das Kind, das noch nicht gewindelt war. Langsam hob sie es in die Höhe, hielt es unter den Achseln, die winzige Männlichkeit war deutlich erkennbar. Don Francesco blieb wie angewurzelt stehen – wie der Leibhaftige beim Anblick der Hostie. Er wich ein paar Schritte zurück, strauchelnd wie ein alter Klepper. Dann nahm er den winzigen Penis genauer in Augenschein sowie das kleine Säckchen mit den Hoden, die noch nicht ganz nach unten geglitten waren. Er glaubte seinen Augen nicht zu trauen. Sein Gesicht begann zu beben wie ein Berghang kurz vor dem Abrutsch. Er kniff die Lippen zusammen, um ein Schluchzen zu unterdrücken. Er umfasste die Doppelflinte fester, trat zum Fenster und schoss vor lauter Glück minutenlang hinaus in den Abendhimmel.

Zweites Kapitel

Die Vorbereitungen für die Hochzeit von Concetta und Don Francesco dauerten bereits seit einem Jahr an. Zuerst hatte man die Geburt des Stammhalters gefeiert, mit Unmengen geschlachteter Hähne und Hühner, die an die Pächter, Handlanger und Bediensteten Don Francescos verteilt wurden, dann an die mehr oder weniger nahen Verwandten – kurz: ans ganze Dorf. Ein Blutbad an Milchlämmern und Zicklein, an Hasen und sonstigem Wild wurde angerichtet, und die Frauen rührten Krapfenteig an, kneteten Nudeln in Ohr- und Muschelform, stopften gerollte Pfannküchlein mit Honig und Weinsirup, füllten Teigtaschen mit Kichererbsencreme oder Amarellenkompott – ein Aufwand, als fiele Weihnachten, Karneval und Ostern zusammen.

Tagelang wurde gegessen, während der Kleine in seiner prächtigen schmiedeeisernen Wiege vor sich hin wimmerte, bewacht von Concetta, die ihn keine Sekunde aus den Augen ließ, und all seinen Schwestern, die bei jedem seiner Atemzüge angelaufen kamen. Es wurde zu Drehorgelklängen getanzt, und es wurden mehr Verlobungen geschlossen als bei sämtlichen Hochzeitsfeiern im darauffolgenden Jahr zusammen. Don Francesco war so zufrieden, dass er den Männern, die auf seinen Feldern arbeiteten, eine Zeit lang sogar ein freies Wochenende zugestand und einer ganzen Reihe von Mädchen aus armer Familie eine Mitgift spendierte, weil sie sonst alte Jungfern geblieben wären.

»Bumsfidel, dieser kleine Patron, ein ganz Bumsfideler ist das!«, erzählte er augenzwinkernd jedem, der ihm über den Weg lief. Er zog umher mit dem glücklichen Ausdruck im Gesicht, als hätte das Wissen, dass nach ihm jemand kam, der seinen Namen tragen und seine Ländereien erben würde, ihn zumindest ansatzweise von seiner Todesmanie befreit, die ihn von Zeit zu Zeit so unleidlich werden ließ.

Es war, als ob ein Universum ohne Mittelpunkt endlich seine Sonne gefunden hätte, als ob der ganze Haushalt endlich wüsste, um was er sich drehen sollte.

Niemanden interessierte es mehr, wenn Costanza einen Koller kriegte oder Albina vom Neid auf die Schwester zerfressen wurde. Jetzt hatte jeder seinen Platz gefunden, und dort hatte er zu verbleiben, weil diese ganze kleine Welt nunmehr einem einzigen Zweck diente: sich dem greinenden Kleinkind zu beugen, das bereits in der Wiege gelernt hatte, andere herumzukommandieren und in alle Himmelsrichtungen auszuschicken – in einer dermaßen fordernden Art, dass der Sohn seiner eigenen Mutter verhasst wurde, die ihn als seine Leibeigene zwar bis zum Alter von vier Jahren stillte, ihn aber seit jenen Tagen für immer verachten sollte.

Nachdem das Tauffest und die anschließenden Feierlichkeiten vorübergegangen waren, die schlaflosen Nächte vergessen, die der schreiende Säugling dem ganzen Haus auferlegt hatte, und die heimliche Enttäuschung Don Francescos über den schlechten Charakter seines Sohnes überwunden war, begann die Zeit der Träume. Alle hatten sie jetzt das Gefühl, der Launenhaftigkeit des Schicksals widerstanden zu haben und sich endlich eine Zukunft ausmalen zu können, in der die lange vergeblich gehegten Wünsche Gewissheit würden – ein beruhigendes, wenn auch fast ein wenig eintöniges Bild.

Concetta empfand einen neuen Frieden in der Seele, denn die ganzen letzten Jahre hatte sie nicht eine Sekunde aus dem Gedächtnis verloren, dass sie in Sünde lebte. Jetzt sah sie endlich die Möglichkeit nahen, auch mit Gottvater reinen Tisch machen zu können.

Beim Anblick des Korns, das auf den Feldern reifte, verlor sich Don Francesco in Fantasien über eine unerschöpfliche Nachkommenschaft, stellte sich vor, was alles aus seinem Samen und seinen Ländereien erwachsen könnte und wie sein Name sich über Generationen hinweg verbreiten würde. Schon überlegte er, wie er den Sohn erziehen, was er aus ihm machen, mit wem er ihn verheiraten sollte.

Endlich ausgesöhnt mit dem Leben und dem Tod, ließ er mit dem Ausbau des Hauses und der Familiengruft beginnen. Die Kapelle der Falcones beherrschte von da an den Hügel des neuen Friedhofs mit ihrer Schönheit, der Pracht ihres rosa-schwarzen Marmors und dem ausdrucksvollen Gesicht des Engels mit den Zügen Licandras, der als Wachtposten diente. Das Haus hingegen verwandelte sich in eine unendliche Baustelle, einen einzigen Haufen teuren Bauschutts, in dessen von zerbrochenen Träumen aufgewirbelten Staubwolken die Familie Falcone sich in den darauffolgenden Jahren bewegen sollte.

Diejenige, die mit der Wendung der Ereignisse am besten zurechtkam, war Albina.

Seit sie zurückdenken konnte, vielleicht sogar noch bevor ihr die Gabe zu sprechen geschenkt worden war oder sie zum ersten Mal Licht gesehen hatte, war sie von galligem Neid auf ihre ältere Schwester Costanza erfüllt gewesen. Vielleicht hatte sie der Neid selbst dazu gebracht, auf die Welt zu kommen. Was auch immer ihre Schwester sagte, aß oder betrachtete, verursachte in ihr sofort ein Stechen, das ihre Eingeweide sich verknoten und ihr Herz verkrampfen ließ. Wenn Costanza krank war, Scharlach, Durchfall oder einen Hautausschlag hatte, litt Albina Todesqualen, weil das Gleiche nicht auch ihr widerfahren war. All das Unrecht, das jenen verlorenen Landstrich dort unten seit Menschengedenken geprägt, all der Zorn, der die sich miteinander vermengt habenden benachteiligten Völker beherrscht hat, schienen sich in Albinas Brust eingenistet und ihren Ausdruck in der maßlosen Eifersucht auf ihre Schwester gefunden zu haben.

Costanza bekam von all dem nichts mit. Sie wuchs zu einem gebieterischen, lauten Wesen heran, von hellem, üppigem, wohlgestaltem Fleisch, mit leuchtenden Augen und sinnlichen Lippen, stets bestens gelaunt, wo auch immer sie sich befand, und auf Schritt und Tritt wie von einem frischen Windhauch umweht, während Albina mager und ein wenig hölzern wirkte, als nagte sich ein Wurm einsam durch ihre Seele.

Trotz ihrer Magerkeit, die zu jenen Zeiten gleichgesetzt mit Armut wurde, also sehr schlecht angesehen war, konnte man Albina keineswegs als hässlich bezeichnen. Sie war hochgewachsen, mit einer breiten Stirn und den Gesichtszügen jener byzantinischen Madonnen, die immer wieder plötzlich zwischen den wilden Gräsern vor den Höhlen der Umgebung auftauchten. Sie lächelte nie.

Bei der Taufe ihres Bruders hatte Albina den Sohn von Baron Lacava di Montescaglioso kennengelernt, Aurelio. Wenn es den Jungen nicht gegeben und Don Francesco nicht beschlossen hätte, Concetta zu heiraten, wären seine Töchter Bastarde geblieben. So gute Partien sie auch gewesen wären, sie hätten höchstens auf einen bessergestellten Handwerker oder Kleinbauern hoffen dürfen. Doch nun pfiff der Wind eine andere Melodie. Diese Tatsache hatte Aurelio während der Festlichkeiten für sich nutzen wollen.

Nachdem er einen kurzen Moment nicht gewusst hatte, ob er sich für Albina oder für Costanza entscheiden sollte, war seine Wahl auf Albina gefallen – nicht weil er von ihrer ernsthaften Schönheit überwältigt gewesen wäre, sondern weil das Strahlen der anderen ihn Seufzer und Leid hatten vorhersehen lassen, während es ihm doch vor allem darum ging, so schnell wie möglich die finanziellen Schwierigkeiten seiner Familie zu beseitigen. Albina hatte nicht glauben mögen, dass ein Baron sie der älteren Schwester vorzog, und so war sie schnell bereit gewesen, ihm ewige Treue zu schwören, auch wenn Aurelio klein und unansehnlich war und die Nase in die Höhe recken musste, um ihr in die Augen zu schauen.

Während Ciccillo, der Barbier, zwischen Pastagang und Zickleinkotelett mit dem Akkordeon aufspielte, hatte Aurelio sein Bestes getan, um mit seiner vierteladeligen Abstammung hausieren zu gehen, indem er sie immer mal wieder elegant ins Gespräch einfließen ließ. Mit gespielter Gleichgültigkeit hatte er seine Ländereien erwähnt, I Tre Confini, La Difesa, Rivolta Sant'Angelo, über siebenhundert Hektar, wobei er tunlichst vermieden hatte zu erwähnen, dass die meisten davon brachlagen, riesige Flächen nur Macchia und Schnecken, und die wenigen Pächterfamilien vor Hunger darbten.

Auf ihrem Weg nach draußen kamen sie an den Tischen mit den Süßspeisen und den Zuckerkringeln vorbei, und im Licht des Mondes begann Aurelio ihr Liebesgedichte vorzutragen, von denen Albina nicht einen Deut verstand.

Sie versprachen einander, dass sie sich wiedersehen würden.

Hin und wieder kam er in seiner Kalesche nach Grottole vorgefahren, und um nicht weiter aufzufallen, machte er unten an der Tränke Halt, bei der Via Nuova, die später zur Via Appia wurde, einer von den alten Römern angelegten Straße. Dort traf er sich klammheimlich mit Albina, und unter den gelangweilten Blicken Giustinas, die hinter einem Busch ein paar Schritte weiter aus Pinienzapfen jede Menge Kinderwagen und einen ganzen Hofstaat aus Damen in Mohnblumenröckchen bastelte, blieben sie für eine Stunde beisammen. Im Schatten der Sträucher murmelte Aurelio Liebesschwüre, die er dem Werk eines gewissen Lord Byron entnommen hatte, denen sie freilich keinerlei Beachtung schenkte. Sie dachte daran, wie sehr ihre Schwester sie um diese gute Partie beneiden würde, die sie sich eigenhändig gesichert hatte.

Costanza indes war die Einzige, die von Albinas Verlobung nichts mitbekommen hatte, trotz aller Bemühungen von Letzterer, sie darauf hinzuweisen, sodass es mittlerweile sogar schon die Steine wussten. Die Erstgeborene Don Francescos fuhr unbeirrt fort, sich allein ihren eigenen Angelegenheiten zu widmen, auf die niemand, weil alle viel zu sehr mit sich selbst beschäftigt waren, auch nur das geringste Interesse verschwendete.

Nachdem eine gewisse Schamfrist verstrichen war, hielt Aurelio bei Albinas Vater um ihre Hand an, und sie verlobten sich offiziell. Nun fanden ihre Begegnungen nicht mehr im Schutz einer Tränke im Freien statt, wo jedes kleinste Zweigrascheln sie aus ihrer Intimität aufgescheucht hatte, sondern auf dem nicht weniger unbequemen häuslichen Sofa mit den ausgeleierten Bettfedern, inmitten der Schutthaufen, die von den durch Don Francesco für die Renovierung angeheuerten neapolitanischen Bauarbeitern zurückgelassenen worden waren. Als Anstandsdame fungierte stets eine der jüngeren Schwestern Albinas, Giustina oder Chetanella, die sich so lange an den in Alkohol eingelegten Kirschen gütlich taten, bis sie einen Schwips hatten.

Aurelios Reden hatten mit der Zeit an Romantik verloren – zur großen Erleichterung seiner Verlobten. Endlich sprach man von Hektar Land und von Wäscheteilen, die als Mitgift in die Ehe eingebracht werden sollten. Albinas Glück in dieser Phase ihres Lebens war so groß, dass sie sogar ganze Tage nicht daran dachte, Neid zu empfinden.

Doch diese unvorhergesehene Laune des Schicksals vermochte sie nicht von ihrer Bestimmung zu befreien: Costanzas Schatten sollte nach wie vor auf sie fallen wie der einer Eiche auf einen Strauch.

Als Aurelio Don Francesco um die Hand seiner Tochter gebeten hatte, war dessen einzige Bedingung gewesen, dass der Brauch gewahrt bleiben und die Hochzeit Albinas nicht vor der ihrer älteren Schwester stattfinden sollte. Das Problem war, dass Costanza keinen Verlobten vorzuweisen hatte, geschweige denn einen ernsthaften Heiratskandidaten. Sämtlichen potenziellen Ehemännern gegenüber gab sie sich spröde, wählerisch, ausweichend, und es blieb für alle ein Rätsel, was sie überhaupt zu suchen schien.

Concetta fing an sie zu necken, sie solle zu Zì Uel u Furnaciar gehen, damit er ihr Tonerde aus dem Fluss hole, auf der Töpferscheibe den passenden Mann für sie forme, die Figur in der Sonne trocknen lasse und anschließend im Ofen brenne, einen Mann, der ihre zahlreichen Forderungen erfüllen könne und bereit sei, sie und ihre Grillen zu ertragen. Dieser Spruch sollte auch später noch Verwendung in der Familie finden, denn es gab dort immer irgendeine, die sich nicht verheiraten ließ – als machte der Allmächtige sich einen Spaß daraus, ihnen stets ein besonders ausgefallenes Exemplar ins Haus zu schicken, ein Einzelstück, wertvoll und nutzlos wie ein linker Schuh ohne den rechten.

Weil Costanza sich nicht verloben wollte, konnte Albina nachts keine Ruhe finden. Sie drehte und wälzte sich im Bett, als wäre sie mit den Dornen aus der Heilandskrone besteckt, und so manches Mal träumte sie, dass sie die Ältere um die Ecke brachte. »Schwesterherz, die Zeit ist reif, das Messer scharf, nun folgt der Schmerz, mein Schwesterherz.« Los, bring sie um, bring sie schon um! Danach bereute sie ihre düsteren Fantasien. Das Boot trieb den Fluss entlang, der zur Hölle führte. Messer wurden gewetzt, Eselsschwänze vor ihrer Stirn hin und her geschwenkt, sprechende Knöchelchen auf die Felder gespuckt. Frauen, die wie Kröten quakten. Am Samstagabend hatte Albina wegen sündiger Gedanken zur Beichte gehen müssen, und Costanza erstrahlte in voller Blüte und traf keine Entscheidung, ein olympisches Lächeln auf ihrem Vollmondgesicht.

Auch die Vorbereitungen für die Hochzeit von Don Francesco und Concetta verzögerten sich wegen der Renovierungsarbeiten im Haus.

Don Francesco war im Grunde seines Herzens ein Bauer geblieben und hatte mit Luxusdingen nicht viel im Sinn, doch aus einem Anfall von Verrücktheit heraus hatte er beschlossen, einen Architekten und ein paar Facharbeiter aus Neapel kommen zu lassen, die das Haus hoch oben über dem Dorf größer und prächtiger gestalten sollten, ähnlich den stuck- und wappenverzierten Stadtvillen, die er bei seinem einzigen Besuch in Neapel gesehen hatte, um seinen Töchtern und Enkeln und der riesigen herbeigesehnten Nachkommenschaft eine würdige Bleibe zu verschaffen.

Concetta hatte sich mit Leib und Seele dagegen verwahrt. Sie hatte Angst vor Neidern und sah Unheil drohen. Die unbeherrschbare Macht des bösen Blicks, der allzu offensichtliches Glück und Reichtum trifft. Hatte er vergessen, dass sie die Töchter bewusst ihre blühenden Wangen unter Tüchern und Schals verbergen hieß, damit die gierigen Blicke der Hungerleider sie nicht zum Darben brachten? Seit sie in Don Francescos Villa ein Zuhause gefunden hatte, pflegte Concetta sich auf die Stuhlkante zu setzen, jeden Bissen, den sie tat, mit einem Kreuzzeichen zu begleiten und den Allmächtigen um Nachsicht zu bitten, weil sie im Überfluss lebte, während ihre Brüder und Schwestern des Hungers starben.

Doch es war nichts zu machen: Dieser Herr mit dem Strohhut und den übelriechenden Toscanellis war gekommen, mit dem Gesichtsausdruck eines Arztes im Angesicht eines Todkranken und klinischem Blick das Haus zu durchstreifen, gegen Mauern zu klopfen und resigniert ihrem hohlen Klang zu lauschen, Maß zu nehmen, Wände zu durchbrechen oder zu ziehen und Don Francesco Skizzen zu zeigen, die diesem so rätselhaft blieben, dass er sie eilig abnickte, um nicht als Tölpel zu erscheinen. Und als Concetta ihn nach dem Voranschreiten der Arbeiten fragte, hob er die Stimme, wie er es immer tat, wenn er sich in die Enge gedrängt fühlte.

Die Facharbeiter aus Neapel wurden in der Mansarde untergebracht, von der aus man aufs Dach gelangte und die immer schon als Gästekammer und Abstellmöglichkeit genutzt worden war; dort lagerten auch die Koffer mit den Briefen und Fotos, die Gioia viele Jahre später finden sollte, als sie auf der Flucht vor Mutter, Großmutter und Tanten dort hinaufgestiegen war.

Das größte Problem war, die Arbeiter von den Mädchen fernzuhalten, denn sie unter ein und demselben Dach unterzubringen war so ähnlich, wie wenn man Wolf und Schafe in einen Stall sperrte oder mit Streichhölzern im Stroh spielte, und Concetta musste Tag und Nacht Wache halten, damit sich nicht eine der Töchter in die Mansarde verirrte, wobei sie den Schaden begrenzen konnte, indem sie die Nachbarsmädchen, die ihr im Haushalt halfen, zum Opfer preisgab.

Auch aus dem Dorf wurden Arbeiter angeheuert, und zwischen ihnen und den Fremden entspann sich eine Art Wettstreit, der später in einen Krieg ausartete, welcher wiederum in einem Waffenstillstand endete, um schließlich in ein Bündnis mit dem einzigen Zweck zu münden, Don Francesco möglichst viel Geld abzuknöpfen und gleichzeitig möglichst wenig zu arbeiten. Die Neapolitaner vergaßen ihre Weisheiten zu Stuck- und sonstigen Schmuckelementen, und die Grottoleser behielten das Geheimnis für sich, wie man Ton trocknet und Steine schockt, und seit diesem Zeitpunkt herrschte unter ihnen eitel Sonnenschein.

Der Architekt aus Neapel war eine Woche nach seiner Ankunft bereits wieder abgereist, angeblich, weil er ein unvorhergesehenes Problem daheim lösen musste, aber mit dem Versprechen, schnellstens zurückzukehren. Tatsächlich sollte sich zwischen ihm und Don Francesco ein Briefwechsel entwickeln, in dessen Verlauf sämtliche Missgeschicke, Pannen und Versagen ins Feld geführt wurden, die ein fantasiebegabter Kopf sich ausdenken kann, bis Don Francesco kein Wort mehr dazu verlor und wie ein Irrer zu brüllen begann, sobald jemand auch nur den Namen des Architekten erwähnte.

Währenddessen behielten die Neapolitaner ihr Lager im Haus aufgeschlagen. Mit ihnen war ein frischer Wind aufgekommen, eine Fröhlichkeit im Dorf eingezogen, die nicht unbemerkt blieb. Die stets miesepetrigen Grottoleser beobachteten die Fremden neugierig und misstrauisch, wie Tiere von derselben Spezies, aber einer anderen Rasse, bis das Eis endlich gebrochen war und die Zeit der Feste begann. Noch Jahre später, als sich niemand mehr im Ort so recht an sie erinnern konnte, sollte sich die eine oder andere Alte finden, die in Gedenken an jene seligen Zeiten ein bestimmtes Gericht kochte oder eine vielsagende Bemerkung fallen ließ. Auch ein gewisser Ciro gesellte sich zu ihnen, der dem Polier wie aus dem Gesicht geschnitten war, und man kann guten Gewissens behaupten, dass das Einzige, was die Neapolitaner während ihres Aufenthalts wirklich vollbracht hatten, die Rufschädigung seiner Mutter Assunta war.

Als klar wurde, dass das Haus nie und nimmer rechtzeitig zur Hochzeit fertig würde, beschlossen Don Francesco und Concetta, den Bund fürs Leben ohne weitere Verzögerung zu schließen, und wandten sich den eigentlichen Dingen zu.

Concetta fuhr nach Matera, um den Stoff für ihr Brautkleid zu besorgen – das erste und letzte Mal in ihrem Leben, dass sie das Dorf verließ, in dem sie geboren war.

Sie hatte das Gefühl, in Rom angekommen zu sein, oder in New York, von dem sie gelegentlich hatte reden hören, und eine immense Sehnsucht packte sie, ein Gefühl der Einsamkeit und des Schwindels, das sie erst in dem Moment wieder verließ, als sie auf dem Heimweg von der Via Nuova aus die Ruine der alten Kirche von Grottole erblickte.

Das Herz klopfte ihr laut in der Brust, als sie nach dem Weg fragte. Nie zuvor hatte sie so viele fremde Gesichter gesehen, hatte sie so wenig gewusst, wie sie sich zu verhalten hatte. Jahre später sollte sie noch von dieser Reise erzählen. Von den Sassi, die sie von oben betrachtet, von den Menschen, die wie Ameisen auf sie gewirkt hätten. Von einer Beerdigung im vornehmen Kreise, mit einer von sechs Rappen gezogenen Kutsche und einer Musikkapelle. Von einem Schaufenster mit den ersten Fotos ihres Lebens, vor denen sie Reißaus genommen habe, als hätten sie ihr nachlaufen wollen.

Sie wählte einen Seidenstoff aus, der wie der Märzhimmel ständig die Farbe wechselte, so schön, dass die Schneiderin Poltina, die sie mit der Anfertigung des Kleides betraut hatte, von morgens bis abends das Haus voll hatte mit Frauen, die den Stoff und sein wundersames Farbenspiel bewundern kamen. Für die Töchter fand Concetta einen Ballen blauen Samt, so ergiebig, dass für jede von ihnen ein Kleid dabei herauskam und sogar noch ein gutes Stück übrig blieb, das zusammen mit all den anderen Dingen, mit denen man nichts anzufangen wusste, auf dem Speicher landete und lange Zeit später von Gioia dort gefunden werden sollte, um je nach Stimmung ein Königinnenmantel, ein Leichentuch oder ein Wellenmeer darzustellen.

Don Francesco hatte sich der Organisation des Festmahls verschrieben, befahl den Hirten, ihre besten Tiere bereitzuhalten, und den Bauern, Honig für die Süßspeisen zu besorgen. Die Familie war dermaßen beschäftigt, dass niemand das seltsame Verhalten Costanzas bemerkte.

Seit einiger Zeit pflegte sie häufiger die Kirche aufzusuchen als die bigotteste aller Frömmlerinnen. Wenn keine Messe war, ging sie zur Novene, zur Vesper oder zum Totengedenken, und sie beichtete jeden Tag, den Gott werden ließ. Albina kam zu dem Schluss, dass sie Nonne werden wollte, und es fehlte nicht viel, dass auch sie vor lauter Dankbarkeit dem Allmächtigen gegenüber ins Kloster hätte gehen wollen, weil er beschlossen hatte, für ihre Sache einzustehen.

Nur Concetta wurde hin und wieder, wenn sie ihre Tochter genauer betrachtete, von einer gewissen Vorahnung ergriffen, denn Costanza zeigte keineswegs die typische bleiche Gesichtsfarbe und den typischen zum Himmel gewandten Blick jener, die der Herrgott zu den Seinen auserkoren hat, sondern sie war noch schöner und noch rosiger geworden, mit glänzenden Augen und einem Lächeln, das alle ihre Grübchen zur Geltung brachte, und dieser Windhauch, der sie stets begleitete, war eine Art Zephir geworden, und wenn man genau hinhörte, konnte man sogar Glockengeläut vernehmen.

Als die Dinge dann ins Rollen kamen, tat Concetta nichts, um sie zu verhindern. Seit die Renovierungsarbeiten begonnen hatten, war sie immer davon ausgegangen, dass alles nur noch schlimmer kommen konnte.

Am Vorabend der Eheschließung fuhr Don Francesco auf sein Landgut in Mazzam'pet, um nicht versehentlich im Vorhinein einen Blick auf das Hochzeitskleid seiner künftigen Angetrauten zu erhaschen. Der ihr innewohnenden Ungerechtigkeit der mütterlichen Liebe freien Lauf lassend, rief Concetta an diesem Abend Costanza zu sich, und ohne ihr eine einzige Frage zu stellen, gab sie ihr einen Gürtel, in den sie zehn Napoleondors eingenäht hatte. Sie wusste, dass ihre Tochter sie gut würde gebrauchen können. Und tatsächlich ergriff Costanza am nächsten Tag zusammen mit Don Antonio die Flucht, dem jungen Priester, der aus Salerno zu ihnen gekommen war, doch die Napoleondors waren lediglich ein kleines Taschengeld obendrauf, denn sie hatte die ganzen Einkünfte vom Getreideverkauf mitgenommen.

Das, was darauf folgte, war wie eine plötzlich hereinbrechende Heuschreckenplage oder ein verspäteter Frost, der die Blüten an den Bäumen zum Erfrieren bringt. Die Dinge, die zu wachsen und gedeihen begonnen hatten, zerfielen zu Staub und gingen ein. Die Eheschließung Don Francescos und Concettas wurde für immer gestrichen, Don Francesco fühlte sich, als hätten sie ihm einen Dolchstich mitten ins Herz versetzt, und vegetierte lange Zeit vor sich hin, als wäre er schon gestorben. Als er sich aus seiner Erstarrung erholt hatte, war sein Haar weiß und er selbst so schwach geworden, dass er nicht einmal mehr die Kraft fand, Concetta zu drohen, sie und ihre ganze Bagage vor die Tür zu setzen.

Aus purer Anteilnahme war auch Concetta schlagartig gealtert. Sie, die durch keine ihrer zahlreichen Schwangerschaften Schaden genommen und sich genügend Anziehungskraft bewahrt hatte, um in ihrem Mann stets von Neuem die Lust zu entzünden, sie ein weiteres Mal zu schwängern, verlor plötzlich ihre ganze Ausstrahlung und Vitalität und wurde von Tag zu Tag ein Stückchen kleiner, in einem Prozess, der über Jahrzehnte bis zu ihrem Tod andauern sollte.

Don Francesco ließ kein Donnerwetter mehr über seine nähere Umgebung ergehen, doch ständig grummelte und jammerte er in sich hinein. Er wollte immer an einem anderen Ort sein als an dem, wo er sich gerade befand, zog über seine Ländereien wie ein Tier in Not und erregte Mitleid bei den Tagelöhnern, die ihn einst so gefürchtet hatten.

Den größten Schaden indes hinterließ die ganze Geschichte in der Seele Albinas. Als wäre ein Grabstein auf sie gefallen, so groß war der Druck, der auf ihr lastete. Nicht eine Sekunde dachte sie an Rache, sondern beschränkte sich lediglich darauf, Costanza aus tiefstem Herzen zu hassen, und dieses Gefühl wuchs mit jedem Tag, den sie auf der Erde weilte – erneut entzündet beim Anblick der Napoleondors, die Costanzas Kinder aufgenäht auf ihren Westen tragen sollten, als sie alt genug waren, mit ihren zufriedenen Mienen durchs Dorf zu laufen. Albinas Hass war so stark, dass er nicht etwa zusammen mit ihr ausgelöscht wurde, sondern sich auf die folgenden Generationen übertragen sollte, wie eine Erinnerung, die das Herz in den Nächten unerklärlicher Schlaflosigkeit zum Gefrieren bringt.

Die Hochzeit von Albina und Aurelio fiel ins Wasser. Am Tag nach dem Ereignis, als er im Hause Falcone vorstellig wurde, ließ sie ihm ausrichten, dass sie ihn nie mehr sehen wolle. Ohne ein Wort der Erklärung schickte sie ihm ihren Verlobungsring und die Liebesbriefe zurück, die er ihr geschrieben hatte, und niemand vermochte je herauszufinden, ob der junge Mann gekommen war, ihr den Laufpass zu geben, oder aber ob er bereit gewesen wäre, wenn nicht aus Liebe, so doch zumindest aus finanziellem Interesse heraus trotz der ganzen Schmach noch einmal ein Auge zuzudrücken.

Ein dumpfes Gerechtigkeitsgefühl brachte Albina dazu, in ihrem Groll die einzige Zuflucht zu suchen. Sie verheiratete sich nicht lange darauf mit einem Sattler namens Vincenzo, einem Schrank von einem Mann, der sie vielleicht sogar hätte lieben mögen, hätte sie ihm nicht vom ersten Tag an, den sie zusammen verbrachten, das Leben zur Hölle gemacht. Sie war durchaus fröhlich, aber ihre Witze gingen auf Kosten anderer, und ihr Lachen war hinterhältig. Wer an ihr vorüberlief, fühlte sich von einem kalten Windhauch gestreift, einem von der Sorte, die Halsschmerzen verursachen und die Blätter an den Bäumen gelb werden lassen, und es schien nichts zu geben, was sie beeindrucken konnte, nicht einmal, als mit ihrem Ehemann geschah, was schließlich geschehen sollte.

Drittes Kapitel

Am 13. September 1862 kamen die Briganten nach Serra Fulminante und setzten dem Durcheinander die Krone auf. Sie stürmten das Herrenhaus, das Donna Ninas Vater gehört hatte, und sorgten über Wochen für Trubel, indem sie die Lager plünderten und sich Käse, Wein, Hühner und Zicklein einverleibten. Sie berauschten sich am Blut, vollführten wilde Tänze, wickelten sich in die Damastvorhänge – all das mit der morbiden Ausgelassenheit von zum Tode Verurteilten. Nach dieser Heimsuchung blieb nichts mehr übrig, denn sie hatten ihre Zähne in alles geschlagen, was sie finden konnten, als hätten sie sich weniger an den Herren als an den Dingen rächen wollen, denn bis zum Tag davor war ihr Leben weniger wert gewesen als eine alte Hippe, und danach war es noch weniger wert.

Mitten unter ihnen befand sich Rocchino, einer der Rabbia-Söhne, der zum Militärdienst eingezogen worden war, was ihn anfangs hochzufrieden gestellt hatte, weil sie ihm zweimal am Tag zu essen gaben und ihn von Kopf bis Fuß neu eingekleidet hatten, mit einer nagelneuen Uniform und einem eigens für ihn geschusterten Paar Stiefel. Nicht einmal in seinen rosigsten Träumen hatte er sich auszumalen gewagt, eines Tages ein Paar handgefertigte Stiefel zu besitzen. Er betrachtete sie, streichelte sie, sprach sogar ein wenig mit ihnen, doch er hatte sie noch nicht lange angezogen, als auch schon die Tortur begann. Er fühlte, wie es drückte, presste, zwickte. Die Stiefel umschlossen seine Füße wie Schraubzangen. Er merkte, wie sie anschwollen, rundherum anstießen, sich wund rieben. Je mehr Zeit verging, desto dicker wurden seine Blasen, und die Blasen platzten, das nackte Fleisch entzündete sich, und der Schmerz war so heftig, dass er ihm die Wirbelsäule hochstieg und in seinem Kopf explodierte. Am Ende zog er sie aus. Vor Erleichterung zitternd und keuchend, fragte er sich, wieso er sie in all den Jahren bloß so verzweifelt herbeigesehnt hatte.

Als der Turiner Feldwebel bei der Truppenschau zwischen den gewienerten Stiefelreihen ein Paar nackte Füße mit schwarzen Zehennägeln und Hornhaut dick wie Maultierhufe entdeckte, musste er ein zweites Mal hinschauen, um sich zu vergewissern, dass er sich nicht verguckt hatte. Schlagartig stieg die Wut in ihm hoch, als ihm bewusst wurde, dass er, einer der besten Absolventen der Königlichen Militärakademie zu Mailand, eine Horde Bauerntölpel zu befehligen hatte, die nicht einmal durch Stockschläge eine ordentliche Aufstellung zustande brachten, und das in einem Krieg, in dem noch dazu völlig unklar war, wen sie denn nun eigentlich zu bekämpfen hatten.

Obwohl Rocchino sich sehr viel besser auf gutturale Tierlaute als auf Piemontesisch verstand, hatte er keine Schwierigkeiten zu erraten, was der Feldwebel von ihm wollte, als er beim Anblick seiner nackten Füße zu brüllen anfing, als hätte er es mit irgendwelchen Missetätern, Räubern oder Meineidigen zu tun.

Doch Rocchino hatte nicht die geringste Absicht, seine armen Füße erneut in jene Fangeisen zu stecken, die sie ihm verpasst hatten. Er hatte die Stiefel an den Schnürriemen zusammengebunden und sie sich um den Hals gehängt, wo sie stolz gegen seine Brust wippten. Als der Turiner Feldwebel begriff, dass sein Schreien keinerlei Wirkung zeitigen würde, verstärkte sich seine Wut noch, und Rocchino fand sich plötzlich umringt von Soldaten der Nationalgarde, die ihn wegen Gehorsamsverweigerung erschießen wollten. Dies hatte ihm ein Blick auf ihre Mienen verraten, ohne dass er einer Übersetzung bedurft hätte, und er hatte das getan, was er seit seiner Geburt am besten konnte: Er war losgerannt.

Obwohl ihm dreißig berittene Soldaten auf den Fersen waren, hatte er vermocht, seine Spuren zu verwischen, denn er schlug Haken wie ein Hase, kletterte wie eine Katze über sämtliche Hindernisse, und hin und wieder gelang es ihm auch, wie eine Maus durch engste Spalten und Löcher zu schlüpfen.

Tagelang war er durchs Land gezogen, hatte im Gebüsch und auf Bäumen geschlafen, sich von federlosen Vögelchen ernährt, die er aus ihren Nestern klaubte, und von Wurzeln, die er aus der Erde rupfte, bis er halb tot vor Müdigkeit, Kälte und Hunger eines Nachts den Widerschein eines Feuers gewahrte, das von einer Lichtung mitten im Lagopesolewald bis zu ihm herüberglomm. Neugierig war er näher getreten und hatte zwischen den Ästen eines Strauches hindurchgespäht.

Um das Feuer herum waren lauter schwarze Gestalten versammelt, mit langen Haaren und struppigen Bärten, die sich mit Hörnern, Menschenknochen und in Silber gefassten Hostien geschmückt hatten. In einem von ihnen glaubte er den Schreiner Mastropaolo wiederzuerkennen, einen aus dem Dorf, der vor einem Jahr verschwunden war, weil er zu viele Schulden hatte, und von dem es geheißen hatte, einer seiner Gläubiger habe ihn eine Schlucht hinuntergestürzt.

Rocchino fühlte seine Arme und Beine schlottern. Natürlich, wie konnte es anders sein: Vor ihm waren die Seelen der Verdammten, die hin und wieder der Hölle entflohen und sich auf der Erde versammelten, um sich ein paar getaufte Christen zu angeln. Er erkannte sie an den hohlen Wangen und den fiebrig glänzenden Augen. Wer ihnen begegnete, würde nicht mehr zurückkehren, und wenn jemand doch zurückkehrte, dann mit weißem Haar, so wie es der Mutter von Tar'socc' ergangen war, die sich im Alter von acht Jahren schon in eine stotternde greise Frau verwandelt hatte.

Doch abgesehen von der Angst, die seine Beine lähmte, war da noch etwas anderes, das Rocchino festhielt. Der Geruch nach gebratenem Fleisch, der je nach Windrichtung kam und ging, kitzelte seinen angestachelten Geruchssinn. Auf dem Spieß über dem Feuer steckte ein Schaf und wurde geröstet.

Rocchino fackelte nicht lange: Auf die Gefahr hin, bis zum Jüngsten Tag ein Verdammter zu sein, wollte er seine Zähne in dieses köstliche Fleisch graben. Er trat hinaus auf die Lichtung, die Augen gierig auf das Schaf gerichtet. Jemand hielt ihm ein Messer an die Kehle. Sie packten ihn und schleppten ihn zum Anführer der Verdammten, der mehr als alle anderen nach Wein stank. Dieser begann ihm Fragen zu stellen.

Rocchino brachte vor Panik kaum ein Wort über die Lippen, aber zumindest sprachen diese Höllengestalten seine Sprache und rochen wie die Leute zu Hause.

Er versuchte sich zu bekreuzigen und ein Vaterunser zu beten, um zu sehen, ob sie verschwinden würden – allerdings hätten sie dann vielleicht auch das Schaf mitgenommen. Die Gestalten betrachteten ihn neugierig und schienen sich zu amüsieren. Rocchino nahm all seinen Mut zusammen und fragte, wie es einem ergehe, im Land des Ewigen Schmerzes. Die Verdammten brachen in Gelächter aus. Nur ihr Anführer blieb ernst. Er schwieg einen Moment, dann sagte er, dass das Land des Ewigen Schmerzes jenes wäre, in dem sie geboren worden seien und in dem ihre Söhne des Hungers stürben, bevor sie zu Männern werden könnten, in dem man sich den Rücken kaputt mache, weil man anderer Leute Felder bestellen müsse, in dem man einer Kränkung nach der anderen ausgesetzt sei. »Du hast recht«, sagte er, »wenn du uns für Tote hältst: Heute schlagen wir uns vielleicht die Wampe voll, aber morgen schon holt sich Papa Staat unsere paar Knöchelchen, hackt sie in klitzekleine Stücke und macht Knöpfe draus.«

Entsetzt blickten sich alle an. Der Anführer der Verdammten musterte Rocchino in seiner zerfetzten Uniform aufmerksam und hieß ihn dann neben sich Platz nehmen. »Die hohen Herren kümmert es nicht«, fuhr er fort, »wenn die Söhne der Bauern ums Überleben kämpfen, aber falls es zufällig doch mal einem gelingt, dann schnappen sie zu, ohne auch nur einen Einzigen zu vergessen, und lassen sie ihr Blut vergießen ... fürs Vaterland!« Gemurmel machte sich breit. »Ich bin die Schlange«, sagte der Mann zu Rocchino, »mein Blut ist vergiftet. Meine Mutter ist in der Irrenanstalt von Aversa an ihrem Wahnsinn krepiert, meinen Vater haben sie unschuldig ins Gefängnis gesteckt. Alles wegen einer Hündin. Der Hündin von Don Vincenzo.« Er lachte. Die Männer begannen sich zu erhitzen. »Wir reißen sie in Stücke, die Herren Adeligen«, brüllten sie mit dumpfen Mienen, »für die Heilige Madonna und für Franceschiello!«

Der Anführer der Verdammten betrachtete sie einen Moment, dann wandte er sich erneut Rocchino zu. »Da siehst du es«, sagte er zu ihm. »Gestern haben sie noch ›Viva Vittorio Manuele!, Viva Garibaldi!, Viva Italia!‹ geschrien. Und heute wollen sie wieder ihren Franceschiello. Und morgen weiß der Teufel was. Die Herren hetzen sie auf, und der Staat schickt die Eidechsen in den Kampf und nährt die Schlangen an seinem Busen.«

Sein Blick blieb an einem der Männer hängen, einem untersetzten gelbgesichtigen Kerl, der dabei war, das Schaf zu vierteilen, und verlor sich dann ins Leere. Kurz schien es, als wollte er noch etwas hinzufügen, doch er sagte nichts mehr.

Rocchino, der endlich verstanden hatte, senkte den Kopf als Zeichen von Respekt. Sein Gesprächspartner war Carmine Crocco Donatelli, Oberbefehlshaber des Bourbonenregiments, Kopf sämtlicher Briganten der Basilicata, und die Frau mit den neugierigen Augen war seine Geliebte, Filomena Pennacchio. Als Rocchino die Geschichte von seinen Stiefeln erzählte, brach Filomena in schallendes Gelächter aus, und je mehr sie lachte, desto weniger konnte sie aufhören, und es wollte ihr kaum gelingen, sich zusammenzureißen. Schließlich befahl sie, ihm etwas zu essen zu geben, und Rocchino betete sie für den Rest seines Lebens an – das im Übrigen nicht sehr lange währen sollte: Er starb ein Jahr später, aufgeknüpft an einen Nussbaum, an der Straße zwischen Grottole und Ferrandina.

Für Don Francesco waren die Briganten der Beweis, dass ein Unglück selten allein kommt. Einmal an die Widrigkeiten des Seins gewöhnt, verlor er kaum die Ruhe, als er die Nachricht vernahm. Seine Miene verdunkelte sich nur ein wenig mehr, und er blieb tagelang in Schweigen gehüllt. Jedoch wurde er von einer hektischen Betriebsamkeit ergriffen, und die Frauen des Hauses fürchteten schon, dass er unter den schweren Schicksalsschlägen den Verstand verloren hätte.

In einer einzigen Nacht stopfte er alle Dukaten aus der Mitgift von Donna Nina in Wasserfässer und auch die bei der Olivenernte erlösten Dukaten mitsamt den Juwelen seiner Mutter und allem, was irgendeinen Wert hatte, einschließlich des Ringes und der Kreolen aus Rotgold, die er Concetta zum Dank für den Stammhalter geschenkt hatte. Er versiegelte die Wasserfässer, als wollte er sich auf eine Schiffsreise begeben. Dann befahl er den Arbeitern, die sich noch im Haus befanden, sich ans Werk zu machen. Ohne die Frauen über sein Vorhaben zu unterrichten – denn er traute niemandem in seinem Umkreis, der weiblichen Geschlechts war, mehr über den Weg –, begann er die Wasserfässer in dem durch die Bauarbeiten zerstörten Haus zu verstecken: in einer Mauer, unter dem Fußboden, in der Höhlung einer Säule – immer die ahnungsvollen Worte Concettas im Ohr, als er dieses Unternehmen angefangen hatte, und er fühlte sie in seinem Herzen brennen. Als die Neapolitaner fertig mit Mauern, Verputzen und Streichen waren, jagte er sie alle miteinander davon.

Das Haus blieb unfertig: mit einer skelettartigen Wendeltreppe, die der Architekt ihnen aufgeschwatzt hatte und die wie eine Dame von zweifelhaftem Ruf mitten im Wohnzimmer emporragte, und mit den leeren Zimmern im oberen Stockwerk.

Alles wurde irgendwie geflickt und zusammengeschustert. Mit Stoffen wurden die Flure verhängt, die nirgendwohin führten. Mithilfe von Schränken wurden Zwischenwände gezogen, Löcher wurden mit alten Blechtöpfen gestopft, aber letztlich gab man sich damit zufrieden, auf einem Schlachtfeld zu wohnen, auf dem nie ein einziger Kampf ausgetragen worden war.

Mitten in diesem Chaos und diesem Wust an Enttäuschungen, Frucht des Zufalls und der Zerstreuung, blühte plötzlich die Liebe von Don Francesco und Concetta wieder auf. Nun, da sie nicht mehr an irgendwelche Bälle oder sonstige Verpflichtungen denken musste, da sie endlich alt und frei war, stellte Concetta zu ihrer großen Erleichterung fest, dass sie nichts mehr zu verlieren hatte, und sie stürzte sich mit einem Eifer in ihre Verbindung, wie sie es nie zuvor getan hatte. Don Francesco war überwältigt.

Während alle anderen verloren ihrer Wege gingen, zogen er und die Frau, die nie seine Angetraute geworden war, sich auch tagsüber in ihr Schlafgemach zurück, das der neapolitanische Architekt verschont hatte, und dort gaben sie sich einander hin in einer Vorahnung des Todes, der nunmehr Verlockung war, verschränkten die welken Leiber ineinander, sprachen sich gegenseitig Mut zu, entdeckten gemeinsam, was aus ihnen geworden war – mit mehr Leidenschaft als in früheren Zeiten, da ihre Körper noch rank und biegsam waren und sich von denen unzähliger anderer junger Menschen keinen Deut unterschieden hatten. Auf diese Weise wurde, völlig unbeabsichtigt, Angelica gezeugt, mit Sicherheit die schönste von Concettas und Don Francescos Töchtern – so wie aus verdorrten Trauben oft der süßeste Wein erwächst.

Es war das Jahr 1864. Seit drei Jahren widerstanden die Briganten dem piemontesischen Regiment und waren zur Hoffnung und zum Traum aller Hungerleider geworden.

Zwischen 1861 und 1863 hatte der neugeborene italienische Staat etwa einhundertzwanzigtausend Soldaten – also die Hälfte der frisch gegründeten italienischen Armee – bei einem Massaker verschlissen, das im übrigen Europa mit dem an den Indianern in Amerika gleichgesetzt wurde: der Kampf gegen die Briganten im Süden des Landes. Die Anzahl der Toten überstieg die der Gefallenen während sämtlicher Risorgimento-Kriege, was in den Geschichtsbüchern jedoch so gut wie keinen Niederschlag fand.

Der Marsch der Garibaldianer von Sizilien gen Norden und der Einfall des piemontesischen Heeres fanden zu einem Zeitpunkt massiver sozialer Unruhen wegen der Aufteilung der staatlichen Ländereien statt.

Von seinem Exil in Gaeta aus versprach der abgesetzte König Franceschiello den Bauern gewonnenes Spiel gegen die Großgrundbesitzer, also fieberte das Volk seiner Rückkehr ins Reich mit ähnlicher Sehnsucht entgegen wie der des Erlösers. Die Dons hingegen, die aus politischen Gründen »liberal« geworden waren, ergriffen Partei für den neuen König, Viktor Emanuel von Savoyen.

In jenen Jahren führte die neue Regierung die Wehrpflicht ein und schikanierte die Bauern mit Auflagen, die sie nahe an den Hungertod brachten. Zeitgleich mit der Entstehung des neuen Staates ging eine Welle des Aufruhrs durchs Land. Ein Heer von verelendeten Bauern und Tagelöhnern, das von Briganten angeführt wurde, leistete den piemontesischen Truppen bis 1864 erbitterten Widerstand – bis der Brigantenführer Carmine Crocco die Unterstützung seiner Männer verlor und von einem seiner engsten Vertrauten, dem Bandenchef Giuseppe Caruso, verraten wurde. Er wurde festgenommen und landete für den Rest seiner Tage im Gefängnis.

Auch unter den Adeligen gab es einige, die sich auf die Seite der Bourbonen schlugen und die Briganten unterstützten. Sie wurden *manutengoli* genannt, »Helfershelfer«, und bei ihrer Entdeckung sofort erschossen.

Don Francesco Falcone hatte weder für die eine noch für die andere Seite Partei ergriffen. Ihm lag daran, die eigenen Ländereien zu behalten, und über den Rest wollte er nicht nachdenken. Doch als die Briganten ihre Vorräte aufgebraucht hatten, verlangten sie von ihm, dass er sie mit Essen versorge. In seinen Ohren klang dies wie eine Todesdrohung. Wenn er ihrem Verlangen nachgab, riskierte er in den Augen der Piemonteser, ein *manutengolo* zu sein, gab er ihm hingegen nicht nach, würden die Briganten sich fürchterlich an ihm rächen.

Zum ersten und letzten Mal in ihrem Leben beschloss Concetta, das Schicksal nicht als gegeben hinzunehmen, denn sie hatte das Gefühl, schon genug gelitten zu haben. Also ersann sie eine List: Brot, Wurst, Käse, Butter wurden in doppelter Menge angefertigt, und als der piemontesische Offizier kam, um das Gift beizumischen, führten sie seinen Befehl aus, in der Absicht, die Lebensmittel im letzten Moment auszutauschen.

Es war alles bereit – Concetta hatte sich beeilt, die vergifteten Speisen gegen die anderen auszutauschen –, doch irgendetwas lief nicht so, wie es hätte laufen sollen. Was, vermochten sie niemals genau herauszufinden – abgesehen davon, dass sie sich durchaus des Neids der meisten anderen Großgrundbesitzer auf Don Francesco bewusst waren, der wegen seines stets korrekten Verhaltens überall hohes Ansehen genoss.

Zu ihrer großen Freude wurde Chetanella als Überbringerin der guten Gaben ausgewählt: Beladen mit Körben voll Weißbrot, mit in Schlangen um den Leib gewickelten Würsten und birnenförmigen Butterkäsen, die wie Euter an ihr herabhingen, machte sie sich auf den Weg. Das Herz schlug ihr trotzdem bis zum Halse, als die Briganten vor ihren Augen Saetta, den Hund von Ninco Nanco, vorkosten ließen, die Würste, den Käse, das hausgemachte Brot.

Ninco Nanco, der Schreckliche, war nichts weiter als ein schüchterner Bauer, als er vom Pferd stieg und ihr stotternd und errötend befahl, zusammen mit ihnen das Ergebnis abzuwarten. Dann kam der andere Brigantenführer herbei, und Chetanella stockte der Atem: Niemals mehr würde sie die Schönheit dieses Gesichts vergessen. Ein Aristokrat, der blutrünstige Giovannino Coppa, das uneheliche Kind einer adeligen Mutter und eines Barons, von Bettlern aufgezogen und wenig später von Leuten seines eigenen Standes in die ewigen Jagdgründe verbannt.

Es dauerte nicht lange, da raste Saetta los, blieb wie angewurzelt stehen, die Augen traten ihm hervor, und der Geifer tropfte ihm aus dem Maul. Seine Zunge war aufgedunsen und hatte eine grünliche Farbe angenommen, als er mit flehendem Blick seinen Herrn um Gnade bat. Ninco Nanco hatte ihm mit einem Schuss aus seiner Doppelflinte ein schnelles Ende bereitet, dann hatte er sich flugs aufs Pferd geschwungen, dicht gefolgt von Giovannino Coppa und seinen Getreuen.

Don Francesco war allein mit Concetta. Froh, dank ihrer klugen List der Gefahr entronnen zu sein, hatte er sich in Sicherheit gewogen und den piemontesischen Gendarmen gesagt, dass er ihren Schutz nicht mehr brauche, woraufhin diese abgezogen waren.

Bevor sie ihn wegschleppten, versuchte Don Francesco Concetta noch etwas mitzuteilen: nicht dass er sie immer geliebt habe, sondern wo die Fässer mit dem Geld versteckt seien. Doch es sollte ihm nicht gelingen. Die Briganten ließen ihm kaum Zeit, sich von ihr zu verabschieden, dann fesselten sie ihn mit den Füßen kopfüber an sein eigenes Pferd.

Don Francesco, der sein ganzes Leben lang vom Gedanken an den Tod begleitet worden war, empfand ihn am Ende, als er ihn unmittelbar vor sich sah, als etwas Vertrautes und trat ihm beherzt entgegen.

Die Briganten schleiften ihn durchs ganze Dorf. Er hörte die Schreie der Kinder, die seinen blutigen Körper vorbeischleifen sahen. Er fühlte, wie der Schotter ihm die Knochen zermalmte und die Dornen seine Haut aufrissen. Ihr Weg führte sie hinunter zu den Ländereien. Auf jedem Feld, das er besessen und beackert hatte, hinterließ er einen Teil seiner selbst, einen Fetzen Haut, ein Stück Fleisch, einen Gedanken. Je weiter sie vorankamen, desto mehr spürte er, wie die Wut, die ihn sein ganzes Leben umgetrieben hatte, sich allmählich legte. Die Erinnerungen drehten sich in seinem Kopf, sie vermengten sich mit Bildern und Gedanken, die er nie zuvor gehabt hatte, versetzten ihn in Staunen. Dann strömte alles davon wie die welken Blätter im Basento.

Er brauchte lange zum Sterben. Sie kamen an Cugno del Ricco vorbei. Er sah die Eiche, unter der die aus Apulien kommenden Tagelöhner ihre Vesper aßen und beim Abendglühen ihre Lieder sangen, er sah die Hütte von Santa Lucia, wo er zum ersten Mal Concetta geliebt hatte, er sah den Vogelbeerbaum, dessen Früchte er gesammelt hatte, um sie der kleinen Costanza zu bringen, er sah Ai Mar, wo das Korn noch grün war, die Serra Purtusa mit den frisch gepflügten Schollen, die Kieselufer der Bäche und die Sträucher, die in der Dämmerung ihre Farben verloren – bis sich alles in ihm verwirrte und er nichts mehr sah.

Geschichten, Anekdoten
und der Hintern von Tante Viktoria
und der Hintern von Tante Marie.
Guten Abend, Signorì.

Viertes Kapitel

»Schwuchtel, Bauerntölpel, Armleuchter, Gehörnter, Hurensohn, Dummdödel, Volltrottel – komm, komm, sag's dem Papa, lass hören, was du kannst!«

»Schwuchtel, Bauerntölpel, Armleuchter, Gehörnter …«

»Gut gemacht, meine Kleine! Schleimscheißer, Schlappschwanz, Langweiler, Stockfisch – komm, sag's schon, lass hören, was du kannst!«

»Sag mal, hast du sie noch alle! Das arme Kind!« Albina riss Candida aus den Armen ihres Vaters, der sie auf den Knien hatte wippen und mit Pfriem und Schusterleim spielen lassen. »Was bringst du ihr da bei?«

»Sie sind wieder da«, entgegnete Vincenzo. Er musste nicht weiter erklären, wen er meinte.

Sie hatten sich auf der Piazza breitgemacht und rührten fleißig die Werbetrommel. »Hört, ihr Leute, hört, ihr Leute, Minguccio u Mercial ist wieder da! Und er bringt euch nur vom Feinsten. Wer will gute Stoffe haben, schöne Stoffe, allerbeste Stoffe, kommt, ihr Frauen, hier wird nichts verkauft, hier wird alles verschenkt – he, du hergelaufener Trottel da vorne! –, Stoffe für Brautkleider und Totenhemden, für die Aussteuer, allerfeinster Biber, Felbel, Baumwollflanell, Schottenkaro, Damast, doppeltgewebtes venezianisches Leinen, schwerer und leichter Wollflanell, Samt für Frauen und für Männer, Satin und Kaschmir, Zephir für die Sonntagstracht und Ulster für die Beerdigung.« In Scharen ließen die Frauen sich anlocken.

Vor der Marienkirche rollte Minguccio, der Kurzwarenhändler, auch genannt »der Apulier«, seine Stoffballen aus, die er auf dem Karren mitgebracht hatte, und drapierte sie vor ihren Augen. Verstohlen strichen sie über die ausgelegte Ware: den leichten Perkal für die Bettwäsche, das Schottenkaro für Hemden und Tischdecken, das ruckzuck ausverkauft war, den Baumwollflanell und den Biber für Unterwäsche, den schwereren Molton für Unterröcke, den Rutensamt für Frauen und den Cordsamt für Männer, den braunen oder blauen Twill für Hochzeitsanzüge, die man auch im Sommer tragen konnte, den weißen achtfädigen Damast für Tischtücher und Matratzenbezüge, den schwarzen Satin für Schürzen, den Kaschmir, den feinen Wollmusselin für Kopftücher, den Gabardine für leichte Herrenanzüge und den Vikunja für den Bräutigam, Letzterer so weich gedreht, dass sie ihn immer wieder zwischen den Fingern zwirbeln wollten, bis er ganz abgerieben war, und als sie ihn abholen kamen, hatte er überall kleine Knötchen.

»Was sollen diese ganzen Stoffe hier? Da wird einem doch nur das Geld aus der Tasche gezogen!«, beschwerte sich Vincenzo. »Zur Hölle mit diesem hergelaufenen Kerl!« Er hatte sein ganzes Leben immer nur einfaches Haustuch benutzt, das so steif war, dass es von alleine stehen konnte, und allemal ausreichte für Tischdecken und Betttücher; es wurde von den Frauen im Dorf gewebt, die ihm den Stoff im Austausch gegen ein Stück Schuhleder gaben oder Petroleum für Lampen, gegen Seil oder Seife. Schon immer war das so gewesen, so weit er zurückdenken konnte, bis dieser Minguccio u Mercial aus Apulien gekommen war, ohne dass irgendjemand ihn gerufen hätte, um sich auf ihrer Piazza breitzumachen und ihre Frauen zu umgarnen, die sich nur allzu gern verführen ließen von seinem Geschwätz und seinen Stoffen, die so weich und so glatt waren wie Kinderpopos und so verlockend raschelten, dass sie wer weiß was für Gedanken in ihren Köpfen säten.

Die Erste, die ihn verraten hatte, war natürlich seine eigene Frau gewesen, Albina, die nie klein beigab, wenn sie mal aneinandergerieten, und so hatte sie sich einen über und über mit Spitzen verzierten Schal gekauft und ihn sich wie eine Kriegsflagge um den Kopf gewickelt. Als Minguccio u Mercial sich mit dem Geld, das er ihnen abgeknöpft hatte, ein Zimmer mietete, um dort mit seiner Frau zu nächtigen und seinen ganzen Kram abzuladen, war Albina die Erste gewesen, die ihm einen feierlichen Willkommensbesuch abstattete.

Noch am Tag ihrer Eheschließung war zwischen Albina und Vincenzo ein stummer Krieg entbrannt, lauter Hiebe unter die Gürtellinie, Rachefeldzüge und Vergeltungsschläge, weil Albina sich nicht damit abfinden konnte, an ihrer Seite einen Flickschuster zu haben, wo sie doch einen Baron hätte heiraten können, und wie ein Stachel im Fleisch suchte sie ihn zu piesacken, wo sie konnte. Mit beharrlicher Verzückung verklärte sie das ferne Leben, das sie eigentlich hätte führen sollen, spuckte auf das kleine Glück, das in ihrer unmittelbaren Reichweite lag, und entwickelte einen Dünkel, der jeder Grundlage entbehrte.

Nicht ein einziges Mal hatte sie ihrem Mann das Vergnügen eines gemeinsamen Mahls gegönnt. Wann immer Vincenzo aus dem Geschäft kam, behauptete sie, keinen Appetit zu haben, und ließ ihn allein essen. Kaum hatte er die Gabel niedergelegt, entriss sie ihm auch schon den Teller. Vincenzo bebte vor Zorn und überschüttete sie mit all den Schimpfwörtern, die er kannte, und das waren nicht eben wenige, doch die einzige Reaktion Albinas war ein kaum vernehmbares Heben der Augenbrauen, denn ihr Herz war mittlerweile mariniert in Essig. Vincenzo wütete und brüllte, aber er wagte es nicht, handgreiflich zu werden, wie jeder andere es aus viel geringerem Anlass getan hätte.

Zu zahlreich waren die Leute im Haus, die noch dazu alle auf ihrer Seite standen. Die Mutter Concetta, klein und schweigsam, die geräuschlos durch die Zimmer schlich, um plötzlich wie aus dem Nichts irgendwo aufzutauchen. Aus ihren Mädchenaugen in dem faltigen Gesicht schaute sie einen an und sagte kein einziges Wort. Dann die Schwester Angelica, diese Schönheit mit dem weißen und rosafarbenen Fleisch, den großen Augen, den dunklen, weichen Locken mit den goldenen Reflexen, die jeden Tag mehr heranreifte, wie jene weiß-rot-gelben Äpfel mit dem vollkommenen Rund, größer als die anderen, mit einer unendlich zarten Schale und diesem verführerischen Duft, der von Tag zu Tag intensiver wird, köstlich, schmackhaft, exquisit, so exquisit, dass anfangs niemand sie zu essen wagt und am Ende keiner sie mehr will. Und schließlich war da noch der Bruder Oreste, der nie einen Schritt aus dem Haus tat, umhegt und umsorgt wie ein Pascha, faul und böse, den ganzen Tag mit seinem dünnen Zwirbelbart zu Gange und hin und wieder einem völlig grundlosen Zornesausbruch erlegen. Und die Schwester Giuseppina, von der sie alle nie wussten, wo sie steckte, mit dem gelblichen Teint und dem stacheligen Damenbart.

Vincenzo fühlte sich wie eine Katze in einem Hundezwinger und verbrachte so viel Zeit wie möglich auf dem Land. Da hatte er gedacht, einen guten Fang gemacht zu haben, als er die Tochter von Don Francesco heiratete, aber jetzt – wenn der Blinde den Lahmen trägt – musste er nicht nur sie, sondern auch noch ihre Mutter, ihre Schwestern und den Bruder mit durchfüttern, weil nach Don Francescos Tod keiner mehr wusste, wo die Goldstücke versteckt waren, und dieser erbärmliche Staat einen Großteil der Ländereien mit der Begründung beschlagnahmt hatte, er sei ein *manutengolo* gewesen. Verraten und verkauft. Sie hatten das Haus abstoßen müssen, und in seinen zur Hälfte mit neapolitanischem Stuck verzierten Zimmern befand sich nun ein Klub, in dem Karten gespielt wurde. Dort verbrachte Vincenzo seine Sonntage, Nächte und Stunden, die er eigentlich im Geschäft hätte sein müssen, und dort ging Albina ihn suchen, wenn sie seine Hilfe brauchte.

Jedes Mal, wenn sie die rauchgeschwängerten und nach allem Möglichen stinkenden Zimmer durchquerte, drehte es ihr den Magen um, wenn sie den Putz sah, der von den Wänden abbröckelte, die Spinnweben, die mit kaputten und heilen Stühlen vollgestopfte Mansarde und den blütengemusterten Terrazzoboden, den ihr Vater hatte legen lassen, als er noch an die Zukunft geglaubt hatte, wie er unter dem mit Straßenschmutz und verschüttetem Wein verdreckten Sägemehl hervorblitzte.

Wenn sie in das hinterste Zimmer kam, das einen herrlichen Blick über das ganze Tal bot und von ihnen nur benutzt worden war, um hohen Besuch zu empfangen, hielt sie jedes Mal einen Moment inne, als wäre ihr die Luft weggeblieben. In der Mitte des Raumes ragte wie ein unheilvolles Wahrzeichen die nutzlose Wendeltreppe empor, die der neapolitanische Architekt ihnen aufgeschwätzt hatte. Vincenzo saß stets hinter ihr verborgen, beim Briskolaspiel, und fluchte. Sie schaute ihn an und hasste ihn, als wäre alles seine Schuld.

Und doch war er derjenige, der sich abrackerte, um ihnen das tägliche Brot nach Hause zu bringen. Tausendmal hatte er schon darüber nachgedacht, alles hinzuschmeißen und sein Glück in Amerika zu versuchen, einem schönen Land mit rauen Sitten, das, so hatte man ihm erzählt, sich jedem hingab, der es sich nehmen wollte. Wenn er blieb, so gab es dafür einen einzigen, unvermuteten Grund, denselben, warum er immer wieder den Wunsch zu gehen verspürte: seine Frau.

Im Unterschied zu ihrer Schwester, die wie ein überreifer Apfel wirkte, erinnerte Albina an ein kleines, saures Äpfelchen, das beim Hineinbeißen Gänsehaut hervorruft, aber Lust macht auf ein zweites und noch eins, bis man Bauchschmerzen bekommt. Sie ärgerte ihn, sie sah ihn schief an, aber wenn sie ganz dicht an ihm vorbeiging, stockte ihm jedes Mal der Atem.

Die Kinder, die aus ihrer Verbindung entstanden, waren alle gestorben, entweder noch als Säuglinge oder als Kleinkinder, an Typhus oder Malaria, eins an Schwindsucht, ein anderes am Grünspan, weil es am Tag des heiligen Antuono Fleisch aus dem Topf gegessen hatte, ein hübscher, freundlicher Junge, der auf den Namen Francesco getauft worden war.

Jeden Sommer starben die Kinder im Dorf wie die Fliegen an Diarrhö. »Der Schnitter ist gekommen«, sagten dann die Frauen, »der Sensenmann war da.«

Doch Albina wusste es besser, ihr Problem lag woanders. »Den Hals hat sie nicht voll kriegen können«, grantelte sie leise vor sich hin, »sie und dieser Hurensohn, der so dreist war, dem Allmächtigen Hörner aufzusetzen – nur um ihr an die Wäsche zu gehen.«

Allein das jüngste Kind hatte überlebt, Candida, die seit ihrer Geburt zart und kränkelnd war, doch sie war ihnen erhalten geblieben, den einen Tag krank, den anderen nicht, während all die anderen zum Schöpfer heimgekehrt waren. Albina betrachtete sie mitleidig, und jedes Mal, wenn sie sie glückstrahlend mit dem Leim und Pfriem ihres Vaters spielen sah, schüttelte sie den Kopf, als wäre sie verrückt oder von einem unheilbaren Leiden befallen.

Kaum war Vincenzo außer Reichweite von Frau und Kind, suchte er sich Erleichterung auf seine Weise zu verschaffen. Er stellte sich ans Fenster und ließ einen langen, dünnen Pfiff ertönen. Rosina Mest Pret ließ nicht lange auf sich warten. Ein Prachtstück von einem Weib, Massen an weißem und rotem Fleisch, nachlässig gekleidet und mit einer Horde Kinder, die den tüchtigsten Männern im Dorf wie aus dem Gesicht geschnitten waren. Ohne sie hätte Vincenzo nie die Qualen ertragen, die seine Frau ihm bereitete. Er verlor sich und fand seinen Frieden in ihrem üppigen Fleisch, während die spitzen Knochen Albinas ihn fiebern machten.

Albina und ihre Tochter waren schon an der Piazza vorbei und fast zu Hause angekommen, als Candida feststellte, dass sie ihre Flickenpuppe im Geschäft vergessen hatte, und sie machte so lange Theater, bis ihre Mutter sie zurücklaufen und die Puppe holen ließ.

Die Tür war verschlossen, was nicht weiter ungewöhnlich war, doch Candida wusste, wie sie hineinkam. Sie hatte es ein paar Tage zuvor gelernt, als sie mit dem Sohn von Mest Vardin, dem Tischler, gespielt hatte, der ihr mit stolzgeblähter Brust alle möglichen Handwerkszeuge gezeigt und sie heimlich mit dem Hobel oder dem Hohlmeißel hantieren ließ, wobei er sich mehr vergnügte als sie. Sie ließ sich ein weiteres Mal das gute Werkzeug geben, das so schöne Kreise stechen und zeichnen konnte, und fuhrwerkte damit kurzerhand im Türschloss herum. Als die Tür sich öffnete, sah sie im Halbdunkel des Zimmers ein Aufblitzen weißen Fleisches, das sich bewegte, ein hastiges Ausschlagen von Kleidungsstücken, die ordentlich angezogen werden wollten, ein Wogen von Haaren und den Hintern ihres Vaters. Candida zog sich zurück, ohne ein

Wort zu sagen. An diesem Abend konnte man das Gezeter bis auf die Via Nuova hinaus hören, und Albina, die genau darauf aus gewesen war, hatte endlich Nacht für Nacht eine gute Entschuldigung, sich ihrem Ehemann zu verweigern.

Eine unglückliche Zeit brach herein. Auch Vincenzo hatte sich in seinem Elend vergraben; er hatte sich im Kellergeschoss einquartiert, wo die Stunden langsam und wie vergiftet vergingen. Alle kultivierten sie ihre jeweilige Verbitterung, ihre Enttäuschung, ihren Groll; eingeigelt in ihrem Scheitern, wie dekadente Adelige in ihrem Erbschloss, ergingen sie sich in Fantasien, was alles hätte sein können, wo die Fässer mit dem Geld wohl verbuddelt waren, und je mehr darüber gesprochen wurde, desto weniger sicher war man sich, ob sie tatsächlich existiert hatten, und irgendwann tauchten sie nur noch hin und wieder in den Träumen auf. Mehr als ein halbes Jahrhundert später, wenn es draußen regnete oder stürmte, sollte Gioia sie im Spiel mit ihren Cousins noch in den verstecktesten Winkeln des Hauses suchen.

Als wäre es ein Fluch, wie die fleischgewordene Ungerechtigkeit, sah Albina an jeder Straßenecke die zahlreichen Kinder ihrer Schwester Costanza herumlaufen. Sie erkannte sie an ihren zufriedenen Gesichtern und den goldenen Napoleondors, die an ihre Jacken geheftet waren, und jenes lichte Funkeln brannte in ihren Augen und in ihrem Herzen.

Angelica verzehrte sich in ihrer ausufernden Weiblichkeit wie eine verblühende Rose. Oreste weinte dem Reich hinterher, für das er auf die Welt gekommen war und dessen man ihn beraubt hatte, er, der er der direkte Weg zu einer glorreichen Zukunft hätte sein sollen und sich stattdessen als Abstellgleis entpuppt hatte, eine tote Strecke. Über Giuseppinas Innenleben vermochte niemand etwas zu sagen. Nur die süße, freche Candida wuchs unbeeinträchtigt von allem Unheil heran, als könnte ihr das Übel einfach nichts anhaben: weder die Streitereien ihrer Eltern noch ihre ewigen Krankheiten, noch die Tatsache, dass Zio Oreste ihr eines Tages die Hand unter den Rock schob, um zu sehen, wie sie beschaffen sei, und ihr anschließend eine Geldmünze gab, damit sie niemandem ein Sterbenswörtchen verriet. Wie das Gift sein Gegengift selbst erzeugt, schien sie mit der Gabe geboren zu sein, alles Schlechte in etwas Gutes umwandeln zu können.

Dabei war nichts einfach für sie gewesen, stets hatte ihr Leben an einem seidenen Faden gehangen, und stets war sie wie eine Katze wieder auf die Füße gefallen. Jedes Mal, wenn ihr etwas gefiel, schien das Schicksal sich darauf zu verbeißen, es ihr wieder wegzunehmen.

Ihr erster Spielkamerad war ein Junge mit einem Napoleondor auf der Brust gewesen, mit dem zusammen sie sich einen ganzen langen Tag mit dem Graben von Löchern im Garten vergnügt hatte, auf der Suche nach dem Schatz, von dem ihr seit ihrer Geburt immer wieder erzählt worden war.

Gegen Abend schenkte ihr der Junge als Freundschaftspfand eine kleine Kohlmeise. Sie hatte schwarze Flügel, eine gelbe Brust und ein rundes, flaumiges Köpfchen.

Albina erwischte sie dabei, wie sie der Meise die Federn glatt strichen. Sie riss der Tochter das Vögelchen aus der Hand, bedachte es mit einem kurzen, hasserfüllten Blick und warf es dann hoch in die Luft. Candida schaute ihm zu, wie es immer weiter hinaufstieg, bis es nur noch ein winziger Punkt am Himmel war.

In diesem Moment ging eine Veränderung in ihr vor, die ihr beim Überleben helfen sollte, eine ganz neue Entwicklung, etwas, was es in der Familie bis dahin nicht gegeben hatte und was sie ihrer Nachkommenschaft – je nach Standpunkt – wie ein Geschenk oder wie einen Fluch vermachte: die Kunst, seine Meinung zu ändern.

Während die Kohlmeise in den Lüften entschwand, murmelte sie leise zwischen den Zähnen »Rutsch mir den Buckel runter«, und statt in Tränen auszubrechen, fing sie an zu lachen.

Dies tat sie nun immer, seit jenem ersten Mal. Sie hatte ein Lachen, das ganz gedämpft begann, mit kleinen Schluchzern und einem stimmlosen Hihihi, das wie die ersten Tropfen eines Sommergewitters klang.

In der vierten Klasse wurde sie von der Schule genommen, weil die wenigen übrig gebliebenen Mädchen in die Jungenklasse überwechseln mussten, in der sich auch zwei Knaben mit einem goldenen Napoleondor auf der Brust befanden.

Ein anderes Mädchen hätte sich an ihrer Stelle in eine Krankheit geflüchtet, denn es gab nichts, was sie mehr liebte, als mit der Feder Buchstaben zu malen, ordentlich in einer Reihe auf einem weißen Blatt Papier: »lieblich«, »entlegen«, »Ein-sied-ler«, lauter Wörter, die sie im Alltag nie gebrauchte, wie Juwelen, die nur bei besonderen Anlässen angelegt wurden. Mit diesen und anderen Wörtern bildete sie voller Begeisterung Sätze, die allein dadurch wahr wurden, dass sie sie aufschrieb. Und auch dieses Mal wusste Candida mit der Ungerechtigkeit umzugehen und ihre Zeit mit anderen Dingen auszufüllen.

Weil sie keine kleinen Geschwister zum Aufpassen hatte und die Hausarbeit ihrer Tante Angelica oblag, hatte sie mehr Freizeit als andere Mädchen in ihrem Alter und konnte sich ungestört den beiden großen Leidenschaften widmen, die sie ihr ganzes Leben lang begleiten sollten, bis zu dem Punkt, dass sie sie miteinander verflocht: Liebesromane zu schmökern und sich im Zwiegespräch mit Jesus Christus zu ergehen.

Die Leidenschaft für Liebesromane hatte ihr Zia Angelica vererbt, die ihrerseits eine ganz eifrige Leserin war und aus diesem Grund auch keinen Ehemann hatte finden können. In ihren Backfischjahren hatte die schönste Tochter Don Francescos, die sich gern etwas wählerisch gab, unerschütterlich auf den Moment gewartet, da ein Pilot vom Himmel fallen oder dem entlegenen Meer ein Seemann entsteigen würde, und so hatte sie die einfachen, aber aufrichtigen und vor allem realen Heiratskandidaten vom Lande stets verschmäht, die schließlich immer seltener bei ihr vorstellig geworden waren.

Candida hatte kaum das Buchstabieren gelernt, da verschlang sie auch schon die Geschichten von der ewigen Liebe strenggläubiger junger Mädchen, die unvermeidlich mit Rosen, Lilien oder Veilchen gleichgesetzt wurden.

In ihrer naiven Vorstellungswelt verwoben sich die himmlische und die irdische Liebe zu einer köstlichen Melange – mit der Folge, dass sie irgendwann hoffnungslos in Jesus Christus verliebt war. Und zwar nicht in die abstrakte göttliche Figur, sondern in die konkrete, wenn auch sehr vereinfacht dargestellte Plastik aus der Mutterkirche, in seinen Oberkörper, seine Lenden und seine Beine: Jesus nach der Kreuzabnahme, die Pietà.

Der Figur war eine eigene Seitenkapelle gewidmet, in deren dämmrigem Licht sich der weiße Marmor in sündigem Funkeln von der dunklen Holzbalustrade abhob. Dieser Jesus war ein wunderschöner Mann mit langen Gliedern und starken Muskeln, die sich deutlich unter seiner Haut abzeichneten. Solche Männer hatte sie im ganzen Dorf noch nicht gesehen. Eine große Sinnlichkeit ging von den Wunden in seinem marmornen Fleisch aus, und Candida gewöhnte sich an, jeden Tag zu unterschiedlichen Uhrzeiten in die Kapelle zu gehen, um ihn zu bewundern. Mit der Zeit bemerkte sie, wie eine geheimnisvolle Hitze – vielleicht das Heilige – ihren zarten Körper durchströmte und sich zwischen ihren Beinen entlud. Am Sonntag, wenn sie zur Kommunion ging, drehte sie die Hostie mit der Zunge im Mund herum, wobei sie darauf achtete, sie nicht mit den Zähnen zu berühren, denn dies war der Körper ihres Geliebten, und sie wollte ihn nicht verletzen. Dann schluckte sie sie hinunter, bis sie schließlich fühlen konnte, wie sie sich in ihr auflöste.

Ihre Schwärmerei nahm derart überhand, dass sie jede freie Minute in der Kirche verbrachte, stets angetan mit ihren besten Kleidern. Im ersten Moment begriff sie nicht, was in ihre Mutter gefahren war, als diese sie eines Tages im Dunkel der Kapelle aufstöberte, wo sie ihre schönsten Stunden verbrachte, und sie mit sich fortriss, während sie sie mit unaussprechlichen Namen belegte und ihr verbot, jemals wieder einen Fuß in die Kirche zu setzen, außer in ihrer Anwesenheit, am Sonntag und an hohen Feiertagen. Candida wehrte sich auch dieses Mal nicht, doch sie versprach dem Herrn Jesus Christus insgeheim, dass sie eines Tages seine Frau würde, und auf gewisse Weise gelang ihr das auch, wenngleich sie keine Nonne werden sollte, wie sie es zunächst vorgehabt hatte.

Sie war zwölf Jahre alt, als sie zum ersten Mal ihren künftigen Ehemann sah.

Man kann nicht gerade behaupten, dass sie eine Schönheit gewesen sei. Als kleines Kind hatte sie unter einer leichten Rachitis gelitten, die sie so zerbrechlich gemacht hatte wie eine Puppe – von der Sorte, die man mit geöffneten Beinen aufs Bett zu setzen pflegt. Von kleiner Statur, mit schmalen Schultern und schmächtigem Brustkorb, der Kopf ein wenig größer als normal, die sanften Augen belebt von einem spitzbübischen Blick, die Lippen weich, entzündete sie in den Männern eine ganze Bandbreite von Instinkten, von Brutalität bis Zärtlichkeit, und hin und wieder auch bedingungslose Liebe. Es gab immer und überall Männer, die verrückt nach ihr waren, als kleines Mädchen, als erwachsene Frau und sogar noch als Greisin, als sie aus den Altersheimen der anliegenden Dörfer nach wie vor Heiratsanträge bekam, die sie jedoch alle in gespielter Entrüstung ablehnte.

Die ersten Anzeichen für die kaum zu begreifende Faszination, die von ihr ausging, offenbarten sich bei den Anwärtern Angelicas, die mit der überbordenden Weiblichkeit, die sie da vor sich hatten, überfordert waren und nicht umhin kamen, einen Blick auf das Kind zu werfen, das ihnen den Rosolio brachte. Kaum zwei Worte mit ihr gewechselt, waren sie zu ihrer größten Schmach auch schon hoffnungslos in sie verliebt.

Einen Ehemann für Angelica zu finden war der große Ehrgeiz Orestes geworden, der seine Schwester wie einen Jahrmarktsbären zur Schau stellte und um nichts in der Welt auf ihre Verheiratung verzichtet hätte. Als Angelica noch jung war, kamen die Männer, die um ihre Hand anhielten, aus der ganzen Provinz angereist, doch für Oreste waren sie ihrer niemals würdig gewesen. Der eine war ihm zu groß, der andere zu klein, der dritte hatte einen schwachsinnigen Vetter. Ein wohlhabender Landbesitzer wurde vom Hof gejagt, weil er sich vor der Verabschiedung mit einem roten Taschentuch geschnäuzt hatte, wobei er ein lustiges Trompetengeräusch hervorbrachte. Es sah fast so aus, als wollte Oreste selbst den Mann heiraten, den er für seine Schwester suchte.

Anfangs war Angelica noch ungeduldig gewesen, doch mit der Zeit war ihr Ungestüm weniger drängend geworden, und sie hatte den Dingen ihren Lauf gelassen; sie unterwarf sich dem Willen des Bruders und suchte Trost in ihren Liebesromanen. Der Rest der Familie war zu sehr von den eigenen Problemen eingenommen, um sich um sie zu kümmern, doch als die Stürme vorübergezogen waren, wurde ihnen allen schlagartig klar, dass aus der Familienschönheit eine alte Jungfer geworden war, und sie versuchten sie zu trösten, wo sie konnten.

Die Heiratsvermittler probierten ihr Glück bei der Jagd nach einer guten Partie – und manchmal auch nach einer halb guten – erst in Grassano, dann in Miglionico, dann in Salandra. Je mehr Zeit ins Land ging, desto weiter mussten sie ihre Kreise ziehen bei der Suche nach einem Fremden, der Angelicas tatsächliches Alter nicht kannte, wobei ihnen der Umstand zugute kam, dass diese, wohl aus Mangel an Vitalität, ihr wahres Alter bestens verbergen konnte, mit dem Nachteil allerdings, dass sie zunehmend weniger in Saft und Kraft stand und ihre Bodenhaftung verlor. Sie ähnelte immer mehr jenen erstaunlich wirklichkeitsgetreuen, geruchlosen Früchten aus Wachs, die Albina in ihrer Truhe verwahrte, die einzige Erinnerung an ihr Elternhaus.

Wenn sich endlich jemand fand, der sich zur Ehe bereit erklärte, verweigerte Angelica sich ihm wütend, und wenn ihre Familienmitglieder sie dann zwingen wollten, ihm ihr Jawort zu erteilen, ersann sie jedes Mal Wege, den ohnehin nicht sehr überzeugten Kandidaten in die Flucht zu schlagen. Sie wollte sich die Möglichkeit nicht verbauen, eines Tages doch noch ihrem Piloten zu begegnen. Es sollte Candidas ganze Hartnäckigkeit und Liebe brauchen, um das Schicksal letztendlich in eine andere Richtung zu lenken.

Fünftes Kapitel

Mitte Oktober fand in Grottole ein riesiger Jahrmarkt statt, der eine ganze Woche andauerte. Es war das letzte Mal vor dem großen Jahrmarkt in Potenza, der die Saison beendete, und das Ereignis war so bedeutend, dass die Leute aus dem ganzen Umkreis angereist kamen. Der Jahrmarkt wurde mit einer lautstarken feierlichen Prozession auf der Piazza eröffnet, zu der die Kupferschmiede aus Apulien und Matera ihre Kessel, Waschzuber und sonstigen Haushaltsgegenstände mitbrachten. Weiter unten, auf der Straße zum Marktplatz hin, wurden derweil die Tiere zusammengetrieben. In diesen Tagen pflegten die Zigeuner ihre Verlobungen zu feiern.

Es war während dieses Jahrmarkts, dass Candida Colino zum ersten Mal sah.

Der Tag war einer von der Sorte, die man am liebsten so schnell wie möglich wieder vergisst. Der Jahrmarkt hatte am Vortag begonnen. Der Vater war morgens zu seinem Stand gegangen, um seinen Krimskrams zu verkaufen, und die Mutter hatte sich zu einer Zigeunerin aufgemacht, mit der sie befreundet war. Auch Candida hatte früh das Haus verlassen und sich ihren Weg zwischen den Dutzenden Schuh- und Wäscheständen gebahnt. Ohne bei den riesigen Bergen an Nüssen und den Holzkübeln mit in Salzlake eingelegten Oliven stehen zu bleiben, ja noch nicht einmal bei den gerösteten Maiskolben, an denen sie so gern knabberte, war sie direkt zu Gennarino u Capellaro gelaufen.

Auf seinem Verkaufstresen saß inmitten gewöhnlicher Drogeriewaren – Bänder, Haarklemmen, Seifenstückchen – eine spanische Puppe mit einem bemalten Wachsgesicht und einem Körper aus Sägespänen, der von einem Kleid mit roten Satinrüschen bedeckt war. Seit dem Vortag, als der Perückenmacher die Puppe zum ersten Mal ausgestellt hatte, war sie der Traum aller Mädchen aus dem Dorf. Um sie zu besitzen, musste man die Geduld aufbringen, jedes Haar einzeln herauszuklauben, das im Läusekamm stecken geblieben war, wenn dieser über die Kopfhaut kratzte, bis sie zu bluten begann. Eine Geduld, die ein ganzes Leben umfassen mochte. Candida hatte beschlossen, die Zeit schneller vergehen zu lassen.

Am Morgen hatte sie die Schere genommen, die zum Tranchieren der Hühner benutzt wurde, und hatte sich kurz entschlossen den langen Zopf abgeschnitten, der ihr bis zum Po reichte – so wie auf der gegenüberliegenden Seite der Erde es ihr andere bald nachtun sollten, wenn auch aus anderen Gründen.

Als Gennaro sie mit dem abgeschnittenen Zopf in der Hand vor sich sah, den sie in ein Stück alte Zeitung gewickelt hatte, schüttelte er den Kopf, als hätte er diese Situation schon öfter erlebt. Abgeschnittene Haare nützten ihm gar nichts! Sie mussten natürlich ausgefallen sein, mit der Haarwurzel noch dran. Als Gegenleistung für den Zopf – ihre Enttäuschung war ihm nicht unbemerkt geblieben – könne er ihr höchstens eine Ratsche geben. Er hatte noch eine da, mitten in seinem Krempel, und setzte sie gleich in Bewegung, um sie ihr Schnarren hören zu lassen. Doch sosehr das Instrument auch ächzte und krächzte, Candida blieb unbeeindruckt. Wortlos machte sie auf dem Absatz kehrt und zog davon, nicht einmal ihren Zopf nahm sie mit, und sie irrte zwischen den Ständen herum, während ihre Augen sich mit Tränen füllten.

Colino stand hinter dem Verkaufstresen, zusammen mit seinem Vater, und als Candidas Blick auf ihn fiel, war er gerade dabei, ein Stück Taft in der Farbe reifer Pflaumen aufzurollen, mit einem so lauten Knistern, dass sie es noch Jahre später zu hören meinte.

Seine Augen waren die eines Levantiners, schwarz und voller Sehnsucht, wie bei allen Männern, die vom Meer kommen, so sanft und zärtlich, dass selbst der kostbarste der feilgebotenen Stoffe, ein Samt- und Seidengemisch, nicht mit ihnen mithalten konnte. Seine Lippen waren fein gezeichnet, die Zähne leuchtend weiß, alle gerade und gesund. Und dann diese Hände mit den langen Fingern – mit anderen Worten: Er sah genauso aus wie der Jesus Christus, den Candida so geliebt hatte, oder wenigstens kam es ihr so vor, als hätte sich dessen Marmorgestalt plötzlich in Fleisch und Blut verwandelt. Zu dieser Zeit war Colino achtzehn Jahre alt.

Zehn Jahre war er schon nicht mehr im Dorf gewesen, zehn Jahre, die er mit Zio Cataldo, einem Deckenhändler aus Bari, unterwegs gewesen war. Jetzt war er gekommen, um seinem Vater während des Jahrmarkts auszuhelfen, und nie waren die Geschäfte besser gelaufen. Seinetwegen drängten sich die Frauen in Scharen um den Stand, taten so, als interessierten sie sich für die Stoffe, die Minguccio u Mercial unter leutseligem Geschwätz vor ihnen ausbreitete. Und unaufhörlich wurden kühne Blitze aus zahlreichen Augenpaaren in Colinos Richtung abgeschossen, doch kein einziger hatte ihn bisher getroffen. Zur großen Genugtuung seiner Mutter, die eifersüchtig und stolz auf das Wunder war, das sie hervorgebracht hatte, war Colino immer noch Jungfrau. Trotz der vielen Gelegenheiten, die er gehabt hätte, war er nie mit einer Witwe oder einem dieser Weiber von zweifelhaftem Ruf mitgegangen, noch hatte er die Reinheit irgendeines jungen Mädchens beschmutzt. Eine ihm angeborene, gleichwohl verschmitzte Unschuld verschonte ihn vor sämtlichen Versuchungen. Seine Ausstrahlung war von einer solchen Sanftheit und Süße, dass sie jeden Arg und Trug zunichte machte. Er hatte sich mittlerweile an die Frauen gewöhnt, die ihm auf die Pelle rückten wie Fliegen einem Ochsen, und wenn er sie auch nicht mit einem gelassenen Schwanzwedeln vertreiben konnte, so ließ er doch ihr Feuer in seinem klaren Blick erlöschen.

Colino maß gerade mit der Handfläche den Stoff aus, als er die Augen hob und sich in seinem Blickfeld plötzlich Candida befand.

Zunächst zog sie seine Aufmerksamkeit nur auf sich, weil sie ihr Haar auf solch merkwürdige Weise geschnitten hatte. Dann, als auch sie ihn anschaute, geschah etwas Seltsames. Es war, als hätte sich eine Tür geöffnet. Voller Verwunderung durchquerte Colino Korridore und Zimmer, manche hell und festlich erleuchtet, andere dunkler und geheimnisvoller, verborgene schattige Erker, Abstellkammern, sonnige Terrassen.

»He, Junge!« Ein kräftiger Hieb auf seine Schulter ließ ihn zusammenzucken. Sein Vater, Minguccio u Mercial, war seinem Blick gefolgt, um zu begreifen, was ihn ablenkte, doch er hatte nichts entdecken können. Nur ein Mädchen mit rachitischen Schultern und flacher Brust, das Haar auf Kinnhöhe abgeschnitten und die Augen tränenfeucht, die in dem Moment jedoch von einem Lächeln erleuchtet wurden.

Er sagte ihm noch einmal, dass er den Tricaricosamt einpacken solle. Colino löste den Blick von Candidas Gesicht, um den väterlichen Befehl auszuführen. Als er erneut in ihre Richtung schaute, war Candida verschwunden.

Die ganzen Tage, die der Jahrmarkt noch andauerte, hoffte er, dass sie erneut vorbeikommen würde, und sobald er konnte, verließ er den Stand seines Vaters, um nach ihr Ausschau zu halten: zwischen den Stoffhändlerständen, bei den Marktschreiern, die Seifenkraut- und Lakritzwurzel feilboten, den Streithähnen, die um Preise feilschten, ja sogar bei den Zigeunern, die den Leuten die Karten lasen. Er suchte sie überall und fragte jeden, ob er sie gesehen habe, ohne dass er in der Lage gewesen wäre, sie genauer zu beschreiben – bis er zum Stand von Gennarino u Capellaro kam.

Candida war zu Hause, wo sie Lampascioni putzte, eine Hyazinthenzwiebelart. In dem Moment, da Colino und sie einander angestarrt hatten, war nämlich zufällig ihr Vater vorbeigekommen und hatte sie mit offenem Mund vor den Stoffen von Minguccio, dem Apulier, erwischt. Ohne ein Wort zu sagen, hatte er sie am Arm gepackt und nach Hause gezerrt. Er hatte ihr eine Ohrfeige verpasst und ihr einen ganzen Berg von Lampascioni zum Putzen gegeben. Candida hatte sich nicht gewehrt. So konnte sie wenigstens in seliger Ruhe an Colino denken. Bei jeder Zwiebel sah sie noch das kleinste Detail seines Gesichts genau vor sich, die Wangenknochen, die Augen, die Brauenbögen, die geschwungene Linie seiner Lippen, und jeder einzelne Zug nahm für sie tausend offene oder versteckte Bedeutungen an, ohne dass sie auch nur eine einzige hätte benennen können.

In diese Gedanken versunken, raste für sie die Zeit voller schönster Versprechungen dahin, bis sie mit der Wirklichkeit konfrontiert wurde. Ihr Vater war gerade mit einem Holzkübel abgezogen, in dem die Knollen mit lautem Kullergeräusch umherkugelten, als ihr bewusst wurde, dass dies der letzte Jahrmarktstag war und sie Colino die ganze Zeit nicht mehr gesehen hatte. Ohne langes Federlesen hinterging sie ihren Vater und eilte hinaus, um ihn zu suchen.

Im Largo San Rocco herrschte bereits Aufbruchstimmung. Viele Händler hatten diesen letzten Jahrmarktstag verkürzt und waren schon abgereist, andere waren dabei, ihre Stände abzubauen. Abschiedsrufe und kehlige Schreie, um die Maulesel anzutreiben, erfüllten die Luft. Ihhhhhhhhhhh! Strohfetzen und Staub wirbelten auf und brachten sie zum Niesen. Mit klopfendem Herzen bahnte Candida sich einen Weg durch die Leute, die ihre Wagen beluden, bis sie schließlich die Stelle erreichte, an der sich der Stand von Minguccio u Mercial befunden hatte. Auf dem Boden lagen nur noch ein paar Nussschalen und Kürbiskerne, Pferdeäpfel und Strohhalme.

Wind war aufgekommen. Ein kalter und schneidender Wind, zu frisch für die Jahreszeit, der plötzlich ein Stück Papier in die Luft hob, es für einen Moment in der Schwebe hielt und dann wieder fallen ließ. Jemand sagte, dass der Stoffhändler und sein Sohn bereits am Morgen abgereist seien. Sie bat den Mann, seine Worte zu wiederholen, weil sie es nicht glauben konnte. Alles in ihr wurde mit einem Mal kalt und tot. Sie dachte, dass das Leben für die Zeit, die ihr noch blieb, eine einzige Bürde sein würde.

Mitten in dieser eisigen Ödnis trat ihr eine Gestalt aus dem Schatten entgegen. Sie schien einer anderen Epoche anzugehören, ob einer glücklicheren oder traurigeren, hätte sie nicht zu sagen vermocht, auf jeden Fall einer, die schon lange vergangen war, aus einer Zeit, da sie noch ein Mädchen war, das mit Puppen spielte. Sie erkannte Gennarino u Capellaro, der die Arme schwenkte, um sie auf sich aufmerksam zu machen. Als sie direkt vor ihm stand, hielt er ihr die spanische Puppe entgegen. Ungelenk nahm sie sie in die Arme. »Sie gehört dir«, bestätigte er ihr. Sie schaute ihn ungläubig an.

»Viele Grüße von Minguccio u Mercials Sohn«, sagte Gennarino mit einem halben Lächeln und zwinkerte ihr zu, bevor er sich davonmachte, seinen Wagen fertig zu beladen, denn es wurde bald dunkel. Candida war, als ginge die Sonne auf, und alles um sie herum erwachte erneut zum Leben.

Wenige Tage später erklärte Colino seiner Mutter, dass er die Frau gefunden habe, die er heiraten wolle. Er zeigte sie ihr, während sie mit einem Korb Eier über die Straße ging, aus denen wenig später ein Omelette werden sollte.

»Die da? Die macht doch noch in die Hose!«, lachte Diodata. Sie wollte ihren hübschen Sohn ohnehin am liebsten gar nicht an eine andere verlieren, und nun musste sie auch noch feststellen, dass er von Frauen rein gar nichts verstand. Sie selbst würde ihm eine Frau suchen, wie es sich gehörte, aber im Gegensatz zu sonst bestand Colino auf seinem Willen: Er wollte diese und keine andere.

Als Vincenzo Minguccio u Mercial über die Schwelle seines Schusterladens treten sah, dachte er im ersten Moment, er wolle ihm ein Geschäft vorschlagen, und entschied spontan, dass er ihm nicht einmal in Gold aufgewogen irgendetwas verkaufen würde. Stattdessen musste er erfahren, dass dieser Mann seine Tochter haben wollte. Nicht weniger als das. »Meine Tochter, meine Tochter Candida, meine Licandrella ...« Vincenzo gelang es kaum, die Fassung wiederzuerlangen. Was für ein dreister Lüstling!

Da Minguccio nun schon einmal da war, nutzte Vincenzo die Gelegenheit, ein paar Dinge in Erfahrung zu bringen und seine Neugier zu stillen, die ihn all die Jahre so sehr gequält hatte. Er wollte wissen, wie viele Stoffe sie in Apulien im Lager hätten, wie es um ihre Liquidität stehe, wie viele Karren sie hätten, ob sie ein Haus besäßen, Esel, Maultiere, Hühner – so als wollte er die Partie ernsthaft in Erwägung ziehen. Minguccio u Mercial hatte eigentlich keine Lust, sich diesem Verhör zu stellen, aber irgendetwas musste er ja sagen, und so machte er von seiner legendären Zungenfertigkeit Gebrauch und versuchte ihn mit seinem üblichen Geschwätz zu verwirren. Doch Vincenzo blieb stur.

Colino war es schließlich, der ihm Rede und Antwort stand, weil er auf Nummer sicher gehen und verhindern wollte, dass der andere sich aufregte, während sein eigener Vater ihn schief von der Seite anblickte.

Wort für Wort wiederholte Vincenzo Minguccios Aufzählung, als müsste er scharf rechnen: »Ein Esel, ein Maultier, zwei Zugpferde, ein Hund, ein Haus in Monopoli und ein Schuppen in Grottole, vierhundert Ballen Stoff im Lager ... Weißt du was? Du kannst dir dein Zeug in den Arsch stecken! Nicht mal tot geb ich sie deinem Sohn! Eher ertränk ich sie, dreh ihr den Hals um wie einem Huhn, lass sie verhungern oder an gebrochenem Herzen sterben – und du, du elender Hurensohn, wenn du dich noch einmal hier blicken lässt oder auch nur darüber nachdenkst, brech ich dir's Genick, ich mach dich kaputt, dich und deine ganze Familie, euch und den, der euch hierhergeschickt hat!« Und Minguccio, der Apulier, seine Frau und sein Sohn wurden gesehen, wie sie zügigen Schrittes von dannen zogen, die Straße hinunter, die von der Piazza wegführte, während von der Schwelle seines Ladens aus Vincenzo hinter ihnen herschimpfte, zornig und hochzufrieden.

Von diesem Tag an durfte Candida keinen Fuß mehr vor die Tür setzen.

Sie verbrachte Stunden damit, den Faden zu halten, den ihre Großmutter Concetta mit einer unglaublichen Geschwindigkeit zu einem unendlichen Strang aufwickelte, nicht ohne hin und wieder den Blick vom Faden zur Enkelin schweifen zu lassen und den Kopf zu schütteln, als hätte sie immer schon gewusst, wie das alles enden würde. Dann, um sie zu trösten, begann sie irgendeine uralte Geschichte zu erzählen, und die Moral war immer, wenn eine Sache einmal schieflief, gab es keine Möglichkeit, sie wieder geradezubiegen, bester Beweis sei ihre eigene Familie, Zia Costanza, Gott möge ihr vergeben, und Nonno Don Francesco, die gute Seele, und ach, die arme Seele ihrer Mutter.

Doch Candida wollte von all dem nichts wissen und entschied, das Schlusskapitel dieser Geschichte selbst zu schreiben, so wie sie es in der Schule schon getan hatte, wenn es galt, Aufsätze zu verfassen.

Weil sie nicht wusste, was sie tun sollte, wandte sie sich an die einzig einflussreiche Person, die sie kannte: Jesus Christus. Wie man es in solchen Fällen tut, versprach sie ihm eine Belohnung, wenn er ihr nur helfen würde. Etwa, dass sie ihm den Mann zurückgebe, den ihre Großtante ihm genommen habe. Der Herr nahm den Handel an, scheint es, doch er sollte nicht der Einzige sein, dem an einem glücklichen Ausgang der Liebesgeschichte von Candida und Colino gelegen war.

Albina konnte es nicht fassen. Es musste sich um einen Irrtum handeln. Ihre Tochter, dieses rachitische Kätzchen, diese Mickermaus, diese halbe Portion – sie war zur Ehefrau auserkoren vom schönsten Jüngling, den Grottole je gesichtet hatte, den sie alle haben wollten und den nie eine gekriegt hatte? Aus irgendeinem geheimnisvollen Grund handelte es sich tatsächlich nicht um einen Irrtum, Colino wollte wirklich sie und niemand anderen heiraten – das bestätigte ihr sogar seine Mutter, ihre Freundin Diodata, der sie nicht einmal unrecht geben konnte, wenn sie behauptete, ihr Sohn habe den Verstand verloren. Man musste das Glück bei den Hörnern packen, ehe es sich wieder davonmachte! Und ihrem Ehemann, Mest Vincenzo, dem geschah das ganz recht …

Im Februar gab es ein Zusammentreffen im Keller von Nascafolta, der einen Fuchs gefangen hatte. Auch Vincenzo nahm daran teil. Die Frau von Nascafolta hatte für die Innereien ein paar Frauen aus der Nachbarschaft eingeladen, und sie waren zum Essen in den Keller der Tricarichese gegangen.

In dieser Nacht geschahen viele Dinge, die aus dem einen oder anderen Grund nie mehr in Vergessenheit gerieten, und manche davon sollten später auch dem Repertoire an Geschichten angehören, mit denen Gioia unterhalten wurde, als sie sich auf der Schwelle zwischen Leben und Tod befand.

Es gab eine Mondfinsternis.

Candida hatte ihre erste Menstruation.

An jenem Abend durfte sie zum ersten Mal, seit Colino um ihre Hand angehalten hatte, mit Zia Angelica zusammen das Haus verlassen, doch während sie an der Stadtmauer entlangspazierten, war ihr plötzlich schlecht geworden, und sie hatte allein zurück nach Hause gehen müssen, eher als beabsichtigt.

Hinter der hölzernen Trennwand schlief bereits Concetta; sie hörte sie leise schnarchen, als sie vorbeiging. Sachte schlich sie die Stufen hinab, die zum Souterrain führten, in dem sie sich mit der Tante ein Bett teilte. Plötzlich blitzte im Halbdunkel ein Licht auf. Sie drehte den Kopf und sah ihren Onkel Oreste, der Angelicas Kleider trug, die Wangen geschminkt, die Wimpern schwarz getuscht, und sich vor einem Fotoapparat auf einem Stativ in lasziver Pose rekelte.

Er drohte ihr, sie zu erwürgen, falls sie mit irgendjemandem darüber sprach, was sie hoch und heilig zu unterlassen schwor. Jahrelang sollte sie ihr Geheimnis hüten, zuerst aus Angst, später aus Gleichgültigkeit, und fast hätte sie es vergessen, als es ihr lange Zeit später doch noch einmal nützlich werden sollte.

In jener Nacht, während in Nascafoltas Keller über die Jagd und über die Frauen gesprochen wurde, verleibte sich Vincenzo eine halbe Korbflasche Wein ein, mit schlechtem Gewissen, aber umso größerem Vergnügen. Er hätte es nicht tun sollen, denn es war nicht gut für sein Herz.

Schon lange litt er unter einer Herzschwäche, mehr oder weniger seit jenem Tag, so hatte er nachgerechnet, da er geheiratet hatte und seine Frau ihn Nacht für Nacht um den wohlverdienten Schlaf brachte. Der Arzt hatte ihm das Trinken verboten und ihm Tropfen verschrieben, die nach Galle schmeckten und die er manchmal nahm und manchmal nicht, während er sich jeden Tag, den Gott werden ließ, heimlich ein Gläschen gönnte, gelegentlich auch zwei oder drei. Er trank sie in einem Zug, wobei er sich hastig umschaute, ob ihn auch niemand erwischte, und wenn dies tatsächlich einmal vorkam, beschwichtigte er, das mache doch nichts, und überhaupt könne er diesen Schleimscheißer von einem Doktor nicht ausstehen.

Auf dem Weg nach Hause musste er sich zügeln, um nicht lauthals zu singen.

Seine Frau war kurz vor ihm heimgekehrt.

Während der Mond sich verdunkelte und manch eine Alte im Dorf schon das Unglück heraufziehen sah, hatte Albina im Keller der Tricarichese so viel gelacht, dass sie Bauchschmerzen davon bekommen hatte. Zurück in ihrem Haus, tat sie, was sie schon seit Jahren nicht mehr getan hatte: Sie schlief mit ihrem Mann.

Sie war dabei, sich auszuziehen, als er ins Schlafzimmer trat.

Vincenzo blieb einen Moment stehen, um seine Frau zu betrachten, dann, ohne Luft zu holen, stürzte er mit dem Furor eines Ertrinkenden in der Wüste auf sie zu. Albina schoss ein seltsamer Gedanke durch den Kopf, und sie ließ ihn gewähren.

Vincenzo nahm sie mit Gewalt, und das Herz schien seine Brust sprengen zu wollen, während er sich in dem versenkte, was für ihn nunmehr bloß eine Fata Morgana war. Albina spürte sein Herz an ihrem Busen schlagen wie eine Trommel, es schlug und schlug und schlug, um schließlich ins Holpern zu geraten und mit einem Male zu zerspringen.

Sie blieb noch eine Weile unter ihm liegen. Das Gewicht seines Körpers war angenehm. Es kostete sie einige Anstrengung, unter dieser schweren Masse hervorzukriechen. Sie drehte ihn um. Vincenzos Gesichtsausdruck war glücklich, die gleiche Zufriedenheit, die für einen Moment, gegen ihren Willen, auch sie überkommen hatte. Sie streichelte seine Wange, schnell schnell, denn in all den Jahren, in denen sie ihren Krieg gegen ihn ausgefochten hatte, war er ihr doch ans Herz gewachsen, wenngleich niemals so sehr, dass sie ihm Befriedigung verschafft hätte. Dann beeilte sie sich, ihm die Augen zu schließen, damit sie die Gedanken, die ihr in dem Moment durch den Kopf gingen, nicht tatsächlich zu Ende dachte.

So geschah es, dass Candidas Gebete erhört wurden. Die Verlobung wurde gefeiert, kurz nachdem die erste Trauerzeit vorüber war.

Civl Ciavl ging in den Garten,
der böse Schatten folgte ihm,
wär sein Maul nicht so groß geraten,
Civl Ciavl wär nun hin.

Sechstes Kapitel

»Weißt du noch, wann du dich in mich verliebt hast?«, wollte Candida von Colino wissen. Ein Lausbubengrinsen hatte sich auf ihrem Gesicht breitgemacht. »Als ich geboren wurde, hat deine Mutter dich zu meiner geschickt, damit du ihr ein paar Täubchen bringst. Du warst schon fast zur Tür raus, als Mama hinter dir herrief: ›Und die Kleine willst du wohl gar nicht sehen?‹ Sie nahm mich aus der Wiege, und du gabst mir einen Kuss. Seit dem Moment hast du mich nie mehr vergessen.«

Sprachlos blickte Colino sie an. »Na, warte!« Er schubste sie, und seine Augen strahlten.

Um heiraten zu können, mussten sie sich gedulden, bis für Angelica eine Lösung gefunden war. Das hatte Oreste so bestimmt, der hin und wieder aus den Abgründen seines vergeudeten Lebens emportauchte und sich durch sinnlose Tyrannei Ausdruck zu verschaffen suchte. Die Hoffnungen, einen geeigneten Ehemann für Angelica zu finden, gingen mittlerweile gegen Null, doch Candida stürzte sich mit einem solchen Eifer in die Sache, dass am Ende nicht eine oder zwei Hochzeiten stattfanden, sondern drei, die das ganze Dorf auf den Kopf stellten.

Unterhalb der Villa, die Don Francesco gehört hatte und in der sich nun der Klub befand, wohnten die Rabbias. Seit Generationen pflanzten sie sich im Dunkel ein und desselben Stalles fort, wie Unkraut, das man ausrupft und das nur noch stärker nachwächst; sie überstanden Krankheiten und Brände, Typhus, Cholera, Hunger, Überschwemmungen, Läuse, Krätze – so beschäftigt waren sie damit, sich zu vermehren, der Vater mit den Töchtern, die Brüder mit den Schwestern, bis sie nicht mehr wussten, wie sie hießen; sie konnten kaum sprechen und verständigten sich mit Vogelschreien oder aber jaulten wie Hunde.

Nur hin und wieder, aus einem genetischen Irrtum oder einer anderen Mendel'schen Laune heraus, kam dabei ein Kind zustande – in der Regel waren es Mädchen –, das sich auf einer höheren Entwicklungsstufe befand und ausgerechnet aus diesem Grund besonders elend dran war. Lucrezia war es mehr als alle anderen.

Sie kaute kein Wiesengras, weil sie es nicht von der Wegwarte unterscheiden konnte, zankte sich nicht mit den Schweinen um Birnenstrünke, hatte niemals eine noch halb zappelnde Katze und auch keine ungeschuppten Fische aus dem Basento verschlungen. Mit zwölf Jahren war sie auf wundersame Weise noch immer Jungfrau. Sie kämmte sich, und wenn sie die Gelegenheit dazu fand, wusch sie sich auch. Sie hatte vergleichsweise früh sprechen gelernt, und weil sie sich der Misere schämte, in der ihre Familie lebte, pflegte sie einen Haufen Lügen zu erzählen.

Sie sprach von ihrem Elternhaus jedes Mal auf andere Weise, schwärmte von der schönen Wiege des kleinen Bruders, dem randvollen Ölfass, dem Backtrog mit dem Brotteig, dem überquellenden Getreidespeicher, den Einmachgläsern mit den Wurstschlangen in Öl, ohne sich um die Tatsache zu kümmern, dass alle ihre Zuhörer die Wahrheit bestens kannten. Wenn man ihr als

Almosen etwas zu essen anbot, erwiderte sie, dass sie schon gegessen habe. Das Essen nahm sie freilich an. Für Antonino, das Schwein. Sagte sie.

Im Dorf war sie beliebt, denn wenn es etwas zu arbeiten gab, war sie immer als eine der Ersten dabei. Sie erzählte selbst dann noch ihre fantastischen Geschichten, wenn sie die Schweine auf die Weide brachte und auf Zehenspitzen das Wasser aus der Quelle abschöpfte.

Lucrezia schrubbte bei Albina den Fußboden, als Giuseppe sie zum ersten Mal erblickte, und es hätte nicht viel gefehlt, dass Candida ihretwegen doch noch eine alte Jungfer geworden wäre.

Giuseppe Amodio, Sohn von Rocco, war bereits als Junge nach Amerika gegangen. In Neapel, wo er das Frachtschiff nehmen sollte, hatte er zum ersten Mal in seinem Leben das Meer gesehen. Kaum hatte er vor dieser gigantischen Wassermasse gestanden, die von allen Seiten auf ihn zuwogte und einen nie vernommenen Geruch verströmte, welcher sich mit dem des Teeres von den Schiffen vermengte, hatten sich die Härchen auf seinem Körper aufgestellt und sich seine Beine so fest in den Boden gestemmt, als hätten sie Wurzeln geschlagen.

Wie einen bockigen Esel hatten sie ihn auf das Schiff zerren müssen, denn die hundertfünfzig Lire für die Fahrkarte und die hundert für die Vermittlungsgebühr, ohne die man nicht abreisen konnte, waren schon bezahlt, und so hatten sie ihn schließlich gewaltsam in den Laderaum bugsiert.

Die ganze Überfahrt hindurch hatte er gekotzt. Mit verknoteten Eingeweiden und einem flauen Gefühl im Magen starrte er durch die Bullaugen auf das feindliche Element, das bei Sonnenauf- und Sonnenuntergang eine blutrote Färbung annahm. Er stellte sich vor, es wäre bewohnt von riesigen Ungeheuern, die früher oder später den Frachter verschlingen würden, doch er konnte mit niemandem darüber sprechen, denn niemand verstand seinen Dialekt, und so hatte seine Furcht ihn einsam gemacht.

Wenn er sich des Nachts schlaflos auf seinem Lager hin und her wälzte, fragte er sich, welche Sünden er begangen haben mochte – denn es konnte doch nicht sein, dass ein gottesfürchtiger Christ, ohne irgendetwas verbrochen zu haben, bei lebendigem Leib in diese Hölle geschickt wurde.

Der einzige Grund, weshalb er nicht den Verstand verlor, war ein Säckchen mit schwarzen Oliven in Salzlake, das seine Mutter ihm vor seiner Abreise geschenkt hatte. Jeden Abend aß er eine davon, kaute sie ganz langsam zusammen mit dem Brot, das er sich mittags zurücklegte, und dank des Geschmacks, den dieses salzige Fruchtfleisch entfaltete, gelang es ihm, sich für einen Moment daran zu erinnern, wer er war, und die Gesichter seiner Familie wiederzufinden, den heißen Atem der Brüder, die nachts neben ihm schliefen, das Rumoren der Tiere, die Gerüche und Geräusche seines Elternhauses, und er vermochte seine Angst in Heimweh umzuwandeln, seine Erschütterung in Bedauern, seinen Wahn in Resignation.

In einer Sturmnacht, in der er von den Wellen durchgeschüttelt wurde, während er über der Reling hing und sich erbrach, hatte er sich verzweifelt gefragt, wie er dermaßen an Format hatte verlieren können, und er schämte sich so sehr, dass er sich am liebsten für immer diesem schwarzen Wasser hingegeben hätte, das er so fürchtete. Doch dann war ihm ein Gedanke gekommen, wie eine Hand, die aus den Wellen aufstieg und an der er sich festklammern konnte. Er schwor sich, dass, sollte er jemals diesem Albtraum entrinnen, sein Sohn eine solche Erfahrung nicht durchmachen müsste. Er würde unter beiden Füßen festen Boden behalten, sein Sohn, nie würde ihn jemand dazu zwingen können, sich an Orte zu begeben, die ein guter Christ nicht einmal im Traum aufsuchte. Nie würde er sein eigenes Todesurteil mit einem Kreuz unterzeichnen müssen.

Giuseppe schaffte es, seinen Albträumen zu entkommen, doch er sollte nie mehr der Junge mit der zu weiten Jacke sein, der vom Hafen Neapels aus losgezogen war, auf dem Weg zur Mole sein erstes Babà al rum kauend, dessen unbekannter süßer Krapfengeschmack sämtliche Verheißungen Amerikas in sich barg, des Landes des Überflusses, in dem der Käse auf die Maccaroni regnete und die Wagen ohne vorgespannte Maulesel fuhren, wie die Reisevermittler seinem Vater vorgeschwärmt hatten. Dieser hatte sich krumm und kaputt gearbeitet, um das Billett zusammenzusparen, so viel Geld wie für ein halbes Jahr Essen und Kleidung für die ganze Familie, nur um ihn über den großen Teich schicken zu können wie eine Flaschenpost.

Am Tag seiner Abreise war das ganze Dorf zur Via Nuova gekommen, um ihn zu verabschieden. Während er auf den Karren stieg, hatte der eine ihm einen Brief an einen Verwandten zugesteckt, der andere ihm seinen Segen erteilt und der dritte ihm ins Gewissen geredet, ihn ja in Erinnerung zu behalten, als hätte er sein Glück bereits gemacht. Als das Schiff der Linie *La Veloce* mit seiner menschlichen Fracht in See stach, riss der Faden des Wollknäuels durch, den ein abruzzesischer Bauer neben ihm in der Hand hielt, und alles war in diesem Moment zu Ende gegangen.

Um nach New York zu kommen, hatten sie drei Wochen gebraucht. »Amerika!«, hatte er eines Morgens endlich jemanden rufen hören. Als er aus dem Laderaum hochkam, sah er zwischen dem bleiernen Himmel und dem bleiernen Meer ein paar melancholische Möwen umherflattern, dann tat sich vor seinen Augen ein schier unvorstellbarer Anblick auf: die Wolkenkratzer von Manhattan.

Zwei Tage später – so lange dauerte es, um die Formalitäten zu erledigen, nach vierzehn Stunden Wartezeit auf der Fähre, bei eisiger Kälte und ohne einen Bissen zu essen – setzten sie ihn zusammen mit weiteren tausend Schicksalsgenossen auf Ellis Island aus, den einen zufolge der »Insel des Glücks«, den anderen zufolge der »Insel der Tränen«.

Unter einem Vordach mussten sie sich in Reih und Glied aufstellen, um dann in ein Gebäude aus rotem Backstein, Glas und Stahl gedrängt zu werden, das so groß war wie ganz Grottole.

In der Halle erschlug ihn das Tohuwabohu aus durcheinandersprechenden Stimmen, aus Gesichtern unterschiedlichster Hautfarben, Bärten, Turbanen, sonstigen Kopfbedeckungen, Befehlen, die in einer unverständlichen Sprache gebrüllt wurden, und Schluchzern, die immer wieder laut hervorbrachen. Eine Frau neben ihm führte sich auf, als wäre der Teufel in sie gefahren, weil ein Polizist sie von ihren Gepäckstücken trennen wollte, einem Weidenkorb und zwei Bündeln, aus denen hier und da ein Holzlöffel oder ein Zipfel Schafswolle ragte. Weiter hinten blickte ein kleines Mädchen im Kommunionskleid um sich, als wäre sie dem Wahnsinn erlegen.

Sie zogen ihn nackt aus und untersuchten jeden Zentimeter seines Körpers, sie klappten seine Lider mit einem Schusterhaken um und stellten ihm Fragen, die ihm eine wie die andere unsinnig erschienen. Hinterher erfuhr er, dass sie keine Ausschussware wollten, dort in Amerika: keine Epileptiker, Idioten, Betrüger, TB-Kranke, Anarchisten, Poligamisten und arme Leute.

Seinem Nachbarn, einem Kerl mit dünnem Schnurrbart und glänzenden Augen, malten sie ein X auf den Rücken. Der Mann löste sich aus der Schlange und hätte sich ins eiskalte Wasser gestürzt, wenn sie ihn nicht im letzten Moment festgehalten hätten.

Ein Polizist rief plötzlich seinen Namen, was ihn mit fürchterlichem Schrecken erfüllte. Wer hatte ihm seinen Namen genannt? Sie waren sich nie zuvor begegnet, so viel war sicher. Er meinte, einen merkwürdigen Ausdruck im Blick des Beamten zu erkennen. Vielleicht hatte er etwas angestellt, ohne sich dessen bewusst zu sein, und nun würden sie ihn festnehmen und ins Gefängnis stecken oder Schlimmeres. Viel Schlimmeres. Stattdessen öffneten sie ihm die Pforten Amerikas und stießen ihn hinaus in die Januarkälte.

All das und auch das, was danach noch geschehen sollte, hätte er am liebsten aus seiner Erinnerung gelöscht, Jahre später, als er Friseur war, einer, der sonntags für die Messe seinen Nadelstreifenanzug und ein weißes Hemd anlegte und ein kleines Geschäft auf der Mulberry Street besaß, im Süden Manhattans, in New York. Wenn er daran dachte, kamen ihm wieder die Tränen, was er sich als erwachsener Mann nicht mehr erlauben konnte. An seinem dreißigsten Geburtstag beschloss er, in sein Dorf zurückzukehren und sich eine Frau zu suchen.

Die Überfahrt auf dem Schiff hatte ihm lange nicht so eine Angst eingejagt wie beim ersten Mal, aber nicht weil er mutiger geworden wäre oder sich daran gewöhnt hätte, sondern weil zusammen mit dem Wollfaden des abruzzesischen Bauern für immer in ihm etwas kaputtgegangen war.

Im Dorf angekommen, erzählte er in den leuchtendsten Farben von Amerika, als wäre dort alles eitel Sonnenschein, und trumpfte auf in seinem Nadelstreifenanzug und dem Hut, der einen Nachnamen trug, Borsalino – alles Dinge, die dort noch nie jemand gesehen hatte. Er erinnerte an die Schwalben, denen die Kinder die Flügel stutzen, sodass sie fett und rund werden.

Als Ehefrau hatten sie ihm Angelica vorgeschlagen, die sie inzwischen jedem anzudrehen versuchten, der lange genug fort gewesen war, um ihr wahres Alter nicht mehr zu kennen.

Giuseppe begegnete ihr in einem kleinen Salon im Dämmerlicht, der sie vor dem Lärm der Außenwelt schützen und ihren leicht verblassten Glanz verbergen sollte, die einzige Folge ihres fortgeschrittenen Alters.

Sie hatten auf dem Sofa Platz genommen, sie in stolzer, hochmütiger Haltung, er trotz des Nadelstreifenanzugs verunsichert und um Worte verlegen, nur hin und wieder brachte er nuschelnd einen Halbsatz in einem Kauderwelsch hervor, das nur in einem ganz bestimmten Viertel in New York verstanden wurde oder, um genau zu sein, in dieser Extremform lediglich von ihm selbst.

Die ganze Familie wartete vor der verschlossenen Tür auf das Ergebnis dieses Zwiegesprächs, und eines der wenigen Male waren sie sich alle einig: Angelica würde es nicht besser treffen können. Sie hätten jede Bedingung akzeptiert.

Doch der Zufall wollte es, dass Giuseppe, ungeschickt und eingeschüchtert, wie er war, mit dem Ellbogen die Flasche mit dem Rosolio umstieß. Das Kristallglas ging in Stücke, und die klebrige Flüssigkeit verteilte sich auf dem ganzen Teppich. Angelica hatte, um die Situation zu entschärfen, nach Lucrezia rufen lassen.

Seit sie laufen konnte, hatte sich die Tochter der Rabbias in jeder freien Minute, die ihre anderen Beschäftigungen ihr ließen, bei ihnen aufgehalten, und wenn es ums Arbeiten ging, war sie immer die Erste gewesen.

Auch dieses Mal hatte sie sich mit Feuereifer auf ihre Aufgabe gestürzt. Das Gesicht nur eine Handbreit über dem Fußboden, den Oberkörper bis zur Taille vornübergeneigt, die Arme lang-, den Po in die Luft gestreckt, wischte und scheuerte sie so emsig, dass sich Letzterer wie bei einer Stute in einem regelmäßigen Rhythmus hob und senkte. Ein Po, der in seiner Form einfach nur perfekt war, rein und rund wie der Vollmond.

Während Angelica sich weiterhin in ihren albernen Plaudereien erging, wurde Giuseppes Aufmerksamkeit mehr und mehr von den wogenden Bewegungen dieses Hinterteils gepackt, von seinen vollkommenen Proportionen, seiner Üppigkeit, seiner Vitalität, bis er die Augen nicht mehr davon abwenden konnte. Der ganze Druck, der auf ihm lastete, seit er das Zimmer betreten hatte, wurde allmählich von ihm genommen, und all das Elend seines Lebens fand endlich Trost. Als die Unterredung beendet war und die Familie ihn absichtlich trödelnd zur Tür begleitete, schluckte Giuseppe zwei-, dreimal, nahm seinen ganzen Mut zusammen und hielt unter den hoffnungsvollen Blicken aller um die Hand von Lucrezia an.

Die Hochzeitsfeierlichkeiten von Lucrezia, Angelica und Candida sollten auf ein und denselben Tag gelegt werden.

Als sogar Candida sämtliche Hoffnungen zu verlieren drohte, war eines Tages ein Blinder dahergekommen. Er war Förster gewesen und hatte bei einem Arbeitsunfall sein Augenlicht verloren, während er sein Dienstgewehr reinigte. Es hatte ihn nach Perugia verschlagen, wo er dank seiner ordentlichen Pension ein angenehmes Leben führte. Candida war festen Willens, die Gelegenheit nicht ungenutzt verstreichen zu lassen. Dieser Mann würde Angelica nicht ausmustern, wie es mittlerweile selbst die hässlichsten und ärmsten Schlucker unter den Heiratskandidaten taten. Nun kam es darauf an, dass Angelica nicht ihn ausmusterte.

Candida war die Einzige, die über das Seelenleben ihrer Tante Bescheid wusste, über ihre rosafarbenen Träume, ihre Märchenprinzfantasien. Sie schöpfte Mut aus diesen gegenstandslosen Träumereien, um ihre eigenen Pläne Wirklichkeit werden zu lassen.

Sie begann mit dem Blinden zu reden. Zuallererst

beschrieb sie ihm Angelicas Schönheit, wie sie sie aus Kindertagen in Erinnerung hatte und wie sie eine Fotografie zeigte, die im Alter von achtzehn Jahren von ihr aufgenommen worden war. Ihre porzellanweiße Haut, ihr Haar mit den kupferfarbenen Reflexen. Das flüssige Gold ihrer Augen. Ihre fürstliche Haltung. Sie machte aus ihr eine Romanheldin, die unglückliche Erbin eines großen Schatzes, mit Fässern voller Gold, deren Versteck niemand kannte, eine Prinzessin ohne Königreich, die von bösen Schicksalsmächten entthront, aber nicht besiegt worden war, und die Worte kamen ihr über die Lippen, als würde Don Francesco selbst sie ihr von der Daguerreotypie aus, die sein Porträt zeigte, ins Ohr diktieren.

Der Blinde ließ sich überzeugen, bezaubert von Candidas Stimme und den Worten, die sie für ihre Schilderungen wählte. Nach und nach fühlte er sich, als wäre er verliebt, ohne recht zu wissen, in was oder wen, weil sich in seinem Kopf die Heldin mit der Erzählerin vereinte und die Wirklichkeit sich mit den Träumen, doch diese Verwirrung war ihm nur allzu willkommen, denn durch seine erzwungene Unbeweglichkeit hatte er gelernt, die Fantasie zu schätzen, und Candida nutzte diesen Umstand schamlos aus, um ihre Pläne voranzutreiben.

Nun galt es, Angelica verliebt zu machen. Sie begann damit, den Blinden über den Charakter seiner künftigen Braut zu belehren und darüber, wie er sie erobern könne.

Bei unzähligen Gläschen Rosolio auf dem Sofa mit den kaputten Federn verbrachte der Blinde ganze Nachmittage damit, Angelica all jene Geschichten zu erzählen, die Candida eigens zu diesem Zweck erfunden hatte. Er sprach zu ihr von seinen Erlebnissen in Tripoli, von den grausamen Sitten und Gebräuchen der Mohren, der üppigen Vegetation dieser Orte, die zu erobern er ausgezogen war, und er schilderte ihr jedes Detail aus seiner Pilotenvergangenheit und welche Empfindungen man hoch über den Wolken hegt. Er beschrieb ihr den Wind, wie er einem ins Gesicht strömt, als wäre es Wasser aus einem Bächlein, und wie die Erde von dort oben erscheint, ein wild gemusterter Stoff mit den Feldern, die lauter kleine Vierecke bilden, und den Häusern so winzig wie Pinseltupfer.

Angelica wurde erobert, und als der Blinde ihr von der Schlacht erzählte, bei der sein Flugzeug abgeschossen worden sei und er drei Tage lang wie tot in den Trümmern gelegen und sein Augenlicht verloren habe, begann sie leise zu weinen. Die Tränen kullerten ihr über die einst vollen Wangen wie jedes Mal zum Ende einer ihrer Schmonzetten hin, wenn die Liebe der Protagonisten auf eine ernsthafte Probe gestellt wurde, und einer spontanen Eingebung folgend ergriff sie seine Hand. Ohne mehr zwischen Wirklichkeit und Vorstellungswelt unterscheiden zu können, der eigenen Fantasie und der des anderen, schworen sich Angelica und der Blinde ewige Treue.

Zum Altar führte sie Oreste, alle drei. Mit pomadisiertem Schnurrbart, dessen gezwirbelte Enden die Wolken durchbohren zu wollen schienen, stolz, wie Don Francesco ihn sich noch vor seiner Zeugung ausgemalt hatte, geleitete er erst die Schwester, die überhäuft war mit Spitzen wie die Madonna von Pompeji.

Doch auf der Schwelle der Mutterkirche kam niemand ihnen entgegen, um seinen Platz an der Seite der schönen Braut einzunehmen. Das Gesicht Orestes nahm eine purpurrote Färbung an, und es sah aus, als würde er von einem Moment zum anderen in Flammen aufgehen.

Als der Enkel der Cacalenzuoli sie rufen kam, dachte Candida, die im Haus darauf wartete, dass sie an der

Reihe war, für einen Moment, die Großmutter habe recht behalten mit ihrem Orakel, wenn eine Sache einmal schiefgelaufen sei, könne nichts mehr sie wieder geraderücken, und sie fühlte sich so elend, dass sie einer Ohnmacht nahe war.

Die Leute auf dem Kirchplatz begannen bereits zu tuscheln. »Ein Blinder erkennt frisches Fleisch mit der Nase«, sagte kopfschüttelnd und mit Kennermiene Luigino la Ciminiera, der Metzger. Concetta schlug drei Kreuze und murmelte leise vor sich hin, sie habe ja gewusst, was für ein Ende das alles nehmen würde.

Doch es gab da etwas, irgendwo an einem unbekannten Ort, das existieren wollte. Es kämpfte gegen die Kälte und die Dunkelheit. Es wollte nichts anderes sein, nicht eine von vielen Möglichkeiten. Entweder das oder gar nichts, hatte dieses Etwas sich in den Kopf gesetzt und am Ende denselben durchgesetzt. Das Etwas war – oder vielmehr sollte eines Tages sein –: Gioia.

Der Blinde befand sich im Laden von Zucculecchia, in Unterhosen und mit einem Fuß, der nicht durch das Anzugbein hindurchpassen wollte.

»Du hast gesagt, ich soll es schön eng machen!« Zucculecchia ließ sich nicht aus der Ruhe bringen und markierte mit einem runden Stück Schneiderkreide den Verlauf für die neue Naht, denn genug Stoff war innen allemal, mehr als außen, falls die Mode, der Geschmack, das Gewicht oder der Umfang sich einmal ändern sollten. Auf Beulen und sonstige Ausbuchtungen wurde dabei keine Rücksicht genommen.

Zucculecchia pflegte von seinen Kunden zu verlangen, dass sie die Schultern ein wenig krümmten, den Bauch einzogen, einen Arm zurücknahmen oder ihn gebeugt hielten. »So, da haben wir's!«, sagte er zufrieden. »Siehst du? Fällt wie 'ne Eins.« Er nähte seine Anzüge für Schlangenmenschen, Leute, die von der Wiege bis zur Bahre über eine große Anpassungsfähigkeit verfügten.

Die Dreierhochzeit wurde auf dem Landgut Serra Fulminante gefeiert, das einst Don Francesco Falcone gehört hatte und vor Jahren von den Briganten besetzt worden war. Noch immer konnte man in der Rinde eines uralten Olivenbaums eine grobe Zeichnung erkennen, die, wenn man genau hinschaute, das Wappen der Bourbonen darstellen sollte.

Nur eine Woche nach der Hochzeit, Zeit genug, um Lucrezia zu schwängern, kehrte Giuseppe nach Amerika zurück. In New York wollte er sein Barbiergeschäft auflösen. Mit dem Geld sollten ein Haus und ein Stück Land erworben werden.

Angelica und der Blinde fuhren nach Perugia, und dort begannen sie ihr halb erfundenes Leben, alle beide ihren Illusionen über den anderen erlegen, wodurch sie einander viel Glück verschafften. Die seltenen Male, die sie zurückkehrten, wirkte Angelica überhaupt nicht gealtert, sie schien lediglich von Mal zu Mal weniger der Realität verhaftet, als wäre sie durch das Leben in ihrer Fantasiewelt gewissermaßen selbst Teil davon geworden.

Siebtes Kapitel

Am 24. Mai 1915 brach der Erste Weltkrieg auch in Italien aus. Im restlichen Europa wurde bereits seit einem Jahr gekämpft, doch von Grottole aus gesehen war das weit weg. Im Klub sprachen sie nach wie vor vom Wetter und von der Ernte, immer die gleichen Unterhaltungen, Jahr für Jahr. Nun wusste man, dass alle einsatzbereiten Männer an die Front ziehen mussten. Ein Unglück für diejenigen, die etwas zu verlieren hatten. Die anderen waren hochzufrieden, denn mit dem bisschen Geld, das sie an Sold erhielten, glaubten sie, ihre Familien durchbringen zu können. Es gab Lahme, die sich zum Laufen zwangen, und Blinde, die angeblich über hervorragende Augen verfügten, nur weil sie unbedingt eingezogen werden wollten. Colino indes hätte einen Arm dafür hergegeben, nicht in den Krieg zu müssen, was manch einer tatsächlich tat. Als der Einberufungsbefehl kam, hatte Candida gerade ihren ersten Sohn geboren, Domenico, genannt Mimmo, zu Ehren von Minguccio u Mercial, der sie mit seinen gelegentlichen Besuchen jedes Mal wieder zum Kind werden ließ.

Unmittelbar nach der Hochzeit waren Candida und Colino von einer verliebten Ekstase ergriffen worden, die immer noch andauerte und die ganzen Jahre, die sie zusammen verbrachten, andauern sollte.

Wenn Colino morgens aufstand, um in seinen Laden zu gehen, blieb Candida unter der Daunendecke liegen. Er war derjenige, der morgens den Kaffee machte und ihn ihr ans Bett brachte, eine absolute Seltenheit, über die im Dorf ebenso ungläubig wie erstaunt gemunkelt wurde. Die Zeit, die es brauchte, um diesen Kaffee zu trinken, hatte Candida zur Verfügung, ihren Ehemann zu verführen, erneut zu ihr unter die Decke zu kommen. Manchmal überraschte sie ihn mit einem Kuss, der ihn zum Erröten brachte. »Teufelsweib!«, sagte er dann zu ihr, und Oronzio, der auf der Piazza auf ihn wartete, betrank sich.

Niemand in Grottole war jemals glücklicher gewesen als sie beide. Während das Dorf in Riesenschritten auf den Krieg zueilte, gaben sich Candida und Colino ohne den Anflug eines schlechten Gewissens voller Inbrunst ihren ehelichen Pflichten hin, was bei Albina ein Murren erzeugte, denn Glücklichsein galt bei ehrbaren Leuten in dieser Gegend als unangebracht. Unglücklichsein war etwas viel Solideres, viel gefahrloser und letztlich schicklicher, doch das konnte sie nicht offen sagen, denn Colino brachte schließlich das Brot nach Hause und manchmal auch Fleisch, das er unter seinem Mantel versteckte, um die Nachbarn nicht neidisch zu machen.

Doch das Paradies auf Erden ist nie von langer Dauer, und auch Colino erhielt eines Tages jene Karte, die die Männer zu den Waffen rief. Candida hatte plötzlich keine Milch mehr, und Mimmo drohte zu verhungern.

Zu diesem Zeitpunkt kam Mammalina zu ihnen ins Haus.

Die vom Schicksal gebeutelte Ehefrau Oronzios hatte zwei Kinder, aber vor allem hatte sie einen missratenen Ehemann, der alles vertrank, was sie heimbrachte, indem sie sich als Dienstmagd und Amme durchs Leben schlug. Colino beschäftigte ihn hin und wieder aus Mitleid, doch meistens erschien er gar nicht erst zur Arbeit. Wenn Mammalina aufbegehrte, setzte es Schläge, doch das ließ sie sich nicht gefallen, sondern wehrte sich wie eine Tigerin. Ihre Schreie waren bis auf die Piazza zu hören.

Als der Krieg erklärt wurde, war Oronzio einer der Ersten, die sich freiwillig meldeten, verführt von den Gerüchten, denen zufolge sich der Staat um die Familien der Kriegsheimkehrer und Gefallenen kümmerte und ihnen ein Stück Land gab. Dass selbst einem Säufer wie ihm so etwas widerfahren konnte, dass jemand zu solchen Wohltaten bereit war, erschien ihm wie ein Märchen aus einer anderen Welt. Land ... Auch wenn er es mit seinem eigenen Blut bezahlen müsste, dachte er immer noch, es zu einem besonders günstigen Preis zu erwerben.

Als Mammalina erfuhr, dass er sich freiwillig gemeldet hatte, begann sie ihn mit anderen Augen zu sehen. Zum ersten Mal, seit dieser Mann sie als Fünfzehnjährige geschwängert hatte, war er bereit, etwas für seine Kinder zu tun.

Am Tag vor Oronzios Abreise ging Mammalina zu Candida, doch sie brachte es nicht fertig, mit ihrem Anliegen herauszurücken. Sie sprach und sprach doch nicht, redete um den heißen Brei herum, und Candida war kurz davor, die Geduld zu verlieren. »Signora, Sie müssen mir einen Gefallen tun«, sagte Mammalina endlich kleinlaut. Sie fragte nach ein paar Geldmünzen, um einen Schafskopf kaufen zu können, den sie ihrem Mann kochen wollte, weil dieser am nächsten Tag in den Krieg zog. Dann ging sie ins Dorf, fragte den einen nach einer Kartoffel, den anderen nach einer Zwiebel, und am Ende brachte sie ein Mahl zustande, wie es in ihrem Haushalt noch nie gesehen worden war.

Am Abend zog sie ihr gutes Kleid an, steckte auch die Kinder in ihre besten Sachen und deckte den Tisch. Der Schafskopf verströmte einen Duft, der einem die Sinne schwinden ließ. Sie musste den Fleischkuchen verteidigen wie eine Löwin, weil sie mit dem Essen auf Oronzio warten wollte. Doch es wurde dunkel, und Oronzio kam immer noch nicht nach Hause. Die Kinder hatten Hunger. Aus lauter Anspannung gab sie ihnen Ohrfeigen und kniff sie in die Arme. Sie hoffte bis zum letzten Augenblick, bis die Kleinen mit dem Kopf auf dem Tisch eingeschlafen waren. Sie brachte sie mit leerem Magen ins Bett, was im Übrigen nichts Neues für sie war.

Im Morgengrauen kam Oronzio dermaßen betrunken nach Hause, dass er sich kaum mehr auf den Beinen halten konnte. Sie half ihm, seinen bereits gepackten Rucksack zu finden, in dem sich seine gebügelten Kleider befanden und auch der sorgsam eingewickelte Schafskopf. Sie überreichte ihm seine Sachen mit den Worten: »Dass dich die erste Kugel trifft!«

Nach ungefähr einem Monat bekam Candida eine Postkarte, die Oronzio von einem Kameraden hatte schreiben lassen. Er flehte darin seine Ehefrau um Verzeihung an für alles, was er ihr angetan habe, und bat Candida, mit ihr zu sprechen, damit sie seinen Worten Glauben schenkte, dass er sich dieses Mal wirklich ändern würde. Er sprach die Wahrheit. In der Tat befand sich Oronzio mitten in einem chemischen Umwandlungsprozess, als die Karte eintraf, eingeklemmt in einen Felsspalt unter dem Monte Cosich. Er war in der Schlacht von Isonzo gefallen, der ersten des Krieges. Er zählte zu den zahllosen unbekannten Soldaten, derer Italien auf seinen Piazze noch heute gedenkt.

Das Stück Land, von dem er geträumt hatte, dessentwegen er sich freiwillig gemeldet und für das er sein Blut geopfert hatte, stellte sich als Legende heraus, doch mit der finanziellen Unterstützung, die ihr zukam, so mickrig sie auch war, gelang es Mammalina immerhin, ihre Kinder großzuziehen. Sie ließ sie sogar zur Schule gehen, in ein Internat für Kriegswaisen. Das Mädchen wurde Kindergärtnerin und kehrte, nur noch Hochitalienisch sprechend, in ihr Dorf zurück. Der Sohn machte seinen Abschluss als Sachverständiger für Ackerbau und

Viehzucht, doch dann segnete er im Zweiten Weltkrieg irgendwo in den Weiten Russlands das Zeitliche.

Mammalina dankte jeden Tag, den Gott werden ließ, ihrem Ehemann Oronzio, der sich letztendlich doch noch dazu durchgerungen hatte, seine Pflicht zu tun, und sie ehrte und liebte sein Bild, wie sie es nie getan hatte, als er noch am Leben war.

1971, während sich Gioia mit ihren Freundinnen in dem verlassenen Haus am Meer vergnügte, sollte der italienische Staatspräsident Giovanni Leone die noch nicht verstorbenen Veteranen des Ersten Weltkriegs zu Mitgliedern des Vittorio-Veneto-Ordens ernennen. Ab 1980 wurden die ersten Pensionen ausgezahlt, die 80 000 Lire monatlich betrugen, jedoch, abgesehen von einem einmaligen Bonus in Höhe von 100 000 Lire, nicht rückwirkend entrichtet wurden.

Colino zog nicht in den Krieg. Am Abend vor seiner Abreise war ihm klar geworden, dass Candida es nicht überleben würde, sollte ihm etwas passieren. Also war er in seinen Laden gegangen. Er führte eine Reihe von Experimenten mit Ammoniumnitrat und Kalknitrat durch, die zum Düngen von Getreide dienten und bei deren Verwendung äußerste Vorsicht geboten war, weil sie leicht explodieren konnten. Als er nach Hause zurückkehrte, war er taub. Er ging nicht an die Front, doch von da an musste man, um mit ihm zu sprechen, ihm in die Augen schauen und laut brüllen. Nie schien ihn das zu belasten. Im Gegenteil, es gestattete ihm, sich weder Lästereien noch Krach oder Geschwätz anhören zu müssen. Er bekam nur das mit, was man ihm wirklich mitteilen wollte, das Beste vom Besten, und um das meiste andere zu verstehen, brauchte es keine Worte.

Nach dem Krieg füllte sich das Dorf mit Krüppeln und Witwen. Von den unversehrten Männern emigrierte eine Vielzahl. In die Straßen von Grottole und der umliegenden Dörfer, in die Via Nuova, nach Ai Mar, nach Cugno del Ricco, wo Don Francesco verendet war, kehrten die Briganten zurück. Aber es war nicht der wiedergeborene Comandante Crocco, wie es in einem ihm gewidmeten Volkslied hieß, es waren nicht die legendären Helden, deren Taten vor dem Kaminfeuer besungen wurden, sie kämpften nicht für ein Reich, das wer weiß wo lag, vielleicht hier, vielleicht in Tripoli, vielleicht nirgendwo wie der Garten Eden, von dem alle wissen, dass es ihn gibt, aber niemand sagen könnte, wo er sich befindet. Diese Briganten hatten Hunger, sonst nichts, und sie waren bereit zu töten für eine Handvoll Mehl.

Colino musste sich mehrmals gegen sie zur Wehr setzen. Er war derjenige, der in dem ausgebluteten Dorf dafür sorgte, dass die Geschäfte weiterliefen.

Während der Jahre seiner Verlobung hatte er einen Laden eröffnet, kaum größer als ein Kellerloch, der bei den Grottolesern innerhalb kürzester Zeit mehr Bedeutung erlangte, als jede Bank es vermocht hätte. Neben Stoffen verkaufte er Tierfutter, Dünger, Schwefel und Kupfersulfat für die Weinreben. Er kaufte den Bauern ihr Korn ab und verkaufte es als Großhändler an die Mühlen weiter. Er verkaufte Mehl, Erbsen, dicke Bohnen, Linsen, grüne Bohnen, Pasta und Getreide. Lampascioni, Ricotta, Reisigbesen und Seifenwurzel. Oliven und Eier. Gerste und Kleie. Knöpfe und Baumwollgarn zum Spitzenklöppeln. Und alle möglichen anderen Dinge, die man kaufen und verkaufen konnte.

Er gab die Waren auf Kreditbasis heraus, mit Rückzahlfristen, die von August bis August reichten, wobei seine Kunden hauptsächlich Familien waren, die er rundum versorgte, vom Kleiderstoff bis zum Spritzmittel für die Weinreben, und er führte über alles Buch in einem karierten Heft, in einem Gekrakel, das nur er entziffern konnte. Wenn geerntet wurde, kamen die Leute mit ihrem Korn zu ihm, um ihre Schulden aus dem Vorjahr zu tilgen, und es begann eine weitere Kreditsaison, die mit Samen für neue Anpflanzungen begann, mit Dünger und Sulfat fortgesetzt wurde und ganz allmählich in geborgtes Mehl und Oliven überging, wenn die Vorräte aufgebraucht waren. Bei schlechten Jahrgängen, wenn es keine Ernte gab, verwehrte sich Colino nicht einer Verlängerung des Kredits. Alles begann von Neuem, bis zum August des nächsten Jahres. Er behelligte niemanden wegen des Geldes, das er ihm schuldete, aber er vergaß auch nichts. Früher oder später hatte er immer alles eingetrieben.

Er verlangte nicht eine Lira Zinsen für seine Kredite, nicht einmal den üblichen Banksatz oder den Anteil, den er bekommen hätte, wenn er das Geld angelegt hätte. Auf diese Weise wäre er vielleicht sogar zu echtem Reichtum gekommen. Wahrscheinlicher aber war, dass er im Laufe weniger Jahre Pleite gegangen wäre. Niemand fand je heraus, ob er ein Ehren- oder einfach nur ein guter Geschäftsmann war, denn in einem Ort, wo die Bauern nur durch ein Wunder überlebten, hätte man gar keinen anderen Handel aufziehen können. Ganz allmählich hatte sich Colino ein kleines Vermögen und einen guten Ruf erwirtschaftet. Nach ein paar Jahren war er in der Lage, das Haus von Don Francesco für Candida zurückzukaufen, das eins der schönsten im ganzen Dorf war, und ließ Renovierungsarbeiten durchführen, um das Gebäude wieder bewohnbar zu machen, nachdem es so lange für den Klub zweckentfremdet worden war.

Sie ließen die Wendeltreppe einreißen, die sich weiterhin sinnlos ins Nirgendwo geschraubt hatte, und funktionierten die Zimmer im obersten Stockwerk in Lagerräume um. Man konnte sie über eine einfache Leitertreppe erreichen, von der Sorte, wie sie schon immer in dieser Gegend üblich gewesen waren, ohne ihren Besitzern je üble Streiche zu spielen. Sie ließen sie weiß streichen, um die Schatten jener Gespenster zu vertreiben, die manch einer um die Spieltische hatte herumgeistern sehen und Zahlen flüstern hören, die sich prompt als Nieten erweisen sollten.

Während der Bauarbeiten fing eines Tages einer der Maurer wie ein Besessener an zu brüllen, er habe einen Schatz gefunden, und alle dachten sie, er wäre betrunken, denn es war keine Seltenheit, dass er bereits am Morgen zu tief ins Glas geguckt hatte. Doch als sie hinliefen, um ihn der Schwindelei zu überführen, stellten sich seine Worte tatsächlich als wahr heraus. Über die Jahre halb verfault, kamen die Fässer von Don Francesco Falcone zum Vorschein, randvoll mit Juwelen und angelaufenen Dukaten gefüllt, die nun keine einzige Lira mehr wert waren.

Bei ihrem Anblick heulte Albina sich die Seele aus dem Leib, all das Elend ihres Lebens, der unfähige Schustergatte, die geflickten Kleider, die toten Kinder. Oreste blähte sich vor Wut auf wie eine Kröte. Concetta legte sich die Juwelen an und wollte sie gar nicht mehr ablegen. Die Dukaten wurden auf den Speicher gebracht und als Erinnerungsstücke aufbewahrt. Viele Jahre später sollte die kleine Gioia sich den Luxus erlauben können, mit ihren Cousins Kaufladen oder Pirat mit echten Dukaten zu spielen.

Giuseppe verstarb, aber nicht an der Front. Als der Krieg ausbrach, befand er sich noch in New York, wo er versuchte, sein Friseurgeschäft zu einem günstigen Preis zu verkaufen, was sich als sehr viel umständlicher und schwieriger als erwartet herausstellte. Der Einberufungsbefehl erreichte ihn in der Spring Street, in der er zusammen mit fünf Landsleuten Unterschlupf gefunden hatte. Ein paar Tage vorher hatte er einen Brief bekommen, den Lucrezia für ihn hatte schreiben lassen. Sie teilte ihm mit, einen Sohn geboren zu haben, der genauso aussehe wie er.

Das war nicht einfach so dahingesagt, sondern entsprach absolut der Wahrheit, oder zumindest schien es Giuseppe so. Als er das Foto seines Sohnes betrachtete, der nicht mehr als ein in Windeln gewickelter Neugeborener war, erkannte er darauf seine eigenen ernsten Augen wieder, seine Nase, seine Stirn und sogar die Falte zwischen seinen Brauen, Zeichen eines eisernen Willens. Er sah, wie alles noch einmal von vorne begann. Ihm war die Möglichkeit gegeben, die Irrtümer und das Unrecht auszulöschen, die sein Leben beschädigt hatten, ja sogar jene erste Überfahrt von vor vielen Jahren, als die Wellen, die ihn durchgeschüttelt, seine Seele hatten alt werden lassen.

Sein Sohn würde einen geraden Weg gehen können. Er würde nicht dazu gezwungen sein, eine fremde, unflätige Sprache zu lernen, er müsste sich nicht mit sittenlosen blonden Frauen abgeben, und über seinem Kopf würden sich keine Abgründe zwischen steil aufragenden Wolkenkratzern auftun. Er würde in Grottole aufwachsen und dort eine Frau finden und ein Haus bauen, so wie es sein sollte, auf dem Grund und Boden, auf dem seine Söhne geboren werden würden.

Aus Liebe zu ihm wurde Giuseppe einer der vierhundertsiebzigtausend Wehrdienstverweigerer des Ersten Weltkriegs.

Lucrezia blieb in Grottole, wo sie auf ihn wartete und ihren Sohn allein großzog. Die Überweisungen, die Giuseppe ihr hatte zukommen lassen wollen, waren in den Händen von irgendwelchen Kriegsgewinnlern verschwunden, und so hatte sie sich als Tagelöhnerin verdingen und das Kind mit aufs Feld nehmen müssen.

Rocco war vier Jahre alt, als er seinen Vater zum ersten Mal sah.

1919 schiffte Giuseppe sich auf der *Regina Giovanna* ein, einem Dampfer, dessen Motor die Stärke von fast achttausend Pferden hatte – doch keines davon ward je gesehen –, der 22 500 Tonnen schwer, 210 Meter lang und 25 Meter breit war und zweitausend Reisende in direkter Linie von New York nach Neapel brachte. In der dritten Klasse, die er gebucht hatte, herrschte Feststimmung. Auf der Brücke erklangen Tag und Nacht Volkslieder, begleitet von der Harmonika oder von Fingerschnipsen, manche getragen und melancholisch, andere im gleichmäßigen Rhythmus der Tarantella. Fast alle Passagiere waren Emigranten, die sich wie er der Einberufung entzogen hatten und erst jetzt, da der Waffenstillstand ausgerufen war, in die Heimat zurückkehren und ihre Lieben in die Arme schließen konnten.

In Gedanken versunken, so wie es seine Art war, und außerdem von einem schweren Magenleiden gepeinigt, das ihn unmittelbar nach der Einschiffung erwischt hatte, mischte sich Giuseppe nicht unter die Feiernden. Es war ihm am Ende doch noch gelungen, sein Geschäft aufzulösen, und er verbrachte die ganze Reise mit Grübeleien, was er mit dem Geld anstellen sollte. Er wollte sich das Land von Mazzam'pet kaufen, das Don Francesco Falcone gehört hatte. Sein Vater und seine Mutter hatten als Tagelöhner dort gearbeitet, und auch er hatte als Kind auf den Feldern Ähren gelesen. Es war ein sehr fruchtbares Stück Land, und er wollte versuchen, Obstbäume darauf anzupflanzen, denn er hatte gehört, dass es neben dem den Mutterboden auslaugenden Getreideanbau auch noch andere Möglichkeiten der Zucht gab. Er konnte es kaum erwarten, seinen Sohn kennenzulernen.

Als er ihn zum ersten Mal sah, spielte der Junge gerade mit einer Eidechse vor der Haustür. Ohne einen Ton zu sagen, blieb er stehen, bis der Kleine plötzlich in Tränen ausbrach. Am nächsten Tag ging Giuseppe zur Post und legte das aus Amerika mitgebrachte Geld auf einem Festgeldkonto an, das auf seinen und den Namen seines Sohnes lautete. Dann legte er sich ins Bett.

Während der Reise hatte er sich eine Virusinfektion zugezogen. Er hatte sich weiter keine Gedanken deswegen gemacht, wenngleich er sich manchmal schwach gefühlt und unter Durchfall gelitten hatte. Er war zu aufgeregt gewesen wegen seiner Heimkehr, doch nun, da er zu Hause angekommen war, konnte die Krankheit sich endlich in seinem Körper ausbreiten. Er blieb im Bett liegen und zitterte zwei Tage am ganzen Körper wie Espenlaub. Lucrezia setzte sich neben ihn und wartete auf den Arzt, der nie kam. Am dritten Tag bat Giuseppe Lucrezia, ganz dicht an ihn heranzukommen, und er ließ sie schwören, den Sohn auf jeden Fall zur Schule zu schicken. Lucrezia erfüllte seinen Wunsch, und als er starb, erklärte sie dem Allmächtigen den Krieg.

Auf einem Feld, da hoch der Leinen spross,
befahl die Ameise der Grille:
»Nun gib mir was, gib mir was!«
Und so geschah ihr Wille.
Trallali, trallala, trallarumtata.

Achtes Kapitel

Der Bahnhof Salandra-Grottole befindet sich etwa acht Kilometer von Grottole entfernt, jenseits der Brücke über dem Basento, die das Dorf mit den Gleisen verbindet, und fünfzehn Kilometer von Salandra, mitten in einem Karrenfeld. Anfang der Neunzigerjahre wurde der Bahnhof stillgelegt, aber in den Dreißigerjahren hielt dort der Zug, der von Potenza Richtung Metaponto fuhr.

Die Reise in der dritten Klasse hatte so lange gedauert wie eine Ozeanüberquerung. Auf der Strecke von Zagarola nach Grottole hatte Cicia, die Hebamme aus der Gegend von Rom, siebenmal umsteigen müssen, und inzwischen trat ihr der Magen bereits aus den Augen. Wenn sie sich noch nicht übergeben hatte, so nur, weil sie daran gewöhnt war, die Unbill der Welt stoisch zu ertragen, eine Eigenschaft, ohne die sie niemals Hebamme geworden wäre, ohne die sie sich niemals in diesen Zug gesetzt hätte und ohne die sie wahrscheinlich auch nicht die winzigen Essensrationen überlebt hätte, die ihr die Großmutter als kleines Mädchen lediglich zugestanden hatte.

In untadeliger Haltung stieg sie aus dem Holzwaggon und stolperte, den leichten Koffer mit ihren wenigen Habseligkeiten in der Hand, die letzte Stufe hinunter. Sie schaute sich um. Das kahle Basento-Tal funkelte in der Sonne. Der Bahnhof war menschenleer. Lediglich das Zirpen der Zikaden war zu hören. Cicia befand sich aus einem Irrtum dort.

Sie sah dem Zug nach, der schnaufend seine Fahrt wieder aufgenommen hatte, und warf einen verzweifelten Blick in die Runde. Sie bereute, nicht in Rom geblieben zu sein, und sei es als Dienstmagd ihrer Mutter und deren Lebensgefährten Signor Lorenzetti. Dort hätte sie sich wenigstens unter zivilisierten Leuten befunden. Nun rechnete sie damit, von einem Moment auf den anderen eine Horde Rothäute hervorspringen zu sehen, ähnlich derer, die sie einen Tag vor ihrer Abreise in einem Western im Kino erblickt hatte. Unter wildem Gebrüll, die Hände vor die Münder schlagend, würden sie sich um sie scharen und sie anschließend wie eine Salami an einem Pfahl festbinden. Sie würden sie skalpieren und vielleicht sogar auffressen. In dem hohen blauen Himmel meinte sie, einen Kondor vorbeifliegen zu sehen.

Geografie war nie ihre Stärke gewesen. Mit zehn Jahren hatte sie weder lesen noch schreiben können. Mit vierzehn Jahren hatte sie dank ihrer Hartnäckigkeit und Signor Lorenzettis, dem letzten Liebhaber ihrer Mutter, der sich unerwarteterweise als äußerst ehrenwert entpuppt hatte, als Externe die Mittelschule geschafft und mit siebzehn ihren Hebammenabschluss erhalten. Mit achtzehn hatte sie erfolgreich ein Bewerbungsverfahren durchlaufen und sich mit einer Liste von Orten konfrontiert gesehen, die von A bis Z reichten, und sie hatte Grottole gewählt, weil sie überzeugt gewesen war, der Ort befinde sich in Latium in der Nähe von Grottarossa, wo ihre einzige Freundin lebte, eine gewisse Rosina, die als Schneiderin arbeitete.

Als sie entdeckt hatte, dass sich Grottole in Wirklichkeit in einer nie zuvor gehörten Region namens Lukanien oder auch Basilicata befand, ganz unten beim Absatz des Stiefels, wo die Zirkulation des Blutes stockt und es nur noch mühsam nach oben steigt, war schon nichts mehr zu machen gewesen. Sie hatte gerade noch die Zeit gefunden, einen alten Mantel ihrer Mutter umzuarbeiten, weil man ihr erzählt hatte, dass in dieser Gegend die Menschen im Sommer vor Hitze und im Winter vor Kälte stürben und dass es dort Wölfe gebe. Von Rosina hatte sie sich außerdem noch ein elegantes Kleid nähen lassen, für die Einladung zum Mittagessen beim Bürgermeister, hatte die Mutter mit unterdrückter Kühle und Signor Lorenzetti mit unterdrückter Wärme verabschiedet, ihre Tränen hinuntergeschluckt, wie sie es gelernt hatte, noch bevor sie sprechen konnte, hatte zwei Fläschchen Chinin gegen Malaria in den Koffer gesteckt und war zur großen Erleichterung ihrer Mutter abgereist, die es nicht hatte ertragen können, eine blühende junge Frau im Haus zu haben, während ihre eigene Schönheit dabei war zu verblassen.

Sie zuckte zusammen, als sie hinter sich eine Stimme hörte. Es war Ciola Ciola, zusammen mit dem Bürgermeister. Sie waren mit dem Maultierkarren gekommen, um sie abzuholen. Das Tier hatte auf dem Hinweg so getrödelt, dass sie es nicht mehr pünktlich geschafft hatten. Cicia nahm ihre Entschuldigung mit der Grandezza einer Königin an, dann bestieg sie den Karren wie Marie Antoinette auf dem Weg zum Schafott, achtete peinlich genau darauf, sich ihre Kleider nicht zu beschmutzen, und ließ von ihrem Strohhut einen weißen Schleier herab, den sie unter dem Kinn zusammenknotete, um sich vor den mörderischen Mücken und sonstigen Insekten zu schützen.

So hielten sie Einzug im Dorf: Cicia, Ciola Ciola und der Bürgermeister, und so sah sie Candida von der Loggia ihres Hauses aus, als sie auf die Piazza mit dem Wassersilo fuhren. Eine Gruppe barfüßiger Kinder mit abstehenden Ohren und schielenden Augen verfolgte sie, die Cicia mitleidig und leicht angeekelt betrachtete. Candida war fasziniert von dem Hut mit dem Schleier, dem tief im Nacken sitzenden Haarknoten und dem dunkelblauen Reisekostüm. Cicia schien ihr direkt aus einem jener Romane getreten zu sein, die zu lesen sie in ihrem glücklichen und arbeitsreichen Leben keine Zeit mehr fand, und sie wünschte sich aus ganzem Herzen, dass sie Freundinnen würden.

Die Gelegenheit sollte nicht lange auf sich warten lassen. Noch am selben Tag, während die übliche Schlacht rund um das Mittagessen vor sich ging – das gegenseitige Beschießen mit Brotkügelchen, die heimlichen Scherze, die die Jungen auf Kosten von Zio Oreste trieben, die darauffolgenden Drohungen und Ohrfeigen, das Gekneife, Geheule, Geschrei und die jeweiligen Rachefeldzüge –, klopfte es an die Haustür. Ciola Ciola sagte zu Cicia, sie solle eintreten, und sofort brach das Getöse ab.

Da es sich um die erste Hebamme im Staatsdienst handelte, die jemals nach Grottole gekommen war, musste man sie angemessen unterbringen, in einer ehrbaren und reinlichen Familie.

Oreste, der sich früher Albinas und Concettas Unterstützung stets hatte sicher sein können, wehrte sich mit Händen und Füßen dagegen, diese Fremde ins Haus zu lassen, doch all sein Sträuben war vergeblich. Candida betrachtete ihn als notwendiges Übel, aber die Zeiten, da sie ihm gegenüber klein beigegeben hatte, waren seit Langem vorbei. Nachdem sie sich der Form halber mit ihrem Ehemann abgesprochen hatte, ließ sie Oreste wüten und toben, so viel er wollte, und stimmte mit kaum verhohlenem Enthusiasmus zu, dass die Fremde bei ihnen unterkam.

Anfangs hielt Cicia noch großen Abstand, weil sie sich mit diesem schmutzigen, primitiven und missratenen Volk nicht gemein machen wollte. Doch dann sollte sie sich zum ersten Mal seit ihrer Geburt richtig zu Hause fühlen.

Candida hatte sechs Söhne: Mimmo, Vincenzo, Emilio, Michele, genannt Lillino, Cataldo, genannt Dino, und Francesco, genannt Ciccio, die den ganzen Tag um sie herumwuselten. Seit ihrer Hochzeit war sie vor lauter Fehlgeburten, Problemschwangerschaften, Krankheiten und Stillerei kaum mehr aus dem riesigen Ehebett herausgekommen, das Colino extra für sie aus Bari hatte kommen lassen. Blutarm und ausgelaugt, gab sie sich des Nachts voller Begeisterung ihren ehelichen Pflichten hin und hielt tagsüber fröhlich Hof im Schlafzimmer, das der wichtigste Aufenthaltsraum im ganzen Haus geworden war. Dort thronten, direkt am Fenster und in Trauerkleidung, Albina und Concetta, die eine mit einem Bauch, der so ausladend war wie ein Schiffsrumpf, die andere vertrocknet wie ein uraltes Stück Brot. Beide waren sie jetzt Gäste in dem Haus, das das ihre gewesen war. Nun galt es gute Miene zum bösen Spiel zu machen, seufzten sie diskret, von der Tatsache ausgehend, dass Don Francesco schwerlich von dort zurückkommen würde, wo er sich nunmehr befand.

Concetta murmelte von morgens bis abends Gebete zu Ehren der Verstorbenen vor sich hin. Albina fertigte Häkeldeckchen an, wobei sie mit zunehmendem Alter immer dünneres Garn verwendete, wie eine Spinne, die in ihrem Netz all die Stunden ihres vergangenen Lebens einzufangen versucht. Hin und wieder unterbrachen Mutter und Tochter ihr Zwiegespräch mit der Ewigkeit, um jählings in die Gegenwart zurückzukehren und mit scheinbarer Gleichgültigkeit etwas zu kommentieren, das sie, hinter dem Vorhang verborgen, mit ihren Argusaugen auf der Piazza entdeckt hatten.

Ständig befanden sich irgendwelche Frauen aus dem Dorf in dem Raum. Im Kreis setzten sie sich ans Fenster, um immer wieder dieselben Dinge durchzuhecheln, die sie lediglich der Abwechslung halber leicht variierten, und sich in Andeutungen zu ergehen, die das Gewicht von Verurteilungen hatten. Abgesehen vom Klatsch und Tratsch, gestatteten die guten Sitten vor Ort, dass nur über Schicksalsschläge, Krankheiten, Unfälle und Verstorbene gesprochen wurde. Wenn eine Fremde das Zimmer betrat, versteckte Albina sofort ihre Spitze. Sie war überzeugt, dass ihre Schwester Costanza Spioninnen ausschickte, um ihre Muster abzukupfern, die sie wie in Trance entwarf, so fein und so komplex, wie sie sich nur jemand mit einem langen freudlosen Leben ausdenken konnte.

Ihr war zu Ohren gekommen, dass Costanza wunderschöne Decken herstellte, und aus diesem Grund wurde sie auch im Alter noch von Neidgefühlen gepeinigt; zu lebendig war in ihr die Erinnerung an all die Hinwendungen, die diese unverschämte Person genossen hatte, ohne sich jemals bei irgendwem dafür zu bedanken. Noch immer fragte sich Albina hin und wieder, wie der Herrgott so ungerecht hatte sein können, jemanden zu bevorzugen, der ihm einen eigentlich ihm zustehenden Mann genommen hatte, und sie konnte sich einer gewissen Abneigung dem Allmächtigen gegenüber nicht erwehren, den sie im Grunde ihres Herzens für einen Waschlappen hielt. So verzog sie nur angewidert das Gesicht und gab keinen Laut von sich, als die Freundinnen die Plaids ihrer Schwester bewunderten. Sie nahm einen noch feineren Baumwollfaden und begann eine neue Decke zu häkeln, in einem irrwitzigen Muster, das in kryptischen Zeichen von Hass, vergeudeter Liebe und Rachdurst erzählte, welche an die künftigen Generationen übermittelt würden wie Botschaften aus einer Flaschenpost. Das Problem war, dass es keine weiblichen Enkel gab, denen sie ihre Decken hätte vermachen können; eine nach der anderen sammelten sich ihre Machwerke in der Aussteuertruhe an, kaum mehr zu zählen und so wenig zu erfassen wie ein flüchtiger Gedanke.

Die Jungen erinnerten an einen Wirbelsturm. Überall drängte es sie hin, wie ein Fleck Öl breiteten sie sich über das ganze Dorf aus, verloren ihre Schuhe, verloren auch einander, sodass beim Mittagessen erst einmal alle durchgezählt werden mussten und immer einer fehlte oder es drei, vier Kinder mehr waren. Die Verlorengegangenen kehrten am Abend zurück, erzählten von unwahrscheinlichen Abenteuern und fantastischen Begegnungen und versteckten sich unter den Möbeln, um sich keine Ohrfeigen einzufangen. Mammalina verbrachte den ganzen Tag damit, ihnen hinterherzulaufen, die Risse in ihren Hosen zu stopfen, Platzwunden zu versorgen, Beulen mit Kartoffelscheiben oder Bronzemünzen zum Abschwellen zu bringen, Streithähne voneinander zu trennen, Dreck wegzuwischen und die Scherben zerbrochener Gegenstände aufzulesen. Nur am frühen Nachmittag gaben die Jungen ein wenig Ruhe, wenn Candida sie um sich herum scharte, um ihnen ihre Geschichten zu erzählen, die den kleinen Ciccio in Tränen auflösten, während Vincenzo, der immer schon der Schlaueste von allen gewesen war, sie mit einem Achselzucken abtat.

Sie verehrten ihre Mutter, und Candida begegnete ihrer Liebe mit viel Humor, scherzte und plauderte mit ihnen, ließ sie manchmal alle zusammen in ihrem Bett schlafen, übereinander gestapelt und um sich tretend, und sang ihnen Lieder in einer Fantasiesprache vor, die sie manchmal als Französisch, manchmal als Amerikanisch bezeichnete.

Über Mimmo, dem Temperamentvollsten von allen, schwebte das Versprechen, das Candida als junges Mädchen dem marmornen Christus aus der Mutterkirche gegeben hatte: »Wenn du mich den Sohn von Minguccio u Mercial heiraten lässt, mein Jesus, wird unser erster Sohn dir gehören.« Als Mimmo geboren wurde, hatte sie ihn die ersten drei Jahre als Mönch verkleidet herumlaufen lassen, und später hatte sie mit allen Mitteln versucht, ihm eine Frömmigkeit einzutrichtern, gegen die er vollkommen immun schien. Mit fünf Jahren wurde er Messdiener und sang mit schiefer Stimme Kirchenlieder. Mit sechs hatte er erstmals den gesamten Messwein ausgetrunken und war den ganzen Nachmittag betrunken gewesen. Mit sieben hatte er die gesegneten Hostien an seine Freunde verkauft, im Austausch gegen eine Muschel, in der man angeblich das Meer rauschen hörte.

Candida gab nicht auf. Sie war überzeugt, dass – wie so häufig in den Lebensgeschichten von Heiligen nachzulesen – sich im richtigen Moment die Berufung eindeutig und unmissverständlich offenbaren würde, einmal mehr bei einem so wilden Jugendlichen wie Mimmo, und sie hatte auch schon begonnen, Informationen über Priesterseminare einzuholen, wo sie ihn hinschicken könnte.

In der Zwischenzeit waren sie und Cicia unzertrennlich geworden. Seit ihrer Kindheit wurde Candida von allem Neuen unwiderstehlich angezogen, eine Eigenschaft, die ihr noch als Greisin erhalten bleiben sollte, als sie mit bestimmten technischen Geräten zu hantieren wusste, die ihre Tochter nicht einmal anfassen wollte. Diese Fremde war für sie ein unerschöpflicher Quell an Informationen über eine Welt, deren tatsächliche Existenz ihr ungewiss war, und genau aus diesem Grund blieb Cicia ein ewiges Faszinosum für sie.

An Sommerabenden, wenn sich die Luft endlich etwas abgekühlt hatte und die Kinder den Bauern durch die Fenster ihrer ärmlichen Behausungen beim Ausziehen zuschauten, fragte Candida Cicia über ihre Erfahrungen als Komparsin beim Film aus.

Mit dem abwesenden Gesichtsausdruck einer Diva, die nicht erkannt werden will, beschrieb Cicia ihr das Gewusel der Technikleute, die Sperrholzkulissen, die vollkommen echt aussahen, oder die alten Römer in ihren Togen, wobei sie vermied, die langen Wartezeiten zu erwähnen, die Winterkleidung im Sommer und die Sommerkleidung im Winter, die Kränkungen, den rauen Umgangston, die Komparsenführer, die die Massen mit dem Stock antrieben.

»Heute Nacht habe ich geträumt ...«, entfuhr es Candida eines Morgens, während sie mit Colino ihren Kaffee trank. Colino schaute sie verwundert an, wie immer, wenn es Neuigkeiten gab. Eine Woche später waren sie in Rom.

Die erste Sehenswürdigkeit, die sie besichtigten, war der Petersdom. Mit offenem Mund blieb Candida in dem riesigen Kirchengewölbe stehen. Erschüttert blickte sie ihren Mann an. Die Statuen über ihr wirkten groß und bedrohlich wie böse Riesen im Märchen. Der Gott, der hier drinnen wohnte, musste ein überheblicher, ungehobelter Klotz sein, dachte sie, schlimmer als die Leute auf der Straße, die sie nach dem Weg gefragt hatten. Das Rom, wie sie es erlebte, hatte fast überhaupt keine Ähnlichkeit mit dem aus den Erzählungen Cicias und der Vorstellung, die sie sich beim Zuhören von der Ewigen Stadt gemacht hatte, und so war der Petersdom auch die letzte Station auf ihrer Reise. Sie zog es vor, nach Grottole zurückzukehren, um ihren heimatlichen Jesus Christus anzubeten, der keiner Verschwendungssucht erlegen war, und sich die Pracht der Hauptstadt nach ihren eigenen Fantasiebildern auszumalen.

Mit Candida zusammen hatte Cicia rasch ihre unglückliche Kindheit aufgearbeitet, in der es sie von der

Großmutter zu einer Tante verschlagen hatte, kaum erduldet und wie eine Sklavin behandelt. Weil sie der Freundin das eigene Leben in einer korrigierten und beschönigenden Fassung schilderte und jedes Mal neue Details hinzufügte, die allmählich Teil ihrer Erinnerung wurden, erfand sie sich eine glückliche Vergangenheit, die sie folgerichtig auf eine blühende Zukunft zusteuern ließ. Ihr Haar fing an zu glänzen, ihre Augen leuchteten, und nicht lange danach heiratete sie einen Gefreiten mit einigen wenigen, aber soliden Überzeugungen, der ihrem in Unordnung geratenen Leben endlich die Festigkeit verlieh, nach der es sie verlangte. Er nahm sie mit nach Vercelli, wohin er versetzt worden war, und ohne Anzeichen von Bedauern über ihren Wegzug aus dem Dorf, das sie mit einer solchen Wärme aufgenommen hatte, und die Trennung von Candida fügte sie sich sogleich in diese Nebellandschaft ein.

Sie schrieben einander ihr ganzes Leben lang, und als schließlich die kleine Clelia angereist kam, um sich in ihren Röcken zu verstecken, empfing Candida sie in Gedenken an ihre Mutter, den tief sitzenden Haarknoten und das blaue Kleid, das sie bei ihrer ersten Begegnung getragen hatte, mit offenen Armen.

Cicia war diejenige, die das Siebenmonatskind Alba auf die Welt holte.

Ihre ganze fruchtbare Zeit über war Candida ständig schwanger. Sie gebar und fing von Neuem an. Sie hatte einen Abgang und fing von Neuem an. »Das kann doch nicht wahr sein!«, sagte Colino jedes Mal, und doch war es das.

Eines Abends, während Cicia ihr von einem Film erzählte, den sie im Kino gesehen hatte, mit einem Orchester, das die dramatischsten Momente mit seinem Spiel untermalt hatte, die abenteuerliche und furchterregende

Geschichte eines unglücklichen Mädchens namens Cabiria, platzte Candidas Fruchtblase weit vor dem errechneten Geburtstermin. Sie wurde von schrecklichen Schmerzen ergriffen, und nur Cicias Geschick war es zu verdanken, dass Mutter und Tochter nicht das Zeitliche segneten. Cicia verhinderte, dass Candida verblutete, und hielt sie so lange am Leben, bis sie das Krankenhaus von Matera erreicht hatten, wo ihr ein für alle Mal die Gebärmutter entfernt wurde. Auf diese Weise sollte Candida nie mehr schwanger werden.

Alba war winzig wie ein Kätzchen, doch alles an ihr war vollkommen. Als nach der Rückkehr aus dem Krankenhaus ihre Mutter sie zu stillen versuchte, wollte Alba sich nicht an die Brust legen lassen, und Candida bestand auch nicht darauf, weil diese Tochter sie beinah das Leben gekostet hätte und sie lieber Abstand zu ihr wahrte. Wäre Mammalina nicht gewesen, Alba hätte nicht überlebt.

Sie hatte sie mit ihrem großen Körper gewärmt, während ihre Mutter in Matera operiert worden war. Sie konnte ihr freilich keine Milch geben, weil ihre eigenen Kinder schon zu alt waren. Also stillte sie Albas Hunger mit Hafersud und machte sich auf, eine Amme für sie zu finden. Es dauerte zwar eine Weile, aber am Ende fand Mammalina genau das, was sie gesucht hatte: eine junge Eselin mit heller Mähne und den dunklen mandelförmigen Augen einer äthiopischen Prinzessin. Alba zeigte sich willig, das Tier als Amme anzunehmen, und starb nicht. Sie ernährte sich von der Milch der Eselin Filomena und der Zuneigung Mammalinas, in deren Armen sie zur Ruhe fand. Als sie älter wurde, zeigte sie weder Ähnlichkeit mit ihrer Mutter noch mit ihrem Vater, sondern mit der Eselin, die sie gesäugt hatte. Sie hatte deren Augen geerbt, die elegante Haltung und in manchen Momenten – nur bei unwichtigen Dingen – auch ihre Sturheit.

Sobald ihre Mutter sie auf den Arm nahm, fing sie an zu schreien. Um sie zu beruhigen, musste Mammalina tief in die Trickkiste greifen: Papierpuppen, die mit der Hand bewegt wurden, oder chinesische Schattenspiele, die gleichen Ablenkungsmanöver, die später Gioia zerstreuen sollten, wenn sie ihre Launen hatte.

Lucrezia hatte Sorgen. Als sie das Geld ihres Mannes von dem Postsparkonto hatte abheben wollen, hatte der Beamte ihr erklärt, dass sie es nicht in die Finger bekomme, bevor ihr Sohn volljährig sei. Noch siebzehn Jahre! Lucrezia konnte es nicht fassen. Das Geld, das ihr Mann ihr hinterlassen hatte! Fest angelegt, was sollte das heißen? Sie hatte eine Szene gemacht. Geweint und geflucht. Gebrüllt. Ihr Geld! Lauter umsonst vergossenes Blut! Einmal über den großen Teich, so weit hatte die gute Seele fahren müssen – für nichts und wieder nichts. Unmöglich! Gedrucktes konnte sie nicht lesen. »Steht alles hier geschrieben, Signora.« – »Was bildest du dir ein, du feiner Pinkel? Mein Rocco soll zur Schule gehen! Krepieren sollst du! Umbringen soll'n sie dich! Der Blitz soll dich treffen! Mit den Füßen zuerst soll'n sie dich nach Hause tragen! Blut und Galle sollst du spucken – mehr als Rauch aus einem Fabrikschlot kommt! Und deine Kinder … deine Frau …« Sie mussten sie mit Gewalt wegtragen, während sie sich an Schalter und Türen festklammerte, kratzte, spuckte, sich aufs Gesicht schlug, bis es von blauen Flecken übersät war, und sich die Haare ausriss. Es war nichts zu machen.

Lucrezia musste weiterhin als Tagelöhnerin arbeiten; den Sohn ließ sie in der Obhut von irgendjemandem, der gerade Zeit hatte, oder sie nahm ihn mit sich, wie sie es getan hatte, als er noch ein Säugling war, setzte ihn im Schatten eines Baumes ab und betete zum Himmel, dass kein Wolf oder Marder ihn holen kam.

Um drei Uhr morgens stand sie auf und ging zu Fuß nach Ai Mar, Mazzam'pet, Sant'Làzzar', um rechtzeitig bei Sonnenaufgang mit der Arbeit beginnen zu können. Sie folgte dem Pflug, um Erbsen in Ackerfurchen zu legen, rupfte Unkraut, wenn das Korn hoch stand, palte Saubohnen. Sie schnitt die Ruten und die Triebe an den Rebstöcken herunter. Beim Mähen lief sie hinter den Männern her und band die Garben zusammen. Beim Dreschen half sie beim Schlagen des Flegels. Im Herbst ging sie zur Weinlese und anschließend zur Olivenernte. Wenn es weder die Zeit der Weinlese noch der Mahd, noch der Olivenernte war, grub sie in den unbeackerten Feldern nach Lampascioni oder sammelte Wegwarte, Dost, Kamillenblüten.

Für ihre Arbeit, die von Sonnenauf- bis Sonnenuntergang reichte, gaben sie ihr eine halbe Lira. Dennoch kam sie mit dem Geld hin, und manchmal konnte sie sogar noch etwas sparen. Sie gab es nur für Rocco aus, damit er jeden Morgen sein frisches Ei hatte und Brotsuppe am Abend. Sie ernährte sich von dem, was sie finden konnte. Wegwarte, Schnecken, Kräuter, wenn es nichts anderes gab. Ihre Haut hatte die Farbe von Erde angenommen, tief hatten sich die Falten in ihr noch junges Fleisch gegraben, das so spröde und rissig geworden war wie der Mutterboden bei Ai Mar in Zeiten der Trockenheit.

Ihre wenigen Ersparnisse versteckte sie in einem Spalt neben dem Kamin. Sie hätte es nicht zur Post getragen, selbst wenn man sie hätte lynchen wollen.

Dennoch ging sie aber immer wieder dorthin, um sich nach dem Geld zu erkundigen, das ihr Mann angelegt hatte, und versuchte mit allen Mitteln, den Beamten dazu zu bewegen, es ihr auszuhändigen. Jedes Mal zog sie unverrichteter Dinge wieder ab, Flüche und Verwünschungen vor sich hinmurmelnd, dass der Blitz ihn treffen möge, weil er ihr Geld nicht rausrückte. Jenes

Geld, mit dem sie sich ein Stück Land hätte kaufen und es bewirtschaften können! Mit dem sie ihren Sohn zur Schule hätte schicken können! Aber ihr Sohn würde zur Schule gehen, so oder so, weil sie es sich geschworen hatte! Und sei es nur aus Rache: Sie würde ihn so lange durchfüttern, bis er lesen und schreiben könnte, und wenn sie am Ende Blut spucken sollte ...

Abends flocht sie Körbe aus dem nach der Mahd übrig gebliebenen Stroh, reparierte Ledertaschen und bespannte Stühle mit Flechtwerk. Nach einer Weile konnte sie sich ein Huhn kaufen, das sie unter ihrem Bett hielt. Jeden Morgen gab sie ihrem Sohn das frisch gelegte Ei, und als es Frühling wurde, ließ sie die Eier ausbrüten. Ein Küken tötete sie und kredenzte es ihm an San Rocco zum Abendessen. Die anderen verkaufte sie. Mit dem zurückgelegten Geld erwarb sie auf dem Markt ein Ferkel, ein grunzendes dickes Weibchen mit eingerolltem Schwanz.

Rocco war einsam. Die langen Stunden, die er als Säugling in seine Windeln gepackt unter einem Baum verbracht hatte, die bedrohliche Natur vor Augen, die belaubten Zweige, die sich über ihm bewegten, das Zwitschern der Vögel, die Sonne, die auf ihn niederbrannte, und der Wind, der seine Haut ausdorrte, vor sich hin schmorend in den eigenen Exkrementen, ohne dass seine Mutter auf sein Hungergeschrei herbeigelaufen kam – all das hatte ihn für immer geprägt. Er blieb sein ganzes Leben lang einsam, auch später noch im Kreise der Parteigenossen, der Demonstranten, der Bauern, denen er lesen und schreiben beibringen sollte, der bunt gescheckten Großfamilie seiner Frau und Tochter.

Die wilde Liebe seiner Mutter wärmte ihn nicht, im Gegenteil, sie erfüllte ihn mit Widerwillen, doch er konnte nichts dagegen tun, denn es ist viel einfacher, sich vor Hass zu schützen als vor zu viel Liebe. Er ertrug sie mit stoischer Gelassenheit. Lucrezia tat alles, um ihn vom Rest der Welt abzuschotten. Sie hatte ihn nicht wie seine Altersgenossen mit vier, fünf Jahren bereits aufs Feld geschickt, um ihn frühzeitig an die mühevolle Arbeit zu gewöhnen. Sie zog ihn auf wie einen jungen Herrn, mit sauberen Händen und melancholischem Blick, stets mit einem Gefühl des Unbehagens behaftet, wo auch immer er sich befand, schüchtern, aber von allen gemocht.

Seit seiner Kindheit war er schweigsam und verschlossen. Er war nicht in der Lage, einen Scherz von einer ernst gemeinten Bemerkung zu unterscheiden, und die wenigen Male, die er lachte, war seine Heiterkeit fehl am Platz. In Gegenwart anderer war er immer befangen, wusste nicht, wie er sich zu verhalten hatte, weil er weder ein junger Herr noch ein Bauer war.

Wenn Lucrezia die Dorfkinder näher kommen sah, mit ihren verlausten Köpfen und verzeckten Achseln, verscheuchte sie sie mit dem Besen und in besonders hartnäckigen Fällen sogar mit Fußtritten. Am gemeinsten benahm sie sich den Rabbias gegenüber, Blut von ihrem eigenen Blut, die sie umzubringen drohte, wenn sie sich noch einmal blicken ließen. Sie hatte Angst, dass sie ihrem Sohn das Essen stehlen und ihn mit ihrer Armut anstecken könnten. »Hör nicht auf sie!«, stupste sie ihn zurecht, wenn sie nach ihm riefen. Er war nicht wie die anderen. Sie erinnerte ihn an das Geld, das auf der Post auf ihn wartete, und ließ ihn schwören, dass er sich niemals irgendjemandem anvertrauen würde. Rocco ergab sich der Liebe seiner Mutter und erwiderte sie mit einem Gefühl, das er nie zu benennen wissen sollte. Das ganze Dunkel seiner Kindheit wurde erhellt von einer einzigen liebevollen Beziehung: der zu seiner Sau.

Neuntes Kapitel

Als der Faschismus aufkam, waren in Grottole sofort alle Dons begeisterte Anhänger des Duce. Don Gabriele, Don Raffaele, Don Valentino – niemanden ließen sie mehr als Tagelöhner arbeiten, der keinen Parteiausweis besaß. Sie hockten draußen auf der Piazza vor dem Herrenklub, nahmen gnädig die Ehrbezeugungen der vorbeikommenden Dorfbewohner entgegen – so auch der Kinder, die von der Sonnenlichtkur zurückkamen und vor ihnen in Habachtstellung gingen –, und wenn sie jemanden anderer Ansichten verdächtigten, ein Gruß nicht angemessen vorgebracht wurde oder ein Blick mangelnden Respekt bezeugte, scheuten sie auch vor Handgreiflichkeiten nicht zurück, ohne jede Rücksicht auf das Alter des Aufbegehrenden.

Die Bauern wurden noch schweigsamer als zuvor, sie senkten die Köpfe – daran waren sie ohnehin gewöhnt –, aber sie brachen nicht in Begeisterungsstürme aus. Einmal pro Woche überwanden sie sich und holten ihre Söhne von den Feldern, um sie zum Faschistischen Samstag zu schicken.

Die Paraden, die Uniformen mit Kniebundhose, Schwarzhemd und Fez, die hochtrabenden Reden Mussolinis – all dies wurde mit dem gleichen spöttischen Misstrauen betrachtet, das allem vom Alltäglichen Abweichenden entgegengebracht wurde. »Duce, Duce, bring uns Licht, und vergiss uns bitte nicht!«, skandierten die Kinder in ihren Abzählreimen, doch die Erwachsenen schüttelten nur die Köpfe, denn sie erwarteten nichts Gutes von niemandem, und wenn sie etwas geschenkt bekamen, vermuteten sie dahinter sofort einen üblen Trick.

Vielleicht um jedem, der aus der Reihe zu tanzen wagte, eine Vorstellung davon zu geben, was ihm blühen würde, waren entlang der Via Nuova Büsche und Sträucher dermaßen zurechtgestutzt worden, dass über die schnurgeraden Bordsteinkanten nicht ein einziges Blatt mehr ragte. Die Grottoleser betrachteten dieses Streben nach Vollkommenheit wie ein Weltwunder, wenngleich sie sich auch fragten, wozu das alles nütze sein sollte.

Mit der größten Begeisterung schlossen sich die üblichen Taugenichtse und Versager der Partei an, allen voran Oreste Falcone, der lang ersehnte Sohn Don Francescos, der bis dahin lediglich bei Kindern hatte Eindruck schinden können, insbesondere bei den Söhnen Candidas, indem er sie bei jeder sich bietenden Gelegenheit schikaniert hatte. Folglich nicht allzu oft, denn seine Nichte ließ ihn, ohne sich ihr Misstrauen anmerken zu lassen, keine Sekunde aus den Augen.

Mit über sechzig Jahren also entzündete sich Oreste für die Ideen Mussolinis. Was ihm vor allem imponierte, war dessen Versprechen, aus Italien ein Weltimperium zu machen, den Platz an der Sonne zu erobern. Äthiopien wurde für ihn zum Inbegriff des Reiches, das das Schicksal ihm ungerechterweise vorenthalten hatte.

Wie ein Gockel stolzierte er durchs Dorf, stets ein flottes Liedchen zwischen den Zähnen pfeifend. Weil die Partei besonders eifrige Mitglieder zu schätzen wusste, wurde ihm ein kleines Amt übertragen, und so verbrachte er seine Tage im Parteibüro, informierte sich über das Vorankommen des italienischen Heeres in Äthiopien und überzog das Dorf mit der für die Faschisten so typischen kriegstreiberischen Rhetorik, die er sich sofort zu eigen gemacht hatte.

Mit der gleichen Angst wie eh und je, in die sich Belustigung und Mitleid mischten, grüßten die Leute ihn voller Respekt, aber insgeheim lachten sie über ihn. Doch er fühlte seine Stunde nahen. Und wenn die Kameraden ihn herablassend behandelten oder hinter seinem Rücken über ihn herzogen, so ertrug Oreste dies, weil er nicht anders konnte; sein schlechter Charakter schäumte indes vor Wut, und seine Rachepläne waren finster.

Er begann seine Macht an den Dorfbewohnern auszuprobieren. Er wurde zum Ohr des Ortes. Wenn jemand sich einen Scherz über Mussolini erlaubte, konnte er sicher sein, am nächsten Tag ins Parteibüro zitiert zu werden. Die kleinste Äußerung von Kritik landete augenblicklich bei einem der Zuständigen, und sofort wurden Sanktionen verhängt: der Entzug einer Genehmigung, eine ordentliche Tracht Prügel, die Verbannung. Ganz allmählich brachten die Dorfbewohner diese Ereignisse mit Oreste in Verbindung, der sogar imstande war, völlig aus der Luft gegriffene Anschuldigungen zu erfinden, um sich für vergangene Demütigungen zu rächen. Und Leute, an denen er sich rächen wollte, gab es wahrlich genug: In all den Jahren hatte er ein riesiges Depot an Hassgefühlen hervorgebracht.

Seine größten Widersacher befanden sich jedoch in seinem eigenen Haus, innerhalb der Familie, die ihn immer toleriert, sich nur selten vor ihm gefürchtet, aber ihn nie geliebt hatte. Die eigentliche Zielscheibe seines Grolls war Colino, der mit seiner gelassenen Art im Mittelpunkt der Familie stand, stark und ruhig wie eine Eiche, ohne das Bedürfnis, sich aufzuspielen, um seine Autorität zu behaupten.

Oreste betrachtete ihn als Verräter, weil er anfangs nicht einmal das Parteiabzeichen hatte annehmen wollen. Colino hatte sich nicht etwa deswegen geweigert, weil er ein Held war und sich dem Regime widersetzen wollte, sondern weil er einige wenige, aber sehr einfache Prinzipien verfolgte, deren erstes lautete: »Lass die Finger von der Politik!« Das hatte er von seinem Vater Minguccio u Mercial übernommen, der diese Einstellung seinerseits von seinem Vater und einer langen Vorfahrenreihe an Kaufleuten geerbt hatte. Die von vielen Seiten unternommenen Versuche, ihn zur Parteimitgliedschaft zu überreden, indem ihm deren unbestreitbare Vorteile vor Augen geführt wurden, liefen ins Leere. Colino hatte sich mit Händen und Füßen gewehrt – wie wenn Candida ihn dazu bringen wollte, eine neue Suppe zu probieren. Doch als sie ihn aus der Genossenschaft ausschlossen, musste er zugeben, dass die Zeiten sich geändert hatten. Er konnte die Grundsätze seines Vaters und Großvaters nicht mehr weiterverfolgen. Auch wenn er den Faschismus ablehnte – aus den gleichen Gründen wie den Kommunismus –, zog er die fünf Lire aus der Tasche, die der Parteiausweis ihn kosten sollte.

Zum Ausgleich war er weiterhin als Schmuggler tätig. Unter der Hand kaufte er den Bauern zu einem sehr günstigen Preis den Teil ihrer Ernte ab, den sie vor Abgabe an die Sammelstelle hatten abzweigen können. Heimlich vertrieb er das Korn dann an die Müller weiter, die gezwungen waren, zu immer schlechteren Zahlungsbedingungen von den Genossenschaften zu kaufen. Die Behörden drückten ein Auge zu, jedoch nicht mehr, als es zur Anzeige kam.

Wenn eines Abends unmittelbar im Anschluss an die Ernte – Colino hatte sein Lager vollgestopft mit Korn, dessen Herkunft er nicht mehr vernünftig hätte begründen können – nicht Ida Miranda angelaufen gekommen wäre, die Frau des Feldweibels, deren platonische Leidenschaft für ihn im ganzen Dorf bekannt war, um ihn zu warnen, während die Familie gerade beim Essen war, wäre Colino wohl im Gefängnis gelandet.

Er verbrachte die Nacht im Lager, um zusammen mit den Söhnen die Getreidesäcke hinter der Markthalle zu deponieren. Candida blieb mit den kleineren Kindern zu Hause und steigerte sich in Rage.

Die Razzia fand im Morgengrauen statt. Die Beamten stellten das ganze Haus auf den Kopf, doch sie fanden nichts, und am Ende zogen sie unverrichteter Dinge wieder ab, mit dem Hinweis, bloß keine Dummheiten zu machen.

Es sollte nie herauskommen, von wem die Initiative ausgegangen war. Eines Morgens wurden auf der Piazza an der Stelle, wo normalerweise die Bekanntmachungen hingen, Fotos von Oreste in Frauenkleidern gesichtet, geschminkt und mit Lippenstift. Vor Concetta wurden die Neuigkeiten geheim zu halten versucht, doch sie sprach als Erste davon, bei Tisch, in einem ihrer seltenen lichten Momente. Kein Zweifel, dass sie es schon immer gewusst hätte! »Gott sei Dank«, verkündete sie ruhig, »haben die Briganten die gute Seele vorher umgebracht.« Albina schwor, vor lauter Scham keinen Fuß mehr vor die Tür zu setzen, aber sie hatte sowieso seit Jahren das Haus nicht verlassen. Nur Candida schwieg.

Alle anderen lachten, und selbst Monate später lachten sie immer noch und machten alle möglichen Anspielungen, auch nachdem Oreste längst verschwunden war. Der hatte während seines Abendspaziergangs an jenem Tag irgendwann feststellen müssen, dass das ganze Dorf ihn mit unverhohlenem Grinsen musterte, und als er die Piazza erreicht hatte, war ihm der Grund für diese ganze Heiterkeit auch schlagartig klar geworden.

Hinter der Stadtmauer wurde er ein letztes Mal gesichtet, in einer Haltung, so untadelig, wie sein Alter es ihm gestattete, mit den wie Segel im Wind knatternden Kniebundhosen und dem stolz in die Stirn gezogenen Fez. Seitdem hatte niemand mehr etwas von ihm gehört. Die Grabstelle, die sein Vater ihm zugedacht hatte, blieb leer; obenauf stand sein Foto und war das Datum seiner Geburt eingraviert, und statt des Todestages hatte man ein Fragezeichen eingefügt.

Nick will keine Pasta,
ist ihm zu wenig,
und damit basta.

Zehntes Kapitel

»Komm, Schweinchen, komm!«, konnte man im ganzen Dorf rufen hören. Nach einer Weile tauchte Rocco auf, dicht gefolgt von der Sau, oder die Sau, dicht gefolgt von Rocco. Gemeinsam verbrachten sie ihre Tage, streunten über die umgepflügten Felder, mitten durch den Dreck, gruben Löcher in die Erde, rollten sich von Abhängen hinunter, spielten Nachlaufen, Verstecken und starrten in den Himmel. Sie waren Freunde, Geschwister, Mutter und Sohn, Vater und Tochter und all die anderen Beziehungen, die es zwischen zwei Lebewesen geben kann.

Anfangs hatte Rocco sich nicht um die Sau gekümmert, so wie er sich um nichts kümmerte, was mit Land und Tieren zu tun hatte. Aber eines Tages sollte es ein Gewitter geben.

Obwohl es draußen noch dunkel war, hatte Lucrezia sich bereits zur Arbeit aufgemacht. Rocco lag im Bett, als die ersten Donnerschläge mit metallischem Krachen ertönten. Für einen Moment lähmte die in der Luft hängende Stille alles, dann setzte das Getöse erneut ein. Der Hagel prasselte gegen die Fensterscheiben, und das Wasser, das vom Himmel fiel, schien das Dorf überfluten zu wollen.

Rocco wurde von einer Furcht erfasst, die unbändig war, monströs, wie sturmgepeitschte Meere und das Ende der Welt, älter als er und so überbordend, dass er darin zu ertrinken glaubte. Er brach in Schluchzen aus, mit dem sicheren Gefühl, dass niemand kommen würde, ihn zu trösten.

Doch etwas Feuchtes, Heißes fuhr ihm plötzlich übers Bein – die Schnauze der kleinen Sau, die ihn aus ihren hellblauen Äuglein ansah und zärtlich zu lecken begann. Rocco zog sein Bein zurück, weil er an Zärtlichkeiten nicht gewöhnt war und ihn diese Geste irgendwie seltsam berührte. Doch das Tier ließ sich nicht beirren. Zögernd streckte Rocco die Hand aus und streichelte es. Dann zog er es an sich. Die Sau grunzte vor Zufriedenheit. Arm in Arm warteten sie gemeinsam, bis das Gewitter vorbei war, und von diesem Tag an waren sie unzertrennlich.

Ohne die Sau im Arm konnte Rocco nicht mehr einschlafen. In den langen Winternächten wärmte sie ihn mit ihrem Körper, und nicht selten war es allein ihr zu verdanken, dass er nicht erfror. Mit ihr zusammen erkundete er die ganze Bandbreite an Zärtlichkeiten. Er kannte sie klein, speckig und rosa wie ein Säugling, er sah sie heranwachsen und lebhaft werden wie ein kleiner Junge, seine Größe, die eines unterernährten Kindes, erreichen und überragen, schließlich fett und riesig werden, und er vertraute sich ihrer tröstlichen Umarmung an, versank in ihrem Fleisch, in ihrer lauen Wärme und ihrem Gestank.

Auch Lucrezia liebte die Sau, auf ihre Art und Weise. Wenn sie von der Landarbeit zurückkam, bereitete sie ihr liebevoll ihr Kleiefutter zu, übertroffen nur von der Inbrunst, mit der sie die Suppen für ihren Sohn kochte. Sie selbst aß fast nichts. Sie betrachtete die Sau und weidete sich an ihrem Anblick.

Im Februar, als im Dorf geschlachtet wurde, ging

Lucrezia zu Luigino la Ciminiera, dem Metzger, und verabredete sich mit ihm für den darauffolgenden Tag. Doch als sie bei Sonnenaufgang erwachte, fand sie weder den Sohn im Bett noch die Sau unterm Bett. Den lieben langen Tag suchte sie vergeblich nach ihnen. Sie bat das ganze Dorf, ihr beim Suchen zu helfen, wäre fast bei den Carabinieri vorstellig geworden, weinte und fluchte, lief über das kahle Land und rief aus vollem Hals nach ihrem Sohn, und niemand, nicht einmal die Hunde, konnten mit ihrem Tempo mithalten. Die Nacht verging, ohne dass sie die Ausreißer fanden. Schon wurden im Dorf die ersten Gerüchte von Briganten, Teufeln, Zigeunern laut, doch Lucrezia gab sich nicht geschlagen. Am nächsten Morgen, früh in der Dämmerung, machten sich Giovanni Mastrandrea und Ciccillo Sarchiella, ihre eifrigsten Helfer, gemeinsam mit ihr auf den Weg.

An diesem Tag war das Wetter wechselhaft, mit grauen Wattewolken, die den Himmel immer wieder verdunkelten. Der Regen schien unschlüssig. Sie fanden ihn am Waldrand bei Salandra, unter einer Eiche, im Arm die Sau, halb tot vor Kälte und Angst. Als Lucrezia ihn sah, verpasste sie ihm eine Ohrfeige, die ihm fast alle Zähne ausgeschlagen hätte, dann fing sie an, ihn mit Küssen zu überschütten, und wollte gar nicht mehr aufhören.

Die Sau wurde nicht geschlachtet. Sie behielten sie zum Ferkeln.

Im Jahr darauf kam Rocco in die erste Klasse, und alles wurde noch schwieriger. Sie mussten ihm einen Schulkittel nähen lassen, einen Ranzen kaufen und dem Lehrer hier und da ein Geschenkchen machen. An Weihnachten erklärte der Lehrer Lucrezia die Vorteile, die es haben würde, wenn Rocco erst zu den Wolfskindern und dann zu den Pimpfen ginge: »Er wäre krankenversichert, könnte auf Ferienfreizeiten fahren, am Gymnastikunterricht teilnehmen und ins Lungensanatorium gehen. Aber dafür braucht er eine Schuluniform.« Doch Lucrezia hatte kein Geld für eine Uniform.

An einem kalten, windigen Februartag schickte Lucrezia ihren Sohn die Sau suchen. Sie erzählte ihm, sie habe eine Wette mit einer Frau aus Trivigno laufen, die nicht glauben wollte, wie groß die Sau in der Zwischenzeit geworden sei, und aus dem Grund müssten sie sie wiegen. Rocco glaubte ihre Geschichte. Die Sau hingegen verstand.

Zu viert banden sie sie auf Cumba Colinos Schnellwaage fest – ein echtes Unterfangen! Die Sau wehrte sich mit allen Kräften, als hätte sie böse Vorahnungen, und biss Rocco in den Arm. Die Narbe sollte ihm für den Rest seines Lebens erhalten bleiben, ein blasser kleiner Kreis, der an feuchten Tagen leicht erhaben wurde. Drei Zentner wiege die Sau, sagte Rocco stolz zu seiner Mutter.

Am nächsten Tag musste er sie auf der anderen Seite der Stadtmauer suchen gehen. Sie wollte ihm nicht folgen. Rocco musste sein ganzes Wissen über sie abrufen, um sie zum Mitkommen zu bewegen. Er rubbelte ihr lange über den Hals, dann gab er ihr einen Kuss in die Ohrmuschel, was sie erschaudern ließ. Am Ende folgte sie ihm besänftigt.

Als sie zu Hause ankamen, war Luigino la Ciminiera schon dabei, die Messer zu wetzen. Felice und Chinuccio warfen sich auf das Tier. Unter Schreien, die bis zur Via Nuova zu hören waren, wehrte sich die Sau. Sie hörte sich an wie ein Mensch, der um Hilfe ruft. Rocco wohnte der Szene mit weit aufgerissenen Augen bei und wagte nicht einzuschreiten. Sie packten sie und warfen sie auf einen großen Holztisch, dessen hochgebogene Ränder an eine Bahre erinnerten. An dem einen Ende befand sich ein Loch, in das sie ihren Kopf pressten. Gleichzeitig fesselten sie ihr am anderen Ende des Tisches die Beine. Stumm und leichenblass hatte sich Rocco in eine Zimmerecke verkrochen. Von Panik erfüllt, suchte die Sau seinen Blick, doch er konnte ihr nicht helfen. Luigino la Ciminiera stieß sein Messer in die Kehle des Tieres, das einen markerschütternden Schrei ausstieß. Mit der Klinge stocherte er in der Wunde herum, wobei er achtgab, dass die Sau nicht sofort verendete. Es dauerte eine halbe Stunde, bis das ganze Blut ausgelaufen war und sie endlich zur Ruhe kam. Lucrezia hantierte derweil mit einem Becken unter dem Tisch herum. Das Blut soll dir aus der Kehle spritzen! Sie fing das Blut auf, und unter Hinzufügen von hart gekochtem Ei, getrockneten Feigen, Mandeln, Milch und Zucker rührte und rührte sie. Es war das erste Mal, dass in ihrem Haus solche Reichtümer gesichtet wurden. Sie stellte die Mischung aufs Feuer und rührte weiter, während große, weiche Blasen aus dem Sud emporstiegen.

Unterdessen hatte Luigino la Ciminiera zusammen mit Felice und Chinuccio den Kessel vom Herd genommen und kochendes Wasser über die Sau gegossen. Die Luft füllte sich mit Dampf und dem ekelerregenden Gestank nach versengten Borsten. Mit trübe gewordenen Augen warf das Tier einen letzten Blick zu Rocco, den er nie mehr vergessen sollte. Eifrig kratzten Luigino und Chinuccio mit ihren Messern die Borsten ab. »Los, mach schon, hilf uns, Junge!« Doch Rocco rührte sich nicht von der Stelle. Hurtig liefen die Messer über den Körper der Sau. Bald war ihre Haut von einem so zarten Rosa wie die einer nackten Frau. Sie hatten sie bequemer auf der Bahre zurechtgelegt. Als jeder Zentimeter ihres Körpers von jenem klaren Rosa war, hoben sie sie hoch und hängten sie mit dem Kopf nach unten an den Türrahmen. Mit einem einzigen Messerstich schlitzte Luigino la Ciminiera sie von der Leiste bis zur Kehle auf. Schnell griffen seine Hände in den Leib des Tieres und holten Leber, Lungen, Herz heraus. Er entwirrte die Eingeweide mit der Geschicklichkeit eines Jongleurs. Lucrezia entleerte und wusch sie und weichte sie schließlich zusammen mit Orangenschalen in Wasser ein.

Inzwischen war die Blutwurst fertig zubereitet, erkaltet und fest geworden. Lucrezia legte ein Stück auf einen Teller und bot sie Luigino la Ciminiera, Felice und Chinuccio zum Probieren an. »Und du, mein Sohn, willst du nichts?« Rocco rührte sich nicht. »Komm, Junge, das ist gute Blutwurst! Du sagst ja gar nichts!? Hier, nimm ein Stück Blutwurst!« Mit einem Löffel trennte Lucrezia eine ordentliche Portion ab und schob sie Rocco in den Mund. Unter seinem Gaumen fühlte Rocco die weiche, körnige Konsistenz, das süßliche, im Abgang nach Blut schmeckende Aroma. Die Masse glitt hinab in seine Eingeweide. Drehte sie ihm um. Bis in die Kehle stieg sie ihm hinauf. Der ekelerregende Geschmack durchdrang seinen ganzen Körper. Sein Magen kam ihm bis zu den Ohren hoch. Und er kotzte und kotzte. Bis er sich auch die Seele aus dem Leib gekotzt hatte.

Elftes Kapitel

»Wer hat dich mit dem Fluch belegt? Das Auge, die geistige Kraft und der böse Wille. Wer hat den Fluch von dir genommen? Der Vater, der Sohn und der Heilige Geist. Wer hat dich mit dem Fluch belegt? Das Auge, die geistige Kraft und der böse Wille. Wer hat den Fluch von dir genommen? Der Vater, der Sohn und der Heilige Geist. Wer hat dich mit dem Fluch belegt?«

»Ich glaube an Gott, den Vater, den Allmächtigen, den Schöpfer des Himmels und der Erde, und an Jesus Christus, seinen eingeborenen Sohn ...«

»Vater unser im Himmel, geheiligt werde dein Name, dein Reich komme, dein Wille geschehe ...«

»Sei gegrüßt, o Königin, Mutter der Barmherzigkeit, unser Leben, unsere Wonne und unsere Hoffnung ...«

Gähnend und mit tränenden Augen entnahm die Wunderheilerin dem Speiseschrank neun Prisen Salz und der Feuerstelle drei glühende Kohlestückchen. Beides gab sie in ein Wasserbecken, tauchte die linke Hand hinein und zeichnete ein Kreuz auf Roccos Stirn.

Als alles vorbei war, überreichte Lucrezia ihr den keifenden Hahn, den sie als Dankesgabe mitgebracht hatte, nahm Rocco bei der Hand und trat zur Tür hinaus. Seit zwei Jahren klapperten sie sämtliche Wunderheilerinnen von Salandra, Tricario, Valsinni und einem Ort ab, dessen Namen man nicht aussprechen durfte. Nichts. Keiner von ihnen gelang es, ihn von seinem Fluch zu befreien, auch wenn sie allesamt erkannt hatten, dass es sich um einen Zauber handeln musste. Einen so mächtigen Zauber, dass er nicht zu vertreiben war. Wer hatte ihn damit belegt? Die eine meinte, es müsse ein Mann gewesen sein, weil sein Gähnen beim Vaterunser kam, die andere war überzeugt, es könne nur eine Frau gewesen sein, weil es beim Ave Maria erfolgte. Eine Seherin aus Genzano ließ sich sogar zu der Behauptung hinreißen, es müsse ein Priester gewesen sein, weil er beim Gloria gegähnt habe. Lucrezia betrachtete sie alle voller Misstrauen – Mann, Frau, Priester oder Nonne: Für sie bestand nicht der geringste Zweifel, dass Er ihr diesen Sohn einfach neidete, und sie verfluchte ihn von ganzem Herzen.

Seit zwei Jahren hatte Rocco kein Wort mehr gesprochen. Sie hatte ihn zur Schule geschickt, wo er Schreiben gelernt hatte, aber er brachte dennoch nicht einen Laut hervor. Er verstand alles, konnte alles, Grundstriche, Alphabet, vollständige Wörter, setzte die Akzente an die richtige Stelle, die Kommata dahin, wo sie hingehörten, doch aus dem Mund wollte ihm nicht eine einzige Silbe dringen. Sie hatte es sogar schon mit einer List versucht, indem sie ihn aus dem Tiefschlaf gerissen hatte: Kein Ton entwich seinen Lippen. Während die Wunderheilerinnen ihr das Wenige nahmen, was sie an Eigentum besaß. Den zarten jungen Hahn. Den Korb mit den Schnecken. Die Vogelbeeren. Alles nahmen sie ihr. Und sie strichen über Roccos Stirn, murmelten Beschwörungen, ließen den Fluch auf sich übergehen, bis sie fast eingeschlafen waren. Nichts. Der Zauber war so mächtig, dass er nicht verging. Eine Heimsuchung des Schicksals. »Das Blut soll dir aus der Seele spritzen! Nur mein Sohn ist mir geblieben, und nun ist auch der ...«

Der Einzige, den sie noch nicht aufgesucht hatten, Zio Giuseppe, lebte in Albano. Doch Albano war weit und der Weg dorthin beschwerlich. An einem Augustnachmittag fuhr sie mit ihrem Sohn bis Tricario auf einem Bauernkarren mit, und den Rest gingen sie zu Fuß. Sie waren Richtung Basento-Tal hinuntergelaufen, an Adler- und Geiernestern vorbei. Sie hatten die Ponte della Vecchia überquert, mittlerweile weiß von Staub, mit sonnenrissigen Lippen und blasenbedeckten Füßen. Auf einem etwas breiteren Klippenvorsprung befand sich ein Haus, das so alt war, dass es jeden Moment zusammenzufallen drohte. Innen war es stockdunkel.

Lucrezia konnte gerade noch eine Gestalt ausmachen, deren Züge ihr umso fürchterlicher vorkamen, je mehr sich ihre Augen an die Düsternis gewöhnten. Eine riesige Hakennase beherrschte das Gesicht des Mannes. Die kleinen blauen Augen funkelten hell. Aus den großen Ohren quollen Haarbüschel. Die Lippen indes waren voll und fein gezeichnet, wie bei einem hübschen jungen Mädchen. Er wandte sich sofort Rocco zu und legte ihm die Hand auf den Kopf. Fragend blickte er die Mutter an. Lucrezia durchfuhr der Gedanke, dass er sofort alles durchschaut haben musste. Ihr fiel ein, dass irgendjemand behauptet hatte, Zio Giuseppe sei älter als Jesus Christus. Ganz allmählich beruhigte sich ihr Herzschlag, während sie sich einredete, dass er ein Freund der Armen war und kein Geld von ihr verlangen würde. Jeder gab das, was er konnte.

Giuseppe nahm eine Spielkarte von einem Stapel, hielt sie ihr einen Moment gegen die Brust, um sie anschließend lange zu betrachten. Lucrezia ließ ihn machen, angsterfüllt. Giuseppe legte die Karte zurück auf den Stapel. Er mischte die Karten, dann bat er sie abzuheben. Die Karten waren anders als alle, die Lucrezia je gesehen hatte. Auf einer war ein Hund abgebildet, auf einer weiteren eine Flamme, auf einer dritten drei Herzen. »Das ist keine Hexerei. Das ist eine Botschaft.« Er schlug ein Kreuz über Roccos Stirn, hieß ihn den Mund öffnen und schlug es auch über seiner Zunge. Dann steckte er ihm einen Finger ins Ohr und verharrte lange so, als würde er auf etwas lauschen. Schließlich bat er Rocco, hinauszugehen und draußen zu warten.

»Mutter und Sohn sind aneinandergekettet«, sagte er zu Lucrezia.

Er nahm einen Wollfaden, den er sich um den Zeigefinger wickelte, und forderte Lucrezia auf, ihn mit den Zähnen zu durchtrennen. Er reichte ihr einen Spiegel und befahl ihr, sich für die Brustuntersuchung auszuziehen. Lucrezia wollte vor Scham am liebsten im Boden versinken, doch aus Liebe zu ihrem Sohn nahm sie sich zusammen. Rocco beobachtete alles durch einen Spalt in der Tür. Er sah, wie seine Mutter ihr Kleid aufknöpfte und wie im Spiegel ihre weißen Brüste aufblitzten, jung und fest, während alles andere an ihr alt erschien. Er sah die Hände von Zio Giuseppe auf seiner Mutter, wie er ihre Kleider beiseiteschob und ihr schlanker weißer Körper zum Vorschein kam, der runde Hintern, der einst seinen Vater so verzückt hatte, der Bauch mit dem perfekt geformten Nabel und das Gesicht und die Hände einer alten Frau. Rocco war wie geblendet.

Ruckartig öffnete er die Tür und stürmte ins Haus hinein. Der Kontrast zwischen dem Dämmerlicht drinnen und der gleißenden Sonne draußen nahm ihm die Sicht. Er stürzte sich auf Giuseppe und trommelte mit seinen Kinderfäusten auf ihn ein. »Genug, genug!«, schrie er. Dann wandte er sich an seine Mutter. »Lass uns gehen«, sagte er in einwandfreiem Italienisch. Lucrezia zog ihr Kleid hoch und fiel auf die Knie, sie küsste die Füße von Zio Giuseppe und nässte sie mit ihren Tränen wie einst Magdalena bei Jesus Christus. »Mein Sohn!« Sie warf sich auf Rocco, zwickte ihm mit ihren fiebrigen Händen ins Fleisch und überschüttete ihn mit heißen Küssen. Rocco brannte vor Scham. Ein einziger Blick wurde gewechselt zwischen ihm und Zio Giuseppe – voller Rivalität. Obwohl Rocco noch ein Junge war, hatte er die müden, schweren Augen eines Erwachsenen, während die von Zio Giuseppe vor kindlicher Boshaftigkeit und jugendlichem Elan nur so funkelten.

Als Dank für seine Hilfe überreichte Lucrezia Zio Giuseppe das Kostbarste, was sie besaß: den Zopf, den sie sich mit sechzehn Jahren am Tag ihrer Hochzeit abgeschnitten hatte. Schwarz und dick wie ein Tau, mit vielen kleinen Härchen, die aus dem Geflecht herausstachen und in die Finger piekten. Zio Giuseppe streichelte den schweren Zopf in seiner Hand, wo er plötzlich wie lebendig erschien. Eine Ratte, konnte man meinen. Dann verließen sie ihn.

Sie gingen denselben Weg zurück, dieses Mal ohne längere Rast zu machen. Zwei Tage und zwei Nächte dauerte ihre Heimreise. Sie hielten nur an, um ihren Durst mit dem Wasser des Basento zu löschen und sich für einen Moment im Schatten der Eichen auszuruhen, und ihren Hunger stillten sie mit Beeren, Akazienblüten und Disteln. Lucrezias Griff um Roccos Hand war hart wie Stahl. Hin und wieder küsste sie ihm die trockenen, vom Bann befreiten Lippen. »Mein Sohn, was hab ich alles durchgemacht, diese Neidhammel, verhext ham sie dich, mein Sohn, Gift soll'n sie nehmen, o mein Sohn, lass hören, wie schön du sprichst!« – »Ja, Mama, ich kann wieder sprechen. *O, Valentino, wie du erstrahlst im neuen Kleid, dem stachlig Grün des Weißdorns gleich, von Ranken zerstochen dein zarter Fuß, trägt er den Schuh, den die Mutter dir schuf.*« – »Was sagst du da, Junge, ich versteh dich nicht!« – »*Ich liebe dich, o süßes Vaterland, hold bist du mir, von großer Herrlichkeit, Italien mein, mit neuer Freud die Seele dich zu lieben lernt …*« – »Wie du redest, mein Sohn! Was sagst du da?« Und so setzten sie ihr Gespräch fort, sie im Dialekt, er in seinem Hochitalienisch, das der faschistische Lehrer ihm mit Stockschlägen auf den Handrücken eingebläut hatte. »Was sagst du da, mein Sohn? Was redest du?«

II

Die sterblichen Überreste des Cro-Magnon-Menschen in den halbkreisförmig angelegten Gräbern der Murgia, jenem Teil der Basilicata, der, von der apulischen Küste aus gesehen, etwa einhundert Kilometer im Landesinneren liegt, waren noch nicht verwest, als die ersten menschlichen Ansiedlungen in der Gravina errichtet wurden. Ein paar Jahrhunderte später waren die Sassi, die Höhlenstadt von Matera, zum Mittelpunkt der bäuerlichen Welt geworden.

Die in den Tuffstein gehauenen Grotten wurden abwechselnd von Angehörigen des großgriechischen Reiches sowie von Vertretern aller möglichen anderen Rassen bewohnt – albanischen Flüchtlingen, griechischen Säulenheiligen, Ketzern, verfolgten jüdischen Gemeinschaften –, die, einmal heimisch geworden in dem, was später als »kariöser Zahn« bezeichnet werden sollte, prompt ihr eigentliches Zuhause vergaßen und auch die Gründe, die sie zum Verlassen desselben gebracht hatten. All diese verschiedenen Menschen hatten eine große Gemeinsamkeit: den Hunger. Matera verwaltete den Hunger in den umliegenden Gebieten; die Stadt war das Zentrum jenes Teufelskreises, in dem die erschöpften Halbpächter unermüdlich zwischen Stadt und Land hin und her pendelten, um dieses in sich geschlossene Wirtschaftssystem mit Nahrung zu versorgen. Die Orte der Umgebung wie Grassano, Miglionico, Ferrandina, Montescaglioso und Grottole hockten geschichtslos, wie sie waren, auf ihren erdrutschbedrohten Hügeln, verzehrten sich vor Hunger und damit genug.

Zwölftes Kapitel

Als Albina neunundachtzig Jahre alt war und Costanza neunzig, bat Letztere die Schwester, sich mit ihr zu treffen. Sie hatten seit jenem Tag nicht mehr miteinander gesprochen, als Costanza mit dem Pfarrer durchgebrannt war, obwohl sie in ein und demselben Dorf lebten, das nicht mehr als dreitausend Einwohner zählte. Die Male, die Albina sie von Weitem gesehen hatte, war sie schleunigst um die nächste Straßenecke gebogen oder hatte sich in einer Toreinfahrt versteckt, doch dies war nur sehr selten vorgekommen, da Costanza, die von ihren Söhnen und Schwiegertöchtern umhegt und umpflegt wurde, nur wenig Grund hatte, das Haus zu verlassen. Dieses eine Mal war sie jedoch diejenige gewesen, die sich auf den Weg machte, die Schwester zu besuchen, obwohl sie die Ältere von beiden war.

Sie war sehr dick geworden, aber in ihren Bewegungen lag noch immer eine gewisse Grazie. Ihr Vollmondgesicht strotzte vor Gesundheit, und sie hatte den gleichen kielförmigen Bauch wie Albina.

Albina hatte sie im Schlafzimmer von Candida empfangen. Nicht ein Wort verloren sie über den Grund, aus dem sie sich fast ein ganzes Jahrhundert nicht gesehen hatten. Mit olympischer Ruhe erkundigte sich Costanza bei Albina nach ihren Kindern und Enkelkindern, berichtete von den eigenen und ließ sich über die Decken für ihre Aussteuer aus. Bevor sie ging, sagte sie noch, wie froh sie sei, die Schwester bei so guter Verfassung angetroffen zu haben.

Sie hatte die letzte Treppenstufe noch nicht erreicht, als Albina auch schon anfing zu klagen. Ein fürchterliches Kopfweh. Ein merkwürdiger Schmerz. Eine seltsame Mattigkeit. Ein Schwächeanfall. Sie lag im Sterben, so viel war sicher. Der Neid. Die Schwester. Die Schwester hatte sie beneidet. »Hast du gehört, was sie gesagt hat? Wie gut sie aussieht!« – »Mmmmm.« – »Hast du gesehen, wie sie mich angeschaut hat?« – »Mmmmm.« Candida musste einiges an Überzeugungskraft aufbringen, um sie nicht als Notfall ins Krankenhaus von Matera einzuliefern, wo Albina sicher war, ihren letzten Atemzug zu tun.

Doch es war Concetta, die sterben sollte, wenige Tage später, an einem Frühlingsmorgen.

Sie war früher als gewöhnlich aufgestanden, ohne den geringsten Lärm zu verursachen, als hätte sie Angst gehabt, jemand könnte sie aufhalten. In dem ungewöhnlich stillen Haus waren nur ein paar Schnarchtöne zu hören gewesen, hier und da ein Stöhnen und der schwere Atem von Schlafenden. Auf schweren Beinen hatte sie sich bis hinauf in die Mansarde geschleppt, in der sich ihre Truhe befand. Mit zitternden Händen nahm sie erst die Spitzendecke ab und dann die darunterliegende aus Cretonne, in der sich der Staub von Jahrzehnten eingenistet hatte. Es gelang ihr, den schweren Deckel hochzuheben – wie auch immer, denn sie war inzwischen so alt, dass sie kaum noch den Löffel zum Mund führen konnte. Sie schob das blütenweiße Leintuch zur Seite, und zum Vorschein kam jenes Kleid, das sie selbst viele Jahre zuvor vorsorglich dorthin gelegt hatte und hin und wieder betrachten gegangen war: schwarz und aus gutem Stoff.

Sie legte es mit der gleichen Ehrfurcht an, wie sie ihr Hochzeitskleid angezogen hätte, das all die Jahre im Schrank verschlossen geblieben war, nachdem die Hochzeit mit Don Francesco ins Wasser fallen sollte.

An jenem Morgen fühlte sie sich so kräftig wie lange nicht mehr.

Nach und nach hatte Concetta aufgehört, sich für ihre Umwelt zu interessieren. Für Geld, für ihre Kinder, Enkel und Urenkel. Sie verwechselte Namen und vergaß Namenstage. Zu viele Namen, zu viele Dinge. Sie dachte an die Grabstelle aus rosa-schwarzem Marmor in der Familiengruft, die von niemandem genutzt wurde. Sie dachte an Don Francesco, der sie im Jenseits erwartete und sicherlich schon halb die Geduld verloren hatte.

Sie legte sich mit über dem Bauch gekreuzten Händen aufs Bett, mit all den Juwelen angetan, die sie seit dem Tag, an dem die Fässer gefunden worden waren, nicht mehr ausgezogen hatte. Sie begruben sie geschmückt wie die Jungfernstatue zur Marienprozession, mit dem hungrigen Gesichtsausdruck ihrer jungen Jahre. Die Tränen, die um ihretwillen vergossen wurden, waren so sanft wie der Märzregen, der am Tag ihrer Beerdigung die Erde nässte.

Mimmo, der ihr Lieblingsenkel gewesen war, erfuhr erst eine Woche später von ihrem Tod, als seine Mutter ihm einen Besuch abstattete. Seit einigen Jahren schon lebte er nicht mehr zu Hause. Er ging in Matera zur Schule, wo er in der Pension der Witwe Marietta Unterkunft gefunden hatte, zusammen mit Rocco. In einem Haus mit Tuffsteinfassade, etwas oberhalb der Sassi.

Aus den schmalen Fenstern konnte man das Leben in der Höhlensiedlung gut beobachten, jenes Amalgam aus zwei- und vierbeinigen Bewohnern, Menschen, die ihre Notdurft hinter Viehkarren erledigten und manchmal auch ihre sexuellen Bedürfnisse.

Kurz nach seiner Ankunft in Matera hatte Rocco sich dort einmal fürchterlich verirrt, stundenlang war er die steinernen Stufen hinauf- und hinabgestiegen, zu misstrauisch, um irgendjemanden nach dem Weg zu fragen, bis er sich schließlich am Castello hatte orientieren können. Weder er noch Mimmo gingen von dem Tag an mehr dorthin, und sie wandten den Blick ab, wenn sie auch nur in die Nähe kamen, als handelte es sich um einen riesigen Infektionsherd und sie liefen Gefahr, sich anzustecken. Sie hatten gelernt zu lügen, wenn sie nach ihrem genauen Wohnort gefragt wurden, denn die Sassi galten als Schandfleck, zu dem man möglichst Abstand hielt.

Die Witwe Marietta hatte acht Kinder, die in einem einzigen Zimmer aufeinanderhockten wie die Hühner auf der Stange. Das andere Zimmer hatte sie an Seminaristen untervermietet. Sie hatte immer mindestens vier oder fünf in Pension, und mit dem, was sie von ihren Mahlzeiten abzweigte, gelang es ihr, ihre acht Kinder vor dem Hungerstod zu bewahren.

Dank der Fresspakete, die Mimmo von seiner Mutter bekam und großzügig mit den Freunden teilte, konnten er und Rocco es sich relativ gut gehen lassen. Auch Rocco erhielt Unterstützung von zu Hause. Alle zwei Wochen kam Lucrezia zu Fuß von Grottole nach Matera gelaufen, um ihrem Sohn ein rohes Ei zum Trinken, Oreganoschnecken im Tonkrug, gebratene Spatzen und nicht abgeerntetes Obst zu bringen.

Sie empfahl ihm, ihre Mitbringsel zu verstecken und erst zu essen, wenn niemand ihn mehr beobachtete. Bei der Erwähnung des Wortes »niemand« warf sie einen schrägen Blick zu Mimmo hinüber.

Ausführlich beschrieb sie ihrem Sohn die Strapazen, die sie auf sich genommen habe, ihm all die guten Sachen zu bringen, den ganzen langen Weg unter der sengenden Sonne oder im strömenden Regen, fabulierte von Beinah-Abstürzen in der Furt des Flusses und von Stimmen, die sie nachts auf dem Feld gehört haben wollte, schwor Stein und Bein, dass ihr Männer, die geradewegs aus dem Jenseits zurückgekehrt schienen, am Rockzipfel gezogen hätten ... Und dann auf der anderen Seite der unerwartete Großmut mancher Großgrundbesitzer, die sie auf Händen trügen, weil sie bis zur völligen Erschöpfung einsatzbereit sei und nur die Hälfte von dem verlange, was die anderen wollten, sodass sie fast als eine der Ihren betrachtet werde. Sie hatte ihr Talent zu lügen, von dem sie in ihrer Kindheit so weidlich Gebrauch gemacht hatte, wieder aufgefrischt: Jeden Tag wurde sie ein wenig kühner und berichtete von Dingen, die sie angeblich gesehen oder gehört hatte, und je weiter sie sich vorwagte, desto weniger war sie selbst noch in der Lage, Wirklichkeit und Erfindung auseinanderzuhalten. Ihre letzten Jahre sollte sie in Gesellschaft all der Gespenster ihres Lebens in einem Zustand ständiger Umnachtung verbringen, zwischen den weiß gekälkten Mauern der Villa Clara, eines sterilen Altersheims, in dem Rocco sie in der Annahme, ihr ein wenig Freude zu verschaffen, untergebracht hatte.

Kaum war Lucrezia fort, begann für Rocco auch schon das Dilemma. Normalerweise teilten er und Mimmo alles, was sie besaßen, aber dies hätte bedeutet, dass er sich seiner Mutter widersetzt hätte. Egal, was er tat, so schien ihm, er würde auf jeden Fall jemanden verraten. Am Ende teilte er sein Essen doch mit Mimmo, der sein Angebot nur annahm, um ihn nicht zu verletzen, und es heimlich wegwarf, während Rocco von Gewissensbissen geplagt wurde.

Rocco und Mimmo hatten sich im Priesterseminar wiedergetroffen, nachdem sie ihre Kindheit in denselben Gassen verbracht hatten. Sie wurden unzertrennlich.

Mimmo war mit elf Jahren nach Matera gekommen, um Candidas Schwur Folge zu leisten, den sie vor seiner Geburt geleistet hatte. All die Jahre war er von einem nagenden Gefühl begleitet worden: Er wollte kein Priester werden. Jede Nacht musste er daran denken, gepeinigt von Schuldgefühlen, die sie ihm beizeiten eingetrichtert hatten, und er suhlte sich in seinem Gram und der Unwürdigkeit seines Verrats, einen Gott anrufend, an den er nicht glauben konnte – zumindest nicht, solange dieser ihn nicht von seinem Schicksal erlöste.

Vor seiner Ankunft in Matera hatte er nicht weiter über seine Bestimmung nachgedacht, obwohl er wusste, was auf ihn zukommen würde. Candida setzte großes Vertrauen in ihn: Ihre Zukunftspläne für die Söhne, die sehr konkret waren, sahen einen Priester, einen Professor und einen Arzt vor, und sie kam gar nicht auf die Idee, dass einer der Söhne sie vielleicht enttäuschen mochte.

Dass der kleine Mimmo ein solcher Wildfang war, bekümmerte sie nicht weiter. Ihr Erstgeborener konnte gerade laufen, da streunte er auch schon den ganzen Tag im Dorf herum, zerriss beim Klettern seine Hosen, ließ sich beim Waten durch irgendwelche Bäche, oder weil er gern barfuß umherlief, die Schuhe klauen. Manchmal war er dabei Rocco begegnet, etwa wenn sie Fahrradreifen mit dem Stock durch die Gassen trieben, doch man kann nicht gerade behaupten, dass sie dicke Freunde gewesen seien. Sie gehörten derselben Bande an, die marodierend durch die Gemüsegärten zog, das Obst von den Bäumen stibitzte oder den Pferden die Schweife aneinander knotete, sodass alle dachten, es wäre der kleine Geist Monachicchio gewesen. Candida rief schließlich den Allmächtigen an, weil Mimmo partout keine Anzeichen erkennen ließ, dass die Erleuchtung ihn überkommen wollte. Im richtigen Moment gelang es ihr, Don Arcangelo für ihren Sohn zu interessieren, und so fand Mimmo sich eines Tages im Priesterseminar wieder.

Bis dahin hatte er sich kaum Gedanken gemacht, was genau die Bedeutung jenes Wortes war, das er seit frühester Kindheit immer wieder gehört hatte. Sie erschloss sich ihm ganz plötzlich, als er sich im Seminar befand.

Die wächsernen Wangen der Priester. Ihre erloschenen, wässrigen Augen. Ihre zitternden Hände und Stimmen.

In dem dunklen Gewölbe, in dem die Luft zu stehen schien, blieb sein unaussprechliches Geheimnis lange gewahrt. Sie drohten ihm mit den schrecklichsten Strafen, sollte er jemals mit einem Außenstehenden darüber sprechen. Der Teufel würde ihn mitten in der Nacht holen kommen, ihn durchbohren, pfählen und bei lebendigem Leib verbrennen. Und die Hölle sei so grauenerregend, wie er es sich nicht einmal in seinen kühnsten Träumen ausmalen könnte. Er hielt den Mund und sagte zu niemandem ein Wort, erst recht nicht zu seiner Mutter, die ihn einmal im Monat besuchen kam, doch jene infame Sünde, die schlimmste von allen, war und blieb in seine Seele eingemeißelt. Gott hatte sie gewiss schon längst erkannt. Er war ein Ungläubiger.

»Pater, ich kann nicht glauben. Ich glaube nicht an Gott, den Allmächtigen, den Schöpfer des Himmels und der Erde. Der Wille des Herrn erscheint mir wie einer dieser Scherze, die irgendwelche Jungen mit frommen Bauern treiben.« – »Zehn Vaterunser, fünfzig Ave Maria, und das ›Herr, vergib mir‹ hundert Mal, bis es dir in Fleisch und Blut übergegangen ist.« – »Herr, vergib mir, weil ich nicht an dich glaube, weil ich zweifle, weil mein Geist voll der Fragen ist. Bestrafe mich, töte mich, aber lass mich nicht fallen …«

Am Ende seines dritten Jahres konnte er die hinter den Gardinen lauernden Beichtväter nicht mehr ertragen, das Lachverbot während der Fastenzeit und die Bauarbeiter, die sich das Gemächt kraulten, wenn sie ihn und die anderen Seminaristen vorbeilaufen sahen, so klein und unschuldig und von Kopf bis Fuß in Schwarz gekleidet.

Als er an einem Sonntagmorgen während der Messe diente, begann er die Madonna und sämtliche Heilige zu verfluchen, erst leise zwischen den Zähnen, dann lauter, mit immer klarer und schriller werdender Stimme, wie die von Egidio u Scettabann, dem Marktschreier, und er bediente sich des Repertoires, das Nonno Vincenzo seiner Mutter beigebracht hatte, als sie noch ein kleines Mädchen war, und bei jedem neuen Schimpfwort schlug er schmetternd das Weihrauchfass auf den Boden auf: »Hundegott, Schweinegott, Madonnensau, elende Schlampe …« Einem Seminaristen aus der ersten Reihe wich sämtliches Blut aus den Wangen, bis er in Ohnmacht fiel, und niemand sollte je in Erfahrung bringen, ob es an Mimmos blasphemischen Worten lag oder einfach daran, dass der Junge den aufdringlichen Weihrauchgeruch am frühen Morgen auf nüchternen Magen nicht vertragen hatte.

Candida, die herbeizitiert worden war, um über den Vorfall unterrichtet zu werden, blieb für einen Moment sitzen, als hätte es ihr die Sprache verschlagen oder als wäre sie von einer plötzlichen Starre befallen, stirnrunzelnd beäugt von Pater Virgilio und Pater Mario, die ihr Schweigen als Zeichen ihrer Zerknirschung werteten und schon fast bereit waren, den Frevel bei entsprechend reuigem Verhalten zu verzeihen, als ihr ein Stöhnen entfuhr, ein Zischen fast, wie bei einem Ball, dem die Luft ausgeht, und unter den entsetzten Blicken der beiden Priester, die ihre Geschichte, ihre Gewohnheiten und harten Schicksalsproben aus Kinderjahren nicht kannten, brach sie in unbändiges Gelächter aus.

Mimmo sollte von dieser Episode nicht ein einziges Wort erfahren. Er wurde aus dem Seminar ausgeschlossen und schleppte fast sein ganzes Leben ein schlechtes Gewissen mit sich herum.

Rocco war ins Priesterseminar gegangen, weil dies die einzige Möglichkeit war, wie er etwas lernen konnte. Die Kirche kam für den Unterricht von Jungen aus ärmlichen Verhältnissen auf, die sich berufen fühlten, und so hatte Rocco auf Anordnung seiner Mutter so tun müssen, als wäre dies bei ihm der Fall. Und tatsächlich entsprach das sogar nahezu der Wahrheit.

Und zwar aus einem Irrtum heraus.

Lucrezia hatte mit der Kirche nie etwas am Hut gehabt. Abgesehen von der Karfreitagsprozession, an der sie barhäuptig und mit nackten Füßen teilnahm, um Buße für die im restlichen Jahr begangenen Sünden zu tun, wandte sie sich, wenn überhaupt, dann in Form von Flüchen an Gott, in Erinnerung an die alte Rechnung, die sie mit ihm noch zu begleichen hatte.

Sie ging auch sonntags aufs Feld, und Geld für den Opferstock hatte sie sowieso keins übrig. Rocco war nie zum Katechismusunterricht gegangen, und er hatte auch als kleiner Junge nicht vor dem Einschlafen gebetet. Nach der achten Klasse, als es an die Vorbereitungen für die Aufnahmeprüfung ging, hatte seine Mutter ihn jedoch zu Pater Giuseppe nach Grassano geschickt.

Er ging dreimal die Woche dorthin, um Nachhilfestunden in Latein zu nehmen. Im Gegenzug wusch er dem Geistlichen die Füße und erledigte kleinere Besorgungen für ihn. Lucrezia versuchte ihre Schulden zu bezahlen, wo sie nur konnte.

Zwischen einer Grammatikregel, einem Ohrenlangziehen und einer Streicheleinheit hatte Pater Giuseppe Rocco mit Gott bekannt gemacht. Mit dem allmächtigen Gottvater. Rocco hatte sich bald zu dieser mysteriösen Figur hingezogen gefühlt, die ihn weit mehr als der Lateinunterricht interessierte. Doch nicht einmal Gott war stärker als seine Mutter.

Wie Candida hatte auch Lucrezia eine ganz genaue Vorstellung von der Zukunft ihres Sohnes, nur dass die ihre auf das Gegenteil abzielte: Rocco sollte sein Diplom ablegen und Lehrer werden. Und sich dann verheiraten. Mit Erreichen der Volljährigkeit würde er sich von dem Geld, das ihm die gute Seele hinterlassen hatte, ein

Stück Land kaufen können, und sie würde ihm darauf ein Haus bauen für ihn und seine Kinder, die sie sich zahlreich und alle männlichen Geschlechts wünschte.

Sein auswegloses Gefühl der Berufenheit kultivierend, ging Rocco immer mehr dazu über, sich in einen versteckten Winkel seines Geistes zurückzuziehen, in dem ihn weder die unerklärlichen Tatsachen der Welt erreichen konnten noch die gefräßige Liebe seiner Mutter und auch nicht die Lügen, die er zu sagen gezwungen war, die Erwartungen, die andere an ihn stellten. Er sprach mit niemandem. Der Einzige, dem er sich anvertraute, war Mimmo. Durch die Notwendigkeit vereint, entweder sich selbst zu verraten oder die Menschen, die ihnen am nächsten standen, als Träger eines Schicksals, das sie am liebsten miteinander getauscht hätten, fanden sie Trost im gemeinsamen Erleiden ihrer Unsicherheiten.

An einem ihrer seltenen freien Tage betraten sie zufällig gemeinsam einen Laden, in dem gebrauchte Bücher verkauft wurden. Alle beide hatten sie sich nie sonderlich für Literatur interessiert, doch ein Büchlein mit einem abgewetzten Umschlag hatte wegen seines kuriosen Titels ihre Aufmerksamkeit auf sich gezogen. Beide stellten sich eine spannende Kriminalgeschichte darunter vor. Als sie dem Buchhändler das Bändchen reichten, um es zu bezahlen, bedachte dieser sie mit einem Lächeln, das sie im ersten Moment nicht recht zu deuten vermochten. Der Autor hieß Dostojewski, das Buch *Schuld und Sühne*.

Seit diesem Tag kehrten sie Woche für Woche in das Antiquariat zurück. Sie verkauften ein Buch und erwarben ein anderes. Um den Preisunterschied auszugleichen, verscherbelte Rocco die Eier, die ihm seine Mutter brachte.

Auf diese Weise lernten sie Welten kennen, die sie vorher nicht im Entferntesten für möglich gehalten hatten, oftmals angefüllt mit einem Leid, das dem ihren in nichts nachstand, aber in dem es immer einen Hoffnungsschimmer gab oder einen Sinn oder die Aussicht auf Veränderung. Ein Lebensentwurf, der vollkommen neu für sie war und ihnen unendliche Perspektiven bot, sie aber zugleich jeglicher Sicherheit beraubte. Sie schlitterten durch ihre Jugend wie entgleiste Züge und schufen immer tiefere Abgründe, die sich zwischen ihnen und der Welt – oder zumindest: der ihnen bekannten Welt – auftaten.

Sie lernten das England der zu Kriminalität und Verwahrlosung verurteilten Kinder kennen, das Amerika der Titanenkämpfe gegen die Natur oder jenes Paris, das der Sehnsuchtsort verstörter russischer Adeliger gewesen war und der Schauplatz gewisser schlüpfriger Romänchen, durch die sie in die Geheimnisse der Sexualität eingeweiht wurden. Sie schworen einander, dass auch sie irgendwann dorthin gehen würden.

An einem Morgen um sieben Uhr, einem Tag mit klarem Himmel, sollte Gioia an der Gare de Lyon ankommen. Es war ihr erster Besuch in Paris. Das Leben am Quai und dann die Seine, der Pont Neuf, die Boulevards mit ihrem grauen Licht und dem gedämpften Straßenlärm, der Duft nach Buttercroissants, die bunten Holzschilder packten sie wie das Szenarium eines Traums, der schon seit jeher auf sie gewartet hatte.

Rocco blieb länger im Priesterseminar als Mimmo. Jedes Jahr rasselte er wieder durch seine Prüfungen, denn wenn Don Giuseppe ihm auch die Liebe zum Allmächtigen eingeimpft hatte, so hatte er ihn in Grammatikfragen doch arg kurzgehalten. Noch dazu war er ein so schweigsamer Charakter, dass er während der mündlichen Prüfungen kaum die Zähne auseinanderbekam. Zu seinen Gunsten sprach nur seine Beharrlichkeit. Er legte die Prüfungen fürs erste Jahr ab und fiel durch, dann die fürs erste und zweite Jahr und fiel durch, dann die fürs erste, zweite und dritte Jahr und fiel wieder durch, und beim letzten Jahr, als seine Mutter ihm nahelegte, das Seminar doch lieber zu verlassen, nahm er all seinen Mut zusammen, ihr zu widersprechen, und bekam Tuberkulose. Er verbrachte ein paar Monate im Sanatorium und überstand die Krankheit. Als er geheilt war, konnte er nicht in die feuchtkalten Mauern des Seminars zurückkehren, also fand er sich mit der Situation ab, verabschiedete sich von den Priestern und von Jesus Christus, und bevor er den Versuch unternahm, aufs Ganze zu gehen und die vier Jahre in einer einzigen Prüfung abzulegen, ging er zu Mimmo, der in der Pension auf ihn wartete.

Am Ende gewann Rocco wie Napoleon, dessen Statur und Hartnäckigkeit er teilte, nach all den verlorenen Schlachten doch noch den Krieg. Er und Mimmo machten am selben Tag ihren Abschluss.

Candida führte sie zum Essen in eine Trattoria aus – ohne ein einziges Wort über die Note ihres Sohnes zu verlieren, mit der sie nicht zufrieden war. Zumindest würde es keinen weiteren abtrünnigen Priester in ihrer Familie geben, tröstete sie sich und hatte schon längst andere Zukunftspläne für ihn im Kopf, nur dass Mimmo diese nicht kannte und sich insgeheim mit dem Gedanken abquälte, der Allmächtige könnte früher oder später Vergeltung für seinen Verrat fordern, entweder von ihm selbst oder von einem seiner Lieben. Eine Wahnvorstellung, von der ihn erst viel später der historische Materialismus erlösen sollte.

Nach dem Diplom nahm Rocco am Bewerbungsverfahren für Lehrer in Reggio Emilia teil, weil man ihm gesagt hatte, dort gebe es mehr freie Stellen als im Süden. Und tatsächlich bekam er einen Posten, trat der Nationalen Faschistischen Partei Italiens bei, schwor ihr ewige Treue und zog von dannen.

Dreizehntes Kapitel

Sauberkeit – das war es, wonach Alba sich am meisten sehnte. Der Anblick von tierischen Exkrementen auf der Straße drehte ihr regelmäßig den Magen um, ebenso wie die harten gelben Fingernägel der Bauern mit ihren ewigen Trauerrändern, der Geruch nach Stall, den die Frauen ausströmten, die Kinder mit ihren nackten Hinterteilen und ständigen Rotznasen, die räudigen Hunde, die Schweine, die speckschwabbelnd durchs Dorf liefen, die Hühner unter den Betten, die Schafsherden, die abends von der Weide kamen und die Luft noch lange mit ihrem Gestank verpesteten, die Fliegenschwärme auf den zum Trocknen ausgelegten Feigen. Alba empfand Ekel vor dem schweren Atem, den die Frauen ihr ins Gesicht pusteten, und vor dem Essen, das sich im Magen zersetzte und in Scheiße verwandelte.

Seit sie ein kleines Mädchen war, hatte sie sich jedes Mal mit Abscheu abgewendet, wenn jemand versucht hatte, sie zu berühren, zu streicheln oder, schlimmer noch, sie zu küssen. Sie flüchtete sich in die Ecken und Winkel des Hauses wie ein verfolgtes Tier, und wenn es keine Fluchtmöglichkeit gab, fing sie an, um sich zu beißen. Auf den Armen derer, die ihr zu nahe kamen, hinterließ sie kreisförmige Zeichen, die an Zifferblätter erinnerten, lauter Abdrücke ihrer spitzen Zähnchen, die von winzigen Bluttröpfchen gesäumt waren. Ihr Widerwille gegen Berührungen war so groß, dass sie sich weder das Haar schneiden noch flechten ließ wie die anderen kleinen Mädchen. Sie trug es lang bis zu den Knöcheln, wie einen welligen schwarzen Mantel, in dem sie sich versteckte. Zwischen den dichten Strähnen blitzten nur ihre Augen hervor, schwarz und riesig in dem schmalen Gesicht. Sie war extrem mager. Abgesehen davon, dass sie sich nicht anfassen ließ, verweigerte Alba auch die Nahrungsaufnahme.

Allerdings nicht bis zum Letzten. Sie aß immerhin so viel, dass ihre Gesundheit nicht ernsthaft gefährdet war. Drei Träubchen, einen Orangenschnitz, zwei Erbsen. Sie aß mit wenig Genussfreude, dafür aber umso graziöser, nachdem sie sich genau angeschaut hatte, was sie zwischen ihre Lippen stecken würde. Erst nach abgeschlossener Untersuchung gelangte der Fremdkörper in ihre Mundhöhle. Dort drehte sie ihn langsam mit der Zunge herum, während ihr Blick leer wurde und sie darauf wartete, dass die Spucke den Bissen zersetzte. Sie drehte und wendete ihn im Mund herum, von hier nach dort, wie ein Krokodil, das nach dem Verschlingen seiner Beute geduldig darauf wartet, dass die Magensäfte ihrer Arbeit nachgehen, reumütig, als hätte sie nicht eine einzige kleine Traube im Mund, sondern einen Ochsen mit zwei Hörnern. Wenn sie sich dann zum Zubeißen entschloss, schlug sie mit einem heftigen Hieb die Schneidezähne gegeneinander und zerteilte das Objekt in zwei Hälften. Nach einer kurzen Pause setzte sie zu einem weiteren Schlag an und zerteilte es ein zweites Mal. Sie hasste es, die Backenzähne zu benutzen, sie empfand Ekel für zu Brei zerkautes Essen.

Ihr Verhalten hatte in ihrer näheren Umgebung eine Art Bewunderung erzeugt, die sie umgab wie eine Glasglocke. Von der Außenwelt vollkommen abgeschirmt, hatte Alba mit ihrer hellen Haut und den sauberen Kleidchen sich in eine traumverlorene Einsamkeit hineinbegeben; fast schien es unter ihrer Würde, mit den Schuhsohlen den Boden zu berühren, und sorgfältig verstand sie es, jede Form von Freundschaft oder Liebe von sich fernzuhalten.

Sie zählte: die Stufen, die sie hinaufgehen musste, um in ihr Elternhaus zu gelangen, die Schritte, die man von der Piazza zur Via Nuova gehen musste, die Sterne in den Sommernächten. Sie zählte die Tage, die seit ihrer Geburt vergangen waren, und wie viele Tage, Minuten und Sekunden ihr Vater, ihre Mutter und alle ihre Geschwister zusammen bereits gelebt hatten. In dieser geordneten Welt fühlte sie sich wohl: Beziehungen ohne Rückstände und Unregelmäßigkeiten, alles sauber und rein.

Wenn sie in Colinos Laden ging, verblüffte sie alle. Während die Geschwister mit den blauen Kupferkristallen spielten oder sich in den Saubohnen herumwälzend einen Hautausschlag holten, stellte sie die kompliziertesten Berechnungen an, und alle betrachteten sie als ein höheres Wesen mit beinah schon magischen Fähigkeiten.

Weder hatte sie Freundinnen, noch wünschte sie sich welche. Sie spuckte keine Aprikosenkerne auf die Straße und trampelte nicht so lange mit den Füßen auf ihnen herum, bis sie zerbröselten. Sie scharrte nicht auf der Suche nach Glitzersteinen in der Erde herum. Sie lauschte nicht den Geschichten, die ihre Mutter erzählte und von denen ihre Brüder nie genug bekommen konnten. Die einzige Form von Zuneigung, die von ihr ausging, war die zu der Eselin Filomena.

Anfangs hatte Candida sich um all diese Seltsamkeiten kaum gekümmert, beschäftigt wie sie war, mit ihren Söhnen, dem geliebten Ehemann und dem letzten Kind, das vor Alba zur Welt gekommen war, einem wahren Wonneproppen: ein einziges Lächeln und dann diese Grübchen! Über drei Jahre hatte der Junge nur Mädchenkleider getragen. Hin und wieder hatte sie freilich schon das Gefühl beschlichen, dass Alba gar nicht zu ihr gehörte. Als hätte sie einfach ihren Körper zur Verfügung gestellt, um sie zu gebären, so wie manche

Bäuerinnen, die die Kinder von vornehmen Damen austrugen, weil diese selbst keine bekommen konnten. Erst viel später sollte Candida der Verdacht befallen, dass kein einziges ihrer Kinder wirklich zu ihr gehörte, als hätte sie in ihrem Haus eine kleine Kolonie von Fremden großgezogen, die ihr nur ein winziges bisschen ähnelten.

An manchen Nebeltagen, wenn sie aus ihren Migräneanfällen wieder auftauchte, dachte Candida an die dunklen Seiten ihrer Familie, die Großtante, den Priester, das gebrochene Gelübde, und in ihrer Not beeilte sie sich, die Offerten für die Statue der gramerfüllten Madonna zu verdoppeln, die mit dem Messer im Herzen von Haus zu Haus getragen wurde.

Aber dann kehrte die Sonne zurück. Während sie die Wäsche aufhängte, erwiderte Candida die Grußworte jener, die an ihrer Loggia vorbeikamen, und der Traum Don Francescos erstrahlte von Neuem wie eine Landschaft nach dem Gewitter. Eine genau ausgearbeitete und herrliche Vorstellung von der Zukunft, deren Protagonisten, ob sie nun wollten oder nicht, ihre Kinder, Enkel und Urenkel waren.

Sie hatte ihn geerbt, diesen Traum, ohne dass jemand davon wusste, zusammen mit dem Leberfleck auf der Schulter, den angelaufenen Goldstücken und den drei Wachsfrüchten, die sie auf dem Büfett aufbewahrte. Und sie widmete sich seiner Verwirklichung mit derselben Hartnäckigkeit und Leichtigkeit, mit der sie alle Dinge anging. Von dem Schwarzweißfoto im Esszimmer aus, das über dem Sofa hing, ermutigte Don Francesco Falcone ihre Versuche – oder zumindest schien es ihr so – und erschreckte die Kinder, die sich in den Raum hineinwagten, mit den schrägen Blicken aus seinen scharfen Augen.

Gegen Ende ihrer Jugend, während sie nach einem Fluchtweg aus den Träumen ihrer Eltern suchte, sollte

Gioia eines Tages eine Ahnung davon bekommen, dass diese Träume nichts anderes waren als das Erbe anderer Träume, die viel größer und älter waren und sie umgaben, und ihr war, als trudelte sie auf ein utopisches Amerika zu, in einem Meer, das unendlich war.

Was Mimmo betraf, der von seinen religiösen Pflichten nun entbunden war, hatte Candida entschieden, dass er seine Studien fortsetzen sollte. Wenn er schon kein Priester wurde, so musste er doch zumindest einen anderen akademischen Beruf ergreifen können. Nicht einmal der Diebstahl am Vorabend des Jahrmarkts, als die Lagerräume von Waren überquollen, für die sie den Lieferanten noch Geld schuldeten, konnte sie von ihrem Vorsatz abhalten.

So geschah genau das, was Colino und Candida neben der Politik am meisten fürchteten: Sie verschuldeten sich immer mehr, auch wenn Colino nichts davon erfahren sollte.

Das war im Übrigen nicht das Einzige, was er nicht erfuhr.

Kurz nach ihrer Eheschließung war Candida zu verschiedenen Schlüssen gekommen, von denen einer lautete, dass die Liebe voller Lügen sei. Sie belog Colino in vielen Kleinigkeiten, die das tägliche Leben bereithielt, sich selbst in einigen Gefühlsdingen und die Kinder in allem, denn ihrer Meinung nach musste man Kindern das Leben nicht so zeigen, wie es tatsächlich war, sondern wie es sein sollte, weil sie früher oder später von selbst hinter die Wahrheit kommen würden und ohnehin eine viel zu lange Zeit noch vor sich hätten.

Candida erklärte ihrem Ehemann, für die Ausbildung Mimmos Geld zur Seite gelegt zu haben, das sie nur für diesen einen Zweck anrühren wolle. Colino gab sein Einverständnis, nachdem Candida ein paar Mal das Wort »Universität« in den Ring geworfen hatte …

Über ihre Kinder waren sie immer unterschiedlicher Ansicht gewesen. Ohne viel Nachdenkens hatte Candida in ihren Erwartungen an diese ein Detail außer Acht gelassen, das ihr nicht weiter wichtig erschienen war, etwas, das ihr selbst nur rein zufällig passiert war: Glück. Es gab andere Dinge, die bedeutsamer waren: zum Beispiel an sich zu arbeiten und besser als andere zu sein, immer und in jeder Lebenslage.

Colino war genau der entgegengesetzten Meinung: Lieber in der Masse verschwinden als über andere hinausragen, denn die höchsten Spitzen werden immer als Erste abrasiert. Er verstand nicht, wer seiner Frau diese fixen Ideen in den Kopf gesetzt hatte und warum die Jungen nicht das machen konnten, was jedem anderen das Naheliegendste gewesen wäre: ihm im Geschäft zur Seite zu stehen. Es gab genug zu tun für alle. Düngemittel, Saubohnen, Korn auf- und abladen. Desinfektionsmittel besorgen. Eier im Dorf zusammensammeln. Er versuchte sie für sich arbeiten zu lassen, bis Mimmo sich beim Saubohnenabladen einen Hautausschlag holte und seine erste Prüfung an der Universität über und über mit roten Pusteln besät ablegen musste.

»Du hast wohl gar keine Ahnung, was?«, ereiferte sich Candida. »Dein Sohn ist beinah Lehrer – und du schickst ihn zum Saubohnenabladen!« Es war ihr allererster Streit. Seitdem ließ Colino seiner Frau stets freie Hand, wenn es um Erziehungsfragen ging. Er beschränkte sich darauf, von seinen Kindern jeden Abend einen Gutenachtkuss entgegenzunehmen, streng dem Alter nach geordnet, am Sonntag ihre Schuhe in eine lange Reihe zu stellen und zu putzen, bis sie glänzten, und sie einmal im Monat auf der Brückenwaage zu wiegen, um ihre Entwicklung festzuhalten.

Statt darunter zu leiden, wurde das Band ihrer Ehe durch all diese Unterschiede und die gegenseitigen Bemühungen oder kleinen Betrügereien, die ihrer Überwindung dienten, nur noch fester.

In Wahrheit hatte Candida nicht eine Lira zur Seite gelegt, um Mimmos Studien zu finanzieren.

Wie hätte sie das auch anstellen sollen? Colino hatte keine Ahnung, wie viel Geld nötig war, um den Lebensunterhalt für eine Familie zu sichern. Wenn man ihn reden hörte, genügte dafür ein Nichts.

Seine Frau hatte immer ihren gesunden Menschenverstand gebrauchen müssen.

Sie waren kaum verheiratet gewesen, als Colino zum Großhandelspreis einen Ballen Zephir erworben hatte, der ein wenig teurer war als die anderen Stoffe und sich daher nur zögerlich weiterverkaufte. Also ließ Candida ihm ein Hemd schneidern, das sie durch ein identisches ersetzte, als das erste aufgetragen war. Er bemerkte nichts davon. Das gleiche geschah im darauffolgenden Jahr und dann noch einmal. Sie hatten ihre besten Jahre beide schon hinter sich, als Colino eines Morgens, bevor er in seinen Laden ging, mit den Worten herausplatzte: »Scheiße noch mal, war vielleicht ein bisschen teurer als andere, dieser Stoff, aber er ist wirklich was Besonderes! Guck dir dieses Hemd an, seit ewigen Zeiten trag ich das nun schon, aber es sieht immer noch so aus, als wär's gestern erst für mich gemacht worden!«

Um Mimmo studieren lassen zu können, widmete Candida sich erneut der Stickerei, die sie seit Kindertagen nicht mehr betrieben hatte. Diese Form von Handarbeit hatte zu ihren Lieblingsbeschäftigungen gezählt, nachdem die Mutter sie von der Schule genommen hatte, doch nach ihrer Hochzeit hatte sie keinen einzigen Stich mehr getan.

Es gab viele Dinge, die sie danach nicht mehr getan hatte, nicht einmal erinnern konnte sie sich jetzt mehr an alles. Wenn sie doch hin und wieder daran dachte, dann weil ihr Blick auf den Sohn gefallen war, dessentwegen sie auf all das verzichtet hatte, mit seinem wirren Haar, den aufgeschlagenen Knien und ohne einen Funken Dankbarkeit im Leib. In solchen Momenten tröstete sie sich damit, dass ihre alten Sehnsüchte Beine bekommen hätten und irgendwohin gelaufen seien, wo es ihnen besser gefiel.

Mammalina wusste, dass in Grassano eine Dame wohnte, die auf der Suche nach feiner Ware für die Aussteuer ihrer Töchter war, und sie kümmerte sich um den Verkauf, ohne jemals den Namen der fleißigen Stickerin zu enthüllen. Candida verbrachte ganze Nächte über Laken und Handtüchern, die mit den feinsten Stickereien verziert wurden, Ton in Ton, alles Kreuzstiche von Tieren, die nie zuvor gesehen worden waren, Hirsche mit acht Beinen, Schmetterlingsfische und andere Ausgeburten ihrer Fantasie, während Colino im Schlafzimmer allmählich ungeduldig wurde. Der Verdacht, dass seine Frau ihre Stickereien gegen Bezahlung anfertigte, beschlich ihn nie. Bei ihnen zu Hause waren eben die Liebe und die Lüge König.

In sämtlichen Haushalten, in denen Mammalina aushalf, pflegte sie immer mal wieder lange Finger zu machen und überzählige Dinge mitgehen zu lassen, die ihr unterkamen: Wäschestücke, Mehl, Entwürfe für Spitzenmuster, Stecklinge. Sie brachte alles zu Candida, und dort tauchten diese Dinge dann wundersamerweise in den Schränken auf.

Candida stellte keine Fragen, auch später nicht, als ihre finanziellen Schwierigkeiten überwunden waren und das Geschäft wieder florierte; und Mammalina begann mit der gleichen Unerschütterlichkeit die Dinge nun aus ihrem Haus zu entwenden, die sie vorher dorthin angeschleppt hatte – Wäschestücke, Mehl, Entwürfe für Spitzenmuster, Stecklinge –, und ein paar andere arme Familien damit zu versorgen, um die sie sich neuerdings kümmerte.

Candida arbeitete so lange heimlich, bis sie ihren Schuldenberg abgetragen hatte. Hin und wieder fiel sie am helllichten Tag in Ohnmacht, wegen der schlaflosen Nächte und ihrer Blutarmut, zum großen Kummer Colinos, der nichts mehr fürchtete als die Vorstellung, seine Frau könnte vor ihm das Zeitliche segnen. Sie indes tröstete sich mit dem Gedanken, dass wohl eher sie als Colino sterben würde, weil auch sie nichts mehr ängstigte als der Gedanke, ohne ihn leben zu müssen. Doch am Ende sollte niemand sterben und Mimmo an der Universität von Bari sein Examen in Literaturwissenschaften ablegen.

Ziehen Sie Ihr Hemd hoch, Donna Calandra,
gleich komme ich mit meinem Gerät ...

Vierzehntes Kapitel

Roccos Abreise nach Reggio Emilia war von ähnlicher Dramatik wie eine Beerdigung. »Wenn ich ihn doch nur Schuhverkäufer hätte werden lassen!«, sagte Lucrezia schluchzend zu ihren Nachbarinnen, riss sich die Haare aus und schlug sich vor Schmerz gegen die Brust. Schließlich hatte sie ihn genau aus dem Grund studieren lassen: damit er nicht gezwungen sein würde, sein Dorf zu verlassen. Sie trauerte um ihn, als wenn er gestorben wäre.

Rocco hatte auf jede erdenkliche Weise versucht ihr klarzumachen, dass seine Chancen, das Bewerbungsverfahren erfolgreich zu durchlaufen, in Norditalien deutlich besser seien. Vergeblich seine Anstrengungen, ihr zu erklären, was ein Bewerbungsverfahren war. Und lauter andere Dinge. Sie verstanden einander einfach nicht. Sie verstanden die Worte nicht, die der andere gebrauchte, und die Dinge, auf die sie sich bezogen. Rocco sprach mittlerweile über eine Welt zu seiner Mutter, die dieser vollkommen fremd war. Das Einzige, was Lucrezia begriff, war der Schmerz über seinen Verlust. Wenn sie ihn nicht hätte studieren lassen, würden sie dieselbe Sprache sprechen. Ihr Groll richtete sich gegen den Verstorbenen, die seltenen Male, die sie zum Friedhof ging. Auf seinem Grab kniend, verfluchte sie ihn.

Die Sonne schien, als Rocco sich in den Zug nach Reggio Emilia setzte. Je länger die Fahrt andauerte, desto grauer wurde der Himmel. Bei seiner Ankunft lag eine bleierne Schwere über der Stadt, und er musste sich seinen Mantel überziehen. Er war glücklich darüber. Die ganze Reise hindurch hatte er nicht einmal den Mund aufgemacht. Er fühlte Dankbarkeit diesem Landstrich gegenüber, der ihn mit seiner Schwere umfing, und den nach Schweinemist stinkenden Feldern.

Einen ganzen Monat verständigte er sich nur über Gesten und Kopfnicken oder -schütteln, wenn es galt, die praktischen Dinge zu regeln, eine Pension zu finden, etwas zu essen aufzutreiben, sich die Kleider waschen und bügeln zu lassen. Er sprach nur im Unterricht, wo er beharrlich die korrektesten Wörter für jeden Sachverhalt auswählte, die er einem am Tag seiner Ankunft erworbenen Wörterbuch entnahm. Die Schüler hänselten ihn wegen seines Akzents. Sie verstanden einander kaum: Er sprach ihren Dialekt nicht, sie sprachen kein Hochitalienisch.

Ein komischer Vogel, dieser Lehrer aus Süditalien! Nicht die Klassenbesten schienen ihm besonders am Herzen zu liegen, der Sohn des Bürgermeisters, des Doktors oder des Apothekers, sondern die Dummköpfe, die Sitzenbleiber, diejenigen, die von den anderen Lehrern mit Stockhieben zur Vernunft gebracht und in die letzten Reihen verbannt wurden, weil sie ihren Anblick nicht ertrugen. Rocco hatte nur Augen für die verlausten Burschen mit den schwieligen Händen, die keine Feder in der Hand halten konnten, ohne die Spitze abzubrechen.

Als er einen Jungen dabei ertappte, wie er mit dem Kopf auf der Schulbank im Unterricht eingeschlafen war, schlich er sich nicht still und leise heran, um ihm die Ohren langzuziehen, bis er laut aufschrie, wie seine Kollegen es getan hätten. Nein, er blieb vor ihm stehen, um ihn zu betrachten, schüttelte dann den Kopf und ging ebenso leise wieder davon, damit er nicht geweckt wurde.

Wenn einer seiner Schützlinge nur jeden zweiten Tag zur Schule kam und ein anderer seit Monaten dem Unterricht ganz fernblieb, schlug er kein Kreuz über sie, tadelte sie nicht oder drohte nicht mit einem Schulverweis. Sobald er Zeit fand, wurde er jedoch persönlich bei ihnen zu Hause vorstellig und fing an zu handeln, als wäre er auf dem Markt. Wenn sie ihren Sohn zur Schule schickten, sagte er zu den Eltern, würde dieser lernen, sich den Großgrundbesitzern gegenüber zu behaupten, die ihre Rechnungen immer nach Belieben ausstellten und weiß der Teufel warum immer nur nähmen und nie gäben.

Höflich und belustigt hörten sie ihm zu, antworteten in einem Dialekt, den er so gut wie nicht verstand, und boten ihm, egal, um welche Uhrzeit, ein Glas Wein an. »Ein Gläschen Sangiovese, guter Wein, gut fürs Blut!« Für eine Woche oder zwei ließen sie sich überzeugen, aber kaum wurde auf dem Feld eine weitere helfende Hand benötigt, war alles wie gehabt. Rocco unternahm einen neuen Vorstoß, und so ging es weiter, bis das Schuljahr zu Ende war.

Die fünfzig Jungen in seiner Klasse vom Analphabetismus zu befreien war sein persönlicher Kolonisationskrieg, der nicht im Namen des faschistischen Geistes gekämpft wurde, wie es das Parteiprogramm vorschrieb, sondern im Namen gewisser Erinnerungen, die er selbst längst in sein Unterbewusstsein verbannt hatte.

Aberglaube, Aberglaube, Aberglaube – Rocco führte seine Schlachten gegen Kräutersude, dummes Gerede, Fabelgeschichten und unzählige Wesen, die sich in dem Graubereich zwischen Leben und Tod bewegten. Er hasste die Düsternis der bäuerlichen Kultur. Die frisch geborenen Ratten, die Bettnässern zu essen gegeben wurden, die aus der Brust gerissenen Schwalbenherzen, die an sieben aufeinanderfolgenden Tagen verzehrt werden mussten, um das Glück zu finden ... Manchmal hasste er auch sich selbst.

Abends flüchtete er sich in die Lektüre, und am nächsten Tag versuchte er vergebens seinen Schülern die Liebe zur Literatur nahezubringen. Aber Wunder geschahen nur ganz wenige. Auf einen Knaben, der Interesse an Bildung zeigte, kamen zehn, zwanzig oder dreißig, die sich weiterhin unter der Schulbank kabbelten, unbekümmert mit den eigenen Händen die Falle bauend, in die sie, kaum den Kinderschuhen entronnen, für immer hineintappen würden.

An manchen Tagen fühlte Rocco eine Hitze von unten in sich aufsteigen, obgleich der Ofen, der die Schulklasse hätte heizen sollen, nur hin und wieder funktionierte. Es war Wut.

Eines Morgens, kurz vor dem Läuten zur großen Pause – Rocco versuchte gerade mit wenig Erfolg, Begeisterung für ein Pascoli-Gedicht zu entfachen –, bemerkte er, wie Ceccagli, einer seiner ältesten Schüler, der dreimal die Klasse wiederholt hatte und auf dessen Wangen sich bereits ein dunkler Bartflaum abzeichnete, von einem irren Gelächter durchgeschüttelt wurde und sich in merkwürdigen Schaukelbewegungen hinter seinem Pult erging. Erst eine Woche vorher hatte Rocco sich dafür eingesetzt, dass dieser Junge nicht von der Schule flog, weil er eine Fensterscheibe im Flur zerbrochen hatte. Er hatte das Gefühl, ihn zum ersten Mal so zu sehen, wie er wirklich war: ein hoffnungsloser Fall.

Er, der niemals die Hand gegen irgendjemanden erhoben hatte, stürzte sich auf den Jungen und schlug mit einer ihm unerklärlichen Wucht blindlings auf ihn ein, den Hals vor Wut geschwollen, das Gesicht dunkelviolett angelaufen, die Venen pulsierend, während der andere, obwohl er größer war als er, sich vergeblich zu schützen suchte. Rocco packte ihn bei den Haaren und schlug seinen Kopf gegen die Wand, einmal, zweimal, dreimal, viermal, immer heftiger. Wäre der Hausmeister nicht gekommen, den Jungen aus seinen Fängen zu reißen, hätte er ihn womöglich umgebracht.

Am nächsten Tag hatte Rocco vierzig Grad Fieber. Schwitzend und zitternd streckte er die Hand von seinem Pensionsbett zum Nachttisch aus und ergriff das Stück Spiegelscherbe mit den scharfen Kanten, das ihm als Rasiermesser diente. Er betrachtete sein erhitztes Gesicht inmitten der getrockneten Seifenspritzer, um in den rätselhaften kastanienbraunen Augen, die vor Fieber glühten, nach etwas oder jemandem zu suchen, doch nach kurzer Zeit fühlte er sich so schwach, dass er einschlief. Erst viele Jahre später, im Streit mit seiner Tochter, sollte er erneut an diesen Unbekannten denken, der sich still und heimlich in seinem Inneren verborgen hielt, aber vielleicht irgendwann, früher oder später, wieder an die Oberfläche drängen würde.

Eines Tages hielt ihn auf dem Flur eine Kollegin an, eine Blonde mit glattem Haar. Sie hieß Mara, »nicht Maria – Mara, du hast schon richtig verstanden«. Der Name komme von Amara, »die Bittere, Verbitterte«, erklärte sie ihm, doch er konnte nichts Bitteres an ihr erkennen, im Gegenteil, er fand sie unendlich süß, die sanfte Wölbung ihrer Brust und die »s«, die zwischen ihren Lippen zu schmelzen schienen. Sie lud ihn ein, mit ihr noch am selben Abend essen zu gehen. Verblüfft nahm er die Einladung an. Er hätte nie für möglich gehalten, dass in einer solchen Angelegenheit eine Frau den ersten Schritt machen könnte. Sie führte ihn in eine verrauchte, überfüllte Kaffeebar, und ständig kamen Leute, sie zu begrüßen. Rocco lief schweigend hinter ihr her. Hin und wieder versuchte er es anstandshalber mit einem Witz, der sie jedoch nicht zum Lachen brachte. Mara trug keine Kopfbedeckung, sie schlug nicht die Augen nieder, wenn ein Mann sie anblickte, und ihre Meinung sagte sie frei heraus.

Weil er nicht wusste, wie er sich verhalten sollte, unternahm Rocco vorsichtshalber gar nichts. Er ließ zu, dass sie sich in ihrer unbefangenen Art bei ihm unterhakte. Sie erzählte merkwürdige Dinge. Dass sie ihn in den letzten Monaten beobachtet habe. Rocco begriff nicht, wovon sie sprach und wohin das alles führen sollte. Etwas später bekam er eine Ahnung davon, als sie erneut zusammen in die Bar gingen.

An diesem Abend lag eine gewisse Spannung in der Luft. Nach und nach verschwanden die Leute, die vorher am Tresen gestanden hatten. Er stellte fest, dass sie ins Hinterzimmer gingen. Nach einer Weile machte Mara ihm ein Zeichen, ihr dorthin zu folgen. Eine Gruppe von Menschen, fast alle jung, manche auf Stühlen sitzend, andere stehend, hatten einen Kreis um ein Radio gebildet, das ständig den Sender verlor. Ein junger Mann mit Schnäuzer versetzte ihm einen Schlag, und das Gerät funktionierte wieder. Sie hörten *Radio Milano*, Nachrichten über die Situation in Spanien, die in jenen Tagen zu eskalieren drohte. Rocco hatte das Gefühl, sterben zu müssen.

Seine Kenntnisse über den Kommunismus entstammten dem Priesterseminar und der faschistischen Propaganda: schlimmer als die Cholera und allein die Erwähnung schon eine Todsünde. Diese Geschichte konnte ihn seine Stelle kosten – wenn nicht mehr! Er dachte an seine Mutter. Er schaute sich um. Mara fing seinen Blick auf, völlig gelassen. Er musterte die jungen Leute in dem Raum, die alle ungefähr sein Alter hatten, fragte sich, mit welcher Schuld sie sich beladen haben mochten. Doch ihm wollte nichts in den Sinn kommen.

Während er überlegte, wie er sich ohne viel Aufhebens am besten aus dem Staub machen konnte, lächelte Mara ihm zu. Ihre Augen leuchteten, wenn sie lächelte, das war ihm sofort aufgefallen. Doch nicht aus diesem Grund beschloss er zu bleiben.

Rocco glaubte an die Utopie, wie andere an eines der zahlreichen Gelobten Länder glaubten, Eden, Amerika, Tripolitana oder Abessinien. Es war seine dritte und letzte Bekehrung, die mit den anderen beiden gründlich aufräumte. Es war das letzte Mal, dass er mit seinem ganzen Selbst an etwas glaubte.

Die geliebten Romane aus seiner Jugend ließ er in irgendwelchen Kisten verstauben, wo seine Tochter sie Jahre später wiederfinden sollte. Stattdessen stürzte er sich auf die düsteren Seiten Trotzkis und des *Kapitals* von Marx, anfangs noch ohne ein einziges Wort zu verstehen, aber mit der ihm ureigenen Beharrlichkeit weiterlesend, bis er sich diese seltsamen Ideen einverleibt hatte und sich ihm lauter neue Blickwinkel eröffneten. Durch die Revolution würde das Unrecht abgeschafft, der Wut eine Stimme und der Unzufriedenheit Würde verliehen.

Als Mara ihn fragte, ob er ihr bei ihren Aktivitäten behilflich sein wolle, blieb Rocco stumm. Nur kurz – so lange, wie es dauerte, einen stechenden Gedanken in den hintersten Winkel seines Gehirns zu verbannen. Dann sagte er Ja.

Sie wurden unzertrennlich. Nach dem Unterricht verbrachten sie ihre ganze Freizeit mit der Durchführung ihrer Aktivitäten, mit Projekten und langen Gesprächen. Vor allem Mara führte das Wort, ein Thema reihte sich an das andere, mit ihrem satten Akzent und ohne sich darum zu scheren, dass Roccos Antworten eher einsilbig ausfielen. Sie schien genau zu wissen, was ihm durch den Sinn ging, und befreite ihn von der Mühe, es aussprechen zu müssen. Er war ihr dankbar dafür. Ein unbekanntes Gefühl erfüllte ihn.

Eines Wintermorgens, als der Nebel seine Schleier erhoben hatte, stießen die Bewohner von Reggio Emilia überall in der Stadt auf rote Transparente, in den Kolonnaden, im Klohäuschen, auf den Rollläden der Geschäfte: BROT FÜR DIE KINDER – ODER MUSSOLINIS KOPF! WEG MIT DEM DUCE, DER UNS VERHUNGERN LÄSST! KRIEG DEN FASCHISTEN, ES LEBE DIE SOWJETUNION! Einen riesigen roten Schriftzug auf der Fabrikmauer sahen auch die Arbeiter der Officine Reggiane, als sie zur Frühschicht kamen, und mehr als einmal drehten sie sich um, ihn zu lesen: »ICH BIN GLÜCKLICH!«, stand da.

Im hintersten Winkel von Roccos Gehirn lauerte weiterhin der Gedanke, dass all dies eines Tages vorbei sein würde, doch er trabte stur voran wie ein Maultier, das Scheuklappen trägt, um die Schrecknisse am Wegrand nicht sehen zu müssen, hoffend, aber nicht überzeugt, dass er auf diese Weise von alleine verschwinden würde.

Jahre später, an einem Nachmittag der Langeweile, sollte Gioia in einer Schreibtischschublade zwischen vergessenen Gegenständen und Dokumenten ein Schwarzweißfoto ihres Vaters aus der Zeit in Reggio Emilia finden, eingeschlagen in eine Hülle aus Pergamentpapier. Lange starrte sie auf das Bild des pausbäckigen jungen Mannes und fragte sich, wen oder was er wohl angeschaut haben mochte, mit diesem Blick, den sie selbst kein einziges Mal an ihm gesehen hatte.

Mara betrieb ihre politischen Aktivitäten mit derselben Energie, mit der sie ihren Gemüsegarten umgrub, Brotteig knetete oder bei ihren gemeinsamen Radtouren in die Pedalen trat, wenn sie ihn, ohne es zu wollen, immer weiter zurückließ. In ihrer Anwesenheit fühlte Rocco stets eine drohende Gefahr, aber nicht von der Sorte, dass er glaubte, verhaftet zu werden oder in einem gescheiterten Überholversuch mit dem Fahrrad zu stürzen.

Ihretwegen begann er sich zu verändern. Er bemerkte es eines Abends, als sie im Hinterzimmer der Bar zur Musik des Trio Lescano tanzten. Wegen der besseren Tarnung hatte Mara ihm beigebracht, Walzer zu tanzen. Mit denselben Zweifeln, mit denen Rocco die Anweisungen der Führungskader las, widmete er sich dem Tanzen. Eins zwei drei, eins zwei drei. Steif, unbeholfen. Bebend, wenn er ihren weichen Körper gegen seinen gepresst hielt. Rotgesichtig, aber nicht wegen der Hitze. Eins zwei drei. Er stolperte und fiel zu Boden – und riss sie mit sich. Während sie am Boden lagen, schaute Mara ihm gerade in die Augen. Auch er blickte sie an, fast panisch, während er seinen Körper spürte, der peinliche Vorstöße wagte. Mit einem Mal brach er in Gelächter aus. Ein Lachen, das schüchtern und beschämt in ihm hochstieg, stotternd zuerst, aber dann immer mutiger und klangvoller. Mara starrte ihn ungläubig an. »Ist das das erste Mal, dass du jemanden triffst, der so schlecht tanzen kann?« – »Es ist das erste Mal, dass ich dich lachen sehe.«

Die Einsamkeit war fest in Rocco verwurzelt. Was auch immer er versuchte, um sie loszuwerden, sie wollte nicht weggehen, so wie der Stallgeruch der Bauern, der während der Sonntagsmesse durch den Stoff der guten Kleider ins Kirchenschiff dringt, trotz des unermüdlichen morgendlichen Striegelns mit Sodaseife.

Er hatte Maras Familie kennengelernt, die halb aus Bauern, halb aus Arbeitern bestand, mit einer unglaublichen Vielzahl an Geschwistern, deren Namen keinem einzigen Heiligen der katholischen Kirche zuzuordnen waren. Sie war die Einzige, die studiert hatte. Sie lebten in einem großen Bauernhaus inmitten der Felder, die sie selbst beackerten, und sie hatten es nicht nötig, vor Morgengrauen aus den Federn zu kriechen und Kilometer zu laufen, um zu ihrer Arbeitsstelle zu gelangen, wie seine Mutter es immer gemusst hatte. Aber was ihn besonders beeindruckte, war die Tatsache, dass sie einer Kooperative angehörten. Sie stellten ihre Arbeitsgeräte der Allgemeinheit zur Verfügung und taten sich zusammen, um ihre Produkte zu verkaufen. Bei ihnen im Süden, wo die Bauern schon einen einzigen schrägen Blick des Nachbarn als Bedrohung ansahen und wo der Neid mehr als die Trockenheit gefürchtet wurde, wäre so etwas niemals möglich gewesen.

Ganz gegen seine schweigsame Natur bombardierte Rocco Maras Vater Libero mit Fragen, der sich redlich bemühte, ihm Rede und Antwort zu stehen, aber plötzlich mitten im Gespräch innehielt, ihn aus seinen kobaltblauen Augen musterte und ihm einen kräftigen Schlag auf die Schulter verpasste. »Du bist mir vielleicht ein Südlicht!«, rief er und fing schallend an zu lachen. Sogar als die Faschisten die ganze Ernte zerstört hatten und sie nur dank des Roten Kreuzes nicht verhungert waren, drei Jahre zuvor, hatte er seine gute Laune nicht verloren.

Während der Mahlzeiten, wenn alle durcheinandersprachen und sich gegenseitig hochnahmen, blieb Rocco stumm und zog sich in seine eigene Welt zurück, die für alle ein Rätsel blieb, und er tauchte erst wieder in der Wirklichkeit auf, wenn das Gespräch auf Politik kam. Dann konnte er auf einmal Reden führen, die niemand von ihm erwartet hätte, die seine Zuhörer mit sich rissen, sie anstachelten und in Wallung brachten.

In dem zugeknöpften jungen Lehrer aus Süditalien erkannte Mara für einen Moment den Menschenverführer, der er unter anderen Umständen sicher geworden wäre.

Sie gingen seit Monaten zusammen aus, als sie zum ersten Mal miteinander schliefen. Rocco hätte nie gewagt, es ihr gegenüber an Respekt fehlen zu lassen, aber in den Nächten träumte er gewisse Träume, die er tagsüber zu vergessen suchte.

Die einzige Frau, die ihn in seinem Leben je berührt hatte, war eine Hure gewesen. An seinem einundzwanzigsten Geburtstag war er zu ihr gegangen.

An diesem Morgen hatte seine Mutter ihn dazu gebracht, den guten Anzug anzuziehen. Auch sie hatte ihren Sonntagsstaat angelegt. Siebzehn Jahre hatte Lucrezia auf diesen Tag gewartet. Er vorneweg, sie hintendrein, waren sie zum Postamt gelaufen, um das Geld der guten Seele zu holen. Rocco hatte die Dokumente unterschrieben. Er hatte seinen Namen und Nachnamen neben das Kreuz gesetzt, das sein Vater siebzehn Jahre zuvor dorthin gemalt hatte. Dann hatte der Beamte die Scheine gezählt und sie ihm endlich überreicht.

Als sein Vater das Geld nach seiner Rückkehr aus Amerika zum Postamt gebracht hatte, hätte man mit der Summe ein Stück Land in der Größe von drei, vier Hektar kaufen können, und zwar einigermaßen gutes Ackerland. Doch dann war der Börsenkrach von 1929 gekommen. Eine Abwertung von einundvierzig Prozent und überdies die Folgen der Wirtschaftskrise. Mit dem Geld konnte man sich jetzt höchstens noch den Hintern abwischen.

Rocco begleitete Lucrezia nach Hause und wartete schweigend, bis sie eingeschlafen war. An diesem Abend verlor er seine Unschuld an eine Prostituierte aus Grassano. Er zahlte ihr zwanzig Lire und hinterließ ihr ein Trinkgeld, das sie bis zum Ende ihres Lebens nicht vergessen sollte. Mit dem, was er noch in der Tasche hatte, gab er eine Runde für die ganze Piazza aus.

Seit Mara ein kleines Mädchen war, vielleicht weil sie ihre Mutter mit nicht einmal sieben Jahren verloren hatte, pflegte sie, wenn möglich, alles sofort zu erledigen, was zu erledigen war. So verhielt sie sich auch in Bezug auf Rocco, als sie sah, dass dieser nicht zu einer Entscheidung kam.

Eines Tages nach Schulschluss sagte sie ihm, dass er mit ihr gehen solle, es sei wichtig. Mehr wollte sie nicht sagen.

Sie brachte ihn zu sich nach Hause. Rocco ging auf das Haupthaus zu, aber sie blieb hinter ihm, rief seinen Namen und machte ihm ein Zeichen, ihr in den Heuschober zu folgen. Rocco dachte, die Flugblätter, die sie in der Fabrik verteilen wollten, seien angekommen, und sie halte sie dort versteckt. Doch in dem Heuschober befanden sich nur ein paar Heilkräuter, die zum Trocknen ausgelegt waren. Rocco starrte auf seine Schuhspitzen. Dann schaute er zu Mara. Die Luft war voller Fruchtfliegen. Sie schwirrten in dem Lichtkegel umher, der aus dem Fenster unter der Decke fiel – noch Jahre später sollte er ihn vor sich sehen. Von den Heilkräutern ging ein scharfer Geruch aus, der ihn in der Nase kitzelte, doch Rocco achtete nicht weiter darauf. Seine Knie waren weich, und er spürte Übelkeit in sich aufsteigen. Erst im Nachhinein sollte er sich an den Geruch erinnern, als hätte dieser sich ohne sein Wissen in seinem Gehirn eingebrannt, und tatsächlich konnte er später niemals mehr Heilkräuter riechen, ohne eine verzehrende Sehnsucht zu spüren. Nachher fuhr sie ihm mit dem Finger über die kreisförmige kleine Narbe auf seinem Arm. »Was ist das?« – »Nichts«, erwiderte er.

Wenn er seine Mutter in Grottole besuchte, wurde Rocco von einem Zeitloch verschluckt, einer Leere, die ihn in sich hineinsaugte, seinen Willen brach. Anderswo geschahen Dinge, die diesen Ort nur wie ein verhalltes Echo streiften, derart flüchtig, dass er am Ende an ihrer Existenz zweifelte. Ihm schien, als wäre sein Leben in Reggio Emilia nur ein Traum, ja sogar die Revolution war nur ein Traum, dem er naiverweise Glauben geschenkt hatte, und das Einzige, was wahrhaftig war und immer wahrhaftig sein würde, waren die Rituale, die seit seiner Geburt den Alltag bestimmten: die Kirchglocken, die Gespräche über das Wetter, die Bemerkungen über die Predigt, die Lästereien der Frauen, die Bauern, die bei Einbruch der Dunkelheit auf ihren Maultieren vom Feld zurückkehrten, immer gleich, wie eine Ansammlung von Gespenstern, die dafür bürgten, dass nichts sich jemals verändern würde. Ein Gefühl der Mutlosigkeit erfasste ihn, in dem er immer mehr versank, bis zum Moment seiner Abreise.

Während dieser Tage sah er niemanden von seinen alten Freunden, nicht einmal Mimmo. Stunden über Stunden saß er wortlos neben seiner Mutter. Sie rührten sich nicht vom Fleck, schauten durch das Türglas nach draußen, als wäre die Zeit stehen geblieben, als könnte irgendjemand irgendwo sich nicht entscheiden, ob es Winter oder Sommer sein sollte, Tag oder Nacht. Hin und wieder durchbrach Lucrezia das Schweigen, um ihm zu sagen, dass dieser oder jener alte Freund von ihm geheiratet habe. Und er versprach ihr irgendwann, seine Versetzung zu beantragen und noch im selben Jahr nach Hause zurückzukehren. In dem guten Glauben, dass dies geschehen würde, reiste er ab. Dann war er oben im Norden, und in der Umarmung mit Mara fühlte er sich wie neugeboren.

Als der Krieg in Spanien ausbrach, wollte Mara sich als Freiwillige beim Garibaldi-Bataillon melden. Jedes Mal, wenn sie zu Rocco darüber sprach, wechselte er das Thema. Am Ende beschloss die Partei zu seiner großen Erleichterung, dass Maras Anwesenheit vor Ort zu wertvoll sei, und so blieben sie in Reggio Emilia. Sie hatten schon einen Namen ausgewählt, den sie ihrer ersten Tochter geben würden: Prawda, wie die Zeitung der KPdSU.

Der Krieg brach am 10. Juni 1940 aus.

Dank der Tuberkulose, unter der Rocco im Priesterseminar gelitten hatte, entging er der Einberufung. Doch er wurde als Reservist in den Militärbereich Pescara eingezogen. Sie gaben ihm einen Posten in der Verwaltung, weil er einer der wenigen Militärangehörigen war, die lesen und schreiben konnten. Mara und er schrieben einander jeden Tag. Liebesbriefe und zwischen den Zeilen Andeutungen, was um sie herum geschah und welche Entscheidungen getroffen werden mussten.

Am 12. September 1943 kam Mara in die Kaserne. Sie hatte ihren Besuch nicht angekündigt. In der Nacht zuvor hatte Rocco wirre Träume gehabt, und als er am Morgen aufwachte, war seine Verwirrung noch größer. In dem allgemeinen Trubel wurde er in die Vorhalle gerufen und fand Mara vor. Sie hatte den Weg von Reggio nach Pescara mit dem Zug, dem Bus und zu Fuß zurückgelegt, weil die Verbindung immer wieder unterbrochen worden war.

Nun, da sie vor ihm stand, wurde Rocco erst richtig bewusst, wie sehr sie ihm in den vergangenen drei Jahren gefehlt hatte. Sie war schlanker geworden, aber hatte dasselbe energische Auftreten wie immer, und ihre Augen leuchteten noch mehr als früher. Sie hatte den ganzen langen Weg zurückgelegt, weil sie mit ihm unter vier Augen sprechen wollte. Voller Aufregung erzählte sie ihm, dass der König geflüchtet sei. Man munkele, dass er genau hierher, nach Pescara, gekommen sei. Sie, ihre Brüder und die anderen aus der Gruppe seien dabei, sich zu organisieren, sie würden das Haus am selben Abend noch verlassen. Sie würden in die Berge gehen, Richtung Civago, und sich dort in den Wäldern verstecken. Viele junge Männer, die den Einberufungsbefehl erhalten hätten, seien im Begriff, zu ihnen zu stoßen. Um hierherzukommen, zu ihm, habe sie sich den anderen widersetzen müssen, sie hätten sie nicht gehen lassen wollen, weil sie meinten, es sei zu gefährlich, und außerdem sei keine Zeit zu verlieren. Lupo, der ältere Bruder, sei am Vortag nach Venetien gefahren, um sich einer anderen Gruppe anzuschließen, die sich dort formierte. »Und du? Worauf wartest du noch?« Sie fuhr fort, ihm Einzelheiten zu nennen, Uhrzeiten, Namen, Decknamen, in der ihr eigenen Art zu sprechen, ohne seine Antworten abzuwarten, die sie ohnehin zu kennen glaubte. Doch irgendwann hielt sie inne. Schweigend schaute sie ihn an. Ein Blick voller Enttäuschung, der Rocco an etwas erinnerte, einen fernen Schmerz, den er in seiner Kindheit begraben hatte.

»Du kommst doch mit, oder?«, fragte Mara mit ersterbender Stimme. Rocco starrte sie an, als wollte er sich ihren Anblick für immer ins Gehirn einprägen. Er riss sie in seine Arme und hielt sie, so fest er konnte. Einen Moment verharrte sie in seiner Umarmung, dann entwand sie sich ihm und eilte davon. Es sollte ihr letztes Wiedersehen sein.

Fünfzehntes Kapitel

Alba war zehn Jahre alt, als sie ihr Elternhaus verließ, den Lärm und das geschäftige Treiben dort, die Neckereien der Brüder, die langen Geschichten, die ihre alte Großmutter an den Hundstagen erzählte.

Weil Candida ihr keine anständige Mitgift beschaffen konnte, hatte sie beschlossen, ihre Tochter, obwohl sie ein Mädchen war, auf die höhere Schule zu schicken. Da es in Grottole kein Lyzeum gab, kam sie ins Pensionat. Candidas Wahl war auf das Institut der Schwestern vom Cuore di Monopoli gefallen, das sie während eines Aufenthalts bei ihren Schwiegereltern einmal besucht hatte, ein großes Gebäude aus grauem Stein mit einer maurischen Kuppel, umgeben von einem Garten hinter hohen Mauern. Ein gusseisernes Tor mit üppigen Verzierungen stellte den Eingang dar. Candida hatte das Gefühl, dass sie für ihre Tochter nirgendwo eine bessere Lehranstalt hätte finden können.

Beim Abschied vergoss Alba nicht eine Träne. Während Candida ihr hinterherschaute, als sie in Ciola Ciolas Auto davonfuhr, überkamen sie für einen Moment Zweifel, ähnlich derer, die man bei einem Verrat bekommt und die wie eine fallen gelassene Masche alles zerstören können. Doch sie unterdrückte sie gerade noch rechtzeitig und widmete sich wieder ihren zahlreichen Alltagspflichten.

Bereitwillig zog Alba die blaue Schuluniform an, die den Neuankömmlingen im Pensionat vorbehalten war, und ließ sich sogar das Haar zu zwei strammen Zöpfen flechten, die ihr bis zum Po reichten. Stoisch ertrug sie die Eiseskälte in den Schlafsälen, die harte Rosshaarmatratze, die Gebetsstunden in aller Herrgottsfrühe. Der Geruch nach Ammoniak und Bleichmittel, der sich samstags morgens in den Mauern des Pensionats verbreitete, und der nach Kalk und Lavendel, der durch die Schlafsäle waberte, entschädigte sie für alles. Hauptsache, sie war dem Gestank nach ungewaschenen Körpern aus den Gassen von Grottole entkommen, der manchmal geradezu bestialische Ausmaße angenommen hatte. Sie lernte, anständig mit Messer und Gabel umzugehen, das richtige Glas zu benutzen, Pfirsiche und Orangen zu schälen, ohne das Messer abzusetzen, zu knicksen und aufrecht und mit angelegten Ellbogen bei Tisch zu sitzen. Sie fand sogar eine Freundin.

Eigentlich war es keine Freundschaft, sondern eine Symbiose.

Unter den Mädchen im Pensionat herrschte eine strenge Hackordnung, die schon auf den ersten Blick an ihrem Verhalten während der einstündigen Pause auf dem Hof zu erkennen war. Als eines der wenigen Mädchenpensionate der Umgebung versammelte das Institut Schülerinnen aus Apulien, der Basilicata und den Abruzzen.

Sie gehörten längst nicht alle derselben Gesellschaftsschicht an.

An der Spitze stand die Elite, die Crème de la Crème, die adeligen Fräuleins und Töchter reicher Großgrundbesitzer oder Inhaber ortsansässiger Manufakturen, Öl- und Getreidemühlen, Ziegeleien. Jedes dieser Mädchen war auf seine Weise ein Sonderfall, denn normalerweise ließen die höherstehenden Familien ihre Kinder lieber von Privatlehrern unterrichten, statt sie ins Pensionat zu schicken. Dann gab es dort die Töchter wohlhabender Bauern oder kleiner Handwerker, die aus sozialem Ehrgeiz Wert auf eine bessere Ausbildung legten.

Zu ihnen zählten die größten Streberinnen, diejenigen, die ganze Wörterbücher auswendig lernten, Grammatikregeln nach Lehrbuch anwendeten und sich die Etikette aneigneten, ohne sie je wirklich verinnerlicht zu haben. Schließlich waren da noch die Kriegswaisen, die ihre Väter während der ersten Kriegsmonate verloren hatten und denen der Staat zum Ausgleich ein Schulgeld spendierte. Sie befanden sich auf der untersten Stufe der Rangordnung. Sie wurden ständig bestraft, benachteiligt und mit Putzarbeiten beschäftigt, um zu ihrer niedrigen Waisenrente – so rechtfertigten sich die Schwestern – etwas dazuzuverdienen.

Maria war eine von ihnen. Sie kam aus Letto Manoppello, einem kleinen Bergdorf in den Abruzzen. Das Privileg, eine höhere Schule zu besuchen, kam sie teuer zu stehen.

Sie war ein großes, kräftiges Mädchen mit einer natürlichen Ausstrahlung und den roten Wangen einer Bergbewohnerin. Die dünnen Süppchen der Schwestern höhlten ihr den Magen aus. Ständig litt sie unter Hungergefühlen, war geschwächt und ließ schließlich sogar in ihren Leistungen nach. Mit der Folge, dass sie häufig bestraft und innerhalb kürzester Zeit zum schwarzen Schaf des Instituts wurde. Es verging keine Woche, ohne dass sie mehrere Mahlzeiten hatte auslassen und ganze Nachmittage im dunklen Kämmerchen verbringen müssen. Ihr Zustand wurde so heikel, dass bald ihr Leben auf dem Spiel stand – wie es Gerüchten zufolge ein paar Jahre zuvor einem anderen Mädchen bereits ergangen war, das nach einer ganzen Nacht, eingesperrt in einem winzigen Zimmer mit nassgeschwitzten Kleidern am Leib, gestorben war.

Wenige Monate nach ihrem Eintritt ins Pensionat hatte Maria den grünlichen Teint und das unsichere Verhalten eines Menschen angenommen, der sich am Rande des Abgrunds befindet. Es hätte nicht viel gefehlt, und sie wäre auch noch an Tuberkulose erkrankt, als sie über etwas stolperte, das sich in ihrer unmittelbaren Nähe abspielte.

Die Schwestern vom Heiligen Herzen dienten Gott und füllten die Staatskasse, indem sie ihren Schülerinnen beibrachten, den leiblichen Genüssen des Lebens abzuschwören, ob sie nun physischer oder moralischer Natur waren. In Albas Fall war dies freilich nicht erforderlich. Ihr Verhalten allem und jedem gegenüber war stets von einer distanzierten Gleichgültigkeit geprägt, und es gab nichts, was sie reizte oder in Begeisterung versetzte – außer der Mathematik. Am allerwenigsten interessierte sie das, was andere unter Sinnesfreuden verstanden. Somit waren die kargen, faden Mahlzeiten der Schwestern auch nie ein Problem für sie, wenn man davon absah, dass sie mit dem Essen schon immer ihre Schwierigkeiten gehabt hatte. Mit anderen Worten: Ihr kam es vor allem darauf an, möglichst wenig zu essen, ohne dass es irgendjemandem auffiel.

Sie hatte sich eine ganze Reihe von Tricks ausgedacht, wie sie ihren mangelnden Appetit verbergen konnte. Sie schob sich eine kleine Portion in den Mund und kaute so lange darauf herum, bis sie eine Kugel formen konnte, die sie in der Wangentasche verbarg. Sogar Schwester Germana, die ihre Mahlzeiten überwachte, ließ sich von dem leeren Teller vor ihr täuschen. Schließlich simulierte Alba ein Gähnen oder einen Hustenanfall und führte wohlerzogen die Hand zum Mund. Mit einer raschen, gezielten Bewegung ließ sie die Breikugel in ihre hohle Hand gleiten, schob diese unter den Tisch und dann hinter den Stuhlrücken, wo die Kugel in einem Blumentopf landete, einer mehrfarbigen Hortensie, die sich einmal im Monat in eine fleischfressende Pflanze verwandeln durfte, sich die restlichen Tage aber mit Kartoffeln und Grieß begnügen musste, genauso wie die aufblühenden jungen Mädchen, die bei dieser kargen Kost irgendwie zu üppigen Rundungen kommen sollten.

Marias Aufmerksamkeit war mit der Zeit mehr und mehr von Albas graziösen Armbewegungen gefesselt worden, von ihren Taschenspielertricks, bis sie begriffen hatte, dass es dort, wo viele andere für eine Extraportion Sardinen oder Kartoffelpüree zu Mördern geworden wären, tatsächlich jemanden gab, der nicht wusste, wie er sich genau dieser Dinge entledigen sollte. Während sie wie hypnotisiert auf die chirurgischen Schnitte starrte, mit denen Alba, den Tischregeln der Schwestern Folge leistend, ihr Essen sezierte, dämmerte ihr allmählich, dass dieses merkwürdige Phänomen für sie lebensrettend sein konnte. Doch ihre Scheu vor dem geschäftigen kleinen Mädchen war so groß, dass sie nicht den Mut fand, das Wort an sie zu richten. Sie wurde von ihr angezogen, wie man von einem nie zuvor gesehenen Tierchen angezogen wird, wie sie die Händler gern auf dem Markt feilboten.

Am Ende siegte ihr Überlebensinstinkt. Er setzte sich hinweg über Marias Hemmungen und Albas Sprödigkeit und auch über die wachsamen Blicke der Schwestern, die jede Form von Austausch unterbanden. Sie schlossen ihren Pakt während der Pause: die Geburtsstunde einer Symbiose, dank derer sie die schwierigen Jahre in der höheren Schule alle beide unversehrt überstehen sollten. Sie sprachen nicht viel miteinander, aber sie tauschten täglich ihr Essen aus, und wenn die Nächte besonders eisig waren, überlisteten sie die Schlafsaaldienst habende Schwester und legten sich zusammen in ein Bett, um sich gegenseitig zu wärmen. In der Mittagspause mischten sie sich nicht unter die anderen Schülerinnen, beteiligten sich nicht an den ewigen Konkurrenzkämpfchen, die die Mädchen im Pensionat umtrieben, versuchten nicht, gegen irgendwelche Klüngeleien anzugehen, und verteidigten sich auch nicht aus Angst, dass ihr eigener Klüngel aufgedeckt werden könnte; sie genügten sich selbst und waren glücklich mit ihrem einfachen Leben. Wenn jemand sie belästigen oder erpressen oder die eine von der anderen ausgrenzen wollte, war Maria diejenige, die ihrer beider Verteidigung übernahm, allein aus ihrer kräftigen Statur und dem Selbstvertrauen heraus, das ihr die Verbindung mit der Freundin verlieh.

Doch in ihrem ersten Jahr Grundschullehrerausbildung sollte alles anders werden.

Eines Nachmittags, es war November, nach Totensonntag, hörte Alba, wie sich in den stillen Gängen des Sacro Cuore Klavierklänge ausbreiteten, und eine Stimme, die dazu eine Melodie trällerte. Sie hatte nie zuvor etwas Ähnliches gehört. Von einem merkwürdigen Glücksgefühl durchdrungen, machte sie sich auf, den Ort zu suchen, von dem die Klänge kamen. Sie zog die Tür hinter sich zu und blieb auf der Schwelle stehen. Am Flügel saß Gioia.

Sie hatte erst vor Kurzem ihren vierzehnten Geburtstag gefeiert, aber ihre Schönheit war schon jetzt auffällig. Sie kam aus Lecce und hatte die edlen Züge ihrer Vorfahren geerbt, die mit den Jahren mehr und mehr an die einer antiken Priesterin erinnern sollten. Sie war hochgewachsen und hatte vollkommen harmonische Proportionen; die blonden Haare umrahmten ein fein geschnittenes Gesicht, das zwei große grüne Augen zierten. Ihre Haut war hell und durchscheinend, die Hände schlank und die Knöchel schmal. Nichts Unreines schien ihren Körper befallen zu können.

Alba blieb lange auf der Schwelle stehen, wie verzaubert, aber als die Klavierspielerin während des Seitenumblätterns einen Blick zur Tür warf, sprang sie so flink davon wie ein Eichhörnchen. Dieses Bild sollte Gioia später von ihr in Erinnerung behalten.

Gioia lief wie entfesselt über die Flure des Pensionats, und bei jeder Bewegung strömte ein Geruch nach Jasmin von ihr aus. Die Mutter hatte sie von zu Hause weggeschickt, weil durch ihre Schönheit die ältere Schwester, die sich im heiratsfähigen Alter befand, in den Schatten gestellt wurde. Dieses Weggeschicktwerden hatte sie mit großer Wut erfüllt. Wie eine olympische Göttin verbrachte sie ganze Tage mit umwölkter Miene, tyrannisierte ihre Kameradinnen, vor allem die sie unmittelbar umgebenden vier Mädchen aus guter Familie, die ihr in blindem Gehorsam überallhin folgten und dafür sorgten, dass sie von den anderen respektiert wurde, wie die Miliz einer königlichen Herrscherin.

Gioia bestimmte jede Kleinigkeit im Alltag der Pensionatsmädchen, zumindest in der Zeit, die nicht irgendwie reglementiert war. Während der morgendlichen Andacht setzte sie sich auf den dritten Platz in der zweiten Reihe, einen Sitz, der seit Generationen aus nicht mehr nachvollziehbaren Gründen der breiteste war, und fuhr fort, Streitereien, Fehden und Rachefeldzüge anzustiften. Sie war diejenige, die darüber befand, welches Spiel in der Pause gespielt wurde und wer daran teilnehmen durfte und wer nicht. Sie konnte auch beschließen, dass an dem oder dem Tag überhaupt nicht gespielt wurde.

Ihre Befehle wurden durch ihre Vasallinnen übermittelt. Ein winziger Zettel konnte verkünden, wer in Ungnade gefallen und wer wieder akzeptiert war, wer in die Verbannung geschickt oder befördert wurde. Zu ihren zahlreichen Privilegien gehörte auch, dass Gioia sich das Recht herausnahm, ihre Hausaufgaben von jemand anderem anfertigen zu lassen. In ihren Augen war Lernen etwas für Mädchen aus armen Familien, die sich von ihrer niederen Herkunft loszulösen suchten.

Die Schwestern taten, als bemerkten sie nichts davon, ließen die Mädchen alleine mit ihr klarkommen, denn es gab immer, und es würde und musste immer eine

Gioia geben, die die anderen schikanierte. Alle Mädchen sehnten sich danach, ihrer Gruppe anzugehören, aber nur den wenigsten gelang es.

Die erste Unterscheidung zwischen Adel und Volk fand bei Tisch statt. Die sicherste Methode zu erkennen, wer von den uniformierten Mädchen welcher Abstammung war, lief über das genaue Betrachten ihrer Tischmanieren, denn wer diese erst kürzlich erworben hatte, konnte nie ganz seine Gefräßigkeit verbergen. Nach den ersten Monaten im Pensionat, als Gioia sich endlich dazu herabließ, Alba ihre Aufmerksamkeit zu schenken, war sie beeindruckt von der Grazie, mit der diese sich ihrem Essen widmete. Etwa eine Woche beobachtete sie sie. Dann ließ sie ihr einen Zettel zukommen.

Als Alba den Zettel entgegennahm, klopfte ihr Herz wie das eines verschreckten Kätzchens unter den zarten Rippenbögen, und so ging es weiter bis zum Tag der Verabredung, als sie plötzlich Gioia vor sich hatte, in der Mittagspause im Hof.

Schweigend starrten sie einander an, lange. Albas Augen waren tief und unergründlich, wie Kohlenschächte. Schillernd vor Angst. Die von Gioia waren von einem transparenten Grün. Ich werde sie töten, kratzen, beißen. Wer glaubst du, wer du bist? »Ich möchte deine Freundin sein«, sagte Gioia.

Das Unmögliche geschah. Ohne es je herbeigesehnt zu haben, bekam Alba Zutritt zur Elite und ihren komplexen Ritualen. Diejenigen, die außer ihr jene Weihe erhalten hatten, teilten mit ihr ihre kandierten Früchte, die sie mehr als alles andere wegen ihrer Form und Farbe liebte und lange Zeit in einer Pappschachtel in der ihr zugewiesenen Schublade aufbewahrte, bis sie eines Tages von Würmern durchsetzt waren. Zahlreiche kleine Geheimnisse wurden ihr anvertraut. Sie spielte Charade. Sie blätterte in Ausgaben der *Vogue*, die direkt aus Paris gekommen waren. Sie verbrachte Stunden damit, Gioia am Klavier zuzuhören, wobei sie in der Symmetrie der Musik die gleichen perfekten Beziehungen erkannte, die sie an der Mathematik so liebte.

Maria wurde fallen gelassen wie eine heiße Kartoffel. Alba gab ihr weiterhin ihr Essen, das sie ihr wie ein Almosen überließ, aber sie würdigte sie keines Blickes mehr. Sie und Gioia waren unzertrennlich geworden und lebten in einer Welt, die niemand sonst betreten konnte. Maria verzehrte sich im Stillen wegen dieses Verlustes.

Mit Beginn des Frühlings verschlimmerten sich die Dinge noch.

Auf der anderen Seite der Pensionatsmauer blühten Bougainvilleen und Nachtviolen. Die ersten Noten ihres betäubenden Dufts begannen sich bei Sonnenuntergang zu verbreiten. Eine unbekannte Unruhe ergriff sodann die Pensionatsschülerinnen, die auch später nicht verging, wenn die Nachtluft ihre Körper mit sündiger Zartheit umhüllte, gegen die die Schwestern nichts auszurichten vermochten. Irgendwo weit weg, wer weiß wo, geschahen schmutzige und erhabene Dinge, zärtliche und grausame hormonbedingte Epiphanien. Noch weiter weg war das Meer. Alba konnte es einmal in der Woche aus der Ferne sehen, während des Sonntagsausflugs. Durchsichtige glitzernde Splitter hellten für einen winzigen Moment die dunklen Straßenschluchten auf, und der Himmel am Endes des Horizonts wurde noch ein wenig lichter. Doch der Nähe des Meeres konnte man sich auch innerhalb der hohen Klostermauern gewahr werden: an der salzigen Brise mit dem tonigen Geruch, die die Luft mit sämtlichen Farben des Regenbogens tränkte. Wie Seifenblasen hingen sie in der Schwebe, zitternd, um schließlich zu zerplatzen. Manchmal trug der Wind die Stimme eines Fischverkäufers zu ihnen, das Miauen einer Katze, das Echo eines Streits oder Kindergeschrei. Häufiger waren es die wehmütigen Gesänge der Schwestern, die sie durch ihren Tag geleiteten. Doch die Jugend blühte, wo sie nur konnte, zusammen mit dem üppig wuchernden Unkraut, das Schwester Giovanna, die Gärtnerin, vergeblich aus dem Hof zu entfernen suchte.

Gioia sprach zu Alba nicht von Liebe, aber von ihren Vorahnungen. Klangvolle, süße Worte ohne tiefere Bedeutung kamen ihr in den Sinn, die nur darauf warteten, entschlüsselt zu werden, und der Frühling schien ihr wie eine Aufforderung dazu. In jenen Tagen existierte die Liebe nur, damit über sie gesprochen wurde: Träume und Fantasien zweier junger Mädchen, die sich flüchtig an den Händen berührten und sich mit Blicken liebkosten, indem sie die eigene Schönheit in der der Freundin erkannten, die Zartheit der eigenen Haut in den feinen Poren der anderen, die eigenen runden Formen in den noch unausgereiften des Gegenübers, und sie liebten sich in einem Spiegelspiel.

Deine Freude ist meine Freude. Unser Leben das, welches wir gemeinsam leben können. Ein Pakt, unverbrüchlich.

Gioia führte Alba, sie lernte sie an. Sie brachte ihr ihre Art zu sein bei, und die Zeit wurde angefüllt mit langen, gewichtigen Gesprächen. Sie veranstalteten die Generalprobe zu dem, was sein sollte und am Ende doch nicht war.

Sie ließen die samtenen Augen des Laufburschen, der die Milch brachte, sehnsuchtsvoll aufblitzen, gaben dem Schnurrbart des Studenten und der Uniform des jungen Leutnants einen neuen Glanz – aber nie länger als an zwei aufeinanderfolgenden Sonntagen. Wer das Herz zum Beben gebracht hatte, löste wenig später Gelächter aus. Alba hatte das Talent der appetitlosen Seelen entwickelt, das einzige offensichtliche Erbe ihrer Familie, einen schneidenden und merkwürdigen Humor, der jede

Schwärmerei abzukühlen vermochte. Sie lachten sich halbtot. Manchmal genügte ein Blick, um einen unbändigen Lachanfall zu erzeugen, oder auch nur ein Gedanke, der nicht einmal ausgesprochen werden musste. Er kündigte sich in einem Zusammenziehen der Bauchdecke an, einem Ächzen, einer geballten Kraft, die explosionsartig hervorbrach. Ein Lachen, für das sie ihr Leben riskiert hätten. Nicht zu stoppen. Kräftezehrend. Noch Tage später, wenn derselbe Gedanke, prall gefüllt wie eine Gewitterwolke, die aus weiter Ferne herannaht, erneut an die Oberfläche drang, konnte ein solcher Anfall ausbrechen. Das Leben zeigte sein geistliches und sein weltliches Antlitz und ihr Aufeinandertreffen. Wenn du stirbst, werde auch ich sterben. Der Tod ist ungerecht. Das Leben ist ungerecht. *Gedenkst du, Silvia …*

Beim Sonntagsspaziergang standen jede Menge Jünglinge Spalier, die extra gekommen waren, die Pensionatsschülerinnen zu bewundern, und Gioia war diejenige, die am meisten angestarrt wurde. Wenige Wochen nach ihrem Eintritt ins Sacro Cuore wurden ihren Eltern die ersten Heiratsangebote unterbreitet, die diese jedoch nicht weiter ernst nahmen.

Auch für Gioia war die Zeit der Liebe noch nicht gekommen. Wenn es von einem Sonntag auf den nächsten eine Welt gab, die aus lauter Winzigkeiten und erdachten Dingen bestand, Überlegungen zur Farbe einer Krawatte oder dem Winkelgrad eines Blickes, so wurde die Vorstellung von der romantischen Liebe am Ende mitsamt des letzten tränenfeuchten Seufzers vom vielen Lachen unweigerlich von Schwester Giovannas Damenbart zurück in den finsteren Alltag geholt.

Aus den Sommerferien nach dem ersten Jahr Grundschullehrerausbildung kam Gioia als erwachsene Frau zurück. Zwei runde Brüste waren ihr gewachsen, die man in den Handschalen wiegen konnte. Ihre Taille war schmaler geworden und ihre Hüften breiter. Ihre Lippen waren noch voller und von einem kräftigeren Rot, ihr Haar glänzender und die Augen funkelnd, als hätte sie Fieber. Und tatsächlich, so war es auch: Sie hatte sich verliebt, und sie wurde geliebt – vom Verlobten ihrer Schwester.

Gioias Verbannung von zu Hause, betrieben von der eigenen Mutter, hatte nur dazu geführt, dass die Dinge sich beschleunigten.

Als Eugenio Capece, Sprössling des Baronengeschlechts Capece aus Nardò, sich ohne jede Vorwarnung plötzlich diesem jungen Mädchen in voller Blüte gegenübersah, das sich der zerstörerischen Wirkung seiner aufkeimenden Weiblichkeit nicht im Mindesten bewusst war und einen entsprechend freizügigen Umgang damit pflegte, hatte er keine einzige von Vernunft oder Berechnung verordnete Verteidigungsstrategie mehr anwenden können, sondern war in ein Delirium der Wollust getaumelt, die sein Gehirn vollständig umnebelte. Gioia hatte sich anfangs noch über ihn lustig gemacht, doch dann hatte sie jene Ahnung von Liebe gespürt, deren sorgsame Vorbereitung all die Jahre zuvor bestimmt hatte, jene höchste Sehnsucht, jenes Exil und Vaterland, die nur auf die richtige Gelegenheit warteten. Sie war der Pein gefolgt, die ihr vom Schicksal vorherbestimmt schien.

Während des ganzen Sommers hatten sie kein Wort miteinander gewechselt, nur Blicke, einer wahnsinniger als der andere. Gioia war gewachsen, sie hatte ihre endgültige Körpergröße erreicht, die für ein Mädchen aus jener Zeit kaum mehr angemessen war. Es verschlug ihm den Atem, jedes Mal, wenn sie an ihm vorbeiging.

Er wartete bis Ende Februar, ein regnerischer und kühler Monat, unwirtlich wie selten ein Februar, um aus einem Impuls heraus den Weg von Lecce nach Monopoli zurückzulegen und eine jener wundersamen Wendungen herbeizuführen, die die Liebe jedes Mal erzeugt, wenn sie mit der Verzweiflung in Berührung kommt. An einem Sonntagmorgen um zehn Uhr fand er sich im Corso Vittorio wieder, voller Unruhe, inmitten der Stammgäste des Gran Caffè, mit pochendem Herzen, fiebrig glänzenden Augen und schweißbedeckter Stirn. Bei seinem Anblick spürte Gioia, wie ein Abgrund sich vor ihr auftat, ihre Zukunft, und nach einem kurzen Moment des Zögerns stürzte sie sich kopfüber hinein.

Alba war noch immer so flachbrüstig wie ein Singvogel, sie liebte die Intrige und lachte viel. Ganze Abende verbrachte sie zusammen mit der Freundin vor dem Foto des Jünglings mit dem schwarzen Haar und dem klaren Blick, erging sich mit ihr in immer neuen Fantasien und Vorstellungen und lauschte geduldig den ewig gleichen Geschichten. Erst in den darauffolgenden Jahren wagte er es, Gioia zu schreiben, und es entwickelte sich eine leidenschaftliche und inhaltslose Korrespondenz, unterstützt vom Laufburschen des Milchmanns, der die Briefe zustellte.

Himmelhoch jauchzend, keine Nachricht, zu Tode betrübt: So ging es in einem fort. Alba brauchte sich gar nicht zu verlieben, denn die Freundin war ja verliebt. Sie kuschelte sich ein in dieser zu großen Liebe und wärmte sich an ihren Strahlen. Sie selbst blieb kühl und entwickelte erhabene Gleichungen, die Signorina Invernusi, ihre Mathematiklehrerin, in Begeisterung versetzten.

Während des letzten Jahres der Grundschullehrerausbildung zerstritten sich Gioia und ihr Geliebter. Ein paar Monate herrschte Funkstille zwischen ihnen, und Gioia erzählte Alba, wie befreit sie sich fühlte. Sie lud sie ein, den Sommer in Santa Cesarea zu verbringen. Sie zeigte ihr ein Foto von ihrem Elternhaus, das im maurischen Stil erbaut war, und schwärmte ihr von mediterranen Piniengärten vor, die zum Meer hin abfielen, von Maulbeerbäumen, Kapernbüschen und Jasminsträuchern, dessen Zweige die Frauen sich heimlich unter die Kleider steckten. Sie erzählte ihr von Bällen, Mandelgebäck und zügellosen Cousins, von denen zumindest einer ihr mit Sicherheit gefallen würde, zeigte ihr ein Foto, auf dem die ganze Familie versammelt war, an die dreißig Leute, die sich kaum voneinander unterschieden, und er sei auf diesem Foto ja erst dreizehn Jahre alt gewesen, aber inzwischen sehe er wirklich gut aus mit seinen meergrünen Augen, und an der Universität habe er noch nicht eine einzige Prüfung abgelegt, den ganzen Tag treibe er nur Schabernack, zum Totlachen, der Vater sei schon ganz verzweifelt.

Sobald sie einen Moment Zeit für sich hatten, gab Gioia Alba Unterricht. Sie brachte ihr das Walzertanzen bei, und Alba erwies sich als äußerst begabt, graziös und leichtfüßig, wie sie war. Sie erklärte ihr die Anstandsregeln und worauf sie zu achten hätte, denn ihre Cousinen seien neidisch und klatschsüchtig, man müsse sich in Acht nehmen vor ihnen. Sie erzählte ihr von den Freunden der Familie, wie lächerlich sie seien, und von den Eltern und ihren Marotten, wie besessen ihre Mutter im Hinblick auf Kleider und Pferde sei, und von ihrem Lieblingspferd, als sie noch ein kleines Mädchen war. Und wie viel Spaß sie zusammen haben würden.

Zu Ostern erhielt Alba von ihrer Familie die Erlaubnis, die Ferien bei der Freundin zu verbringen. Von der Schneiderin ließ sie sich ein Kleid nach einem *Vogue*-Modell anfertigen, aus einem Stoffrest, den sie im Geschäft ihres Vaters gefunden hatte, einem raschelnden Taft in der Farbe reifer Pflaumen. Die Schneiderin tat ihr Bestes, um dem komplizierten Entwurf zu entsprechen, und am Ende glückte es ihr, doch das Kleid war so eng, dass Alba, obwohl sie abgenommen hatte, den Atem anhalten musste, um es anziehen zu können.

Dieses Kleid, das in der Taille weiter gemacht worden war, sollte ihre Tochter Jahre später an ihrem sechzehnten Geburtstag tragen, an dem sie sich mit Fundador betrank und einem Jungen, den sie nie zuvor gesehen hatte, ihren ersten Kuss gab.

Nach ihrer Rückkehr ins Pensionat nach den Osterferien zählten Alba und Gioia die Tage, die ihnen noch bis zum Ende des Schuljahrs fehlten, doch die Dinge nahmen eine andere Wendung. Nach drei Monaten meldete sich Gioias Geliebter zurück, und sie verwarf, ohne auch nur den Anflug eines schlechten Gewissens, alle ihre guten Vorsätze.

Mit Albas Hilfe gelang es ihr, für ein paar Stunden den Klostermauern zu entfliehen, und bei ihrer Rückkehr hatte sie rote Wangen, einen beseelten Blick und den ekstatischen Gesichtsausdruck der heiligen Teresa. Sie berichtete ihr ausführlich vom Verlust ihrer Jungfernschaft, indem sie jede Einzelheit beleuchtete. Alba fand die ganze Angelegenheit eher abstoßend, aber sagte nichts weiter dazu. Am selben Abend waren, weiß der Teufel wie, auch die Schwestern über jedes Detail im Bilde. Gioia wurde in eine dunkle Kammer gesperrt, und in dieser Nacht war ein gewaltiger Radau zu vernehmen. Am nächsten Morgen war sie verschwunden. Ihre Habseligkeiten wurden ohne ein Wort der Erklärung aus dem Schlafsaal entfernt. Es war verboten, auch nur ihren Namen zu erwähnen. Das Gerücht ging um, sie sei gestorben, wie jenes Mädchen, dessen kältezitternden Geist ein paar Pensionatsschülerinnen Stein und Bein schworen durch die langen Flure von Sacro Cuore schweben gesehen zu haben.

Maria beweinte lange – und im Geheimen – die Folgen ihres Verrats, die sie sich weniger dramatisch gewünscht hätte. Sie hatte doch nur ihre alte Freundin zurückgewinnen wollen, die die andere ihr geraubt hatte. Es sollte ihr nicht gelingen, weil Alba ihr zwar weiterhin ihr Essen überließ, aber kein Wort mehr mit ihr sprach.

Aus der Grundschullehrerausbildung kehrte Alba als feine Dame nach Grottole zurück. Sie saß mit geradem Rücken und eng anliegenden Ellbogen bei Tisch. Mit einem einzigen Ansetzen des Messers zog sie die Schale von Apfel, Pfirsich oder Orange ab, auch wenn sie die Frucht hinterher nicht aß. Sie gurgelte nicht mit ihrer Bouillon. Sie kannte ein Dutzend französischer Vokabeln und verzehrte sich vor Sehnsucht nach dem Geruch von Jasmin, den Gioia verströmt hatte, nach ihrer melodiösen Stimme und ihren harmlosen Fantastereien. Der lange Schatten des Pensionats hatte sie vor dem Schmutz des alltäglichen Lebens bewahrt. Sie trug die Erinnerung an die Freundin bei sich, die zahlreichen Ausgaben der *Vogue*, die sie ihr geschenkt hatte, und das melancholische Gedenken an jenen gemeinsamen Sommer, den sie nie zusammen verbringen sollten. An seine Stelle traten die Schwüle und der Modergeruch von Grottole, der abgeblätterte Putz, die glitschigen Pflastersteine, der Sumpf und die Fliegen. Und voller Abscheu ergab sie sich den örtlichen Begebenheiten.

Schwesterherz, mein Schwesterherz,
nun werden die Messer gewetzt.
Scharf ist der Schmerz,
und ich lach zuletzt.

Sechzehntes Kapitel

Auf die Piazza von Montescaglioso ging ein Fenster hinaus, das klapperte. Keule auf Stock und tum tum tum. Pferdehufe, die auf den Boden hämmern. Und immer feste druff, und immer feste druff, auf unser bestelltes Ackerland. Geht weg von hier! Mit ihren Pferden kommen sie her, zertrampeln unser Korn, das grade mal aus der Erde guckt, trampeln auf dem Kopf von meinem Francuzzo rum, Gott hab ihn selig. Ich hab doch gesagt, ich kann hier nicht weg! Hau ab, Mama, die bringen dich um, da kennen die nichts, die bringen dich um, trampeln mit ihren Hufen auf seinem Kopf herum, ich seh schon das Blut, wie damals bei meinem Bruder, hau ab, Mama, sieh zu, dass du wegkommst!

Mit klopfendem Herzen wachte Cenzina auf, völlig verschwitzt, obwohl es kühl im Zimmer war. Neben ihr schnarchte kaum hörbar Peppino, ihr Ehemann. Das Kind in der Wiege gab keinen Laut von sich. Die beiden anderen hingegen, eins am Kopf- und eins am Fußende, drehten und wälzten sich. Hinter dem Vorhang lief ein Tier vorbei, eine Katze vielleicht oder ein Huhn. Draußen war noch nicht Tag.

Es dauerte einen Moment, bis Cenzinas Herzschlag

sich wieder beruhigt hatte. »Blöde Kuh«, schalt sie sich selbst, »statt dem Allmächtigen dankbar zu sein, träumst du lauter dummes Zeug.«

Ein paar Tage zuvor, während sie sich auf den Feldern der Baronie Lacava zu schaffen machten, war die Polizei nach Tre Confini gekommen. Weil sie gepflügt und gesät hatten. Dort und beim Zollamt des Conte Galante, des Herrschers über die Gemeindegüter, überall da, wo unbeackertes Land war. »So viel Korn, dass ganz Montescaglioso davon satt werden könnte«, hatte ihr Mann gesagt. Peppino war noch nicht lange in der Kommunistischen Partei. Anfangs war sie gar nicht glücklich über seine Entscheidung gewesen, aber dann war es ihr gerade recht gekommen.

Am Tag der Prozession lief sie in der ersten Reihe, zusammen mit Nunzia Suglia und Anna Avena. Eine seltsame Prozession, ohne Priester und ohne Heilige. Ein rotes Transparent, das an einer Hacke befestigt war. Und an einem Spaten hing ein Schild, auf dem etwas über Privatbesitz stand, so hatten sie es ihr erklärt. Die Polizei war wieder abgezogen, an jenem Morgen. Sie hatten den Rückzug angetreten, nachdem sie sie gesehen hatten: Kinder, Frauen, Bauern, lauter Figuren aus einer anderen Welt. Auf dem kühlen Laken unter der riesigen Daunendecke drehte Cenzina sich auf die andere Seite und quetschte sich beinah unter ihren Mann auf der Suche nach ein wenig Wärme. Vielleicht suchte sie ja auch etwas anderes.

Sie taten es fast immer um diese Uhrzeit, kurz vor Morgengrauen, wenn alle noch tief und fest schliefen, nur seit sie die Ländereien besetzt hielten, war es nicht mehr vorgekommen; aber in dem Moment hatte sie – sei es wegen des schlechten Traums, sei es wegen der Erleichterung, dem Schlimmsten entkommen zu sein – das Bedürfnis verspürt, seine Hände auf ihrem Körper zu fühlen. Doch er wurde einfach nicht wach. Abend für

Abend kam er völlig erschöpft nach Hause. Also schlief auch sie wieder ein, und sofort begann ein neuer Traum. Sie klopfte die Matratzen im Haus ihrer Mutter aus, tam, tam, tam, tam, und dann ein Schuss, und noch ein Schuss, und auf der Piazza lag tot ihr Mann. Mit einem Ruck wurde sie wach. Draußen wurde an die Tür geklopft. Dieses Mal weckte sie Peppino und setzte sich im Bett auf, ohne zu begreifen, was da vor sich ging. Draußen war ein Rumoren zu hören.

Als Peppino die Tür öffnete, drängte die eisige Luft ins Haus, zusammen mit der Katze, die sofort unters Bett flüchtete, und das Kind in der Wiege begann zu weinen. Die Straße war voller Menschen. Tonino Andriulli sagte, sie hätten die Leute von der Gewerkschaft verhaftet. Peppino warf sich in seine Kleider, und als er zur Tür hinausging, rannte sie ihm nach, im Nachthemd und mit wirrem Haar. Im Laufen schnappte sie sich eine Stola.

Das Baby schrie immer lauter, und ihr Mann brüllte sie an, sie solle sofort nach Hause zurückgehen, doch sie dachte gar nicht daran, bei den Träumen, die sie gehabt hatte.

Das Dorf war dunkel, sie hatten den Strom abgeschaltet, sollte sie später erfahren. Nicht einmal der Mond schien in jener Nacht, und so dauerte es eine Weile, bis sie die Polizeiwagen erkannte. Die Menschenmenge wurde immer größer, und plötzlich wurde sie von ihrem Mann getrennt. Die Leute grölten, dass die Gefangenen befreit werden sollten, während sie sich mit den Ellbogen zu ihrem Mann durchkämpfte.

Mit einem Mal hörte sie Schüsse. Sie zweifelte nicht eine Sekunde lang. Giuseppe Novello, Peppino, ihr Ehemann, war durch eine Maschinengewehrsalve getötet worden. Er war zweiunddreißig Jahre alt. Ein Unfall. Ein Polizist auf einem Motorrad, der geschossen hatte, um sich einen Weg durch die Menge zu bahnen.

Rocco kehrte nach Hause zurück, als längst der Tag hereingebrochen war. Vollständig angezogen warf er sich aufs Bett, und erst um zwölf Uhr herum fand er Schlaf. Kurz darauf weckte ihn seine Mutter, das Essen war fertig.

Das Gerücht von Novellos Tod hatte sich bereits über die Dörfer verbreitet, und Lucrezia sagte, dass genauso gut er an seiner Stelle hätte sein können, jedes Mal, wenn er rausgehe, breche ihr fast das Herz vor Angst.

Rocco war Sekretär bei der kommunistischen Fraktion von Grottole, die ihren Sitz in San Nicola hatte, in einem Kellergeschoss, in dem sich auch die Arbeitskammer befand. Der Sekretär der Arbeitskammer – und anfangs auch ihr einziges Mitglied – war Mimmo.

Bei Roccos Rückkehr, nach dem Krieg, hatten sie einander wiedergefunden. Mimmo unterrichtete Literatur und Sprache an der Mittelschule von Matera, Rocco hatte seine Versetzung an die Grundschule von Grottole beantragt. Nur Mimmo war an der Front gewesen, aber sie fühlten sich beide wie Kriegsheimkehrer.

Sie hatten nur mühsam in das Leben im Dorf zurückgefunden; manchmal war es ihnen zu fremd vorgekommen, dann wieder zu vertraut. Sie mussten sich zwingen, sich erneut daran zu gewöhnen, und wie schon als Jungen begegneten sie einander in ihrer Unsicherheit. Die Tage im Priesterseminar schienen Ewigkeiten her. Nach und nach lernte Mimmo in den Augen des Freundes ein wehmütiges Glänzen wahrzunehmen, das früher nicht dagewesen war. Rocco erwähnte Mara ihm gegenüber nicht ein einziges Mal, doch wenn sie die Piazza auf und ab flanierten, erzählte er ihm lang und breit von den Kooperativen in Reggio Emilia, wie die Bauern dort organisiert seien, vom Klassenbewusstsein und der Kommunistischen Partei. Seine Augen erstrahlten in einem letzten Glimmen von Glück.

Gemeinsam hatten sie die Parteifraktion gegründet und dafür gesorgt, dass sie sich vergrößerte. Bis spät in die Nacht blieben sie in der Niederlassung, um den Bauern zu helfen, die mit den Formalitäten nicht zurechtkamen. Ein Pensionsantrag, eine Zusage zur finanziellen Unterstützung vom Konsortium, ein Gesuch um Armenhilfe.

Rocco hielt auf den Piazze der umliegenden Dörfer Vorträge vor den Bauern, unterrichtete in Abendschulen, half bei der Feldarbeit mit und wachte oft mitten in der Nacht auf.

Nach anfänglichem Misstrauen waren sie in Scharen Parteimitglieder geworden, vor allem die Tagelöhner, und dann kurz entschlossen sämtliche Brüder Mimmos. Candida und Colino hatten mit einem Mal das Haus voller Kommunisten.

Beim Mittagessen wurde über nichts anderes mehr gesprochen als über Demonstrationen und Parteidirektiven, das *Manifest* von Marx und Engels wurde zwischen den Stoffballen auf dem Nähtisch deponiert, und Candida, als sie zufällig vorbeiging, deckte es verstohlen zu. Donnarcangelo hatte sich geweigert, das Haus zu Ostern zu segnen, und er wetterte vom Altar aus gegen die Verfehlungen des Kommunismus, bis er dunkelrot im Gesicht war, nannte ihre Vor- und Nachnamen und malte apokalyptische Visionen von bolschewistischen Pferden an die Wand, die ihren Durst im Brunnen des Vatikans stillten.

Candida gab Rocco die ganze Schuld, ihre Söhne auf die falsche Fährte geführt zu haben, angefangen bei Mimmo, der schon immer so leichtgläubig gewesen sei. Die Söhne lachten, umarmten sie und erzählten ihr, wie sehr sie sie liebten.

Colino flüchtete sich in seine Taubheit, die alles um ihn herum abdämpfte, und er hatte angefangen, die Kirche zu meiden, weil es ihm nicht passte, dass dort schlecht über Leute gesprochen wurde, die seinen Namen trugen. Allmählich fand auch Candida sich damit ab und nahm den Kommunismus ihrer Söhne hin, wie sie einst hingenommen hatte, dass sie sich die Knie aufschürften und die Hosen zerrissen.

Der Winter 1949 war kalt und voller Hoffnungen. Der Wahlsieg der Democrazia Cristiana, der konservativen Partei, hatte die Wut der Aufständischen verstärkt, und die Ländereien in der Basilicata blieben weiterhin besetzt. In der Parteizentrale murmelten die Tagelöhner mit bauernschlauem Grinsen: »Der Bärtige muss kommen …« An Karneval wurde im Haus von Candida und Colino ein großes Fest gefeiert.

Mimmo hatte die Idee gehabt, die erfolgreiche Besetzung der Ländereien mit einem großen Fest zu feiern. In die Enge getrieben, hatte die Regierung De Gasperi entschieden, die unbeackerten Grundstücke den Tagelöhnern zuzusprechen, was im Jahr darauf tatsächlich geschehen sollte.

In Wirklichkeit verband Mimmo mit dem Ball auch persönliche Interessen, zwei höchst geheime Vorhaben. Das eine wurde umgesetzt, das andere nicht.

An dem Fest nahm auch Alba teil, die im Sommer zuvor aus dem Pensionat zurückgekehrt war. Es war ihr erster öffentlicher Auftritt. All die Monate zuvor hatte sie eingeschlossen im Haus verbracht und sich geweigert, mit den anderen Mädchen ihres Alters außerhalb ihrer vier Wände spazieren zu gehen. Sie verbrachte ihre Tage in der Mansarde, die sie zusammen mit der milde gewordenen und stets lächelnden Großmutter Albina bewohnte sowie mit zahlreichen Verstorbenen, vor deren Fotografien jeweils ein Lichtlein brannte. Nachmittags blätterte sie in den *Vogue*-Ausgaben, die sie aus dem Pensionat mitgebracht hatte, bis sie sie beinah auswendig kannte. Den Rest der Zeit verbrachte sie mit Trigonometrie.

Eines Tages war sie zu ihrer Mutter in die Küche gegangen. Während Candida vor dem Backofen kniete und die Tonkrüge mit den Erbsen schwenkte, damit diese nicht anbrannten, hatte sie ihr unvermittelt erklärt, dass sie nicht zu heiraten beabsichtige. Sie wolle auf die Universität gehen. Mathematik studieren.

Candida fühlte sich überrumpelt. Ein Mädchen auf der Universität ... »Wer hat dir denn diese Flausen in den Kopf gesetzt?« Doch während sie sagte, was gesagt werden musste – dass sie ihre Worte besser nicht mal im Scherz wiederholte, dass sie offenbar mit dem Kopf in den Wolken lebte, dass die Leute sie entweder für verrückt erklären oder für eine Hure halten würden –, freundete sich ihr Unterbewusstsein mit dieser Vorstellung an, nicht zuletzt, weil dadurch ihre alte Leidenschaft für das Neue wiedererweckt wurde. Sie wären die Ersten im Dorf, die ein Mädchen studieren ließen! Alba zeigte ihr den Brief mit der Unterschrift der Professoressa Rosa Invernusi. Dort stand geschrieben, dass Alba Fortunato eine hochbegabte Mathematikerin sei und sie ihr dringend empfehle, ihre Studien fortzusetzen.

Hochbegabt – was für ein schönes Wort.

Candida sprach mit ihrem Mann. »Auf die Universität«, brüllte sie, um sich verständlich zu machen, wenngleich nicht allzu laut. Colino erschien die Idee nicht mehr und nicht weniger seltsam als viele andere seiner Frau auch, Ideen, über die schon lange nicht mehr diskutiert wurde, und wie üblich ließ er ihr freie Hand. Doch ein unvorhergesehenes Hindernis sollte sich zwischen Alba und das Mathematikstudium stellen.

Ein paar Jahre zuvor hatte Mimmo mit großer Anteilnahme in der *Avanguardia Proletaria* Togliattis Essay über die traditionelle Rückständigkeit der Frauen vor allem in Süditalien und über die Notwendigkeit ihrer Emanzipation gelesen, doch dass seine Schwester auf die Universität gehen wollte, das erschien ihm dann doch zu viel. In seiner Eigenschaft als großer Bruder dachte er, zu ihrem Besten zu handeln, wenn er sie von dieser Idee abbrächte, und so geschah es dann auch. Er erklärte ihr, sie würde sich nur lächerlich machen, wenn sie einen so unüberlegten Schritt tue. Dies war der Stand der Dinge zu dem Zeitpunkt, als der Ball stattfinden sollte.

Alba trug an dem Abend das pflaumenfarbene Taftkleid, das sie sich im Vorjahr hatte anfertigen lassen, als sie bei Gioia zu Hause eingeladen war. Das Kleid war enger denn je. Sie konnte kaum atmen, doch umso besser kamen ihre Brüste zur Geltung und ihre schmale Taille, die die zarteste war, derer man in Grottole je ansichtig geworden war.

Sie hatte sich in eine Ecke des Ballsaals gesetzt und beobachtete mit einigem Widerwillen die Tarantella tanzenden Paare. Nur ein einziges Mal in ihrem Leben hatte sie mit einem Mann getanzt, weil es von ihr erwartet worden war, mit ihrem Bruder Mimmo nämlich, der ihr von Anfang an auf den Füßen herumgetrampelt war, und sie hatte alle weiteren Aufforderungen in den Wind geschlagen. Sie hatte Angst, dass diese Jünglinge ihr ihren Knoblauch- oder Zwiebelatem ins Gesicht blasen könnten, während sie sich in diesem Wildentanz ergingen.

Das Fest war sofort in Schwung gekommen. Während die einen sich vor Begeisterung kaum halten konnten, erlitten die anderen Todesqualen, Erwartungen wurden enttäuscht, Überraschungen taten sich auf, und die Blicke huschten noch hurtiger umher als die Füße. Die Gedanken waren freilich die Allerschnellsten.

Seit Candida sich vor die Notwendigkeit gestellt sah, ihren Kindern die Ausbildung zu bezahlen, hatte sie ihre mit Cicia begonnene Angewohnheit wieder aufgenommen, sich Pensionsgäste ins Haus zu holen, junge

Lehrerinnen mit dem hochmütig-niedergeschlagenen Gesichtsausdruck entthronter Königinnen, die die Zimmer mit ihren fremden Dialekten erfüllten und manchmal auch mit dem billigen Parfum, das sie sich großzügig überschütteten. Sie rasierten sich die Beine und die Achseln, was bei den Frauen im Dorf zu merkwürdigen Assoziationen führte, sodass sie am Ende mit kaum verhohlenem Neid die Gepflogenheit als »nuttig« abtaten.

Anfangs blieben die Neuankömmlinge auch während der Mahlzeiten auf ihren Zimmern, stets darauf bedacht, jeglichen Kontakt mit den Einheimischen zu vermeiden. Doch wenn sie sich endlich einmal dazu überwunden hatten, sich an Candidas riesiger Tafel niederzulassen und sich eingetaucht sahen in die derbe Fröhlichkeit ihrer sieben Söhne, eingelullt von ihren sanften schwarzäugigen Blicken, dem Sauberduft ihrer mit dem Kohleplätteisen gebügelten Hemden, dem Anblick ihrer breiten Schultern, fanden sie schnell ihr Lächeln wieder.

Normalerweise hatte Mimmo sich im Lauf der ersten Woche, egal, ob sie schön oder hässlich waren, hochgewachsen oder klein, jung oder in die Jahre gekommen, kopfüber in sie verliebt, im festen Glauben, vor allem wenn sie äußerlich weniger anziehend waren, in ihnen eine feinfühlige Seele und ein gutes Herz gefunden zu haben, wovon er Rocco voller Inbrunst vorschwärmte, wenn sie mit hinter dem Rücken verschränkten Händen die Piazza auf und ab flanierten, in der wenigen freien Zeit, die ihnen ihre politische Arbeit ließ.

Ein paar Wochen, mal kürzer, mal länger, je nach Veranlagung, brauchten meist die Damen, um in Liebe für Vincenzo zu entbrennen, der im Gegensatz zu Mimmo keine Gedichte für sie verfasste, nicht so gut aussah wie Cataldo oder so zärtlich und zuvorkommend war wie Francesco, aber vielleicht lag es ja genau an diesen Charaktermängeln, dass sie ihn so unwiderstehlich fanden.

Mit einem seiner schrägen Blicke entzündete er sie, und in der Regel war er längst mit ihnen im Bett gewesen und hatte sie fallen lassen wie eine heiße Kartoffel, wenn Mimmo sich nach tausend Anläufen endlich dazu entschloss, ihnen seine Liebe zu erklären.

Mimmo sah sich zwangsläufig dazu berufen, ihr Vertrauter in Sachen Liebeskummer zu werden, zum großen Ärger Candidas, die früher oder später weder die Mädchen noch Vincenzo, noch erst recht Mimmo mehr ertrug und so lange nicht locker ließ, bis sie sich dazu durchrangen, ihre Versetzung zu beantragen, und eine neue Pensionärin kam. An jenem Tag war eine junge Frau aus Pesaro an der Reihe, die Guglielmina hieß, mit gewelltem Haar und den Knöcheln eines Carabiniere, für die Mimmo Verse von glühender Zärtlichkeit schrieb. Und Clelia war da, die Tochter von Cicia, der Candida eng verbunden geblieben war und mit der sie sich allwöchentlich Briefe schrieb, wenngleich sie sich seit ihrer Abreise nie mehr gesehen hatten.

Zum Ausgleich verbrachte Clelia, seit sie ein kleines Mädchen war, jeden Sommer bei Candida, um ihre Mutter für ein paar Wochen zu entlasten. Clelia war blond und blauäugig und so unscheinbar, dass jeder sie sofort wieder vergaß. Sie bewegte sich dicht an den Wänden entlang, sprach nur, wenn sie gefragt wurde, und wiederholte dann die Worte, die sie jemand anderen bereits hatte sagen hören. Sie trug die braven Kleidchen, die ihr Soldatenvater ihr vorschrieb, mit langen Ärmeln bis zum Ellbogen, und das Haar in zwei Zöpfen um den Kopf gewickelt, wie es schon lange nicht mehr Mode war. Im Alter von sechzehn Jahren war ihre Brust noch flach wie ein Bügelbrett, und ihr Gesicht ließ den Eindruck entstehen, als wollte sie niemals erwachsen werden.

Vielleicht in Erinnerung an die Freundschaft, die sie mit Cicia verband, an die Lachanfälle, die sie zusammen gehabt hatten, an die blitzenden Zähne ihrer Mutter, vergötterte Candida Clelia. Die Liebe, die sie ihrer eigenen Tochter niemals hatte entgegenbringen können, schenkte sie nun voll und ganz der Tochter ihrer Freundin. Ständig hatte sie sie am Rockzipfel hängen, allzeit bereit, ihr seltsames Verhalten zu entschuldigen, was immer sie tat, und sie ohne jeden Grund in den Himmel zu loben. Sie machte ein Getue um sie, das Alba zur Weißglut brachte, sodass sie gar nicht anders konnte, als sich an dem fremden Mädchen zu rächen. Weil sie ständig Clelias Anwesenheit ertragen musste, ließ sie keine Gelegenheit aus, sie zu schikanieren, sie zu demütigen und dann an irgendeinem Ort im Stich zu lassen. Bereitwillig nahm sie die Wutausbrüche ihrer Mutter in Kauf, die sich anschließend beeilte, das arme Unschuldslamm mit Küssen und Koseworten zu überschütten, was Alba nur noch mehr in Rage brachte.

Clelia betete Vincenzo an, seit sie sich in Kindertagen beim Versteckspiel einmal zusammen in einem Felsspalt verborgen und im Schutz der Dunkelheit berührt hatten. Zwischen seinen Affären erwiderte Vincenzo gern diese Liebe ohne Ansprüche, die ihn seit so vielen Jahren begleitete.

An jenem Abend tanzte Vincenzo mit Guglielmina eine Polka und eine Mazurka, dann zogen sie gemeinsam von dannen. Während Mimmo sie mit Mordgedanken im Herzen verschwinden sah, blieb das Mauerblümchen Clelia am Rand der Tanzfläche sitzen, ohne ihre Enttäuschung zu zeigen, auch weil sowieso niemand da war, der sich dafür interessiert hätte.

Doch es gab noch jemanden, der nicht tanzte. Im anschwellenden Getöse des Ballsaals stand Rocco in einer Zimmerecke und diskutierte mit wichtiger Miene über Politik. Die Paare sausten an ihm vorbei, hin und wieder traten sie ihm auch auf die Füße, aber er bemerkte es nicht einmal. Er sprach von der Notwenigkeit, dass man, wenn die Ländereien erst einmal übernommen worden seien, Kooperativen gründen müsse, um sie zu bewirtschaften. Die Partei solle dabei eine führende Rolle spielen und sich nicht nur darauf beschränken, die Ländereien in den öffentlichen Besitz zu bringen. In Reggio Emilia, Herrgott noch mal, funktionierten die Kooperativen doch auch! Diese Engstirnigkeit hier unten, dieser ewige Individualismus, all das musste endlich überwunden werden. Ein Umdenken im Ackerbau, Fruchtwechselwirtschaft, das war gefordert! Immer nur Getreide auf einem winzigen Feld – zwangsläufig wurden dem Boden da die wichtigsten Nährstoffe entzogen! Und außerdem, da oben in Emilia, da lebten die Leute regelrecht auf ihren Feldern …

Er fand immer wieder neue ehrfurchtsvolle Zuhörer, denn er war der Lehrer, er sagte wichtige Dinge, die sie kaum verstanden, und er sprach Hochitalienisch, ohne dass ihm je ein Kraftausdruck entwich. Sein Publikum wechselte, und er registrierte es kaum in seinem Redefieber. Kurz hielt er inne, dann nahm er den Faden dort wieder auf, wo er sich unterbrochen hatte.

Als Bruno Arpaia, der die Quetschkommode spielte, nicht mehr konnte, ging Mimmo das alte Grammofon holen. Er verdrängte seinen Kummer, indem er eifrig die Kurbel drehte, und legte einen Walzer auf. Nur wenige beherrschten diesen Tanz, gerade einmal diejenigen, die ihn während des Militärdienstes gelernt hatten. Der Saal leerte sich, während die erhitzten Gäste Erfrischungen zu sich nahmen oder an einem Salzkringel knabberten.

Die Walzernoten verflochten sich mit Roccos politischen Reden, und eine Welle der Erinnerung stieg in ihm auf, schön und schmerzvoll zugleich. Er unterbrach seinen Vortrag über die Zwangsunterweisung und erhob sich, um nach einem Fluchtweg zu suchen.

In dem Moment erblickte er Alba, die gegen eine Wand gelehnt dasaß, und erst da wurde er sich bewusst, dass Mimmos kleine Schwester erwachsen geworden war. Seit sie ihm mit ihren spitzen Milchzähnen ein Zifferblatt aus roten Bluttröpfchen in den Arm gebissen hatte, war sie ihm nicht mehr begegnet. Er forderte sie zum Tanzen auf.

Er wandte sich in perfektem Hochitalienisch an sie, und vielleicht war das der Grund, warum Alba seine Aufforderung nicht ausschlug. Wegen seiner ernsten Miene, die so gar nicht zu dem bunten Treiben um ihn herum passen wollte – für Alba ein Zeichen seiner Erhabenheit –, war er ihr gleich zu Anfang aufgefallen. Er legte ihr die Hand um die schmale Taille, und sie begannen sich zu drehen und leichtfüßig zwischen den unbeholfen umherhüpfenden anderen Paaren hindurchzuschweben.

Während sie tanzten, erzählte Rocco Alba von der Reise, die er vor einiger Zeit nach Paris unternommen hatte, zusammen mit ihrem Bruder Mimmo, um das Versprechen einzulösen, das sie einander als Jungen gegeben hatten. Drei Tage Busreise für die Hinfahrt und drei Tage Grandeur in der Metropole. Sie hatten den Eiffelturm besichtigt. *»Coupé, coupé«*, hatte ein Herr auf ihre Frage nach der Bastille entgegnet und seine Worte mit einer schnittigen Handbewegung unterstrichen. Paris, die Stadt der *Vogue* …

Sie war weniger redselig als er. In dürren Worten erklärte sie ihm, im Pensionat gewesen zu sein und sich für Mathematik zu interessieren. Rocco achtete nicht weiter darauf, zu sehr bewegte ihn ihre anmutige Leichtigkeit.

Hinter dem Grammofon drehte Mimmo zufrieden die Kurbel. Die anderen Paare hörten nach und nach mit dem Tanzen auf und blieben stehen, um ihnen zuzuschauen.

Eins zwei drei …

Diese Grazie!

Eins zwei drei ...

Er hatte das Gefühl, etwas Kostbares, Zerbrechliches in den Händen zu halten.

Eins zwei drei ...

Vielleicht war es das, von dem sie ihr erzählt hatten? Vielleicht war das die Liebe?

Eins zwei drei ...

Ihre vollkommen aus der Art geschlagene Erscheinung faszinierte ihn.

Eins zwei drei ...

Er war in Paris, der Stadt der *Vogue* ...

Die gemalten Blumenvasen auf den Wänden, die sich um sie drehen ... 1950 sollten die Ländereien per Vorschaltgesetz Nr. 845/50 den Kommunen von Montescaglioso, Irsina und Grottole zugesprochen werden.

Ihre Füße verschränken sich, und Roccos Traum wird wahr: Auf dem staatlich zugeteilten Landbesitz werden Häuser für die Pächter gebaut, doch die Bauern wollen ihre Dörfer nicht verlassen, und auf den Äckern pflanzen sie Getreide an, wie sie es schon immer getan haben.

Staub wirbelt auf. Eine unruhige Seele treibt sich im Süden der Halbinsel herum und stößt überall auf Misstrauen: Adriano Olivetti. Es ist heiß. Olivetti finanziert eine Modellgemeinde in Corleto Perticara. Er kauft Landmaschinen, bezahlt die Arbeiter, lässt Straßen bauen.

So eine Schwüle! Die Luft ist schwer und drückend, das Kleid zu eng. Olivetti hat die Finanzierung eingestellt, die Kooperative kann auf eigenen Füßen stehen. »Ich bin doch nicht meschugge, ich soll arbeiten, ohne Geld dafür zu kriegen?« Die Tagelöhner wollen nichts davon wissen. Nach seinem Austritt aus der Kommunistischen Partei 1956 leitet Rocco das Zentrum Comunità di Grottole, das Bücher an die Bauern verleiht. Während der ersten Jahre seiner Ehe widmet er dieser Beschäftigung jede freie Minute.

Eins zwei drei, eins zwei drei …

Wieso wird hier bloß nie sauber gemacht?

Die Zeit drängt. Olivetti begibt sich in die Niederungen der Politik, angefeindet von der Kommunistischen Partei. Das Zentrum Comunità di Grottole ist menschenleer. In Corleto Perticara wächst und gedeiht das Unkraut.

Eins zwei drei …

Die nach der Bodenreform entstandenen Felder sind beinah alle verlassen, die Bauern heuern in den Fabriken von Turin und der Schweiz an oder werden Minenarbeiter in Belgien und Frankreich. Adriano Olivetti stirbt mutterseelenallein während einer Zugreise in die Schweiz.

Takt und Gegentakt. Zwei und drei. Zwei und drei. Eins zwei. Mara, die davongeht, schmal in ihrem Mantel. Ein neues Feuer, eine düstere Leidenschaft, geprägt von Unverständnis und Unwahrhaftigkeit. Eine nicht zu leugnende Verschiedenheit, ihre eckigen Hüften und zarten Knöchelchen, die vollen Brüste, die Wespentaille und der lange Hals, die schillernden Kohleaugen.

Du probierst andere Lieben aus, die weniger schwierig sind und einladender, die dir ganz allmählich entgleiten, weil sie dir nicht angehören. Diese herzzerreißende Liebe stellt sich am Ende als stärker heraus. Wie kannst du etwas lieben, das dich mehr quält als alles andere? Vielleicht kannst du es, wenn diese Sache dir angehört, wenn du ihr angehörst, aber zunächst versuchst du ihr auf jede erdenkliche Weise zu entkommen. Wieso liebst du nicht einfach das, was dich geboren hat?

Der Walzer wurde immer stürmischer, wie ein Strudel im Wasser. Rocco presste Alba an seinen Körper und drehte und drehte sich, er fühlte, wie im Tanzen die Schwere von seinem Herzen allmählich abfiel. Alba bewegte ihre Füße und rang nach Luft. Vielleicht war das die Liebe, von der die Freundinnen immer gesprochen hatten, von der Gioia in der Mittagspause erzählte, jene

Liebe, die irgendwann jede von ihnen ereilte, wenn Topf und Deckel aufeinandertrafen, jene Liebe, die auf den ersten Blick zu erkennen war, ohne Vertun, die einen packte, schweben ließ, ja, einem buchstäblich den Atem raubte. Das Kleid war zu eng, der Kopf drehte sich, die Wände des Saales, die überlebenden Blumenvasen, die ihr Urgroßvater auf die Wände hatte malen lassen, blitzten auf, hinterließen pistaziengrüne und petunienrote lange Spuren, und auf einmal war alles schwarz.

Rocco hielt Alba in seinen Armen, hingegossen und federleicht wie eine Stoffpuppe. In dem Moment beschloss er, ihr einen Heiratsantrag zu machen.

Das ist der Daumen,
der schüttelt die Pflaumen,
der hebt sie alle auf,
der trägt sie nach Haus,
und der Kleine – der isst sie alle auf!

Siebzehntes Kapitel

Albas Schwangerschaft verging wie in einem Dämmerschlaf, der mit wilden Träumen und Halluzinationen angefüllt war. Schon im zweiten Monat hatte der Arzt ihr dringend empfohlen, im Bett liegen zu bleiben, wenn sie ihr Kind dieses Mal behalten wollte, und also war ihr nichts anderes übrig geblieben, als seinem Rat zu folgen. Von morgens bis abends lag sie im Halbdunkel ausgestreckt auf der Matratze, genoss die Kühle der feinen Baumwolllaken, die ihre Mutter einmal pro Tag wechselte, und fühlte, wie ihre gewaltsam von innen gedehnte Haut über den zarten Knochen spannte. Ihr Organismus war von dieser Tätigkeit derart beansprucht, dass ihr Geist völlig ausgeschaltet schien. Sie nahmen es als Zeichen der Fügsamkeit der Schwangeren und taten alles, um ihr jede größere Beanspruchung zu ersparen.

Das Haus war in ein unwirkliches Schweigen gehüllt. Sogar Rocco fiel unter diesen Bann. Wenn er nach Hause kam, um seine Frau zu sehen oder seine Kleider zu wechseln, durfte er sich nur auf Zehenspitzen fortbewegen und wurde bei der kleinsten falschen Bewegung sofort von den wachhabenden Frauen mit Vorwürfen überladen. Seine Mutter Lucrezia, seine Schwiegermutter Candida, seine Schwägerin Ninetta, die andere Schwägerin Clelia schlichen flüsternd und mit geheimnisumwitterten Mienen durch die Zimmer, als wären sie Magierinnen. Selbst die Sonne ließen sie nicht ins Haus eindringen und kochten am laufenden Band irgendwelche Kraftbrühen, um die sie ein Aufhebens machten, als handelte es sich um Zaubertränke: Tauben- und Truthahnconsommés oder Bouillons aus frisch geschlüpften Singvögeln, die sie aus ihren Nestern rissen.

Abends ging Rocco zum Essen zu seiner Mutter, die sich endlich wieder seiner bemächtigen konnte, die ganze Zeit in eisernes Schweigen gehüllt, das nur hin und wieder von Lucrezias Überlegungen durchbrochen wurde, dass Alba, selbst wenn sie das Kind bis zum Ende der Schwangerschaft austragen sollte, ja wohl kaum in der Lage sein dürfte, es zu stillen. Eine Amme musste her ... Rocco lauschte zerstreut ihren Klagen und gab einsilbige Antworten.

Alba träumte. Farbige Lichter, wie sie sie noch nie in ihrem Leben gesehen hatte. Ihr Körper, der sich aufgebläht hatte, bis er so riesig war wie ein Heißluftballon und sich über die Hügel von Grottole erhob, während die Leute unten angelaufen kamen, um dem Spektakel beizuwohnen und ihr zuzuwinken. Sie träumte, auf die Größe einer Kichererbse zu schrumpfen und in einer Nussschale in See zu stechen, wie der winzige Held aus irgendeinem Kindermärchen, um glückliche und weniger glückliche Abenteuer zu erleben. Sie träumte von dem Wesen, das sich in ihr befand, und jedes Mal hatte es eine andere Form: ein Fisch oder eine Art Dinosaurier, so wie in den Sachkundebüchern der Volksschulkinder. Dann wieder war es ein Schimpanse oder ein wunderschönes Mädchen. Im Traum versuchte Alba immer wieder mit dem Wesen zu sprechen, aber es gelang ihr nie. Sie spürte, dass nichts auf der Welt ihr fremder sein würde als dieses Ding, das in ihr heranwuchs.

Auch das Wesen träumte. Von Wüsten und Trockenheit. Vom Meer, das sich öffnete, um es hindurchzulassen. Berge, die unter seinen Schritten zerbröselten. Sümpfe, die es in sich hineinsaugen wollten. Übergänge vom Licht ins Dunkel und vom Dunkel ins Licht. Es träumte von allem, denn es wollte leben.

Da war der Hunger, der größer war als es selbst, der alles verschlang. Eine Reise auf der Suche nach Nahrung. Ein ganz neues Land. Die Angst, nicht genug zu essen zu bekommen, immer schwächer zu werden und zu sterben. Der Traum, er endete so: Es saugte das Blut seiner Mutter auf.

Manchmal fühlte das Wesen sich so erschöpft, dass es sich am liebsten zurückgezogen hätte und in den nachgiebigen Fleischwänden, die es umgaben, verschwunden wäre. Es wollte wieder eins mit ihnen werden, aber das war nicht möglich. Es musste sich loslösen. Und dann, ohne genauer zu wissen, warum, verspürte es einen Groll gegen diese Umgebung, die es nährte und zurückwies, gegen seine Mutter. Einen unterschwelligen Groll, der zusammen mit ihm größer und größer wurde.

In den unendlichen Träumen, die das Wesen so lange quälten, bis es ganz ausgelaugt war, gab es eine Frau, deren unterdrückte Wut und Machtlosigkeit sein Blut in Wallung brachten. Es gab einen furchtsamen Mann, der seine Angst hinter seinem Schweigen verbarg und nicht mehr wusste, wer er war. Es gab ein Lachen, das wie ein Sommergewitter gedämpft begann und schließlich voll und ungestüm wurde. Es gab den Wind. Eine leichte Brise, frühlingshaft, die mit einem Mal scharf und schneidend werden konnte und die Blätter von den Bäumen fegte. Es gab den Neid, grindig und groß und stets auf der Suche nach einem Grund für seine Existenz. Es gab eine Sanftheit wie die einer Kuh, eine zerstörerische Melancholie, die Blicke von Männern und Frauen, lauter unverständliche Sätze ... Diese Musik, diese kaum angedeutete Melodie, sie kam und ging – Gioia sollte sie aussenden, wenn sie durch die Straßen ging und die Bauarbeiter auf ihren Gerüsten sich nach ihr umdrehten, Klangfetzen, die in den Köpfen derjenigen umherschwirrten, die ihr begegnet waren, doch sich nicht mehr recht erinnern konnten.

Manche Bilder drängten sich geradezu auf. Szenen aus dem Leben von Männern und Frauen. Ein Mädchen, das ein anderes Mädchen küsst, eine Jüngere, heimlich. Eine Tür geht auf. Mitten in der Nacht, heißhungrig, schleicht sich das Kind in die Küche und stopft sich voll, bis es fast platzt: Butterkäse, Salami, Schinkenspeck. Um nicht erwischt zu werden, ersetzt es die Leckereien im Korb durch andere Leckereien, die es aus der Speisekammer stibitzt.

Ein Mann soll das Meer überqueren. Das Wesen weiß nicht, was das Meer ist, aber es weiß, was Angst ist. Angst ist das, was es selbst empfindet, die Angst vor dem Unbekannten, das es erwartet.

Das Wesen schmeckt Zitrone. Es weiß nicht, was eine Zitrone ist, aber ihre bittere Säure ist ihm nicht unvertraut. Es kennt den Verzicht und das Verlassensein, das Verlangen und den eisernen Willen.

Es könnte so vieles sein, und alles davon ist Täuschung, Betrug. Seine Zellen teilen und reproduzieren sich, die Träume seiner Mutter suchen es heim.

Es ist ein Schimpansenmädchen, das von einem Holländer im afrikanischen Urwald gefangen wurde. Ein Engländer hat es aus Afrika fortgebracht, um es in einer viktorianischen Uniform auf Londons Bühnen zur Schau zu stellen. Ein Universitätsprofessor, der es gekauft hat, um Forschungen mit ihm zu betreiben, verliebt sich in es, und auf diese Weise lernt das gefangen genommene Schimpansenkind Liebe und Geborgenheit kennen.

Ein seltsamer Traum, völlig überflüssig – das ist nicht das, was das Wesen einmal werden wird. Und dennoch bleibt von diesen Eindrücken etwas in ihm hängen, und wenn es nur das Wissen um eine vertane Möglichkeit ist.

Der Weg zu dem, was sein wird, ist wie ein Labyrinth aus Straßen, die ins Nirgendwo führen. So viele mögliche Menschwerdungen, mehr oder weniger ferne Annäherungen. Gleichwohl ist das, was das Wesen nicht ist, auch Teil von ihm. Es lernt sich kennen, indem es Vergleiche schließt. Identität ist das, was die anderen nicht sind. Manchmal freilich spürt es, dass es kaum Unterschiede gibt. Lauter Formen aus derselben Materie. Zumindest fallen die Unterschiede nicht weiter ins Gewicht.

Plötzlich träumt es von einem Gräuel, ohne das es nicht existieren kann. Vernichtung, Zerstörung. Ein Gräuel, das sich über verschiedene Orte und Zeiten erstreckt. Es, das Wesen, ist das Opfer. Und der Henker.

Geduldig bringt es die Fragen zum Ausdruck, die sich ihm in den folgenden Jahren stellen werden. Fragen, auf die es nicht immer eine Antwort findet.

Das Wesen weiß viele Dinge, die es bei seiner Geburt vergessen wird. Ein unendlicher Schrecken, ein Schneesturm, ein Kampf ums Überleben, den nur das Leben selbst übersteht.

Manchmal fühlt es sich einer schneidenden Kälte ausgesetzt. Einem Gefühl der Leere, der Nichtigkeit, des Nichtvorhandenseins. Es ist wie eine Schnecke, die sich in ihr Haus zurückzieht, es will aufhören zu existieren oder anderswo existieren. Doch anderswo existieren bedeutet nicht existieren. Es muss das akzeptieren, was ist.

Alba wälzt sich im Bett, die Stirn schweißbedeckt, völlig aufgelöst. Wieder die Gefahr eines Abgangs. Überwunden.

Die Stunden im Zimmer vergehen langsam, leer.

Alba treibt Keime.

Das Wesen treibt Keime. Es lebt wie eine Pflanze.

Es unternimmt eine Reise vor der Zeit.

Der Ort, an dem es haust, ist ihm unerträglich geworden. Die Liebe, die es nährt, droht es zu ersticken. Es ist eine Liebe, die zu groß oder zu klein ist, eine gefährliche Liebe, vor der es sich in Sicherheit bringen will wie vor einem Gift.

Der Boden fehlt ihm unter den Füßen. Ein fürchterlicher Abgrund, ein Sturz, den es immer wieder nacherleben wird.

Am 15. August setzten bei Alba die Wehen ein. Zwei Wochen vor dem errechneten Geburtstermin sprang ihre Fruchtblase, während durch die Via Nuova die Maria-Himmelfahrts-Prozession zog. *Gegrüßet seist du, Maria, voll der Gnade, der Herr ist mit dir. Du bist gebenedeit unter den Frauen, und gebenedeit ist die Frucht deines Leibes …* Das Klagelied der Frauen gärte in dem blendenden Licht.

Zu Hause bei ihrer Mutter wurde der Tisch für Ferragosto gedeckt. Soleier und Aufschnitt zur Vorspeise.

Clelia war diejenige, die ihr zur Seite stand. Sie hatte die Stelle als Hebamme in Grottole erst vor Kurzem angetreten. An einem solchen Tag nach Matera ins Krankenhaus zu fahren wäre vollkommen aussichtslos gewesen.

Clelia, Clelia, du Unschuldslamm.

Das kleine Mädchen hatte sich in einer merkwürdigen Haltung zusammengekauert. Wie ein Tier, das nicht gefunden werden will.

Clelia-Kuh, dumm dazu! Hände weg, fass mich nicht an mit deinen Eidechsenkrallen! Lass mich in Ruh, fass mich nicht an!

Vorsichtig zog Clelia das Mädchen heraus. Es war das erste Mal, das sie so etwas machte. Ihre Hände zitterten, sie schwitzte mehr als die Gebärende selbst. Gioia trug eine Hüftluxation davon, unter der sie ihre ganze Kindheit leiden sollte. Endlich hatte Alba einen guten Grund, die Schwägerin zu hassen.

Achtzehntes Kapitel

»Mach den Mund auf! Iss! Schluck runter! Noch eins, das letzte. Nur das noch. Zwei Tage hast du nichts gegessen, verdammt noch mal!« Sie kaut und kaut, und dann spuckt sie es aus. Man kann kaum zugucken, wie sie sich abquält.

Alba, am Ende ihrer Nerven, hielt der Tochter den Löffel hin. Die Wange von dem Bissen angeschwollen wie eine Hamsterbacke, blickte die Kleine sie an. »Trink einen Schluck Wasser und schluck's runter!« Auch ich habe als Kind tagelang nichts gegessen. Je länger ich nichts gegessen hatte, desto weniger hat es mir geschmeckt. Sie wird noch verhungern …

Man konnte regelrecht zusehen, wie Alba immer mehr abmagerte, wie ihr quälendes und zum Scheitern verurteiltes Unterfangen sie auslaugte, eingehüllt in die Dampfschwaden von Nudelsuppe und gebratenem Fleisch, wenn sie Seezunge pürierte, den Saft aus dem Schweinefilet herauspresste, heimlich zusammengedrückte Banane unter den Orangensaft mischte – »schau dir die Zwillinge an, sogar mich würden die essen, mit ihren Apfelbäckchen, Gott segne sie, sie verschmähen nicht mal trockenes Brot, sie träumen von Butterkäse, und auf Fleisch stürzen sie sich wie ausgehungerte Wölfe, die Glücklichen«. Himmelherrgott, mich hat das damals alles nur angeekelt, und meine Tochter ist schlimmer als schlimm, sie will nichts davon wissen, wie ich als Kind, ich erinnere mich, als wäre es gestern gewesen, je weniger ich aß, desto mehr verging mir der Appetit. Sie wird noch verhungern … »Sie ist zu dürre, was hab ich dir gesagt? Von so einer war doch klar, was da zu erwarten ist! Sie hat einen Bandwurm, und das Kind, haben sie mir erzählt, das würde nichts essen, aber das stimmt gar nicht, ich hab ein frisches Ei vorbeigebracht, das wollte sie nicht, es hätt' seinen eigenen Brei, Fertignahrung, Grießsuppe, Milchbrei, ich versteh das alles nicht, aber auf jeden Fall ist sie zu dürre.« Lucrezia beschwerte sich bei ihrem Sohn über die Frau, die er sich ausgesucht hatte.

Trotz ihrer Appetitlosigkeit entwickelte Gioia sich zu einem lebhaften, spitzbübischen Kind. Auf ihrem Kinderstuhl thronend, schaute sie zu, wie die ganze Familie um sie herumtanzte, Großeltern, Onkel, Tanten, Cousins und Cousinen, manche verkleidet, andere lustige Grimassen schneidend, erfundene und erprobte Taschenspielertricks, Mammalinas Taschentuchmaus, die zwischen den Händen umherflitzte und im Ärmel verschwand, die vermeintlich abgezwackte Nase, die sich zwischen Daumen und Mittelfinger krümmte, das Geldstück, das in der geschlossenen Faust verschwand und wieder auftauchte, »… und der Kleine – der isst sie alle auf«.

Sie Gioia zu nennen war die Idee ihrer Mutter gewesen, gegen den Willen der anderen, in Erinnerung an die so plötzlich aus ihrem Leben verschwundene Freundin und als Inbegriff des größtmöglichen Unterschieds, denn sie wollte nicht, dass ihre Tochter sich unter die Dorfmädchen mischte. Alba bildete sich ein, sie hätte von der Freundin auch die sonnenempfindliche, sich leicht rötende Haut geerbt, wobei sie die kupferfarbenen Strähnen Großtante Angelicas völlig außer Acht ließ, die man auf dem Foto nicht erkennen konnte, und die offensichtliche Ähnlichkeit mit Großmutter Lucrezia Lügen strafte, nach der das Mädchen eigentlich hätte benannt werden sollen.

Ein Foto von Gioia aus der ersten Klasse: eine perfekt gebügelte, blitzsaubere Kittelschürze, ein gestärktes Krägelchen und ein Lausbubengesicht, das von zwei so straff geflochtenen Zöpfen eingerahmt wird, dass es ihr die Haut vom Kopf zu reißen scheint. Um sie herum lauter andere kleine Mädchen mit wirrem Haar, denen man die Läuse schon von Weitem ansieht, mit schielenden Augen und abstehenden Ohren.

Als Gioia etwas älter war, brachte Großmutter Lucrezia ihr vom Feld Schwalben mit gebrochenen Flügeln und Schnäbeln mit. Sie hängte sie am Balkongeländer auf, damit Gioia sich an ihrem Anblick erfreuen konnte, wie sie hilflos und ungeschickt versuchten davonzufliegen. Im August brachte sie ihr Zikaden, über die sie ein Glas stülpen sollte. Sie zirpten so lange, bis sie erstickten. Und Glühwürmchen, die, wenn man sie auf die Kommode setzte, das Dämmerlicht mit einem zarten grünen Schimmer erhellten.

Mit vier Jahren veranstaltete sie ein Massaker an einer Schwalbe, die sie mit den Fingernägeln sezierte. Ihre Mutter fand sie im Bauch des Vogels herumwühlend vor. Vor Ekel schrie sie laut auf. »Das schöne saubere Kleid! Ich hab's dir doch gerade erst angezogen.«

An den ersten Frühlingsnachmittagen, wenn die Sonne auf die Erde niederbrannte und die Luft noch nicht abgekühlt war, zog Alba Gioia gestärkte weiße Spitzenkleidchen an und führte sie zum Spazierengehen aus. Sie traf ihre Freundin Ginetta, die von ihrer Mutterschaft ebenfalls völlig ausgelaugt war. Die Dorfbewohner blieben stehen, um sie zu begrüßen. »Das kleine Fräulein, so ein Prinzesschen ...« Die derben Frauen gaben ihr klebrige Küsse auf die Wange. Gioia wischte sich verstohlen mit der Hand übers Gesicht. Die Küsse, die sie am meisten verabscheute, waren die von Großmutter Lucrezia. Diese gierigen, unendlichen Küsse, als wollte sie sie verschlingen.

Wenn sie Luigino la Ciminiera über den Weg lief, nahm er sie mit in seine Metzgerei. Auf dem Fußboden Pfützen von Blut. Gevierteilte Tiere, aufgehängt an Haken. Schafsköpfe mit in der Agonie trüb gewordenen Augen. Er bot ihr ein in Silberfolie gewickeltes Bonbon an, das, wenn man es zu Boden warf, Funken sprühte. Sie aß es ein wenig angeekelt. »Gib ihm ein Küsschen!« Die nach Blut riechende dunkle Haut.

Gioia in der Metro. Sie hat einen Sitzplatz, während die meisten anderen Leute stehen müssen, sich an den Griffen festhalten, gefährlich schwanken und bei jeder Kurve auf sie zu fallen drohen. Da ist eine farbige Frau in einem grellbunten Kleid, die ihr pausbäckiges Kind in einem Tragetuch trägt. Zwei Araberjungen. Drei Chinesen. Gioia achtet nicht weiter darauf. Sie blickt auf einen fernen Punkt, Lichtjahre von dieser Menschenmenge entfernt. Ein Bettler betritt das Abteil. Gioia starrt mit ernstem Gesicht auf den nicht existierenden Punkt vor ihren Augen, wie sie es vor langer Zeit gelernt hat. Sie lebt schon seit einer ganzen Weile in der großen Stadt. Sie hat keine Geschichte. Niemand um sie herum hat eine Geschichte.

Gioia rannte zum Laden ihres Großvaters. Sie wog sich auf der Brückenwaage und maß nach, um wie viel sie gewachsen war, so wie Jahre zuvor ihre Mutter und ihre Onkel. Sie spielte mit den Kupferkristallen, räumte sie mit der Schaufel weg, ließ Körner und Linsen durch ihre Finger rieseln, befühlte Stoffe und steckte die Nase in die Aussteuerwäsche, doch es war nicht mehr die von früher, die noch von Hand gefertigt worden war.

In den Sechzigerjahren herrschte in Grottole ein wahrer Boom in Sachen Aussteuer.

Wie eine Bombe war 1959 im Basento-Tal die Nachricht eingeschlagen, dass man auf Methangas gestoßen sei.

In Cugno del Ricco hatte ein junger Ingenieur aus Turin während der Bohrungen einen schwarz angelaufenen kleineren Gegenstand gefunden. Er klopfte die Erde ab: eine Taschenuhr, mit einem silbernen Gehäuse und zwei eingravierten *F* auf dem Deckel. Wem sie wohl gehört hatte, und wie sie dort gelandet war? Die Zeiger standen auf halb sechs.

Im Jahr darauf wurden zweiunddreißig Bohrlöcher eingeweiht, in Ferrandina, Salandra, Pomarico und Grottole. Das letzte wurde in Grottole selbst eingeweiht, mit einem Fest, das die ganze Nacht andauerte. Ein Orchester kam, Seiltänzer, Feuerschlucker, aber die größte Attraktion stellte eine riesige Flamme dar, die vor den staunenden Augen der Bauern hoch in die dunkle Nacht aufloderte. In ihrem Flackern, so schworen sie hinterher zu vielen vor einem Fernsehreporter, der extra zur Dokumentation des Ereignisses angereist kam, hätten sie gesehen, wie endlich das Unglück von ihren Ländereien abgezogen sei.

Damals eröffneten die Erdölunternehmen Agip, Pozzi und Anic dort ihre Niederlassungen und stellten Arbeitskräfte aus dem ganzen Basento-Tal ein. Der dank Agrarreform gewonnene Landbesitz lag schnell wieder brach. Zum ersten Mal gab es Geld im Dorf, das die zu Arbeitern beförderten Bauern sofort in das hineinsteckten, was am meisten für eine gesicherte Nachkommenschaft und den Traum von einer besseren Zukunft stand: die Aussteuer. Die Konfektionsware hielt Einzug, und Colinos Laden füllte sich mit Schachteln und Kisten, die ordentlich in den Regalen gestapelt wurden. Statt Leinen in drei einzelnen Teilen zu kaufen, die man zusammennähen musste, um ein Laken für zwei Personen zu erhalten, konnte man nun ein fertiges Laken kaufen, mit schreiend bunten psychedelischen Mustern, auf Stoffen, die niemand je zuvor gesehen hatte, glatten, lüsternen Stoffen, die, wenn man darüberrieb, lustig knisterten, und manchmal stoben sogar Funken, wie bei einem Feuerwerk. In jenen Jahren kamen Stoffe auf, die nur eine Saison überlebten, wie abgebrochene Versuche im Laufe der Evolution, Seide oder Satin nachempfunden, mit verführerisch klingenden Namen mit mindestens einem »y« und irgendwelchen Nebenwirkungen, die sie für immer vom Markt verschwinden ließen. Über all dem stand Terital: Es wurde nicht gebügelt, war unzerstörbar, waschecht – sozusagen reines Öl.

Als die ersten Gasfernleitungen gelegt wurden, um das Methangas aus dem Basento-Tal hinauszutransportieren, ging ein Aufschrei durch die Reihen. »Das gehört uns, das dürft ihr uns nicht wegnehmen!« Rocco führte die Aufständischen an. Man beschloss, einen Techniker der Snam zu entführen, der in seine Lieblingstrattoria in Settecapozzole gebracht wurde. Gegen Abend ließ man ihn wieder laufen. Rocco, der die Rechnung aus eigener Tasche bezahlte, hatte darauf bestanden, dass er auch einen Nachtisch bestellte, während Alba zu Hause die Badezimmerkacheln schrubbte und das Esszimmer bohnerte. Dieses Mal gewannen sie den Kampf.

Ihr Hüftproblem hinderte Gioia nicht daran, bei den Spielen der anderen Kinder mitzumachen. Sie wühlte auf der Suche nach Glitzersteinen in der Erde, versteckte sich, kletterte auf Bäume, zündete Feuerchen an. Schon als kleines Kind war sie bei den Unternehmungen draußen in der freien Wildbahn die Waghalsigste von allen, und bei jedem Sturz fing sie an zu singen, um nicht in Tränen auszubrechen. Candida tröstete sie kopfschüttelnd: »Wann wirst du nur Vernunft annehmen, Kind? Wenn du selbst mal Nonna bist?«

Gioia isst eine Banane. «Was ist das?« – »Eine Banane.« Gioia isst die Banane und wirft die Schale zu Boden. Das andere Mädchen hebt sie auf: »Und das isst du nicht? Das ist doch lecker!« Es schlägt seine Zähne in das weiße Fleisch im Inneren der Schale. Viele von ihnen wanderten nach Deutschland aus, später nach Turin.

Gioia ist krank.

Sie sperren sie im Haus ein wie in einem Käfig, um sie vor der Zugluft zu schützen. »Warum wird sie nur ständig krank?«

Der Arzt, blond und mit einem Bart wie Jesus Christus, verschreibt ihr Milch mit Honig. »Sonst nichts?« – »Milch mit Honig, das wird ihr guttun.« – »Sehr gut, hervorragend. Milch mit Honig gegen Husten. Milch mit Honig gegen Bauchschmerzen. Milch mit Honig gegen Rückenschmerzen. Schon seltsam ...« Sie schnappten ihn in Grassano, weil er kein Arztdiplom hatte. »So ein reizender Mensch! Und billig war er auch.«

Lieferwagen kamen, um die Kupfersachen im Haushalt gegen solche aus Plastik auszutauschen. »Wunderbar, dieses Plastik. So schön bunt und hygienisch! Weg mit dem alten Zeug!« Die Kupfertöpfe, die in der Küche aufgehängt waren. Die alten Möbel. Weg damit. Wir wollen Plastik – Nylon, Rayon, Moplen. Wir wollen Fabriken. Clelia ließ sich die Haare schneiden und eine Dauerwelle legen.

Als Gioia sechs Jahre alt war, wurden ihr die Mandeln entfernt, weil es sich dabei um ein Stück überflüssiges Fleisch handelte, das die Natur fälschlicherweise dem Menschen gegeben hatte, Nährboden für Mikroben und Erkältungskrankheiten. Um sie den brennenden Schmerz vergessen zu machen, die Betäubungsmaske und den Stuhl mit den Riemen zum Festschnallen, setzte sich ihre Großmutter Candida drei Tage und drei Nächte neben sie ans Bett, um ihr Geschichten zu erzählen, ohne auch nur eine Minute innezuhalten.

Trinchen, Trinchen, summt das Bienchen ...

»Noch mal!« – »Jetzt reicht's, ich bin müde.« – »Die mit den Fässern, nur die noch, bitte!« – »Na gut, aber dann gehen wir schlafen!« – »Ja, Nonna.«

Die Geschichte von Großmutter Concetta, die arm war, und von Großvater Francesco, der reich war. Die Geschichte von den Fässern voller Dukaten, die sie in der Mauer gefunden hatten. Und wie hübsch Zia Angelica gewesen war. Und der Schneider, der Kleider genäht hat, dass man hinterher den Arm nicht mehr bewegen konnte. Sie erzählte sie einmal, zweimal, dreimal. Immer die gleichen Geschichten, mit einer neuen Variante, einer winzigen Abwandlung, neuen Umschreibungen. Und jedes Mal öffnete sich für Gioia eine Tür, durch die sie für eine Weile dem Tohuwabohu im Haus entkommen konnte.

Später begann sie Geschichten auf gedrucktem Papier zu suchen. Sie hatte die Bibliothek von Onkel Mimmo für sich entdeckt, die vergessen in einem Schrank mit einer Front aus Noppenglas stand. Sie gewöhnte sich an, alles zu lesen, was ihr unter die Finger kam, von Dostojewski bis zu den Kalenderblättern von Frate Indovino, nur um das Geplapper der Frauen nicht hören zu müssen, die mit ihrem Strickzeug um Candidas Bett herumsaßen.

Wenn Gioia das Zimmer betrat, geschah es manchmal, dass sie ganz plötzlich ihr Gespräch unterbrachen. Sie bekam gerade noch ein, zwei rätselhafte Sätze mit, die sie nicht zu deuten vermochte, die aber eine Ahnung von Intrige und Geheimnis in ihr hinterließen, ähnlich wie in den Groschenromanen ihrer Großmutter. Doch im wahren Leben war die Wirkung eine ganze andere. Es dauerte eine Weile, bis sie begriff, dass diese Sätze, diese Blicke, diese Andeutungen sich auf eine einzige Person bezogen.

»Sie hat sich Stiefel gekauft, habt ihr gesehen?«

Die Scharfzüngigste von allen war ihre Mutter, die, wenn das Gespräch auf jenes Thema kam, sogar in eine andere Tonlage verfiel.

Ein fahrender Händler hatte die Nachricht von Haus

zu Haus überbracht, Stiefel bis zum Knie. »Wie abartig, ich würde so was nicht mal tragen, wenn man mich dafür bezahen würde!« – »Diese Hosen! Karohosen, wie peinlich!« – »Mein Bruder ist viel zu gutmütig, um ihr die Leviten zu lesen, ein einziges Mal hat er seinen Willen durchgesetzt, aber mit welchem Ergebnis! Schönes Gesicht, das Herz besticht – so sieht das aus! Kaum mehr auf den Rippen als eine Eidechse und keine Ahnung, wie man sich anzieht, Ärmel bis zum Ellbogen, weil der Vater nichts andres erlaubt hat, und jetzt trägt sie die Nase hoch und hat sich sogar die Haare abgeschnitten, sie ist verrückt, völlig durchgedreht, lasst sie bloß links liegen, hört nicht auf sie, sie denkt wer weiß was, wer sie ist, nur weil sie ihr eigenes Geld verdient, und in der Zwischenzeit lässt sie ihren Haushalt verkommen, habt ihr gesehen, wie lange sie ihr dreckiges Geschirr rumstehen lässt, wie selten sie ihre Wäsche wäscht, und bis sie sie aufhängt, bis sie Staub wischt … Sie weiß gar nicht, was Staubwischen eigentlich ist.«

Von der Tochter sprach sie nicht, auf die sie ihrer Meinung nach einen schlechten Einfluss ausübte.

»Und du, pass auf, dass du dich nicht schmutzig machst! Pass auf dein neues Kleid auf, ich hab's dir gerade erst angezogen! Und prompt hast du dich bekleckert – willst du mich in den Wahnsinn treiben?«

Die Frau, von der sie sprachen, war ihre Tante Clelia.

Nach ihrer Hochzeit wenige Jahre zuvor hatte sie sich von Grund auf verändert. Kaum war sie Mimmos Ehefrau geworden, hatte sie angefangen, die Nase immer höher zu tragen, bis sie das komplette Gegenteil von ihrem früheren Ich war. So schweigsam, schüchtern und unscheinbar sie gewesen war, so exzentrisch und überspannt war sie jetzt, allzeit bereit, irgendwelche Absurditäten von sich zu geben, die dem gesunden Menschenverstand zuwiderliefen, oder sich in unendlichen

Monologen zu ergießen, denen die anderen amüsiert lauschten, was sie aber nicht daran hinderte, vielsagende Blicke hinter ihrem Rücken zu tauschen. Hin und wieder setzte Candida zu einem Machtwort an, um Clelias Treiben vor den anderen zu rechtfertigen, aber ohne sich jemals wirklich ins Zeug zu legen, denn das entsprach nicht ihrem Naturell, und sofort danach ging das Geläster von Schwiegertöchtern und Tochter wieder von vorne los, wie ein Feuerfunken, der unter der Asche schwelt.

Vollkommen unbeliebt machte Clelia sich, als sie anfing, die Pille zu nehmen, weil sie meinte, neben den Zwillingen keine weiteren Kinder bekommen zu wollen, ihr Beruf würde ihr das nicht erlauben. »Die armen Blagen, ständig werden sie von einem zum nächsten gereicht, völlig sich selbst überlassen, mit ihren verschmierten Pausbäckchen! Wie kommt das eigentlich, dass die so viel essen, aber meine Kleine überhaupt nicht? Nichts rührt sie an, aber auch gar nichts ...«

Bei Zia Clelia zu Hause herrschte nicht diese einschüchternde Sauberkeit wie in den anderen Häusern. Die Glasvitrinen ohne auch nur ein einziges Staubkörnchen. Die gestärkten Häkeldeckchen. Der gewachste und gebohnerte Marmorboden mit der spiegelglatten Oberfläche. Wie die Wahnsinnigen rasten die Zwillinge den Flur hinauf und hinunter, ohne dass jemand Angst hatte, sie könnten Streifen auf dem Boden hinterlassen. Beim Essen verschmierten sie Tischdecke und Kleider, ließen Krümel auf den Boden fallen, und wenn sie ihre Teller nicht leer essen wollten, ließen sie einfach die Hälfte liegen, was allerdings so gut wie nie vorkam, weil sie ständig einen Bärenhunger hatten und sich alles in den Mund stopften, was ihnen unter die Finger kam: Putzmittel, Geldmünzen, Spielzeugteile, Schmuck ... Ihre Geburt war von einem Geheimnis umrankt, als hätte irgendein olympischer Gott damit zu tun, der in Tiergestalt auf die Erde gekommen war.

Clelia sprach von Dingen, über die andere in Gioias Anwesenheit niemals auch nur eine Silbe verloren hätten. Zu ihren größten Leidenschaften zählte ihr Bidet, das sie mindestens einmal pro Gespräch erwähnte, mit einem Funkeln in den Augen, wie es Verliebte haben. Sie erklärte Gioia seine Anwendung, indem sie sich rittlings auf einen Stuhl setzte und die Situation nachstellte, sie forderte sie sogar auf, ihre Bewegungen zu wiederholen, damit sie sicher sein könne, dass Gioia auch wirklich alles verstanden habe. Sonntags schwänzte Clelia die Messe und bestand darauf, mit ihrem Mann auf der Piazza zu flanieren. Mimmo, der alles Mögliche tat, um seine Frau zufriedenzustellen, blieb in diesem Punkt stur: Die Leute lästerten auch so schon genug … Zu Hause bot er sich sogar an, Geschirr zu spülen, nicht ohne Stoßgebete zum Himmel zu schicken, dass ihn auch niemand dabei beobachtete.

Clelia wollte Gioias Meinung zu den Kleidern wissen, die sie sich kaufte, unglaubliche Kleider, elegante Hausanzüge, Miniröcke … »Meine Beine sind doch schön, oder?« Gioia blickte sie überrascht an, aber Clelia ließ sich nicht entmutigen. Ob sie nicht auch mal ihre Sachen probieren mochte, wollte sie wissen. Gioia verneinte, dann probierte sie sie doch und musste über sich selbst lachen. Sie war gern mit ihrer Tante zusammen. In ihrer Gegenwart hatte sie das Gefühl, die Grenze zwischen der Welt der Erwachsenen und der der Kinder, der Welt der Frauen und der der Männer würde verschwimmen, bis sie in den psychedelischen Mustern ihrer Rayonblusen nicht mehr zu erkennen war.

Alba beseitigte die Spuren. Sie putzte mit einem Eifer, als wollte sie sämtliche Indizien vernichten, die auf ein grausames Verbrechen hindeuteten. Sie entfernte die Fuß- und Fingerabdrücke, trocknete Wassertropfen, wischte Staub, bis alle Oberflächen glatt und glänzend waren, jungfräulich wie die Mondkruste, die sie im Fernsehen gezeigt hatten, bevor Armstrong dort seinen Fuß aufgesetzt hatte.

Alba liebte den Mond. Als am 21. Juli 1969 die Mondlandung im Fernsehen übertragen und jener Ort gezeigt wurde, den nie zuvor ein Mensch betreten hatte, an dem es keine Schwerkraft gab und die Körper von allem Irdischen losgelöst waren, dachte sie für einen Moment, dass dies ihre wahre Heimat sei. In Gedanken bewegte sie sich dorthin, während sie die Möbel polierte, die Kacheln scheuerte, den Boden schrubbte, die Nippesfiguren abstaubte, ein schwereloser Raum, der an die Ewigkeit grenzte, an dem man ohne Migräne, ohne Schmutz, ohne Zwänge existieren konnte.

Nach einem Winter voller Verpflichtungen, dem Lesezirkel, dem Wahlkreis, dem Klub, den heißen politischen Diskussionen auf der Piazza bis spät in der Nacht und den Vorbereitungen für die Bewerbung als Schuldirektor, die ihn jeden Morgen noch vor Sonnenaufgang aus den Federn getrieben hatten, entführte Rocco Alba und Gioia für eine Woche auf Kirchenbesichtigungstour in die großen Städte im Norden. Jedes winzige Detail wurde ausführlich von ihm begutachtet, ohne dass er auch nur ein Kapitell oder ein Gewölbe vernachlässigte, um nach stundenlanger Betrachtung zu dem Schluss zu kommen, dass man mit all dem Geld wer weiß wie viele Häuser für das einfache Volk hätte bauen können.

Als sie mit dem VW nach Grottole hineinfuhren, standen die Dorfbewohner an beiden Straßenseiten Spalier, zum einen, weil die Gassen so eng waren, zum anderen, um sich das Ereignis nicht entgehen zu lassen, und sie winkten und grüßten mit freundlicher Begeisterung. Rocco erklärte stolz, dass VW die Abkürzung von »Volkswagen« sei.

Im Sommer 1968, als die Emigranten aus Amerika, aus Deutschland und aus Norditalien heimkehrten, wurde das Fest zu Ehren des heiligen Rocco mit besonderem Pomp gefeiert, inklusive eines Auftritts des Waisenkinderchors, der inbrünstig stöhnend seine falschen Klänge auf der Piazza zum Besten gab. Cataldo hatte die Initiative zu der Feier ergriffen. In einem unerhörten Affront gegenüber Donnarcangelo, der seit jeher die Festivitäten im Dorf verantwortete, stellte er zusammen mit ein paar Freunden und seinem jüngeren Bruder Francesco eine Party auf die Beine, die statt Heilige zu feiern einer skandalumwitterten heidnischen Gottheit frönte: der Jugend. Aus einem Kaff in Apulien hatten sie »Marilú und die Dynamiker« kommen lassen. Marilú präsentierte sich in einem atemberaubenden Minirock und weißen Overkneestiefeln, die ihre fülligen Schenkel besonders betonten. Den Grottolesern blieb die Spucke weg.

Sie eröffnete das Spektakel mit dem Gassenhauer *Ma tu vuliv a pizz*, den sie sieben Mal wiederholen musste. Die jungen Männer drängten sich um das Podium, stießen einander die Ellbogen in die Seite, nur um die strategisch beste Position zu erobern, aus der heraus sie die blauen Nylonunterhosen von Marilú sehen konnten. In den darauf folgenden Jahren, bis ins neue Jahrtausend hinein, sollte es keine Band mehr geben, die nicht gebeten wurde, *Ma tu vuliv a pizz* zu spielen, doch nicht eine einzige vermochte an Marilús Darbietung heranzureichen.

1969. Großer Volksaufstand. Überall Blockaden, weil der italienische Staat keine Subventionen für die Industrialisierung des Basento-Tals fließen lassen wollte. »Fabriken, gebt uns Fabriken! Wir wollen Arbeit in der Heimat, statt in die Fremde zu ziehen!« Dies sollte die letzte politische Aktion sein, an der Rocco sich beteiligte, doch das wusste er zu dem Zeitpunkt noch nicht.

Sonntags gingen die Frauen in die Messe, auch wenn sie nicht gläubig waren. Die Männer trafen sich auf der Piazza und danach im Klub. Manchmal kam es auch zu Kundgebungen. Mit drei Jahren lernte Gioia mit erhobener Faust zu sagen »Der Bärtige muss kommen …«, mit sechs ging sie mit geschwollener Nase zur Erstkommunion, nachdem sie auf selbige gefallen war, und lernte den Blattstich sticken, mit sieben umhäkelte sie ihr erstes Taschentuch mit Occhispitze und las Gramscis Kindergeschichten aus dem Gefängnis, eine Sammlung, die ihr Vater ihr geschenkt hatte. Mit acht blieb sie zusammen mit ihrer Großmutter eines Tages lange vor der Christusstatue stehen. »Nonna, ich muss dir ein Geheimnis erzählen: Ich glaube nicht an Gott.« Da haben wir die Bescherung, dachte Candida. »Was?«, erwiderte sie, »du glaubst nicht an ihn? Schau ihn dir doch an, unsren armen Herrn Jesus, wie sie ihn zugerichtet haben! Für uns hat er sich aufgeopfert!« Und sie bekreuzigte sich schnell, während sie zum x-ten Mal ein Stoßgebet zum Himmel schickte, dass ihr Freund Jesus Christus doch bitte die Probleme von ihnen abwenden solle, die sie herannahen fühlte. Doch dieses Mal war er wohl abgelenkt oder zu erschöpft gewesen, um sie zu erhören.

Zzzzzzz Zzzzzzz Zzzzzzz. Ein Krach, als käme ein Hubschrauber angeflogen. Der grüne Käfer hat einen Faden ums Bein gebunden und dreht sich im Kreis, immer im Kreis, im Kreis. »Darf ich mal?« – »Darfst du nicht, nein, darfst du nicht!« – »Wirst schon sehen, was du davon hast … Ich weiß was, was du nicht weißt!« – »Was denn?« – »Sag ich nicht!«

Frühling. Die Kinder haben ein Massaker angerichtet. Sie haben die Vogelnester unter den Regenrinnen herausgerissen. Die nackten Schwälbchen mit den riesigen gelben Schnäbeln. »Heute Abend braten wir sie in Öl.« – »Nein, ich will sie nicht essen! Sie sind doch noch so klein, sie weinen bestimmt.« – »Hör schon auf!

Dumme Liese!« – »Nein, ich will nicht, ich will nicht!« – »Wenn du sie nicht essen willst, dann lass es eben.«

Gioia weinte den ganzen Tag. Ein herzzerreißendes Schluchzen, das ihren ganzen Körper erbeben ließ. Eine Lawine an Kummer. Am Abend verbreitete sich der Geruch nach frittierten Vögelchen im Haus, in jedes Zimmer drang er ein, auch in das, in dem Gioia mit ihrer sprechenden Puppe im Arm saß, die sie ihr nach der Mandel-OP geschenkt hatten. Ein unheilvoller Geruch, verführerisch, unwiderstehlich. Sie sind doch noch so klein, sie weinen bestimmt! »Ich will auch mal probieren.« Am Ende aß sie fast alle ganz allein auf, in einem Anfall von Heißhunger und in Tränen aufgelöst.

Neunzehntes Kapitel

Im Alter von neun Jahren entdeckte Gioia, dass das Gelobte Land existierte, und es befand sich nicht, wie in der Bibel geschrieben, an der Quelle von Euphrat und Tigris, sondern weniger als hundert Kilometer von dem Ort entfernt, an dem sie geboren war, nämlich an der apulischen Küste.

Nachdem Rocco seine Bewerbung als Schuldirektor jahrelang hinausgeschoben hatte, weil seine politischen Aktivitäten ihn zu sehr in Beschlag nahmen, hatte er irgendwann tatsächlich doch noch ein Stellenangebot bekommen. Unter den möglichen Alternativen war seine Wahl auf Monopoli gefallen, den Ort, an dem Alba ins Pensionat gegangen war und an dem ein Teil von Colinos Sippe immer noch lebte, ein etwas fragwürdiger Zweig der Familie mit einem Haufen Töchter, die alle die Namen von Königinnen trugen und zusammen mit ihren Ehemännern innerhalb kürzester Zeit das mühevoll von Minguccio u Mercial zusammengetragene Vermögen auf den Kopf gehauen hatten. Die wenigen Besuche der Verwandten untereinander hatten lediglich zu einer Menge neuer Anekdoten und beidseitiger Nachahmungsversuche geführt, die das mit den Jahren immer größer gewordene Chaos an den Oster- und Weihnachtsfeiertagen, wenn der ganze Clan in Grottole zusammenkam, verstärkt hatten. Nach den anfänglichen Anstandsbesuchen war der Kontakt schließlich eingestellt worden, und doch waren sie so allgegenwärtig, dass man hätte meinen können, sie lebten im Nachbardorf.

In Monopoli ließen die Olivenbäume nicht an Skelette denken, waren die Äste keine gichtigen Ärmchen und brannte die Sonne nicht aufs Land hinunter, litten die Felder keinen Durst. In Monopoli war das Meer, die Klippen, der Strand. Die Frauen trugen bunte Kleider. In Monopoli gab es sogar eine Eisenbahnlinie.

»Und morgen fahren wir wieder zurück?« Mit offenem Mund stand sie am Bahnübergang, hinter der Schranke. »Du benimmst dich anständig, dann sehen wir weiter.« In dem neuen Haus gibt es einen Aufzug. Einmal fährt Gioia hoch bis in den vierten Stock, dann geht sie zu Fuß wieder hinunter. Ihre zehn Lire hat sie längst ausgegeben.

Rocco ging nicht mehr auf die Piazza, um mit den anderen Männern über Politik zu reden, weniger denn je frönte er seiner alten Leidenschaft. Die Politik war für ihn zu einem fernen Echo geworden, ein Gesprächsthema unter vielen in den Salons der besseren Gesellschaft, Mittel zum Zweck, um Ausflüge, Urlaube, Abendessen interessanter zu gestalten, eine jener guten Absichten, die den Weg zur Hölle pflastern, ertränkt in der Bequemlichkeit des Wohlstands. Nur nachts schreckte er hin und wieder noch mit bestimmten Gedanken aus dem Schlaf, die tagsüber wieder verschwanden, ohne die geringste Spur zu hinterlassen.

Mit anderen Paaren ihres Alters gingen Rocco und Alba häufig zusammen aus. Es gab Mittagessen, Abendessen, Empfänge, bei denen Kanapees und Blätterteigpasteten aus dem Gran Caffè serviert wurden. Wenn es ums Bezahlen ging, wollte jeder der Erste sein, manchmal gab es regelrecht Streit deswegen, bis hin zu Handgreiflichkeiten. Sie fuhren nach Bari, um Kleidung und Schuhe einzukaufen. Im Sommer ging es ans Meer und im Winter ins Kino: *Sie nannten ihn Plattfuß, Des Lebens Herrlichkeit, Amarcord …* »Was bedeutet eigentlich ›Amarcord‹, weißt du das?« Sie vergnügten sich und schämten sich dessen, als wären sie Verbrecher, weil sie immer gedacht hatten, das Vergnügen wäre nur einer bestimmten Altersstufe vorbehalten, in der Phase zwischen Jugendlich- und Erwachsensein, wenn der Mann eine Frau und die Frau einen Mann sucht.

Alba beäugte all dies zunächst voller Misstrauen; wann immer ihr etwas zum ersten Mal vorgeschlagen wurde, verweigerte sie sich dem Neuen, um am Ende einen fast kindlichen Enthusiasmus an den Tag zu legen. Sie lernte neue Rezepte kennen – wie viele es davon gab! Meeresfrüchtesalat. Sprossengemüse. Spaghetti mit Tomaten-, Schinken-, Pilzsauce. »Hast du auch Kapern reingetan?« In den Sommernächten wurde in den Wochenendhäusern ihrer neuen Freunde getanzt. Erst der tragbare Plattenspieler, dann Professor Cavallo, der die Mandoline spielte, und Paare, die sich eng umschlungen im Tangoschritt wiegten: »Changez la dame …« Die Olivenbäume vor den Fenstern hatten so dicke Stämme, dass ein Mann sie nicht mit beiden Armen hätte umfassen können, und auf den in üppiger Pracht stehenden Getreidefeldern zirpten die Grillen. Die Kirschen, die in kleinen Bastschachteln als Geschenk überreicht wurden, hingen dicht wie Vogelbeeren. Mandeln, Kapern, saftige Feigen in allen möglichen Behältern und Gefäßen wurden überreicht. »Orangenschokopralinés – probiert mal, so etwas Köstliches!« – »Eine Patientin meines Mannes hat mir das Rezept gegeben, die Frau des Inspektors, eine nette Frau …« Alba ging auch alleine aus oder zusammen mit ihren Freundinnen.

An einem Regennachmittag hatte Alba sich aufgemacht, Gioia von der Klavierstunde abzuholen, eine Pflichtübung, die sie alle beide zur Verzweiflung brachte: Gioia, weil sie den Klavierunterricht verabscheute, Alba, weil sie um jeden Preis wollte, dass ihre Tochter dort hinging. Zum Ausgleich, da Gioia sich hatte überreden lassen, einen weiteren Monat Klavierstunden zu nehmen, führte sie sie ins Kino aus, in einen Film, bei dem sie zunächst Bedenken gehabt hatte, da er nicht wirklich für Gioias Altersstufe geeignet war, doch die Tochter hatte darauf bestanden und die Mutter keinen weiteren Streit riskieren wollen, eine Liebesgeschichte ohne Happy End, zwei Fabrikarbeiter, mit Giuliano Gemma und der Sandrelli ... Alba hatte sich telefonisch an der Kinokasse erkundigt, ob es auch keine anstößigen Szenen gebe, denn mittlerweile konnte man sich ja bei nichts mehr sicher sein; erst vor Kurzem waren sie und ihr Mann in einen Film mit dem romantischen Titel *Der letzte Tango in Paris* gegangen, lauter enttäuschte Erwartungen. Sie waren schon nach den ersten Minuten aus dem Kino geflüchtet, die Augen zu Boden gesenkt, weil sie nicht wussten, wo sie hinschauen sollten. »Musste das wirklich sein? – frage ich mich ...«

Vor lauter Hektik wegen des plötzlich einsetzenden Regens wäre Alba beinah mit einer eleganten Dame zusammengestoßen, die einen Pelzmantel trug. In jenen Gefilden war der Winter ein Mythos und Pelzmäntel eine Art Zwang, denn wer auf sich hielt, trug nun einmal Pelz. Alba riss die Augen weit auf und fuhr zusammen, als hätte sie ein Gespenst gesehen. Einander anstarrend, verharrten sie und die Dame in einem schier unendlichen Schweigen. Dann riefen sie beide gleichzeitig aus: »Du bist doch ...?«

Sie lächelten sich an. Peinlich berührt. Wieder Stille, als wüssten sie nicht, was sie sagen sollten. »Das ist meine Tochter«, sagte Alba dann und schubste Gioia ein Stückchen vor. »Freut mich, ich bin Gioia«, erwiderte die Dame. »Und du, wie viele hast du?«, fragte Alba. »Ich habe zwei, einen Jungen und ein Mädchen, aber sie sind älter.«

»Damals, in dieser Nacht ...«, hob Alba an, doch sie beendete ihren Satz nicht. »Ja?«, fragte die andere, doch Alba hatte schon beschlossen, nichts weiter zu sagen.

Ein älterer Herr kam auf sie zu. »Mein Mann.« – »Freut mich.« – »Sehr angenehm.« – »Eine alte Freundin. Also, wir sehen uns … Und das nächste Mal lassen wir nicht so viel Zeit verstreichen, ja? Mit der ganzen Familie …« Im Gehen hinterließ sie eine Parfumwolke.

Zwischen den weißgekälkten Häusern mit den runden maurischen Kuppeln unweit der Küste hatte Gioia bald aufgehört, das schreckliche kleine Mädchen zu sein, das sie in Grottole gewesen war. Nach der vierten Operation hinkte sie fast gar nicht mehr, sie schaukelte leise wie ein Boot, wiegte sich in den Hüften, mittlerweile war es nur noch eine Eigenheit ihres Ganges, und sie kräftigte ihre Muskeln mit Krankengymnastik. Der Professor tätschelte ihren jugendlichen Körper, wenn er ihr erklärte, welche Übungen sie zu machen habe. Ihre Brüste waren gesprossen, ein schöner, runder, fester Busen, und sie betrachtete sich lange jeden Sonntagmorgen in dem vom Wasserdampf halb eingenebelten Badezimmerspiegel.

Rocco und Alba hegten für ihre Tochter persönliche und unausgesprochene Wünsche, die nicht miteinander übereinstimmten. Er sah sie an der Universität, als Dozentin, in Paris, wenn er gerade in bourgeoiser Stimmung war, ein Wunsch, der allein durch den Erwerb einer Single mit einem Französischkurs entstanden war: »Le premier jour d'école est toujours une aventure …« Alba hingegen hätte sie liebend gern eines Tages auf der Bühne gesehen, im Abendkleid, am Flügel, doch Gioia wollte nichts davon wissen, die ganze Zeit irgendwo herumzusitzen und mit Lernen zu vertrödeln. Alba tröstete sich mit dem Gedanken, dass ihr das widerfahren würde, was ihr selbst passiert war und was ja auch durchaus seine Richtigkeit hatte: die Ehe. Und Kinder. So war es ihrer Mutter und ihrer Großmutter ergangen, und so würde es auch ihrer Tochter ergehen.

Bis zu einem gewissen Punkt versuchte Gioia sich ihren Wünschen anzupassen, so wie früher ihre Eltern in die Kleider des Dorfschneiders hineingewachsen waren. Doch jede Woche trumpfte sie mit einem anderen neuen Namen für sich auf, weil ihr eigener ihr nicht mehr gefiel, sie misstraute weiterhin den Suppen ihrer Mutter und legte in die Worte ihres Vaters ein Urvertrauen hinein, an dem es nichts zu rütteln gab. Noch nichts.

An manchen Tagen wirkte Rocco, als wäre er mit seinen Gedanken ganz woanders. Er dachte an seine Mutter, Lucrezia. An Weihnachten konnte er sie überreden, zu ihnen zu kommen. In gewisser Weise zwang er sie dazu, denn aus freien Stücken tat sie keinen Schritt aus Grottole hinaus. An einem wolkenverhangenen Nachmittag ging er sie holen, platzte ohne Ankündigung bei ihr hinein, steckte ihr einziges Wechselkleid in eine Tasche, verschloss die verglaste Eingangstür und brachte sie fort von ihren ewigen Reibereien mit den Nachbarn und den Schelmenstreichen der Kinder, fest gewillt, ihr das Glück zu schenken, das ihr von Rechts wegen zustand. Sie richteten ihr ein Lager im Arbeitszimmer ein. Lucrezia verbrachte den ganzen Tag auf einem Stuhl sitzend, unbeweglich, den Rücken zum Fenster gekehrt, von dem aus man das Meer sehen konnte. Mit ihrem braunen Schal, den sie eng um die Schultern gezogen hatte, und den höckerigen Schuhspitzen, die unter dem schwarzen Kleid hervorlugten, sah sie aus wie ein entwurzelter Baum.

Gioia gräbt die Hände in das Loch, das sie auf der Wiese beim Strand ausgehoben hat. Sie und ihre Busenfreundinnen Porzia und Madia haben prachtvolle übelriechende Blumenzwiebeln gepflanzt und tränken sie mit Meerwasser. Wenn sie eingehen, bleibt keine Zeit, traurig zu sein. Sie haben einen Pakt geschlossen: Sobald sie verheiratet sind, werden sie alle zusammen in den verlassenen Gutshof ziehen. Gioia hat ihre erste Liebe schon kennengelernt. Einen blonden Jüngling mit sanften Augen und einem Morini-Moped, der ein ganzes Jahr – vergeblich – versucht hat ihr zu sagen, dass er sie küssen möchte.

Er zieht sie an sich. Sie tanzen langsam auf eine Melodie aus dem *Paten*. Er flüstert ihr ins Ohr, dass er ihr etwas sagen will. Er scheint an dem Punkt angelangt, sich von einem Trampolin hinunterstürzen zu wollen. Ihrer beider Haut ist so erhitzt, dass der Wäschegeruch seines weißen Baumwollhemds und der puderige Duft ihres Cremeparfums in der Luft verdunsten. »Was wolltest du mir sagen?« Die einzige Antwort ist sein Atem. Schauer rieseln ihr von der Ohrmuschel bis zum Steißbein hinab, wiegen sie in dem Glauben, dass das Glück ewig währe. Er zieht sie fester an sich. »Ich habe nicht die leiseste Ahnung, was du mir sagen willst.« Die Stimme wird immer leiser. »Warum sagst du es mir nicht am Telefon?« Es hat ihr Spaß gemacht, ihn auf die Folter zu spannen.

Sie hat übertrieben: Zu diesem Kuss sollte es niemals mehr kommen.

Mit dem Köpfchen
rein ins Töpfchen
ward mein Mäuschen
leck'res Schmäuschen.

Zwanzigstes Kapitel

Am 16. März 1978 verbreitete sich wie ein Lauffeuer die Nachricht, dass Aldo Moro entführt worden sei. Gioia befand sich gerade auf den Stufen des Gymnasiums E. Duni in Matera, während der großen Pause. Sie bat den Überbringer der Nachricht, seine Worte zu wiederholen, weil sie ihren Ohren nicht traute. Auch die anderen hielten es für einen Scherz, was es jedoch nicht war. Als hätten sich plötzlich die Regeln verändert, ohne dass irgendjemand dies angeordnet hätte, ja als gäbe es überhaupt keine Regeln mehr und alles Mögliche wäre mit einem Mal denkbar geworden, wurde Gioia von einer düsteren Euphorie ergriffen. Verwirrung und ein Gefühl der Macht überkamen sie. Sie lachte, während die Schulglocke klingelte, um das Ende der Pause anzukündigen. Notgedrungen kehrte sie in ihre Klasse zurück, doch nicht für lange, da sie wenig später von der Schuldienerin herausgerufen wurde.

»Wie? Wann? Aber wo? Wer hat das gesagt?«

»Oh, mein Freund, mein guter Freund, mein Freuuuuuund!«

Im Wohnzimmer, dessen Fensterbögen mit Blumen geschmückt waren, lag der Leichnam von Colino. Seit den frühen Morgenstunden gaben sich die Dorfbewohner die Klinke in die Hand, um sich von ihm zu verabschieden, und die Frauen rauften sich die Haare und erzählten Geschichten aus seinem Leben, während sie sich mit den Fäusten auf die Brust trommelten.

»Oh, mein Freund, mein guter Freund, so ein braver Mann, so ein guter Mann, was hast du nicht alles für mich getan, oh, mein Freund! Damals, in diesem verfluchten Jahr, als noch im Mai der Frost kam, bin ich in deinen Laden und hab nach Erbsen und Mehl gefragt, keine Lira hatt ich mehr in der Tasche, und du hast mir die Sachen gegeben und kein Wort gesagt, nichts hast du gesagt, Cumba Colí, und dann hab ich gesagt, ›Cumba Colí, meine Lucietta, die ist jetzt so weit, die braucht eine Aussteuer, soll ja keine alte Jungfer werden, das arme Ding‹, und du hast gesagt, Cumba Colí, ›ist schon gut, hast du gesagt, sei still, kein Wort will ich mehr hören, komm, komm, ist gut jetzt, geh mal aus dem Weg‹, und dann hast du meterweise Stoff abgeschnitten, für das Laken, für die Bezüge, ›hier, nimm schon und hau ab, pack's ein und hau ab, kein Wort will ich mehr hören ...‹ So gut warst du, Cumba Colí, so gut! Drei Söhne hat sie schon gehabt, meine Lucietta, als wir unsere Schulden endlich bezahlen konnten, drei Söhne, Gott preise sie, so was vergisst man nicht, nein, so was vergisst niemand, ach, der Herrgott hat unrecht getan, warum hat er dich genommen und nicht jemand anderen, jemand anderen hätte er nehmen sollen, aber doch nicht dich, so ein guter Mann, so ein braver Mann, heiligsprechen sollte man dich, hundertmal heilig, so viel hast du für uns getan, Cumba Colí, so viel für uns alle ...«

»Oh, mein Freund, mein Freund, so stark warst du, eine Eiche, eine gute, treue Eiche ...«

Apathisch saß Candida auf einem Stuhl, als wäre sämtliches Leben aus ihr gewichen. Plötzlich, wie von übermenschlichen Kräften beflügelt, trat sie auf den Sarg zu.

»Oh, Colí, die Puppe, die Puppe, die du mir geschenkt hast! Die Puppe ist noch da, und du verlässt mich, Colí ...«

Die Tagelöhner kamen von den Feldern angelaufen, um zu erzählen, wie er ihnen Pasta auf Kredit verkaufte, und die Kleinbauern kamen, die ihren Dünger von ihm bezogen hatten, den sie aber erst dann zahlen mussten, als die Ernte unter Dach und Fach war. Die Frauen kamen, die ihm ihre Eier verkauften, und diejenigen, die für ihn Himbeeren und Seifenwurzel putzten. Jeder hatte etwas zu berichten, bis in die Kriegszeiten zurück reichten die Geschichten, als Colino auf dem Schwarzmarkt ein reicher Mann hätte werden können, wie so viele es wurden, doch er wollte davon nichts wissen, sondern verscherbelte immer wieder Korn oder Ricotta unter der Ladentheke, womit er viele von ihnen vor dem Hungertod bewahrte.

»Oh, mein Freund, oh, mein guter Freund!«

Lucrezia kam und schlug sich auf die Brust und brach in Wehgeschrei aus: »Warum bin ich nicht für dich gestorben, Colí, ich hätte sterben solln, Colí, nicht du, mich will sowieso keiner haben, alle wärn sie froh gewesen ...«

Nicht einen Bewohner in ganz Grottole gab es, der Colino nicht die letzte Ehre erwiesen hätte. In den darauf folgenden Wochen, Monaten, ja, sogar Jahren klopften immer wieder Bauern an Candidas Haustür, die ihre Schulden begleichen wollten, auch wenn sie es genauso gut hätten bleiben lassen können, denn Colino hatte zwar seine Bücher geführt, aber so, dass nur er den Durchblick hatte.

In einer Ecke saß Gioia, vollkommen verblüfft, und beobachtete die Klageweiber. Sie war schon eine ganze

Weile nicht in Grottole gewesen, da sie nach dem Umzug keinen Fuß mehr dorthin hatte setzen wollen.

Zwei Jahre zuvor waren sie von Monopoli nach Matera umgezogen.

Rocco hatte sich in den Ruhestand versetzen lassen, um mehr Zeit für Lucrezia zu haben, die alt und hinfällig geworden war, aber sich nicht von ihrem Zuhause wegbewegen wollte.

Gioia wäre lieber gestorben, als Monopoli zu verlassen, die Wohnung im vierten Stock des Lehrerhauses, die Balkone mit Blick auf den Orangenhain, das nahe Meer, die Freundinnen, die Freunde, die Wellen, die den Strand im Winter voller Muscheln zurückließen. Auch Alba wollte nicht fort. Rocco hatte am Ende gesagt, wenn die Dinge so stünden, würde er eben alleine gehen.

1974 beim Referendum zur Abschaffung der Ehescheidung hatte Alba mit Nein gestimmt, die Neinstimmen hatten überwogen, und die Scheidung war rechtskräftig geblieben, doch sie hätte niemals diese Schmach ertragen. Das war etwas für Frauen, die weit weg wohnten, in den großen, kalten Städten im Norden, unglückliche Frauen, die von brutalen Alkoholikermännern misshandelt wurden. Ihr Mann hätte nie im Traum daran gedacht, sie zu schlagen. Sie folgte ihm.

Gioia hatte so lange geweint, bis sie keine Tränen mehr übrig hatte: um ihre noch nicht gelebte Liebe, das Ende der Sommerausflüge auf den Vespas der Freunde, den verlassenen Gutshof, auf dem sie nun niemals mehr als erwachsene Frau wohnen würde, und um den Verrat ihres Vaters. Rocco hoffte lange, dass sie sich von diesem Schlag erholen würde, so wie sie sich als kleines Kind vom Schnupfen, von der Grippe und von irgendwelchen Launen erholt hatte. Um sie zu trösten oder vielmehr abzulenken, wie er es früher getan hatte, war ihm nichts Besseres eingefallen, als ihr ein Buch zu schenken, *Schweine mit Flügeln*, einen Tagebuchroman mit viel Sex und Politik, von dem bei Erscheinen alle Zeitungen berichtet hatten und der sich verkaufte wie geschnittenes Brot. Er begann folgendermaßen: »Pimmel Pammel Rimmel Rammel. Öse Möse Strubbelvotze.« Für einen Moment, fast ohne es zu wollen, hatte sie lachen müssen, doch dann verwandelte es sich in einen der Steine, mit denen sie ihn bewarf.

»Oh, Colí, die Puppe, die Puppe, die du mir geschenkt hast ...«

Gioia sah in den Augen ihrer Großmutter eine Leidenschaft aufglühen wie bei einer Sechzehnjährigen, eine sinnliche Leidenschaft für diesen Mann, der für immer von ihr gegangen war. Auch Luigino la Ciminiera kam vorbei, und sie befürchtete schon, er wollte sie um ein Küsschen bitten, so wie damals, als sie ein kleines Mädchen war.

Auch Clelia stand an Colinos Sarg. Gioia legte ihr den Kopf auf die Schulter.

Als der Sarg zur Erde gelassen wurde, war nichts mehr so wie zuvor.

Cataldo, Dino, der Einzige, der keine höhere Schule besucht hatte, war derjenige, der den Laden erbte und anfangs unsagbar erfolgreich war. Er räumte gründlich mit dem Gerümpel seines Vaters auf. Ganz allmählich begann er die Artikel abzuschaffen, die ihm überflüssig erschienen. Seife, Pasta, wer brauchte so was schon? Zwei, drei Lire konnte man vielleicht damit verdienen, aber das machte den Kohl ja nun auch nicht fett. Einen Tante-Emma-Laden halten wie früher, das konnte sich niemand mehr erlauben. Er nahm den Dünger aus dem Sortiment, das Getreide, die Oliven. »Mama, was denkst du, wer ich bin, eine Bank?« Er vergab keine Kredite. Langsam, schleichend blieben die Leute seinem Geschäft fern.

Anfang der Achtzigerjahre waren die Töchter Cataldos mit einer Eleganz gekleidet, wie man sie kein weiteres Mal im ganzen Dorf gesehen hatte. Markenkleidung, die sie in Bari oder Rom oder Mailand einkaufen gingen, das Firmenlogo deutlich erkennbar, als trügen sie die Sachen auf links. Armani, Missoni, Krizia und die Namen anderer Designer, die sie besser zu kennen schienen als die ihrer engsten Verwandten. Weiter unten im Dorf wurde ein Supermarkt eröffnet. Dort konnte man alles Mögliche kaufen wie früher in Colinos Laden, doch die Waren lagen ordentlich in den Regalen aus, und anschreiben lassen durfte man auch nicht mehr. Cataldo und seine Frau verbrachten ihre Tage damit, sich in ihrem menschenleeren Geschäft Frischluft zuzufächeln und Kreuzworträtsel zu lösen. Fett wie Seehunde. Auch die treuesten Seelen ließen sich irgendwann nicht mehr blicken. Aussteuerartikel wurden praktisch keine mehr gekauft. Und außerdem hatte fast jeder ein Auto. Man konnte schnell einmal nach Matera, nach Bari fahren. Die Eleganz der Töchter blieb unbenommen, im Gegenteil, sie steigerte sich noch, und der Kühlschrank quoll über, während die Schulden auf der Bank anwuchsen und immer mehr Hypotheken auf das Haus aufgenommen wurden. Die Kleider nach dem letzten Schrei riefen den Neid und das Gerede der Wenigen hervor, die im Dorf geblieben waren, doch auch dies genügte nicht, um den Tagen einen Sinn zu verleihen.

Die Jüngste, Isabella, stand jeden Morgen später auf, um die Zeit totzuschlagen, und irgendwann stand sie gar nicht mehr auf. Concetta, die Älteste, genannt Tina, machte sich auf die Suche nach einem besseren Laufsteg für ihre Kleider. Auf ihren zu hohen Absätzen stolpernd, trieb sie sich im Mailand der Bars und Nachtklubs herum, und es dauerte nicht lange, und sie steckte, ohne recht zu begreifen, warum, mitten drin in einer Kokainaffäre, die ihre Familie eine hübsche Stange Geld für den Anwalt kostete. So hatte auch sie ihren Anteil an dem Konkurs des Geschäfts.

Cataldo landete schließlich als Portier in dem Mietshaus seines Bruders, in Ancona, und sein finanzieller Ruin wurde zur Rettung für die ganze Familie. Isabella musste morgens früh aufstehen, um zur Arbeit zu gehen, Tina fügte sich ihrem Schicksal und heiratete einen Nachbarn, der ihr lange vergeblich den Hof gemacht hatte und sich als ein wunderbarer Ehemann herausstellte. Cataldo und seine Frau entgingen der Cholesterinfalle, in der sie unter anderen Umständen zweifellos umgekommen wären.

Nach Colinos Beerdigung sonderten Gioia und Clelia sich von den Trauergästen ab und verzogen sich auf die andere Seite der Stadtmauer. Jenseits der steinernen Balustrade über dem Basento-Tal ging gerade die Sonne unter. Die Bohrtürme der Anic rissen Löcher in die aufgeplusterten rötlichen und lilafarbenen Wolken. Sie liefen, als wären sie nicht Tante und Nichte, sondern zwei Grundschulkameradinnen, Hand in Hand. Clelia hatte ihre psychedelischen Blusen gegen irgendwelche modischen Fummel aus den US-Shops von Rom ausgetauscht, wohin sie und ihre Familie übersiedelt waren. Alle drehten sie die Köpfe, um ihnen neugierige Blicke hinterherzuwerfen, doch sie bemerkten es nicht einmal. Sie sprachen lange miteinander, über unendlich viele Dinge, darunter einige, die ihnen nie zuvor in den Sinn gekommen waren und die sie aus reiner Lust, sie einander anzuvertrauen, in dem Moment erfanden. Gioia sagte, dass sie einen einzigen Wunsch hege: Matera den Rücken zu kehren. Clelia sprach von erogenen Zonen, von Ichbewusstsein und der exakten Lokalisierung der Klitoris. Gioia nickte, als hätte sie es immer schon gewusst. Als sie zurückkamen, hatten sich die anderen bereits Sorgen gemacht und nach ihnen gesucht.

An diesem Abend aßen sie alle zusammen im Stehen in der Küche. Sie nahmen die Capocolli von den Haken unter der Decke. Es war das letzte Mal, dass dies geschah. Ganz allmählich leerte sich das Haus.

Die Söhne, die Schwiegertöchter, die Enkel füllten nicht mehr die Zimmer – die Männer im Salon, wo sie über Politik sprachen, die Frauen im Schlafzimmer, wo sie sich in Lästereien ergingen, die Kinder überall und nirgends, wo sie einander hinterherliefen.

Candida irrte allein in den verlassenen Räumen umher, verfluchte die hohen Gewölbedecken, die die ganze Wärme der kürzlich erst installierten Heizkörper schluckten, und flehte vergebens den Allmächtigen an, sie zu sich zu holen. Bei den immer selteneren Besuchen ihrer Söhne, sonntags oder an Feiertagen, verteilte sie keine Pastapakete mehr, Stoffreste, Banknoten oder Ratschläge. Jetzt, da an ihrer Seite kein Mann mehr war, obgleich sie in seiner Anwesenheit stets den Ton angegeben hatte, zählte sie nichts mehr. Das Einzige, was sie sich bewahrt hatte, war ihre Frechheit. Noch immer reagierte sie auf die Unduldsamkeiten des Lebens mit Witz und Geist, sogar als ihr nichts weiter geblieben war. Alba hatte ihren Platz eingenommen, wenn auch unfreiwillig, wie in einem Rudel, in dem die Gesetze sich nicht um den Willen des Individuums scheren.

Als alles vorbei war, das Händeschütteln und die stummen Umarmungen, kehrten Rocco, Alba und Gioia in ihren Zementbunker zurück.

So nannte Gioia heimlich das Haus, in das sie auf Albas Wunsch hin eingezogen waren. Ein Einfamilienhaus, umgeben von einem Stück Land, das früher Garten gewesen, von Alba aber wegen des ins Haus eindringenden Staubs zubetoniert worden war.

In jenem Juni war sie fast verrückt geworden vor Staub, der sich auf sämtliche Möbel setzte und sie mit einer unheilvollen Patina belegte, selbst literweise Glasreiniger waren dagegen machtlos geblieben.

Zurück aus Grottole, ging Rocco direkt ins Bett, während Alba und Gioia in der Küche sitzen blieben. An diesem Abend versuchte Alba ein Gespräch anzufangen, seit Langem einmal wieder. Gioia hatte keinerlei Ähnlichkeit mit ihr, aber auf Fotos schienen sie von der gleichen Aura umgeben. Jeder sah sofort, dass es sich um Mutter und Tochter handelte.

»Was wollte deine Tante?« – »Was soll sie schon gewollt haben?« – »Diese …« – »Was?« – »Ach, nichts. Als kleines Mädchen wolltest du Ballerina werden, weißt du noch?« – »Nein.« – »Du wolltest unbedingt ein Tutu haben …« – »Das interessiert mich nicht mehr.« – »Die Zwillinge …« – »Was?« – »Sie haben den gleichen Leberfleck wie Zio Vincenzo – sag bloß, das ist dir nicht aufgefallen.« – »Nun hör schon auf, lass mich damit bloß in Ruhe.«

Wenn Rocco in den Raum kam, herrschte stets betretenes Schweigen.

Politik wurde keine mehr gemacht. Nur noch darüber geredet, bei den endlosen Spaziergängen die Piazza hinauf und hinunter, die Hände hinterm Rücken verschränkt, zusammen mit den Schwägern, sonntags, wenn sie nach Grottole fuhren. Stundenlange Diskussionen über das, was hätte sein sollen. Immer im Clinch mit Mimmo, die wenigen Male, die sie einander begegneten, denn mit seinem Umzug nach Rom war Mimmo aus der Kommunistischen Partei ausgetreten, um sich bei den Sozialisten einzuschreiben, die mittlerweile von einem dynamischen und aggressiven Jungpolitiker angeführt wurden: Bettino Craxi. Dabei war Mimmo nach den Ereignissen in Ungarn 1956 in der Partei geblieben und hatte auch ihn zum Bleiben überreden wollen, weil er meinte, in schwierigen Momenten wie diesem müsse man Vertrauen und Beständigkeit an den Tag legen.

Jetzt führte er seltsame und hochgestochene Reden, in denen das Wort »modern« immer dann auftauchte, wenn etwas nicht ganz koscher war, und sosehr Rocco sich auch bemühte, Mimmos Argumente von allen Seiten zu betrachten, hatte er doch für ihn den Ruch eines Wendehalses.

Seit sie nach Matera gezogen waren, schienen die Jahre viel schneller ins Land zu gehen, und Rocco hatte immer öfter das Gefühl, als würde die Zeit ihn überrollen. Anfangs hatte er sich gar nicht wohl dabei gefühlt, so wie jemand, der zum ersten Mal eine Falte oder ein weißes Haar an sich entdeckt, aber dann hatte er sich allmählich daran gewöhnt und sich mit dem Gedanken ans Altern angefreundet, ohne mehr innerlich aufzubegehren. Seine Begeisterungsfähigkeit, die ihm immer wieder im Leben beigestanden hatte, verließ ihn. Nichts schien ihm mehr der Mühe wert zu sein.

Er wurde jähzornig. Explodierte wegen der geringsten Kleinigkeit, zum Erstaunen derer, die ihn als besonnen und gemäßigt kennengelernt hatten. Mit den Jahren wurde er immer cholerischer, bis niemand sich mehr darüber wunderte.

Eines Nachmittags kam er von einem Besuch bei Lucrezia aus Grottole zurück, wie er es dreimal die Woche tat, und auch an diesem Tag hatten sie wieder zwei Stunden in absolutem Schweigen miteinander verbracht. Ohne recht zu wissen, warum, machte er einen Umweg über La Martella, eines jener Dörfer, die nach der Bodenreform in den Fünfzigerjahren auf dem Reißbrett entstanden waren. Plötzlich erinnerte er sich wieder an seine Zufriedenheit von damals. Die Piazza in Feststimmung, die heimkehrenden Tagelöhner, der Ball in Mimmos Haus, bei dem er seiner künftigen Frau begegnet war. Nun waren nur noch wenige Häuser bewohnt. Die Straßen waren verwaist, so wie in den Gespensterstädten im Wilden Westen. Die vom Architekten Quaroni entworfenen Laubengänge hatten Nässeflecken, und in den Höfen, die für gemeinschaftliche Aktivitäten gedacht waren, wucherte büschelweise Unkraut. Ein Nieselregen hatte eingesetzt. Rocco merkte plötzlich, dass er keine Lust hatte, an diesem Tag nach Hause zurückzukehren. Und auch nicht am nächsten Tag und am übernächsten. Er wollte gar nicht mehr irgendwohin zurückkehren. Wollte sich am liebsten in der stillen Landschaft verlieren, zwischen den Hügeln.

Er ließ seinen Käfer noch ein weiteres Stück geradeaus fahren, suhlte sich in diesem Gedanken und ließ seine Blicke in dem zarten Grün der Felder umherschweifen. Doch als er schließlich einen Notparkplatz vor sich sah, wendete er seinen Wagen und drehte um, aber es war, als wäre ein Teil von ihm, vielleicht der beste, auf jeden Fall der lebendigste, dort geblieben und streifte weiterhin durch die verlassenen Gassen von La Martella, im Nieselregen, in der immer wieder enttäuschten Hoffnung, jemanden zu treffen, einen heimkehrenden Bewohner eines dieser Häuser, der stehen bleiben würde, um ein Gespräch mit ihm anzufangen und ihm ganz im Vertrauen zu gestehen, dass er glücklich sei.

Nach einer Zeit der Tränen und unendlicher Stunden im Bett erwachte Gioia eines Morgens und war wie verwandelt. Sie hatte das Foto zerrissen, das sie mit den Freunden aus Monopoli zeigte – Giovanni, Francesco, Porzia und Madia, eine Art Fotomontage mit verschobener Perspektive: die Freunde schienen in ihrem Handteller zu stehen – und das sie an einem sonnigen Morgen am Hafen hatten machen lassen. Sie hatte aufgehört, sich die Haare einzudrehen, um ihre Locken zu bändigen, und die von ihrer Mutter sorgfältig gebügelten weißen Blusen und die blauen Helanca-Rollis zum Umhängen angewidert weggeräumt. Sie hatte ihre Collegeschuhe im Schrank einstauben lassen, das Erdbeerlipgloss in den Mülleimer geworfen und ihre einstigen Träume verleugnet.

Eine Zeit lang verbrachte sie ihre Tage so wie in ihrer Kindheit, blätterte in den Büchern, die sie in den Umzugskartons ihres Vaters gefunden hatte, lauter unerwartete, wundersame Funde aus einer Zeit, an die sich niemand mehr erinnerte. Trotzki, Engels, Gramsci. Sie bekam Kopfschmerzen davon. Hin und wieder blieb sie an einem Satz hängen, der ihr gefiel, und übertrug ihn in Druckbuchstaben in ihr Schultagebuch mit den Jacovitti-Comics.

Sie stieß eher auf Fragen als auf Antworten. Und auf eine Gewissheit: Ihr Vater hatte alles falsch gemacht. Sie beschloss, niemals so zu werden wie er, und wünschte sich ein Leben, das mit seinem nicht das Geringste gemein hätte. Ein Leben, das sie vollkommen allein gestalten könnte. Sie begann die Jugendtreffs in den Sassi aufzusuchen, den Höhlensiedlungen von Matera, grottenartigen Behausungen, deren Wände mit Graffiti vollgesprüht waren. Ihre neuen Freunde kamen aus den Armenvierteln, in denen man ihre Eltern in den Fünfzigerjahren angesiedelt hatte, nachdem die Räumung der Sassi gesetzlich verordnet worden war. Sie sprachen kein korrektes Italienisch, und ihre Sätze waren gespickt mit Schimpfwörtern. Sie liehen sich von ihr Dinge aus, Pullover, Bücher, Perlenarmbänder, und gaben sie ihr nicht zurück, weil sie reich und eine höhere Tochter war.

Wenn sie nach Hause kam, kontrollierte Alba ihre Augen mit der Taschenlampe, nicht um zu sehen, ob sie Wimperntusche trug, so wie sie es getan hatte, als Gioia dreizehn Jahre alt war, sondern weil sie im Fernsehen eine Sendung über eine schreckliche Substanz gesehen hatte – »weißt du, am Anfang macht es dich noch glücklich und gibt dir das Gefühl, an einem wunderschönen Frühlingstag auf einer Wiese bei einem Bach zu sein, mit dem Menschen, den du liebst, aber in Wirklichkeit bringt es dich ganz schleichend um«. Seit einiger Zeit schon schien ihr die Tochter nicht mehr dieselbe zu sein.

Wenn Gioia ihren Schicksalsweg noch einmal hätte beschreiten können und jedes Mal die Abzweigung genommen hätte, die sie beim ersten Mal nicht gewählt hatte, wäre sie am Ende wohl am selben Punkt angelangt. Vielleicht. Das kleine Mädchen, das mit vier Jahren auf der Piazza von Grottole hinter dem Mond herlief, das mit sieben in Tränen ausbrach, als der Onkel ihr zu Weihnachten ein Spielzeugbügeleisen schenkte, das mit zehn einen Pakt mit seiner Cousine schloss, den es Jahre später vergeblich zu brechen suchte, und das abends im Bett immer noch heimlich betete, hätte in irgendeinem Moment seines Lebens in eine Seitenstraße biegen und sich verlieren können. Oder womöglich war auch der vermeintliche Umweg viel direkter, die einzige Straße, die zum Ziel führte.

Wann wirst du endlich vernünftig, Nonna?

An einem der vielen Tage, an denen sie die Schule schwänzte, hatte Gioia in den Sassi Alex kennengelernt. Einen mageren Jüngling, mit Schachbrettmusterhemd und Bart, wie so viele. Das pechschwarze Haar leicht schuppig. Stählerne Muskeln und die Augen eines Wolfs. Die Mädchen lagen ihm zu Füßen. Sie unternahmen lange, schweigsame Spaziergänge zwischen Unkraut und Geröll. Hin und wieder trat er nach einer rostigen Bierdose und erzählte ihr Dinge, von denen sie nicht wusste, ob sie sie glauben sollte. Dass er Kontakt zu gewissen Leuten in Rom aufgenommen habe. Dass er sich bis zum Abend an einem sicheren Ort verstecken müsse, an dem niemand ihn finden könne. Er bat sie, ihm einen Schlafsack zu besorgen. Sie war sich nicht sicher, ob sie seine Worte für bare Münze nehmen sollte oder ob er sich nur interessant machen wollte. Sie beschloss, wie sie es häufig tat, sich nicht allzu viele Gedanken zu machen. Sie ließ sich von den Worten und den Möglichkeiten faszinieren, die sich ihr eröffneten. Mehr nicht.

Sie brachte Alex in einem der zahlreichen verlassenen Häuser in Sasso Caveoso unter. Dieses Haus hatte es ihr besonders angetan. Sie hatte oft geträumt, dort eines Tages selbst zu wohnen. Es war ein regelrechtes Labyrinth aus Zimmern und Zimmerchen, alten Salons und Ställen, Höhlen und Kellern. Von einem Fenster aus konnte man die steil abfallenden Felsen über der Gravina sehen, die sich bei Sonnenuntergang rosa färbten. Der ursprüngliche Fußbodenbelag war fast nirgends mehr erhalten. Brennnesseln hatten sich ausgebreitet, Unkrautbüschel durch die Mauerritzen gezwängt. Die gewölbten Decken waren ungewöhnlich hoch. In einer Ecke, in der sich eine kleine Kapelle befunden haben musste, waren noch die Überreste eines Freskos zu sehen, eine Madonna mit einem Mädchengesicht. Eine der Futterkrippen ließ sich zu einem Bett umfunktionieren. Zumindest machte Gioia Alex diesen Vorschlag, der zerstreut nickte. Er schien einen eigenen Gedanken zu verfolgen, alles andere interessierte ihn auf einmal nicht mehr.

Während sie auf den Ausgang zugingen, packte er sie plötzlich am Arm. Sein Wolfsblick wurde noch drängender, als wollte er sie auf der Stelle festnageln. Gioia versuchte sich aus seiner Umklammerung zu befreien, doch er ließ nicht locker. Er warf sie gegen die Wand. Gioia wehrte sich. Schon presste er sich gegen sie. Er keuchte. Gioia drehte das Gesicht zur anderen Seite. Sagte »Nein!« zu ihm. Alex' Hände hatten ihr Kleid hochgehoben. Schoben sich ihre Schenkel hinauf. Gioia fühlte sich machtlos. Ein Schauer durchfuhr ihr Becken, heiß, ließ sie an der Wand festkleben. Sie spürte, wie sie dahinschmolz, überall, ein Galoppritt durch ihren Unterleib, lodernde Flammen an ihrem Hals, auf ihren

Lippen, ein Gefühl, als würde sie sterben und leben zugleich, sich verlieren und sich finden. Ihr Widerwille verstärkte sich, die Anziehung auch. »Nein!«, protestierte sie wieder, dieses Mal schwächer. Alex schimpfte, sie sei eine Kleinbürgerin, das sehe man schon an ihren Kleidern, an ihrem Verhalten, ihrer Frisur. Sie schämte sich, während er ihr die Finger in die Möse schob und sie rhythmisch bewegte, und alles wurde heiß und feucht. Kleinbürgerin, kleinbürgerliche Ängste. Scham und Verlangen. Ihre nicht zu leugnende Erregung, die im Widerspruch zu allem anderen stand. Alex' Lippen stülpten sich über ihr Ohr. Er beißt sie, leckt sie, bläst und schlängelt sich hinein. Gioia verliert sich in einem höllischen Paradies. Kleinbürgerin. Er berührt ihre Brüste, zwickt ihre Brustwarzen. Gioia atmet schwer, keucht. Alex riecht nach Schweiß, er hat ein Hemd aus grober Baumwolle an, das an ihrer Haut kratzt. Er presst sich gegen sie. Er drückt sie an die Wand. Zieht sie nach unten. Lässt sie auf den Boden rutschen, die Beine aufgestellt und breit geöffnet, der Rock hochgeschoben. Gioia hat Angst, dass jemand kommt. Sagt es ihm. Alex achtet nicht auf sie. Er ist woanders. Zwischen ihren Beinen. Er stößt, keucht. Gioia hat Angst. Ihre verfilzten Schamhaare sind wie eine letzte Hürde, die ihm den Eintritt verwehren. Alex murmelt etwas, was Gioia nicht versteht. Er scheint verärgert. In dem Gewirr aus Armen und Beinen führt er wieder seine Hand in sie hinein. Er tut sein Bestes. Zieht mit zitternden Fingern die feuchten Schamhaare auseinander. Er stößt zu, gleitet hinein. Gioia schreit auf vor Schmerz. Kleine Steinchen unter ihren Schenkeln. Das zerzauste Haar auf dem rauen, feuchten Stein. Blut.

»Du warst noch Jungfrau?«, fragt Alex erstaunt. Er sieht aus wie gerade von einer gewonnenen Reise zurückgekehrt, der Blick blank und sanft. Jungfrau. Kleinbürgerin.

An ihrem achtzehnten Geburtstag lief Gioia von zu Hause weg. Sie hinterließ einen Brief: »Sucht nicht nach mir.« Rocco suchte lange nach ihr, in den Sassi, stieg Treppen hinauf und hinunter, durchkämmte die baufälligen Häuser, streifte durch verlassene Gassen und Winkel.

Als Gioia geboren wurde, hatte Rocco neben einem Gefühl von Glück einen Anflug von Bedauern verspürt, was er nicht einmal sich selbst gegenüber eingestehen wollte. Er hatte auf einen Jungen gehofft, mit dem er unten am Bradano zum Karpfen- und Schleieangeln gegangen wäre. Später hätte er mit ihm über Politik diskutieren, sich heiße Gefechte mit ihm liefern können. Eines Tages hätte er festgestellt, dass sein Sohn mehr wüsste als er, was ihn mit Stolz erfüllt hätte. Die anfängliche Enttäuschung wurde immer größer, je mehr sich Gioia vom kleinen Mädchen zur jungen Frau entwickelte, und statt mit ihm »Der Wolf und die drei kleinen Schweinchen« zu spielen, sprach sie mit ihrer Mutter über Frauensachen, bei denen er nicht mitreden konnte, und jeden Tag wurde sie ihm ein Stückchen fremder. Mit der Zeit wuchs jedoch auch die Liebe, die er für sie empfand. Eine leidenschaftliche Liebe, anders als alle anderen, die er bisher empfunden hatte. Je weniger er sie verstand, desto mehr liebte er sie. Je mehr er glaubte, sie zu verstehen, desto mehr liebte er sie aus den falschen Gründen, je mehr er sie liebte, desto mehr sah er in ihr, was sie nicht war, und er wünschte ihr all das Glück zu geben, das ihrer Mutter zu schenken ihm nicht gelungen war. Lange irrte er in den Sassi umher, glaubte sie in jedem Schatten zu entdecken, vergeblich.

»Oh, mein Freund, mein guter Freund, o mein Freeuuuuuuuuund!«

III

Die eiskalten Winter kamen, die den Boden hart werden ließen und die Füße mit Frostbeulen überzogen. Der Tüll für das Hochzeitskleid wurde von Motten zerfressen, und der Grünspan nagte an den Kupferkannen. Pino la Mezzalingua ging zum Fluss hinunter, auf der Suche nach dem blonden Mädchen, das ihm im Traum erschienen war. Ein paar Tage später fanden sie ihn mit aufgedunsenem Bauch und den Spuren von Karpfenbissen auf dem fahlen Fleisch. Ein Kind lernte, wie man mit dem Wind spielt: Es ließ ihn über seinen Kopf hinweg blasen, wickelte ihn ums Handgelenk, schleuderte ihn weit von sich und holte ihn wieder zurück, voller Wälder, Berge und Autobahnen, und ab diesem Moment gab es nichts mehr zu sagen. »Oh weh, oh weh, oh weh«, murmelten die Klageweiber von Salandra …

Einundzwanzigstes Kapitel

Sie sind zwischen fünfzehn und dreißig Jahre alt, eine riesige Menschenmenge, und sie strömen in Richtung See. Blindlings laufen sie voran, durch die engen Gassen, an Häuserblocks vorbei, essen Würstchen, Eis und Wassermelone mit beiden Händen, bewerfen sich mit den Schalen, reichen billigen Sekt herum und trinken aus der Flasche. Manche sind nackt, andere gehüllt in einen in sich gemusterten blauen Stoff.

Unter ihnen ein braun gebranntes Mädchen, dessen Haar in der Sonne aufleuchtet, sie lacht und schüttelt den Kopf. Auch sie ist in den Vorhangstoff des Zuges gewickelt, trägt ihn wie eine römische Toga. Des Zuges, den sie heute Morgen alle zusammen gestürmt haben. Auch der Junge neben ihr lacht. Ein mittelaltes Paar beobachtet die beiden kopfschüttelnd vom Straßenrand aus. Der Junge hat sich den Vorhangstoff um die Hüften geschlungen, sein nackter Oberkörper ist unbehaart. Um das Handgelenk hat er ein Batiktuch geknotet, die Ecken sind angesengt vom Joint-Anstecken. *Er oder sie, müsst ich wählen, wüsst ich nie …* Sie scheinen sich seit jeher zu kennen, doch dann stößt eine Gruppe Neapolitaner mit einer riesigen Wassermelone vom Preisboykott zu ihnen und trennt sie voneinander. Gioia nimmt ein Stück und gräbt die Finger in das rubinrote Fleisch. Der Saft tropft ihr auf die sonnengebräunte Schulter. Ein Junge mit einem Zylinder auf dem Kopf lächelt ihr zu und leckt die Tropfen von ihrer Haut. Sie blickt ihn erstaunt an, dann lächelt sie zurück. Eine Hand legt sich von hinten auf ihre Augen. »Neeiiiin! Ich hab's doch gewusst, dass wir uns irgendwann wiedersehen würden!« Warm, warm, warm. Sie umarmen sich fest, so fest, dass ihnen die Luft wegbleibt, drehen sich im Kreis. »Wenn du wüsstest! Erinnerst du dich noch an diesen Typen?« – »An welchen?« – »Den von Mama, den sie sich da geschnappt hat.« Sie haben sich auf eine Piazza verlaufen, an die sie sich nicht erinnern können ... »Ich wusste doch, dass ich dich früher oder später wiedersehen würde.« – »Warst du auch in Perugia?« Staub wirbelt auf. Sie sind glücklich, glücklich und traurig, glücklich und im Wahn, glücklich und sonst nichts. Dann stürzen sie sich nackt in den Lago Trasimeno. Umbria Jazz im Sommer 1978.

Eine kurze Zeit der Freiheit und des Dazugehörigkeitsgefühls, irgendwo in der Menge, auf den Piazze Italiens, Rom, Bologna, Florenz, Ponte Vecchio, sie schläft mit einem jungen Schweizer mit der weichen Haut eines Mädchens, sie schläft mit einem kalabresischen Freund, brüllt Schlachtrufe wie »P 38, bis es kracht!«, freut sich über den Anblick der roten Fahnen, benutzt die Fahnenstange als Knüppel, legt sich das rote Tuch übers Gesicht, reckt die Faust in die Luft, wie sie es mit drei Jahren schon gemacht hat, »Wie geht das noch mal, Zio, was hast du immer gesungen?«, *Blutrote Fahnen werden Sieger sein ... werden Sieger sein ...* Die Dalai Lamas sind in Tibet, wir wollen alles, und zwar sofort, fuck your mother.

Utopia ist ein Land, das nicht existiert. Es ist die einzige Heimat, die für Gioia in Frage käme.

Ein Teil von Gioia ist in Monopoli geblieben, sie hat geheiratet, ein Kind bekommen, ein kleines Mädchen. Ihr Mann ist Arzt, Chefarzt an der Kinderklinik von Putignano, auch er ist auf das Humanistische Gymnasium gegangen, in die legendäre 8 B, und sie unterrichtet Kunstgeschichte. Ihre Sonntage verbringt sie in denselben Häusern, in denen sie schon als Kind die Lieder von Francesco De Gregori hörte, und die Wärme der Haut dringt durch die Baumwolle der Hemden. Sie hört noch immer Francesco De Gregori. Gemessen an ihren Freundinnen, kleidet sie sich vergleichsweise ausgefallen. Sie benutzt das Wort »reizend« nicht, wie ihre Freundinnen es tun. Sie möchte gern einmal nach Paris fahren, ist aber noch nicht da gewesen. Sie ist glücklich und weiß es nicht.

»Der Platz ist uns und uns die Stadt!« Die Stimme wird lauter. »Gegen die Preissteigerung!« – »Schluss mit den Militärparaden!« – »Enteignet das Kapital!« – »Bewaffneter Raubüberfall!« Eine Windbö wirbelt Staub auf. »Berlinguer, machst nichts her, nennst dich Kommunist, was du gar nicht bist!« Es donnert. Die Polizei fängt an zu schießen. »Finger weg!« – »Ihr könnt uns mal am Arsch lecken!« – »Wir schießen uns in den Mund!« – »Zittert, zittert, die Hexen sind erbittert!« – »Mütter, Töchter, Frauen, lasst euch nicht versauen!« – »Nieder mit der Kleinfamilie!« – »Op-fer, Op-fer!!« – »Idio-ten, Idio-ten, Idioooo ...« Ein Krach, der ohrenbetäubende Ausmaße annimmt.

Das Zuhause von Gioia und ihrem Ehemann in Monopoli, das Leben, das sie hätte führen können: eine Wohnung im vierten Stock mit zwei Balkonen, die zum Meer hinausgehen, die Grundschule in unmittelbarer Nähe, die sie mit ihren beiden Busenfreundinnen besucht hat, die noch immer ihre Busenfreundinnen sind und nur ein paar Straßen weiter wohnen. Die eine hat zwei Kinder, die andere nur eins, sie möchte ihm ein Geschwisterchen schenken, aber es gelingt ihr nicht. Wenn man die Wohnung betritt, kommt man unter einem Rundbogen hindurch direkt ins offene Wohn- und Esszimmer, die Küche ist mit einer Durchreiche verbunden, die im geschlossenen Zustand ein hübsches Blumenmuster zeigt und als Ablage dient. Flur und zwei Schlafzimmer, eins für Gioia und ihren Ehemann, eins für die Kleine. Arbeitszimmer des Ehemanns, Schrankzimmer und zwei Bäder, außerdem ein Gästeklo. Küchenutensilien im Guzzini-Design, Teakmöbel, maßgeschneiderte Vorhänge, das gute Geschirr, ein Hochzeitsgeschenk, ordentlich im Esszimmerschrank gestapelt, von Großmutter Candida, Großmutter Albina und Großmutter Concetta mit Spitze umsäumte Handtücher, die Laken aus der Aussteuer, die ihr glückliches Eheleben umhüllen.

Es ist nicht das Jahr 1968, es ist das Jahr 1977, wir haben keine Vergangenheit, keine Zukunft, die Geschichte bringt uns um.

Auf den Stufen zur Kirche zündet Gioia mit dem Feuerzeug einen Zehntausend-Lire-Schein an. Der Gefährte Salvo aus Palermo schaut ihr bewundernd zu. Er schaut bewundernd auf ihre glänzenden Locken, und eigentlich ist ihm zum Weinen zumute.

Irgendwo, in einer möglichen Zeit, geht Gioia zusammen mit ihrer Tochter Alba, dreizehn Jahre alt, am Strand spazieren. »Ein hübscher Name«, sagen die Schulkameradinnen. Gioias Verhältnis zu Alba ist wirklich ein besonderes, ungetrübt von den üblichen Reibereien zwischen Mutter und Tochter, im Gegenteil, ihre kleinen Meinungsverschiedenheiten schmieden sie nur noch enger zusammen. Gioia muss nicht bei drei Gelegenheiten von zwei Nein sagen, wie ihre Mutter es tat, wenn die Tochter sich eine Markenjeans wünschte, ein parfümiertes oder bunt gemustertes T-Shirt, Modeschnickschnack eben. Auch sie liebte solche Dinge, als junges Mädchen hatte sie ein T-Shirt mit einer Erdbeere genau auf dem Busen, die tatsächlich einen Duft absonderte, und alle Jungen kamen zum Schnuppern. »Smell« stand darauf geschrieben, wenn sie sich recht erinnerte. Sie hat gut geheiratet, sie kann der kleinen Alba sagen: »Als ich so alt war wie du …«, wenngleich die ganzen rezessionsbedingten Opfer aus den Siebzigern nie wirklich ins Gewicht fielen. Die Ölkrise, Sonntagsausflüge mit dem Fahrrad, »wenn du nicht zu Fuß gehen willst, kauf dir einen Esel« ... Sie haben ihr den Umgang mit den Freunden aus den vornehmen Vierteln von Monopoli nicht verboten, eine Villa neben der anderen, Mopeds, Aufmerksamkeiten, einen von ihnen, ihren zweiten Freund, hat sie später geheiratet. Rocco, ihr Vater, vergöttert die Kleine. Wenn er sie nicht von der Schule abholt oder sie zum Ballett- oder Klavierunterricht bringt, gluckt er mit den anderen pensionierten Lehrern zusammen, die sich nach wie vor in ihren Wochenendhäusern treffen, in denen sie vor vielen Jahren ihre Feste feierten, um sich über totalitäre Regime und Enkelkinder auszutauschen. Seit Alba auf der Welt ist, denkt er nicht mehr daran, nach Montescaglioso zu fahren, ein Dorf in der Provinz Matera, um die Witwe eines militanten Kommunisten zu besuchen, wie er es mindestens einmal pro Jahr tat. Allerdings hat er nie aufgehört, Lucrezia zu besuchen, bis zu ihrem Tod vor ein paar Jahren. An Totensonntag pilgert die ganze Familie zu ihrem Grab, das sich auf dem kleinen Friedhof von Grottole befindet und über und über mit Blumen geschmückt ist.

»Ich spreche in meinem eigenen Namen. Ich spreche im Namen der Ents des Fangorn-Waldes, der Bunte-Zellen-Rotrockfraktionisten, der Dadaepikuristischen Jugend, des Bundes Hedonistischer Arbeiter ...«

Gandalf der Graue, im Vereinshaus der Ausländischen Presse in Rom.

Die Luft ist zum Schneiden dick. Gioia ist ein kleiner lilafarbener Tupfer hinten im Saal, oder vielleicht ist sie auch diese Wolke da aus Spitzen und Litzen, dieser weite Blumenrock, dieses durchscheinende rote Gazekleid, das keinen bleibenden Eindruck auf dem Film hinterlassen hat, nein, sie ist nicht da, sie ist nie dort angekommen, sie ist noch nicht angekommen, sie ist zu spät gekommen, »SCHIESST DIE ZEIT TOT!«

Es wird so gewesen sein: Sonntagsessen bei Candida. Auch Gioia ist da, sie ist mit ihrem Mann und ihrer Tochter aus Monopoli angereist. Unter dem mit Girlanden geschmückten Gewölbe ist die lange Tafel festlich gedeckt. Candida, Alba und Gioia bleiben nicht eine Sekunde still sitzen, sie räumen die gebrauchten Teller weg, bringen neue, alle regen sich auf: »Nun setzt euch doch mal zu uns!« Hinter ihnen die Fotos. Die Prüfungen, die Hochzeiten, die Taufen. Gioia mit ihrem Mann und der kleinen Alba. Gioia, die dem Professor die Hand reicht. Die erste diplomierte Frau in der Familie.

»WIR WOLLEN DAS RECHT AUF NICHTSTUN!«

In der *Lotta Continua* wird eine Anzeige aufgegeben: »Weg aus der Trostlosigkeit, dem Irrsinn ohne Worte, den Worten voller Irrsinn, weg aus der Provinz, die uns zermürbt, weg von eurer Spießerangst, deinen ungehaltenen Versprechen, den Träumen, die nicht die meinen sind. Als Kind habe ich dich geliebt, jetzt muss ich mein eigenes Leben leben, such nicht nach mir, Papa.«

Rocco liest die Anzeige zu Hause. Er und Alba sprechen nur noch miteinander, um die Einkaufsliste abzustimmen. Alba markiert ihr Terrain mit immer stärkeren Putzmitteln.

»Olé, olé, olé ...!«

In Rom auf der Engelsbrücke verkauft Gioia Ohrringe aus blau gefärbtem Brotteig. Sie lächelt, und alle kaufen sie ihr die Ohrringe ab, sie wissen nicht, dass sie schon nach ein paar Tagen zerbröseln. Das Leben ist einfach, man braucht fast gar nichts.

Ein paar Monate verbrachte Gioia damit, von einem besetzten Haus in eine Kommune zu ziehen, von einer Studenten-WG in eine mit Afro-Nippes überladene Dachwohnung, holte sich die Läuse, legte nachmittags um zwei bei *Radio Rote Welle* Platten mit atonaler chinesischer Musik auf, ging für die Gründung eines Frauenhauses in der Via del Governo Vecchio im Nachthemd ihrer Großmutter auf die Straße, stärkte sich zum Frühstück mit sahnegefüllten Rosinenbrötchen, um die schlaflosen Nächte auszugleichen. Das Leben gehört ihr, das Glück ist nur eine Handbreit entfernt, sie muss bloß danach greifen, wenn nicht im Guten, dann im Bösen, sie ist fest davon überzeugt, auch wenn es da ein komisches Geräusch gab, der Boden vibriert unter ihren Füßen, sie dachte, das wäre, weil alles im Umbruch ist, und alles verändert sich tatsächlich, aber nicht so, wie sie gedacht hat, das Fest ist zu Ende, und sie hat nichts bemerkt, nein, es hat gerade erst begonnen, ohne dass sie auch nur das Geringste mitbekam, hat das Samstagnachtfieber begonnen. *Listen to the ground, there ist movement all around …* Ein Stück Papier hebt sich für einen Moment in die Luft und segelt wieder herab, ein blonder Jüngling fragt, ob er sie küssen darf, schaut sie aus seinen sanften Nougataugen an, dann ist plötzlich alles zu Ende.

»Meine Tochter«, sagt die andere Gioia, »du weißt gar nicht, wie sehr ich dich liebe. Erst wenn du selbst einmal Mutter bist, kannst du das nachempfinden. Ich möchte dir diese Kette aus Rotgold schenken. Sie hat meiner Urgroßmutter gehört, Concetta. Angeblich haben sie sie mit all ihrem Schmuck begraben, aber die hier, keine Ahnung, warum, ist übrig geblieben, vielleicht ist sie auf den Boden gefallen. Also hat meine Großmutter Candida sie genommen, gab sie später ihrer Tochter Alba, meiner Mutter, und jetzt gebe ich sie dir.«

Gioia macht einen Spaziergang in einem Vorort von Rom. In dem grellen Mittagslicht wirkt ihr Schatten wie aufgedruckt auf dem Asphalt. Sie schaut sich um, betritt ein Haus, steigt in die fünfte Etage hinauf, klopft an eine Tür. Ein Stück weiter unten beginnen zwei Frauen eine Unterhaltung auf dem Treppenabsatz. Das Herz schlägt ihr in der Brust, dann scheint es stillzustehen. Sie erfüllt ihren Auftrag und geht, ohne sich noch einmal umzudrehen. Sie weiß nicht, was sich in dem Päckchen befindet. Sie weiß nicht, warum sie Ja gesagt hat, als man sie fragte, es ging alles so schnell. Im Angesicht der Gefahr hat sie nie noch einen Rückzieher gemacht.

MUREH TRHEKREV TSI SELLA.

Sie stellt fest, dass sie kein Geld dabei hat. Mit ihren letzten paar Lire kauft sie fünf Telefonmünzen. Sie wirft die Gettoni nacheinander in den Schlitz, wählt die Nummer. Als die erste Münze den Schacht hinunterfällt, beginnt sie in den Hörer zu schluchzen. Am nächsten Tag kommt Rocco nach Rom. Verloren schaut er sich in der Stazione Termini um. Gioia erkennt ihn schon von Weitem. Sie hat ihn lange nicht gesehen. Zwischen den dunkel angelaufenen Marmorwänden in der Vorhalle wirkt er klein und alt.

Auch er scheint zu warten, mehr noch als sie, auf jemanden, der ihn abholen kommt. Ihre Schritte werden langsamer.

Gioia schrieb sich an der DAMS in Bologna ein, am Institut für Musik- und Theaterwissenschaften. »Was hast du belegt, Tanz?« Sie besuchte Semiotikseminare und kleidete sich von Kopf bis Fuß in Schwarz. Die Stadt, in der sie auf den Stufen der Basilika San Petronio die Schafe mit den Hirten hatte vorbeiziehen sehen und die Steine lebendig wie Feuer werden, in der sie ihr Schicksal in krakeligen Buchstaben in einen Kneipentisch in der Via del Pratello eingeritzt vorgefunden, in der sie unter dem Namen Alice Küsse verteilt hatte und Hand in Hand mit einem mandeläugigen Junkie durch die Margherita-Gärten spaziert war, diese Stadt trug Trauer. In den Gärten der Via del Guasto setzten sich die Veteranen der Bewegung einen Schuss. An die graffitibesprühten Wände gelehnt, unter den Torbögen der Via Zamboni, bettelten verwahrloste Jugendliche die Vorbeigehenden um hundert Lire an. In der Küche rollt sich der Kamerad, dessen Namen niemand kennt, in seinen Schlafsack und dreht sich zur anderen Seite. Er ist nass geschwitzt, vollgepumpt mit Drogen, Diazepam. Die Polizei stürmt das Haus. »Kannst du dich noch an diesen Freund erinnern? Wie war sein Name?« Lucio, Alessandro ... nein, Alex. Sie haben ein Notizbuch gefunden, mit Namen und Adressen. Gioia, die an eine Tür klopft. Ihr Herz wummert, sie spürt es unter der Bluse, ein verschreckter Spatz, dann scheint es stehen zu bleiben. Sie gibt das Päckchen ab und geht. »Die Neins, die du nicht gesagt hast, werde ich sagen. Die Neins, die ihr nicht gesagt habt, werde ich sagen. Alle Neins dieser Welt werde ich sagen.« Noch in derselben Nacht machten sie sich auf nach Paris. Die ganze Zeit im Zug, während sie hinaus auf das vorbeiziehende Italien starrte, wollte Gioia ein Reim nicht aus dem Kopf: *Juchheissasa, was ham wir da: Auf dem Büfett drei Eulen, die des Doktors Tochter keulen* ... Und die Bastille, wo ist die? Coupé, coupé.

Zweiundzwanzigstes Kapitel

Wie viele Dinge kann ein Mensch verlieren und trotzdem er selbst bleiben? Er kann die Liebe verlieren, Geld, seine Position. Eine geliebte Person. Die Würde. Er kann sein Talent verschwenden oder eine gute Gelegenheit verpassen, die Verabredung verschwitzen, auf die er sein Leben lang gewartet hat. Er kann seine Ideale verlieren, seine Träume und am Ende auch die Erinnerung.

Und wenn ein Mensch auch das ist: all die Leben, die er hätte leben können, all das, was er verloren hat?

Dies ist die Geschichte von Spiros, der im Athen des Jahres 1980 über die Mauer der Kaserne kletterte, in der er seinen Militärdienst absolvierte, um ein achtzehnjähriges Mädchen zu treffen, Eleni, und in seinem für den Winter verrammelten Strandhaus mit ihr zu schlafen. Er wurde entdeckt und zu einer Sondereinheit geschickt, etwa neunzig Kilometer von Saloniki entfernt. Er brauchte nicht lange, um zu begreifen, dass weder seine sympathische Art noch seine einflussreiche Familie ihn langfristig vor den Angriffen auf seine Seele und erst recht nicht vor denen auf seinen Körper schützen konnten, denen er Tag und Nacht ausgesetzt war. Als einzige Rettungsmöglichkeit erschien ihm die Flucht, die er wenig später zusammen mit Eleni in die Tat umsetzte, nachdem diese den Safe ihrer Eltern ausgeräumt hatte. Mit dem Geld flohen sie nach Paris, wo sie zwei Wochen das Leben in vollen Zügen genossen. Als Armeeflüchtling konnte Spiros nicht mehr nach Griechenland zurück.

Nach den ersten Jahren in Paris hatte Gioia in der Rue des Rosiers, mitten im Marais, eine Einzimmerwohnung angemietet. Die meisten ihrer Kameraden, die mit ihr zusammen Italien verlassen hatten, waren in die Heimat zurückgekehrt, aber sie wollte erst den Prozess abwarten, zu dessen Angeklagten sie zählte, wenn auch in minder schwerem Fall. Bei einer Verurteilung wollte sie für immer in Frankreich bleiben. Rocco versuchte sie zu überzeugen, dass ein Erscheinen vor Gericht einen besseren Eindruck machte. Vergeblich. Am Abend sahen er und Alba sich dieselbe Übertragung in zwei verschiedenen Zimmern an, er auf dem alten Schwarzweißfernseher, sie auf dem Farbfernseher, den sie vor Kurzem gekauft hatten.

Das Apartment in der Rue des Rosiers war eine Mansarde im siebten Stock ohne Aufzug, mit einer engen gewundenen Treppe, die Gioia keuchend emporkletterte; sie fühlte den alten Schmerz erneut in sich erwachen und eine Wut hervorrufen, die sie geradewegs zum Gipfel führte, in ihre Zwanzigquadratmeterkammer mit dem schiefergrauen Blick über die Dächer von Paris. Gioia liebte es, von dort aus in den Himmel zu schauen. Jenen weiten nordischen Himmel mit den farbenfrohen Wolken, die einander nachzulaufen schienen, und dem scharfen Wind, der ihr in Gesicht und Hände schnitt, in den ersten Monaten, als sie noch nicht begriffen hatte, mit welcher Kleidung sie sich am besten dagegen wappnete. Erst in ihrem zweiten Pariser Winter kaufte sie sich eine pelzumsäumte Russenmütze, die ihr Gesicht einrahmte wie das einer aufmüpfigen Räuberprinzessin aus alten Zeiten, und außerdem hatte sie sich angewöhnt, nie ohne Handschuhe das Haus zu verlassen. Genauso wenig tat sie mehr einen einzigen Schritt ohne ihren Metroplan in der Tasche, der sowohl über U-Bahn-Strecken als auch über Fahrtzeiten informierte, und ihr Mantel reichte ihr bis zu den Knöcheln, während sie taktvoll beim Anblick eines erfrierenden Bettlers den Kopf zur Seite drehte und nie beim ersten Rendezvous verriet, dass sie allein lebte. In ihrem dritten Pariser Winter bewegte sich Gioia auch im Schneegestöber voller Gelassenheit, trank Wodka, kannte alle Metropläne auswendig, klapperte nur dann mit den Zähnen, wenn sie die Aufmerksamkeit auf sich lenken wollte, und war häufig glücklich. In diesem Niemandsland war sie endlich so frei, dass sie zufrieden oder traurig sein, im Schlafanzug oder Abendkleid ausgehen und in der Menschenmenge auf den Boulevards verschwinden konnte.

Eines Tages, als sie wieder einmal einem ihrer zahllosen mehr oder weniger glorreichen Jobs nachging, hatte sie eine kleine Rolle in einem Film zu spielen. »Tut mir leid, keiner mehr da«, sollte sie sagen.

Sie brachte diesen Satz mit so viel Gefühl und so viel Überzeugung, dass der Regisseur auf sie aufmerksam wurde. Am selben Abend lud er sie zum Essen ein und versuchte sie ins Bett zu kriegen. Sie ließ sich nicht darauf ein, doch verstand Nutzen aus ihrem sonnigen Lächeln und ihren inneren Konflikten zu ziehen. Ein Foto von ihr, das sie mit diesem intensiven Gesichtsausdruck zeigte, wurde im Prospekt einer Schauspielagentur abgedruckt. Unter all den Mädchen in den Vorzimmern, die darauf brannten, eine Rolle zu ergattern, war häufig sie die Auserwählte. Sie fand sich in ihre Rollen hinein und verließ sie auch wieder, ohne mehr zu wissen, wer sie eigentlich war.

Auf ihren Spaziergängen entlang der Seine war sie glücklich wie ein Engel, der keinen Körper besitzt, nicht altert und nie eine Liebesnacht erlebt. Ihre Schönheit wurde immer auffälliger. Oft wurde sie von Männern angesprochen, die ihr Komplimente machten, und auch sie selbst ertappte sich dabei, wie sie ihr Spiegelbild im Vorbeigehen im Schaufenster bewunderte. Von den kühlen Temperaturen im Norden abgemildert, schien ihre Unruhe ein flüssiges Licht hervorzubringen, das ihr aus den schwarzen Augen sprang wie vulkanische Seen, und ihr ganzer Körper war von einer Aura der Erhabenheit umgeben.

Irgendein verspätetes Wunder hatte aus dem Mädchen, das als Kind seine Püppchenkleider bekleckert und zerrissen hatte, eine vollkommene junge Frau gemacht, ähnlich einem anorganischen Material, das der Willkür der Zeit überlassen ist. Sich jener fremden Sprache ohne Erinnerungen bedienend, konnte sie jeden Morgen eine neue Vergangenheit für sich erfinden und für den Rest des Tages in diese eintauchen, im Supermarkt, im Postamt, auf der Rolltreppe. Sie lief ins Leere hinein, aber noch war sie sich dessen nicht bewusst. Nun, da sie wer auch immer hätte sein können, war sie niemand mehr.

Es gibt eine Probeaufnahme von Gioia, auf Super 8, die sie mit einem lächelnden Gesicht zeigt. Wenn man sie so anschaut, wird einem regelrecht schwindelig. Sie wirkt wie ein Felsen, der aus einem vergangenen geologischen Zeitalter übrig geblieben ist, dermaßen verhärtet, dass sie von einem auf den nächsten Moment zu Staub zu zerfallen droht.

Auch mit den Männern nahmen die Dinge eine andere Wendung.

Seit ihrer Ankunft in Paris war Gioia nie mehr mit einem Italiener zusammen gewesen. Sie hatte in folgender Reihenfolge eine nicht näher zu bestimmende Reihe an Liebhabern gehabt: Franzosen, darunter Korsen, Bretonen und andere ethnische Minderheiten, mit denen sie ihre Liebeskünste perfektionierte und von denen ihr jeder nach dem Akt mit mehr oder weniger gleichlautenden Worten sagte, sie sei die schönste und faszinierendste Frau der Welt und die größte Liebe seines Lebens, bis ihre erotischen Großtaten sie zu langweilen begannen. Des Weiteren eine Gruppe von Engländern, die alle in Cambridge oder Oxford studiert hatten, wenig Erfahrung in Liebesdingen besaßen, aber sie im Gegenzug mit ihren präzise ausgesprochenen *th* und ihren luftabschnürenden Eton-Krawatten beeindruckten. Anschließend folgten ein paar Kanadier, von denen einer so groß und schwer war, dass er bei jedem Beischlaf Angst hatte, sie unter sich zu zerquetschen. Viele Amerikaner. Ein in Madagaskar geborener Portugiese, der auf den Namen Nuno hörte und somit »Niemand« hieß. Ein sechzigjähriger Kolumbianer mit der Seele eines Kindes und der Kraft eines Jünglings. Ein Mexikaner, der sie auf der Motorhaube des Wagens seiner Ehefrau nahm, mit dem er sie nach einem gemeinsamen Abendessen nach Hause gebracht hatte. Ein südafrikanischer Stuntman. Ein Student aus Prag. Außerdem ein Türke, ein Chinese, der sie immer wieder in Erstaunen versetzte, ein finnisches Männermodel und kein einziger Schwarzer. Dann hörte sie von heute auf morgen mit all dem auf.

Gioias Keuschheit kam aus weiter Ferne. Sie, die zwischen den Laken stets freudige Einsatzbereitschaft gezeigt hatte, verlor nach und nach das Interesse an der Sache, bis sie eines Tages in den Armen ihres letzten Liebhabers mehr oder weniger beim Höhepunkt vom Schlaf übermannt wurde. Zwischen ihr und den Männern hatte sich ein Gefühl der Fremdheit ohne jeden Groll breitgemacht, in das gelegentlich ein paar flüchtige Erinnerungen hineinspielten, und ihr Körper hatte aufgehört zu altern. Er war weicher geworden und weißer, wie Schaumgummi, und sie strahlte mehr und mehr die gleiche gelangweilte Heiterkeit aus wie jene frömmlerischen Schwestern, denen nachzueifern sich ihre Großmutter von ihrem sinnenfrohen Ehebett aus so sehr bemüht hatte.

Weil die Probeaufnahmen irgendwann zu keinem Ergebnis mehr führten, aber die Miete weiterhin jeden Monat gezahlt werden wollte, nahm sich Gioia eines Morgens vor, auf die Anzeige eines Erotik-Callcenters in der *Libération* zu reagieren. Wie ein Ölfleck breiteten sich diese Callcenter damals aus, zusammen mit Minitel und einer neuen Krankheit, die an eine uralte Epidemie erinnerte.

Vor einiger Zeit hatte ihr jemand von einem Rockstar erzählt, der sich in einem sterilen Raum eingeschlossen hatte, weil selbst eine einfache Erkältung ihn hätte umbringen können. Gioia hatte die Geschichte als das typische Wichtigtuergehabe von Schauspielern verbucht, aber kurz danach hatte die Krankheit ihre ersten Opfer gefordert und reihenweise Homosexuelle, Drogenabhängige, Promiskuitive und Szenegänger niedergerafft. Sex am Telefon war in solchen Zeiten viel sicherer. »Ziehen Sie sich aus und berühren Sie sich, s'il vous plaît. Ich will sehen, wie Sie sich berühren.« Der Mann in Jackett und Krawatte musterte sie mit unbeweglicher Miene von seinem Plexiglasschreibtisch aus, der in einem Hightechbüro mit riesigen Fenstern auf das sechzehnte Arrondissement hinaus stand. Da hinten, der Eiffelturm. »Wieso, was hat das damit zu tun, ich muss doch nur reden, oder nicht?« – »Glauben Sie vielleicht, dass mich das erregt? Ich habe Hunderte von Frauen vor Ihnen gesehen, die meisten sehr viel attraktiver als Sie. Also, worauf warten Sie? Ich habe keine Zeit zu verlieren.« – »Aber wo?« – »Da, auf dem Fußboden.« Ein Fußboden aus glänzendem Holz, spiegelglatt.

Gioia geht mit ihrer Tochter am Strand spazieren. Ein frühlingshafter Wind kommt auf. »Mama, kaufst du mir ein Eis?« – »Was möchtest du für eins?« – »Erdbeer.«

Was möchtest du für eins? Erdbeer.

Mit dem Herannahen des Sonnenuntergangs wurden die Hecken staubiger, die Luft kühler und das Hufgetrappel auf der Straße dumpfer. Das Pferd, das hinter ihnen gewesen war, holte auf. Sie kamen an Cugno del Ricco vorbei. Aus den Feldern stieg eine Lerche auf. Ein sonores Insektenbrummen hatte sich erhoben, das die ganze Zeit über im Hintergrund anhielt. Don Francesco Falcone war ein letztes Mal hochgefahren. Während das Leben aus seinem halb geöffneten Mund wich, hatte er gespürt, dass dort etwas war, das er festhalten musste.

An einem Morgen im März, auf dem Heimweg von ihrer Schicht im Callcenter, wollte Gioia ein Satz nicht mehr aus dem Kopf. Nicht einer dieser Sätze, die sie zu ihren Kunden sagte – »Oui, mon chou, oui, mon poulet, oui, fais moi tout ce que tu veux« –, mit ihrem italienischen Akzent, der sie so sehr in Wallung brachte. Nein, ein anderer Satz, ein Slogan von 1977, der in dem Moment nicht mehr als eine Abfolge von Lauten war, die in ihren Kopf eindrangen und wieder verklangen, im Rhythmus des Klackens ihrer Absätze auf dem Pflaster von Beaubourg.

»Besser ein Ende mit Schrecken als ein Schrecken ohne Ende, besser ein Ende …«

Der Sinn dieses Satzes packte sie urplötzlich, während über ihrem Kopf die Uhr, die den Countdown bis zur Jahrtausendwende zählte, eine weitere Minute voranschritt. Elf Jahre, 6 127 233 Minuten. Gioia fühlte sich euphorisch, wie jenes eine Mal, als sie als kleines Mädchen unbemerkt die Haustür geöffnet hatte und alleine auf die Piazza hinausgegangen war.

Wie damals erschien ihr alles schlagartig viel schöner. Die Zigeunerin, die Blumen verkaufte, die Blumen selbst, die beiden Matrosen, die im Gleichschritt liefen, als hätten sie sich abgesprochen, die Dame mit dem Schäferhund, der in den Hinterbeinen einknickte, während sie vergeblich versuchte, ihn vorwärtszuzerren, das vom Wind hochgewirbelte Einwickelpapier mit den Fettflecken, das gegen die Bürgersteigkante stieß und wieder auf der Straße landete.

»Macht ka-putt, was euch ka-putt macht! Macht ka-putt, was euch ka-putt macht …«

Die Ampel auf der anderen Seite des Boulevards sprang auf Rot. Kurz überlegte sie, stehen zu bleiben. Der Himmel war klar. Zu klar. Wann wirst du endlich vernünftig werden? Macht ka-putt … Sie hing mit ihren Gedanken in der Schwebe, doch dann, wie sie es immer getan hatte, dachte sie sie zu Ende.

Doch während das Auto auf sie zuraste, hielt sie dieses Mal irgendetwas zurück.

Das Kreischen von Bremsen. Gioia wird ein paar Meter über den Asphalt geschleudert, der Citroën dreht sich in einem Moment, in dem wundersamerweise kein anderer Wagen vorbeikommt, einmal um sich selbst. Aus dem Auto klettert ein Mann. Er ist groß, dunkelhaarig, mit olivfarbener Haut und den sanften schwarzen Augen eines Levantiners. Spiros.

Der Schatten der Eiche wurde länger, bis er auf den reglosen Körper Don Francescos fiel. In dem immer noch klaren Himmel waren bereits die ersten Sterne zu sehen. Die Grillen hatten mit ihrer Attacke noch nicht begonnen. Stille herrschte. Ein Zucken ging durch seine Glieder. Endlich konnte er loslassen.

Es war nichts passiert. Spiros begleitete Gioia zum nächstgelegenen Krankenhaus, um sicherzugehen, dass sie keine Gehirnerschütterung hatte. Es war nichts, abgesehen von einem geprellten Arm, ein paar Hautabschürfungen und einem dicken blauen Fleck auf dem Bein. Er bestand darauf, ihr einen Kaffee im Bistro um die Ecke auszugeben.

Ein gewaltiger Frieden. Die Grillen zirpten, hielten inne und begannen erneut. Die Sterne funkelten am Himmel.

Am Anfang achtete Gioia nicht weiter auf ihn. Der kleine Café crème, der vor ihr stand, nahm ihre ganze Aufmerksamkeit gefangen. Sie rührte Zucker hinein und blickte zum Fenster hinaus, betrachtete die Leute, die auf dem Bürgersteig vorübereilten. Sie versuchte Puzzleteile zusammenzusetzen, die nicht zueinander passten, doch sie sagte ihm nichts davon. Er sagte ihr nicht, dass er am Morgen seine letzte Methadonration bekommen hatte, dass er mit einer Frau verheiratet war, die ihn aushielt, und dass er eine Tochter hatte, Sabine.

Das, was er ihr sagte, brachte sie jedoch zum Lachen.

Der Citroën setzt zurück. »Was ist los?«, fragt Gioia. Er hat den Rückwärtsgang eingelegt, weil er im Vorbeifahren etwas gesehen hat, das er sich genauer anschauen will. Unten, am Seineufer, knabbert eine Ziege an einem Grasbüschel, das zwischen den Steinen sprießt. Unbegreiflich, wie sie dort hingekommen ist. Sie wechseln ein paar Worte, dann schweigen sie. Sie dreht sich zu ihm um, und plötzlich sieht sie ihn.

Das Auto parkt dicht am Fluss. Das Wasser ist ganz nah. Es ist dunkel. Die Dunkelheit umhüllt sie, bis sie die Gesichtszüge des anderen nicht mehr erkennen können. Nur zwei Lichtreflexe sind noch zu sehen, einer auf seiner Brille und einer auf ihrer, die sie auf die Ablage über dem Armaturenbrett gelegt haben. Sie sind lange umhergeirrt, um diesen Platz zu finden. Den ganzen Nachmittag haben sie geredet, gelacht. Ihr ist plötzlich klar geworden, dass sie mit einem völlig Unbekannten im Auto sitzt, an einem einsamen, düsteren Ort. Er könnte sie vergewaltigen und töten. Niemand weiß, dass sie sich getroffen haben. Er könnte sie küssen. Sie hält so viel Abstand wie möglich, drückt sich gegen die Beifahrertür. Sie wagt nicht, ihn zu unterbrechen, während er von seiner Familie erzählt. Die Geschichte scheint kein Ende zu finden, verzahnt sich mit dem Bericht über den mutigen Widerstand eines Radiosenders während des Obristenregimes und den Heldentaten einer Frau, die Maria heißt. Sie schämt sich ihrer Gedanken. Wie konnte sie nur auf die Idee kommen, dass er sie hätte küssen wollen?

Seit Stunden haben sie sich nun schon in ihrer Mansarde verkrochen. Hin und wieder, während er mit ihr schläft, macht sie eine Bemerkung. Er antwortet ihr, und sein Stoßen wird langsamer. Sie erzählen sich einen Gedanken, eine Fantasie, eine Erinnerung. Beide genießen es, auf diese Weise den Höhepunkt hinauszuzögern, als wollten sie nie zum Ende kommen. Der erste Kuss hat eine Ewigkeit angedauert, eine halbe Stunde, eine Dreiviertelstunde, eine ganze Stunde; im Aufhören begann er von Neuem, wie ein Rad, das kurz den Boden berührt und sich weiterdreht, ein unendlicher Kreislauf. Sie haben einander erkannt, und das Küssen ist ihre Art von Sprache, dies dem anderen mitzuteilen.

Sein Herz schlägt jedes Mal so stark, dass es zu zerspringen scheint.

»Was hat es für eine Wirkung?« – »Du nimmst es, und die Schmerzen hören auf.« – »Welche Schmerzen?«

Eines Morgens betrachtet er ihren Körper auf dem Bett, ihre Formen, leicht berührt er ihren Bauch. »Woher kommst du?«, fragt er. »Ich weiß es nicht mehr«, sagt sie lachend. »Ich bin immer hier gewesen, hier bei dir.«

Weiter unten, Richtung Ai Mar, beginnt ein Frosch zu quaken. Andere fallen in sein Geschrei ein. Ein Tier krabbelt durchs Korn.

Sie versteht, was er fühlt, das Getrenntsein von seinem Land. Ein karges Land, trotz Meer. In seinem Körper erkennt sie die knorrigen Äste der Olivenbäume, das harte Holz, das seine Wurzeln in die steinige Erde schlägt.

Sie erinnert sich: an ihren Großvater, ihren Urgroßvater, ihre Onkel und Tanten, den Vater, den sie gern gehabt hätte, den Bruder, den sie hätte haben können, den Cousin, die Schulkameraden, den Jungen, mit dem sie von den hohen Felsen hinab ins Wasser sprang, an die Mauern aus unbehauenen Steinen, ans Meer, an Winternachmittage, Sommerabende, Neuigkeiten, Trauer und Freude.

Ihre Haut ist fast gleich.

Sie möchten sich kennenlernen, soweit dies in einem Raum möglich ist, in dem sich niemand außer ihnen befindet. Nur sie beide und das, was sie einander sagen.

Spiros erzählte ihr seine Geschichte, in der Mansarde, in der er sie besuchen kam, am Nachmittag. Von der Nacht, als er aus der Armee desertierte. Von Griechenland, in das er nicht mehr zurückkehren kann. Einmal will Gioia ihm nicht die Tür öffnen. Was soll aus dieser Geschichte bloß werden? »Ich bleibe vor der Tür hocken, bis du mir aufmachst.«

Wer bist du, wer bin ich, wer bist du, wer bin ich, ich bin froh, dich getroffen zu haben, dich, der du meine Geschichte hören willst und mir am Ende vielleicht sagen kannst, wer ich bin, und ich, die ich deine Geschichte hören will und dir werde sagen können, wer du bist.

Die Geschichte einer Pokerpartie, eines Erdbebens, einer immer wieder aufgeschobenen Verabredung.

Sie weiß, was es heißt, eine Verabredung aufzuschieben.

Ihre Geschichten scheinen einander zu ergänzen, die eine verleiht der anderen einen Sinn, sie werden zu einer einzigen Geschichte. Die einzig mögliche Geschichte, in dieser Stadt, in der niemand sie kennt. Eine Liebesgeschichte.

Oben, zwischen den Baumwipfeln, stieß eine Eule ihren Schrei aus.

Gioia stellte sich vor, sie und Spiros seien zwei Flüsse, die von ihrem Weg abgekommen wären und im Sichverlieren in fremden Gefilden ihre Fließkraft und die Sicherheit ihres Bettes eingebüßt hätten, dass sie Sumpf geworden und ausgetrocknet wären, sich in Tausende von Rinnsalen zerfasert hätten, ohne Aussicht, jemals mehr die Mündung zu erreichen. Ihre Hoffnung war, dass ihre Wasser sich vereinen und sich gegenseitig speisen könnten, um gemeinsam still und sanft zum Meer zu fließen. Doch es sollte anders kommen.

Eines Tages verschwindet er. Sie wartet vergeblich auf ihn, den ganzen Dienstag, den Mittwoch, Donnerstag, dann alle Tage der darauffolgenden Woche und der danach. Sie stellt fest, dass sie alles über seine Vergangenheit weiß, aber über seine Gegenwart nur das, was sie in der Mansarde miteinander teilten, Tag für Tag, Minute für Minute.

Sie kennt seine Telefonnummer nicht. Ohne ihn weiß sie sogar über sich selbst nichts mehr.

»Darf ich dir eine Ohrfeige geben?« Bei ihrem Wiedersehen will sie ihm eine Ohrfeige geben. »Eine Ohrfeige? Wieso das denn?« Um ihm verzeihen zu können. Eine sanfte. Nicht zu sanft und nicht zu kräftig. »Setz die Brille ab! ... So, genau.«

Eines Tages klingelt das Telefon. Mit klopfendem Herzen nimmt Gioia den Hörer ab, so wie jedes Mal seit seinem Verschwinden. Es ist ihr Agent. Ein Regisseur möchte sie kennenlernen, ein berühmter Regisseur, der sie als Hauptdarstellerin für seinen nächsten Film verpflichten will. Die Dreharbeiten finden in Spanien und in der Normandie statt. Gioia überlegt einen Moment, dann nimmt sie das Angebot an. Vielleicht, sagt sie sich, kann sie so vor ihrem Schicksal flüchten.

Die ganzen Tage, all die Stunden und Minuten, während derer sie auf Spiros wartete, hat Gioia überlegt,

Wort für Wort, was sie ihm bei ihrem Wiedersehen sagen würde. Sie hat Zeit genug gehabt, sich jeden Satz genau zurechtzulegen, jede Pause, jedes Komma und jede Implikation. Eines Tages taucht er unvermutet wieder auf. Er klopft an die Tür. Sie denkt, es ist der Fahrradkurier, der ihr neue Drehbuchszenen bringt, öffnet in Gedanken versunken, das Haar ungekämmt. Spiros steht auf der Schwelle. Sie blicken einander an. Er sagt ein paar Worte, sie lacht, und all die Sätze, die sie sich zurechtgelegt hat, auch die Ohrfeige, sind vergessen.

Spiros gibt keine Erklärung für sein Verschwinden ab, das plötzlich an Bedeutung verliert und völlig unwichtig wird. Er ist mit einer Idee im Kopf zurückgekehrt, die ihn absolut begeistert. Er möchte mit ihr in den Süden fahren, an die Côte d'Azur. Dort gibt es Olivenbäume, das Meer, Mauern aus unbehauenen Steinen. Felsküsten. Olivenöl, Knoblauch, Zwiebeln. Das Blut pocht wieder in ihren Adern. Gioia sagt Ja, ohne auch nur eine Sekunde nachzudenken. Dass am nächsten Tag die Dreharbeiten beginnen, erwähnt sie ihm gegenüber nicht. Das ist nicht ihr Film, das nicht. Ihr Film ist das Zusammensein mit Spiros, wie richtig oder falsch es auch sein mag – das ist ihr Film. Jetzt ist sie sicher: Nur mit ihm, mit ihm allein ist sie sie selbst. Authentisch, echt, wie eine Goldmünze.

Sie verabreden sich für den nächsten Tag an der Place de la Bastille. Gioia trägt ein Kleid, das sie im Ausverkauf erstanden hat. Ein meerblaues Kleid, das ihr ausgesprochen gut steht. Sie ist schön, jemand auf der Straße sagt es ihr auch. Die Sonne strahlt, es ist einer jener typischen Paristage bei klarem, wolkenlosem Himmel. Die Bauarbeiter an der Bastille-Oper schauen ihr nach. Er hat sich verspätet. Während sie auf ihn wartet, betrachtet Gioia den Obelisken und denkt an die Geschichte, die ihr Vater und ihre Onkel ihr immer erzählt haben. Wie ging sie noch mal? Doch sie hat weder Zeit noch

Lust, richtig darüber nachzudenken. Noch eine weitere unendliche Minute vergeht, ohne dass er auftaucht.

Sie mag seine Hände auf dem Lenkrad, die Beherrschtheit seiner Bewegungen, seine Tatkraft und Zartheit. Im Auto sprechen sie miteinander, lachen, berühren sich. Es ist eine Welt, in der es sie beide immer schon gegeben hat. Auf der Fahrt zur Küste sagt er ihr, dass er gern mit ihr weggehen würde. Nach Amerika. Weit weg. So weit wie möglich. Sie ist sich sicher: Dort unten, zusammen mit ihm, wartet das Glück auf sie, doch sie sagt keinen Ton und lässt ihre Hand seinen Schenkel hinaufwandern, während das Auto sich in die Kurven legt.

Bei ihrer Ankunft ist es schon spät. Das Restaurant auf den Klippen ist ein einsames Licht in der Dunkelheit, nur noch wenige Gäste sind da. Der Kellner erklärt ihnen, dass sie bald schließen würden. Wenig später deckt er einen Tisch für sie ein, auf der Terrasse, mit einem feinen Lächeln im Blick. Hinter den betonierten Kaimauern rauscht das Meer.

Während sie essen, kommt Wind auf – der Mistral. Er fegt die Servietten weg, pfeift unter das Tischtuch, kippt die Gläser um. Sie reden. Über banale Dinge: Filme, die sie in den letzten drei Monaten gesehen, Bücher, die sie gelesen haben, eine Nachricht, die durch die Presse ging, über ihre Lieblingstiere.

Der Wind wird stärker, es ist eine Art Wirbelsturm. Die Teller fliegen davon, die Gläser, die Stühle und schließlich sogar die Tische. Und sie reden immer noch, als wäre nichts geschehen, als ob ein Leben zusammen seit jeher möglich gewesen wäre, als läge dort die Rettung.

Nachdem er die Rechnung bezahlt hat, steht Spiros auf, um zur Toilette zu gehen. Gioia bleibt sitzen, wartet auf ihn. Sie schaut dem Wind zu, der die Pinien zum Einknicken zwingt. Alles ist vollkommen. Die Landschaft, der Augenblick, die Umstände, das fahlgelbe Licht am

Horizont, die Geschichte, die sie bis hierher geführt hat, an diesem Abend, etwa dreißig Kilometer entfernt von La Ciotat. Sie ist dermaßen glücklich, dass sie aufsteht, um Spiros entgegenzugehen. Sie will mit ihm über Amerika reden. Über sie beide. Sie geht die steinernen Stufen mit dem Geländer aus abgesägten Ästen hinunter, die von Kordeln zusammengehalten werden. Sie gelangt unten an. Hinter einer Ecke sieht sie ihn. Er spricht mit jemandem, an einen Saab gelehnt, den sie, wie ihr jetzt wieder einfällt, kurz zuvor hat ankommen sehen. In dem Wagen befindet sich eine blonde Frau, Gioia hat das Gefühl, sie zu kennen, eine Schauspielerin, und sie sieht sie lachen, als hätte Spiros eine witzige Bemerkung gemacht. Auch er lächelt. Spiros reicht dem Hoteldiener einen Koffer. Der Wind trägt Bruchstücke der Unterhaltung zu ihr, dann braust das Auto davon.

Spiros' weißes Hemd leuchtet in der Dunkelheit. Jetzt wird er sich umdrehen und sie sehen. Sie könnte so tun, als wäre sie just in dem Moment erst dazugestoßen. Unter den Arkaden könnten sie sich küssen. Zusammen nach Amerika fahren. Von vorne beginnen. Glücklich sein. Als wäre das Geheimnis, das sie verbindet, keine uralte Heraufbeschwörung des Scheiterns gewesen und das Glück die sanfte Brise von vor wenigen Minuten, die sie für einen Moment flüchtig liebkost hatte, bis sie sich in einen Sturm verwandelte und wer weiß wohin entfloh.

Dies ist das letzte Bild, das Gioia von Spiros hat. Sein weißes Hemd auf der gebräunten Haut prägt sich in ihrem Gehirn ein wie mit Napalm eingebrannt. Der Silberring, der ein Auge auf ihrem Zeigefinger formt, bohrt sich in ihr Herz, so wie jede einzelne Minute, die sie mit ihm verbracht hat, jede Geste, jedes Bild, jedes Wort, wie Bombensplitter nach einer Explosion.

Plötzlich hörten die Vögel im Eichenwäldchen hinter den Feldern mit ihrem tosenden Gezwitscher auf. Stille herrschte. Der Himmel klarte auf. Pferde kamen, mit Reitern, die nach einem Körper suchten.

Der Wind erhob sich, eine frische Brise, die von unten, vom Kapuzinerkloster kam und die noch grünen Ähren umbog. Der Tag würde freundlich werden. Er blies die blutgetränkten Haarsträhnen um das unkenntlich gewordene Gesicht Don Francescos sanft in die Höhe, wirbelte die Blätter auf und drehte dann ab Richtung Ai Mar.

Als sie am nächsten Tag vom Gare de Lyon nach Hause zurückkehrt, meint Gioia Leute zu sehen, die dort nicht hätten sein sollen. Sie fährt zusammen. Eine magere Schulter, helles Haar, große haselnussfarbene Augen. Es ist ihr erster Freund, er fährt eine Moto Morini, ein Autobus löscht sein Leben aus. Tante Angelica mit den Apfelbäckchen und der formvollendeten Körperhaltung dreht sich in einer Wegbiegung nach ihr um. Großvater Colino presst sein Gesicht mit dem gewaltigen Schnurbart ans Fenster eines Autobusses, der vorbeifährt und entschwindet. Und dann Lucrezia, ihre Großmutter, die ein Schwein auf die Futterwiese führt; sie treibt es mit einem Haselnussstöckchen an, peitscht es erbarmungslos durch den Hauptstadtverkehr der Rue de Rivoli. Eine Pfütze auf dem Boden, die immer größer wird, auszulaufen beginnt, sich in einen Bach verwandelt; sie ist das Öl, das langsam die Gasse hinuntersickert, dickflüssiger wird, sich ausbreitet und alles überschwemmt.

Zehn Jahre später sollte Gioia einen Brief von Spiros erhalten, der es irgendwie geschafft hatte, ihre Adresse in Rom ausfindig zu machen. Mithilfe des Geldes aus den Geschäften, an denen sie teilhatte, ohne es zu wissen, schrieb er, und gewissen Kontakten, die er während seines Verschwindens geknüpft habe, habe er seinen Prozess gewinnen und nach Griechenland zurückkehren können. Seine Frau, seine Tochter und alles andere habe er zurückgelassen. Er sei glücklich, endete der Brief.

Auf dem Umschlag befand sich kein Absender, sodass Gioia ihm nicht antworten konnte. Sie hätte ihm gern gedankt, denn indem sie ihn verlor, hatte sie etwas gefunden, nach dem sie schon lange gesucht hatte, ohne es zu wissen.

Dreiundzwanzigstes Kapitel

Diese Geschichte jemandem zu erzählen, der das Basento-Tal nicht kennt, ist kein leichtes Unterfangen – den wie von Kinderhand gemalten blauen Himmel, die sanften Hügel, die das Korn im Frühling grün und im Sommer gelb werden lassen, die abgebrannten Stoppelfelder, die Gittermasten der Bohrtürme, die darbenden Dörfer auf den Anhöhen, den Flug des Rotmilans.

Was das alles mit mir zu tun hat, kann ich nicht wirklich sagen. Manchmal, wenn ich einen flüchtigen Blick in den Spiegel werfe, erkenne ich es in meinem Gesichtsausdruck wieder. Oder in gewissen Seelenzuständen, die mich ganz plötzlich überfallen; sie sind so tief empfunden, dass sie schon vor meiner Geburt da gewesen sein müssen. Ähnlich ergeht es mir bei bestimmten Fragen, die ich mir stelle, oder bei Antworten, die mir gelegentlich kommen, ohne dass ich nach ihnen gesucht hätte. Bei meinen ständig über den Haufen geworfenen Plänen. Bei allem, was einen Sinn hat, egal, welchen.

Bei manchen Leuten gibt es im Leben einen Punkt, an dem die Dinge eine unerwartete Wendung nehmen. Eine Art Aus-der-Spur-Geraten, wenn man so will. Du beginnst in deinem Alltag herumzuirren wie in den Straßen einer unbekannten Stadt. Begegnest Dingen und Menschen, die dir vertraut sein müssten, und erkennst sie nicht wieder. Verstehst die Bedeutung dessen nicht, womit sie sich beschäftigten, was ihnen widerfährt.

Du fragst dich, wann es passiert ist. Wie es passiert ist und wie du an diesen Punkt gelangen konntest. Du lässt alles wie in einem Film erneut an dir vorbeilaufen, Moment für Moment, alles, was dich dorthin gebracht hat. Die Weggabelungen, die Abzweigungen. Ohne es recht zu bemerken, verlierst du dich in dieser Geschichte. In deiner Geschichte, die du Stück für Stück zusammengesetzt hast und die du dir jeden Tag neu erzählst, um existieren zu können. Und nur, wenn du kehrtmachst, begreifst du, dass die Zeit kein ewiger Kreislauf, sondern eine Spirale ist und dass die Anstrengungen, die du unternimmst, die Vergangenheit zu umarmen, dich wiederum mit aller Macht in die Zukunft katapultieren.

Im März 1989 brachten die Zeitungen, wie sie es bereits seit einer ganzen Weile taten, die Nachricht vom bevorstehenden Zusammenbruch des Kommunismus. Der *Espresso* veröffentlichte ein paar Leserbriefe aus der sowjetischen Wochenzeitschrift *Ogonjok*, einem der beliebtesten Magazine aus der Ära Gorbatschow. In einem dieser Briefe hieß es, die große Hungersnot während der Dreißigerjahre in der Ukraine, die vor allem Alte und Kinder dahingerafft hatte, sei von Stalin provoziert worden, um die Bauern zur Arbeit in den Kolchosen zu zwingen. Ein anderer sprach von den Privilegien der Nomenklaturamitglieder, wieder ein anderer von Geschichtsverfälschung, die in den Schulen gelehrt werde, der Unterschlagung wichtiger Dokumente für die Forschung, den Misshandlungen in den Kasernen, der eingeschränkten Freiheit. Alba las diese Meldungen während einer Zugfahrt. Ihr Mann Rocco las davon zu Hause, wo er allein zurückgeblieben war, und seine Welt geriet bis in die Erinnerung hinein ins Wanken.

In Paris war es am 19. März 1989 wärmer als in Matera.

Als Alba an der Gare de Lyon aus dem Zug stieg, mit steifen Gliedern, weil sie kein Liegewagenabteil hatte buchen wollen, sah sie als Erstes ein riesiges Transparent mit der Aufschrift »Liberté, égalité, marron glacé«. Paris feierte den zweihundertsten Geburtstag der Französischen Revolution. Bilder von der Marianne, von Danton, Marat und Robespierre tapezierten Mauern und Wände. Die französische Trikolore, weiß-rot-blau, zierte die Devotionalien, mit denen die Auslagen der Geschäfte vollgestopft waren: Anstecknadeln, Krawatten, Feuerzeuge, Tassen und Unterhosen, Teller, Püppchen, Notizbücher, Kalender, Aschenbecher, Nippesfiguren, Büsten, Schlafanzüge, Halstücher. »Le bonheur de tous«, das Glück aller, das endgültige Finale der Menschenrechtserklärung von 1789, feilgeboten zu günstigen Preisen.

Mit dem Taxi fuhr Alba an der Place de la Bastille vorbei. Die Bastille war nicht da. Sie hatten sie 1789 bis auf die Grundfesten zerstört. Alba dachte an nichts, ihr Kopf war leer.

Das Zuhause ihrer Tochter war so, wie sie es sich vorgestellt hatte – ein einziges Chaos. Vom Fenster aus sah man über die Dächer von Paris. Sie hatte sich so oft gewünscht, einmal nach Paris zu fahren, aber nicht im Entferntesten hatte sie gedacht, dass es aus einem solchen Anlass geschehen könnte. Sie verscheuchte den Gedanken und bedachte die Wohnung mit einem kritischen Blick. Sekunden später stürzte sie sich in die Arbeit.

Überall waren Kleider und Bücher verteilt. Zusammengeknüllt in der hintersten Ecke im Kleiderschrank, verknittert und angegraut, fand Alba die spitzenumhäkelten Leintücher ihrer Großmutter Albina. Sie erinnerte sich, wie Gioia darauf bestanden hatte, sie mitzunehmen, sozusagen als ihren Anteil der Aussteuer. Wenngleich sie nicht beabsichtige zu heiraten, hatte sie ihr im selben Atemzug erklärt. Alba hatte gekämpft wie ein Löwe, bevor sie dem Begehr der Tochter nachgab, und sie hatte recht behalten, wie man an dem desaströsen Zustand der Laken sah – selbst ein Liter Chlorbleiche würde nicht ausreichen, sie je wieder weiß zu bekommen.

Die Kleider legte sie zur Seite; sie nahm sich vor, sie erst einmal zu waschen, bevor sie sie in die Koffer packte. Die Bücher kamen gleich in die Kisten. Sie würden sie zunächst hierlassen, danach würde man sehen. Beim Anblick des Teppichbodens schüttelte sich Alba vor Ekel, lauter Flecken und vollgesogen mit Staub, als wäre er seit Jahrzehnten nicht mehr gereinigt worden. Sie gelobte sich selbst, für nichts auf der Welt jemals zuzulassen, dass in ihr Haus ein Teppichboden käme, dann machte sie sich daran, den ihrer Tochter mit einem eigens für diesen Zweck angeschafften Schaum zu säubern. Am Abend konnte sie sich vor lauter Kreuzschmerzen kaum mehr rühren, aber der Teppichboden hatte eine andere Farbe bekommen. Drei Tage benötigte sie, bis sie alles in Ordnung gebracht hatte. Bei ihrer Abreise funkelte die Mansarde in düsterer Pracht, Gioias Kleider lagen gefaltet, nach Waschmittel duftend und fein säuberlich gebügelt in den Koffern, während die Aussteuerlaken in Fetzen gerissen zu Putzlappen umfunktioniert waren. Ein Taxi brachte Gioia bis fast vor die Schlafwagentür.

Die ganze erste Woche sagte Gioia kein Wort. Ihre Mutter fütterte sie, wie sie es in ihren Kindertagen getan hatte. Sie kochte ihr die gleichen Breis wie damals, die sie ihr mit Engelsgeduld einflößte, nachdem sie ein paar Mal auf den heißen Löffel gepustet hatte. Drei Viertel der Mahlzeit blieben auf dem Teller zurück.

Rocco kam ein Dutzend Mal am Tag in das Zimmer seiner Tochter. Er hielt sich nie länger als zehn Minuten auf. Wie angewurzelt blieb er vor ihrem Bett stehen, versuchte etwas zu sagen, verließ den Raum. Nach einer Weile kehrte er zurück, und alles begann von vorne.

Aus den anderen Siedlungshäusern, die in den letzten Jahren immer dichter aneinandergebaut worden waren, konnte man das Plärren der Fernsehapparate hören. Auch Alba zappte sich abends so lange durchs Programm, bis sie im Sessel eingeschlafen war, berauscht vom Glanz der paillettenbesetzten Tänzerkostüme.

Eines Tages tat Gioia etwas, das sie bereits mit acht Monaten getan hatte: Sie spuckte ihrer Mutter den Brei ins Gesicht und sagte ihr anschließend, dass sie weggehen würde. »Wohin?«, fragte Alba. »Du kannst doch noch nicht mal laufen!« Eine Woche später war sie fort.

In Grottole bereitete ihr Candida ein Lager in der Mansarde, wo sie bewacht wurde von einem Foto ihres Großvaters Colino, der Urgroßmutter Albina und der Ururgroßmutter Concetta. Auch das Porträt Don Francesco Falcones, das dorthin umgehängt worden war, beschirmte sie. Nachts erleuchteten kleine Öllämpchen die Dunkelheit. Die feinen Baumwolllaken waren dieselben wie die, mit denen sie als Kind unterm Dach gespielt hatte, und sie fühlten sich frisch auf der Haut an. Hier drinnen war die Zeit in eine Luftblase gesperrt, sie drehte sich um sich selbst und kehrte immer wieder zum selben Ausgangspunkt zurück. Ihre anfangs nur langsam voranschreitende Genesung beschleunigte sich. Sie nahm an Gewicht zu und bekam wieder ihre Tage. Sogar ihr Teint wurde rosiger. Aus den Trümmern, die sie in ihrem Inneren barg, erhob sich eine leichte Brise.

»Wenn du in hundert Jahren vor dem Allmächtigen stehst«, sagte Candida zu ihr, »erzählst du ihm, dass du in Frankreich, Spanien und England warst, ›und ich bin hier und da gewesen, oben und unten war ich, und ich hab dies und jenes und das auch gesehen‹. – ›Ach‹, wird dann der Allmächtige sagen, ›und ich Dummkopf bin nie irgendwo hingegangen …‹«

Seit einer ganzen Weile schon wies Candida eine gewisse Ähnlichkeit mit ihrer Mutter Albina auf und ebenfalls mit ihrer Großmutter Concetta; als junge Frauen hatten sie alle unterschiedlich ausgesehen, aber je älter sie wurden, desto mehr ähnelten sie einander, bis sie gegen Ende völlig identisch wirkten, als hätte der nahe Tod das Eigentliche auf ihren Gesichtern offenbart. Sie verbrachte ihre Tage gegen einen Berg von Kissen gelehnt und werkelte eifrig an dem, was ihre letzte Häkelarbeit werden sollte.

Sie hatte um ihren achtzigsten Geburtstag herum damit begonnen, beinah zehn Jahre war das jetzt her, aber weil ihr die Augen wehtaten, hatte sie ihre Arbeit immer wieder unterbrechen müssen. Es handelte sich um eine Art Bettüberwurf, ein riesiges Teil mit einem hoch komplizierten Muster, aus dem feinsten Baumwollfaden gefertigt, den man sich vorstellen kann. Candida redete und redete und ließ die Nadel auf und ab gehen, ohne einen Blick auf ihr Werk zu werfen, denn inzwischen sah sie ohnehin fast gar nichts mehr, und ihre Hände waren von Arthrose verkrüppelt. Allein ihre Erfahrung machte alles wett.

Bereits am frühen Morgen, wenn sie in Gioias Zimmer kam, fing sie an zu erzählen, wie damals als kleines Mädchen, als ihr die Mandeln herausgenommen wurden. Von Onkel Mimmo und den Schimpfwörtern, die er vor dem Altar gesagt hatte, von Großmutter Concetta und ihrer Freigebigkeit den Armen gegenüber, von der feinen Dame aus Mailand und Don Francescos Fässern … Lauter Geschichten, die Gioia schon tausendmal gehört, doch in den letzten Jahren fast vergessen hatte. Jetzt, beim erneuten Hören, hatte sie das Gefühl, als verflochten sie sich alle zu einer einzigen großen Geschichte, wie bei einem Spitzendeckchen, das am Anfang nur aus einer Reihe Luftmaschen besteht, Kettenstichbögen, Rhomben, Stäbchen, aber am Ende ein riesiges Muster darstellt, ohne jede Bedeutung, wenn man von der ganzen Zeit und Liebe absieht, die in es hineingesteckt wurden.

Je mehr Tage ins Land gingen, desto mehr schien Candida in ihre Geschichten einzutauchen. Als hätten Vergangenheit und Zukunft einen Wettstreit um sie begonnen. Immer weniger wurde ihre Gegenwart, wie eine dünne Haut, die zum Zerreißen gespannt ist.

»Mir kommt's bald so vor, als wär ich schon tausend Jahre hier«, sagte sie eines Morgens beim Kaffeetrinken. »Ich bin ganz kribbelig! Mir reicht's jetzt, immer die gleiche Chose hier. Aber der da oben im Himmel, dieser alte Stinkstiefel da, der will mich einfach nicht zu sich holen. Und dabei wollt ich doch endlich mal was Neues erleben! Von wegen ... Guck dir an, was aus mir geworden ist, wer hätte das gedacht, ich armes Schäfchen!«

Und weiterhin goss sie ihre Pflanzen. Wenn eine zu blühen anfing, leuchteten ihre Augen.

»Weißt du«, entfuhr es ihr an einem anderen Tag, »ich sehe plötzlich alles mit einem anderen Blick!« Wissbegierig schaute sie sich um. »Alles hat sich verändert. Früher war das Leben einfach, ganz einfach, und jetzt versteht man gar nichts mehr. Das, was früher im Himmel war, ist auf der Erde und das, was auf der Erde war, im Himmel. Die Dinge sind nicht mehr dieselben. Alles habe ich verloren, mein Kind, wirklich alles.«

Wo bist du? Warum bist du heute Morgen in deinen Laden gegangen, ohne mir einen Kaffee ans Bett zu bringen?

»Und dieses Haus, was soll bloß daraus werden?« Sie öffnete Türen, schaute in Zimmer, in den Salon, auf die abgetragenen Rundbögen, auf denen die immer größer werdende Sippe seinerzeit Zwischendecks eingezogen hatte, um die vielen Kinder und Enkel unterzubringen. Sie war wie eine Fliege, die einen Fluchtweg sucht. »Verkauft es, wenn ihr jemand findet, der's haben will! Wenn nicht, verschenkt's, wen kümmert's noch? Was habt ihr schon hier unten verloren? Soll ich dir sagen, was passiert, wenn ich erst mal tot bin? Zusammenkrachen wird's! Dann lasst es doch zusammenkrachen, wen kümmert's noch ...«

Sie blickte Gioia an, als sähe sie sie zum ersten Mal. »Zu wem gehörst du, mein Kind?«, versuchte sie sich zu erinnern. »Wie heißt du? Ach, ich bin so schrecklich vergesslich geworden. Aber wenigstens deinen Namen sollte ich schon noch wissen. Schreib ihn mir auf einen Zettel, dann steck ich ihn in die Tasche.«

Candida hatte überall im Haus kleine Zettelchen verteilt, die ihr helfen sollten, sich zu orientieren, mehr noch in der Zeit als im Raum; ihre Gedanken galten den Toten, die sich immer nachdrücklicher unter die Lebenden mischten, bis sie die einen nicht mehr von den anderen unterscheiden konnte.

»Heute Nacht habe ich die Kinder gehört, wie sie nach mir riefen. Wo ist mein Mann? Wo ist mein Vater? Wo ist meine Mutter?«

Eines Abends wollte Candida vor dem Zubettgehen Cicia anrufen, mit der sie seit Jahren keinen Kontakt mehr pflegte. Sie wählte ihre Telefonnummer aus dem Gedächtnis heraus, und wenig später hob am anderen Ende tatsächlich die Freundin ab, ein wenig schwerhörig geworden, im Kopf aber noch ganz klar. Sie sprachen, ohne nostalgisch zu werden, über das, was sie zu Mittag gegessen hatten, über das Wetter und ihre Schmerzen. Dann verabschiedete sich Candida von ihr.

Eines Morgens spürte Gioia, dass ihre Kräfte zurückgekehrt waren. Die Frau, die das Haus sauber hielt und die Mahlzeiten zubereitete, war noch nicht eingetroffen, und auch Candida hatte sich noch nicht blicken lassen. Schwer stützte sich Gioia auf den Arm, um sich zu erheben. Ein wenig schwindelig war ihr noch, aber sie genoss es, endlich wieder aus vollen Lungen durchatmen zu können. Sie hatte ein leichtes Kratzen im Hals, als sie nach unten ging. Mit nackten Füßen lief sie über den Terrazzoboden mit dem Blumenmuster, der sich kühl unter ihren Sohlen anfühlte.

Als sie am Salon vorbeikam, sah sie durch den Türspalt ein Licht schimmern, das ihr kein Tageslicht zu sein schien. Tatsächlich waren die Fensterläden vor dem Balkon, der aufs Tal hinausging, geschlossen und die Lampe angeschaltet. Der Tisch mitten im Zimmer war ausgezogen wie seit Jahren schon nicht mehr und mit der gestickten Festtagsdecke gedeckt. Auf den zwölf Vorspeisentellern lagen Salamischeiben und harte Eier.

Gioia machte das Licht aus und schloss die Tür hinter sich. Einen Moment blieb sie reglos stehen und holte tief Luft. Dann ging sie ins Schlafzimmer, das noch im Halbdunkel lag. In ihrem riesigen Ehebett sah Candida winzig klein aus. Gioia trat näher und nahm ihre Hand.

»Zieh der Nonna das neue Kleid an, ich hab's dort im Schrank bereitgelegt«, sagte Candida, bevor sie starb. Ein letztes Mal hatte sie schön sein wollen.

Als sie ihre Augen für immer geschlossen hatte, ließ Gioia die Hand ihrer Großmutter los, trat zum Fenster und öffnete die Läden. Draußen schien die Sonne.

Eine Welle von Glück überschwemmte sie, grundlosem Glück, das sich von allem anderen, was sie kannte, unterschied. Ein Gefühl der Hochstimmung, das von ihren Füßen auf dem kalten Steinfußboden ausging und in jede Zelle ihres Körpers eindrang. Eine Euphorie, wie sie der weite blaue Himmel über ihrem Kopf ausstrahlte, das sonnensatte Schweigen der gekälkten Steine, die hellen Schreie der Schwalben, die bunten Blumen am Straßenrand, lila, rosa, purpur, gelb, tiefrot, deren wetteifernde Farbenpracht fast in den Augen stach. Ein uraltes Glück, das sie vergessen hatte, das irgendwo jedoch erhalten geblieben war. In manchen besonderen Situationen in ihrem Leben hatte sie es wiedergefunden, wenn sie abgelenkt war und sich hatte überraschen lassen, wenn sie verliebt war, in Momenten der Verzweiflung oder der Langeweile, und plötzlich hatte es ihr von ganz unten zugeblinzelt und sie ohne ersichtlichen Grund zum Lachen gebracht.

Sie hatte sich an früher erinnert, als sie Prinzessin war, und an ihr Königreich aus Dingen, Menschen, Tatsachen, das immer an einem anderen Ort in Raum und Zeit existierte und nur in ihr selbst: Frühlingsnachmittage, Ackerwinden, Luigino la Ciminiera, Cacacespugli ...

Auf der Straße, in der überfüllten U-Bahn oder in der Supermarktschlange musste sie plötzlich an die angelaufenen Dukaten denken, mit denen sie als kleines Mädchen gespielt hatte, die Fliegen in dem Haus ihrer Großmutter, das Lachen, die Küsse und alles andere. Der Schatz von Don Francesco, begraben in den Erzählungen, den wehmütigen Erinnerungen und Träumen, die, die Zeit hinter sich lassend, bis zu ihr vorgedrungen waren. Ich bin Gioia, dachte sie, während sie das Fenster schloss.

Sie blieb noch ein paar Monate im Haus ihrer Eltern, bis sie vollkommen wiederhergestellt war. Im November fuhr sie nach Rom. Es war der erste Tag der Gerichtsverhandlung. Am Morgen ihrer Abreise waren beide Fernsehgeräte in dem Zementbunker eingeschaltet und übertrugen live die Ereignisse aus Berlin. Es war der 10. November. Die Mauer war gefallen. In der Küche briet Alba Koteletts, mit denen sie die Reisebrote ihrer Tochter belegen wollte. Gioia wagte nicht, sie daran zu erinnern, dass sie seit Jahren Vegetarierin war.

Bevor sie fuhr, warf sie einen letzten Blick auf den einzigen Baum im ganzen Garten, eine üppig belaubte Mimose, der sie während ihrer Rekonvaleszenzzeit beim Wachsen zugesehen hatte. Im Fernsehen feierten die Menschen ihre wiedergefundene Freiheit, wagten sich auf die andere Seite der Mauer, ohne wirklich zu wissen, was sie erwartete. Gioia klappte ihren Koffer zu, ohne etwas vergessen zu haben, küsste ihre Eltern zum Abschied und machte sich auf den Weg.

Das Zugabteil war leer. Sie stellte den Koffer auf dem Sitz neben sich ab, setzte sich hin und schaute aus dem Fenster.

Die wellige Landschaft, die ihre Sehnsucht in den Armen gewiegt hatte – Sehnsucht nach einem geliebten Schmerz, nach Tränen, unbefriedigter Neugier, Gefangenschaft –, hatte ihre Jungfräulichkeit verloren. Die harmonische Linie der Hügel, die einander glichen wie ein Ei dem anderen und sommers wie winters dieselben Farben trugen – Gelb, Grün, Braun, wie die Gefühle der Bewohner jener Gegend, die immer nur einzeln Platz in ihren engen Herzen fanden –, war durchstoßen worden. Betonkasematten, Pylonen, Reklameschilder hatten spitze Winkel und grelle Farben mit sich gebracht, die nie zuvor dort gesehen worden waren. »... jetzt versteht man gar nichts mehr« – plötzlich hatte sie Candidas Stimme wieder im Ohr, die im Rattern des Zuges verhallte, während sie ihr Herz zerbröseln fühlte, wie jene Landschaft, in der das Auge sich nicht mehr verlor, höchstens noch für einen kurzen Moment, in der es wie eine eingesperrte Fliege gegen die Zimmerwand stieß und torkelnd zurückgeworfen wurde. Das Ureigene, Wesentliche, das sich über Jahrhunderte gehalten hatte, über Jahrtausende, hatte sich innerhalb weniger Jahre aufgelöst, und niemand schien es bemerkt zu haben. Sie, die sie mit Füßen danach getreten hatte, bedauerte plötzlich diesen Verlust, und ohne eine Träne zu vergießen, begrub sie es nun.

Danksagung

Ich würde mich gern bei all denjenigen bedanken, mit deren Unterstützung ich dieses Buch nur schreiben konnte, aber während der sechs Jahre, die ich dafür brauchte, hat die Anzahl meiner Helfer sogar die der hier vorkommenden Personen überschritten, sodass die Nennung jedes Einzelnen leider unmöglich ist.

Bedanken möchte ich mich insbesondere bei denjenigen, die mit ihren Geschichten meinen Roman inspiriert haben, in den meisten Fällen Familienangehörige, allen voran meine Großmutter Emilia. Außerdem bei denjenigen, die mich bei sich aufgenommen haben, während ich an dem Buch schrieb. Bei denjenigen, die meine Fragen beantworteten, wenn ich versuchte, Geschichten, Traditionen und Redensarten zu rekonstruieren – auch in diesem Fall Verwandte und Leute aus Grottole und Umgebung. Einige von ihnen leben heute nicht mehr.

Ein Dankeschön geht ebenfalls an Signora Luisa, die mich mit Informationen über Reggio Emilia versorgte. Desgleichen an meinen Vater, der einen Teil der Recherchen übernahm. Die Bibliothekare von Matera haben mir dankenswerterweise jede Menge Bücher und Dokumente zur Verfügung gestellt.

Ich möchte auch all denjenigen danken, die meinen Roman kritisch gelesen und mir ihre Meinung dazu gesagt haben; denjenigen, die mir bei der Suche nach einem Verlag halfen; denjenigen, die ihn eingekauft und bis zu seiner endgültigen Fassung begleitet haben, wobei sie nur einige wenige Male die Geduld verloren.

Danke euch allen!

Zum Schauplatz und zu den Hintergründen des Romans

Mariolina Venezia hat in ihrem Roman einen magischen Ort zum Leben erweckt: Matera in der Region Basilicata. Das ist Italien jenseits des Massentourismus, ein Ort im Süden, den es noch zu entdecken gilt. Mit »serenità di pensiero e di parole«, also mit der »Leichtigkeit des Gedankens und der Worte«, umschrieb der Dichter Giovanni Pascoli einst den »mythisch-schönen« Ort. Dramatisch die »Sassi di Matera«, ein urbanes Wunder mit zahlreichen Gassen und Plätzen, mit Häusern und Höhlen, mit auf Felsen emporragenden Kirchen und unterirdischen Weinkellern, die von geschickten Bauherren in die steilen Felshänge gehauen und 1993 von der UNESCO zum Weltkulturerbe erklärt wurden. Von mittelalterlichen Chronisten wurden sie »Spiegel des gestirnten Himmels« genannt. Carlo Levi vergleicht sie in seinem weltberühmten Roman *Christus kam nur bis Eboli* dagegen mit der trichterförmigen Hölle Dantes. Pier Paolo Pasolini drehte die Szene der Geburt Christi in seinem *Matthäusevangelium* in den Sassi von Matera und Mel Gibson die Kreuzigungsszene seines Films *Die Passion Christi* auf der gegenüberliegenden Seite der Materaschlucht. Das ist Mariolina Venezias Heimat.

Im Jahr 2006, kurz nach Erscheinen von Mariolina Venezias Roman in Italien, erschien in der Zeitschrift *L'UNITÀ* ein Beitrag von Maria Serena Palieri, für den die Journalistin ein Interview mit Mariolina Venezia geführt hatte:

»Ah, wie damals der, der ...« – Mariolina Venezia erklärt, dass es dieser Satz war, der ihr die Tür zum Erzählen geöffnet habe. »Ah, wie damals der, der ...« ist eine Art Einleitung, die gerne von den Bäuerinnen aus Matera gebraucht wird, wenn sie auf eine ähnliche Anekdote oder einen anderen Menschen, der ihnen gerade in den Sinn kommt, zu sprechen kommen wollen. Ein allgemeiner Verweis auf die »menschliche Komödie« sozusagen.

Jene Tür, die sich vor Mariolina Venezia aufgetan hat, sollte letztlich zu ihrem Debütroman *Tausend Jahre, die ich hier bin* führen, der bald nach seinem Erscheinen in Italien in verschiedene Länder verkauft wurde und dessen Filmrechte von Warner Brothers Italia erworben wurden. Es ist ein Roman, der sich über mehr als 120 Jahre erstreckt und der einem rauschenden Strom gleicht, eine Familiensaga aus Grottole in der Region Basilicata, die 1861 bei den Vorfahren des reichen Großgrundbesitzers Don Francesco Falcone und seiner armen Geliebten Concetta einsetzt und bis zur rebellischen Gioia reicht, die im linken Bologna studiert und schließlich im Jahre 1989 von den politischen Ereignissen geprägt wird. Das sind Jahreszahlen, die sofort ins Auge stechen: 1861 – das Jahr, in dem, wie es in dem Roman so amüsiert heißt, »das noch nicht eroberte Rom zur Hauptstadt eines endlich vereinten Italiens erklärt wurde«; und schließlich 1989 – na, daran erinnert sich wohl noch jeder. *Tausend Jahre, die ich hier bin* ist demzufolge ein Buch voller Geschichte.

Ich beginne mein Interview mit einer naheliegenden Frage: Die Romanheldin Gioia – ist das Mariolina Venezia? Mariolina Venezia ist ein Mädchen von 45 Jahren, ja, ein Mädchen, auch wenn diese Bezeichnung ihrem offiziellen Personenstand wohl nicht mehr ganz gerecht wird. Dennoch: Sie ist zierlich, hübsch, trägt einen kurzen Rock und Stiefel und kommt in einem

20 Jahre alten Fiat Panda zu unserer Verabredung. Von der Website der Berlinale weiß ich bereits, dass sie ein Diplom der Scuola Nazionale di Cinema hat, Fernsehserien schreibt und bei eigenen Dokumentarfilmen Regie führt. 1998 hat sie den Erzählband *Altri Miracoli* veröffentlicht, und zurzeit arbeitet sie an dem Drehbuch für eine witzige multiethnische Komödie.

Sind Sie Gioia?
»Nein. Wie bei Gioia sind zwar auch meine Eltern Lehrer, wie sie habe auch ich in Grottole gelebt, bis ich acht Jahre alt war, danach in Monopoli und Matera, und wie sie war auch ich einige Jahre in Frankreich ...«

Warum?
»Der Liebe wegen. Aber ich habe, anders als Gioia, zwei Schwestern, und ich wurde auch nicht aus politischen Gründen vor Gericht gestellt. Auch wenn dies tatsächlich hätte passieren können. Für *France Culture* habe ich einmal eine Radioumfrage zum politischen Engagement und seinen Auswirkungen in Italien während der Siebziger- und Achtzigerjahre gemacht. Ich habe entlassene und noch immer inhaftierte Terroristen interviewt und so allmählich das Zusammenspiel von ideologischen Visionen und psychologischer Disposition begriffen. Besonders hat mich das Gespräch mit einem Mitglied der Roten Brigaden berührt, der mir von den Problemen mit seiner Mutter erzählt hat.«

Und wie sind Sie dann zum Schreiben gekommen?
»Ich hatte vor, eine Art Dokumentarbuch zu schreiben. 1990 habe ich *Matera und seine verdrängte Erinnerung* gedreht, einen Dokumentarfilm über die Umsiedlung der Einwohner Materas aus ihren uralten Steinhäusern in gewöhnliche Häuser während der Fünfzigerjahre. Der Film war ein großer Erfolg. Das, was ich damit zei-

gen wollte, war nicht der einfache Kontrast zwischen den alten Steinhäusern und den neuen Wohnungen, sondern die Tatsache, dass sich hier innerhalb weniger Monate eine Entwicklung vollzogen hat, die anderswo Jahrzehnte oder gar Jahrhunderte in Anspruch genommen hat: die Entwicklung von einer bäuerlichen hin zu einer urbanen Gesellschaft. Und genau von dieser Entwicklung – über eine längere Zeit hinweg – erzählt auch mein Roman, vom Ende der Macht, die die Väter in einer patriarchalen Gesellschaft besaßen, was der Weitergabe von Wissen zu verdanken ist. Heute sind es die Kinder dieser Väter, die Wissen besitzen.«

Vom Film zum Buch. Was gefällt Ihnen an dieser neuen Tätigkeit?
»Dass ich die Freiheit habe, all das in Szene zu setzen, was mir in den Sinn kommt – verschiedenste Orte und Hunderte von Komparsen –, ohne dabei an irgendwelche Kosten denken zu müssen.«

Welche Quellen haben Sie benutzt?
»Eine Reihe von Erzählungen, die ich von meiner Familie oder von Fremden gehört habe und die ich mit vielen komplett erfundenen Geschichten verwoben habe. In der Basilicata gibt es eine ausgeprägte Tradition der mündlichen Überlieferung, es gibt zahllose Märchen und Kinderreime. Daher faszinieren mich wohl auch so sehr die *Geschichten aus Tausendundeiner Nacht*. Und es gibt Parallelen zu Zolas Familiensaga der Rougon-Macquart, denn auch in meinem Buch gibt es eine reiche und eine arme Familie. Viele der Riten, von denen ich erzähle, habe ich mit eigenen Augen gesehen, zum Beispiel jenes unglaubliche Beerdigungsklagelied, das sich in dem Roman findet. Was die Sprache betrifft, so habe ich mich bei der Grammatik des Grottoleser Dialekts bedient und bei einer Sammlung von Sprichwör-

tern, Redewendungen und Spitznamen, die einer meiner Onkel zusammengestellt hat.«

Tausend Jahre, die ich hier bin *beginnt mit einem Wunder, nämlich damit, dass sich plötzlich Öl in den Straßen ergießt, das die Menschen eiligst mit allem, was sie finden können – mit Löffeln und Stofffetzen –, aufzulesen versuchen. Tatsächlich stammt das Öl aus den großen Tonbehältern des reichen Don Francesco, die von den Schreien seiner gebärenden Frau zersprungen sind. Wollten Sie Ihren Lesern damit gleich zu Beginn die schreckliche Armut der Einwohner in Grottole im 19. Jahrhundert vor Augen führen?*

»Ja. Allerdings ist diese Geschichte wahr, meine Großmutter hat sie mir erzählt. Genauso wie jene Geschichte von Don Francesco, der, aus Angst vor Briganten, ganze Fässer mit Dukaten einmauern ließ, die nach seinem Tod nicht mehr wiedergefunden werden konnten.«

Die Basilicata ist heute eine sehr fortschrittliche Region. Wie hat sie Ihrer Meinung nach diesen großen Entwicklungsschub geschafft?

»Die Basilicata war immer schon sehr fortschrittlich und niemals provinziell. Sie ist eine Region mit ehrlichen Menschen, ein südlicher Landstrich, wo die Leute pünktlich sind und keinen Müll auf die Straße werfen.«

Wie haben die Menschen dort auf Tausend Jahre, die ich hier bin *reagiert?*

»Sehr positiv. Am meisten hat mich die Reaktion eines Mädchens berührt, das gesagt hat: ›Es kommt mir vor, als hätte ich diesen Roman geschrieben.‹«

Petra Balzer de García

Die Hoffnung von Tabarca

Historischer Roman. 432 Seiten. Piper Taschenbuch

Als Piraten im Jahr 1769 die Stadt Alicante überfallen, verlieren die Geschwister Ana und José ihre Eltern. Zur gleichen Zeit beschließt der spanische König Carlos III., die Insel Tabarca im Meer vor Alicante zu besiedeln. Dadurch möchte er Piratenangriffe abwehren und seine Vorstellung einer »idealen Stadt« in die Wirklichkeit umsetzen. Voller Sehnsucht auf ein glücklicheres Leben begeben sich Ana und José auf die Insel. Doch die neuen Bewohner haben nicht nur ihre Hoffnung mitgebracht, sondern auch ihre Vergangenheit. Und die droht die Gemeinschaft zu sprengen …

Petra Balzer de García schildert voller Atmosphäre das Bild einer längst vergangenen historischen Epoche.

05/2277/02/L

Sybille Bedford

Ein trügerischer Sommer

Roman. Aus dem Englischen von Sigrid Ruschmeier. 388 Seiten. Piper Taschenbuch

Ende der zwanziger Jahre war Europa ein Ort der Hoffnung. Jedenfalls für die siebzehnjährige Flavia, die sich einen Sommer lang an der Côte d'Azur einrichtet, um für ihren Studienplatz in Oxford zu büffeln. Noch ahnt sie nicht, welche Ablenkungen auf sie warten. Elegant und scharfzüngig nimmt Sybille Bedford wie in ihrem Roman »Liebling der Götter« die mondäne Gesellschaft der Zeit aufs Korn und zeigt ganz nebenbei, wie tief die Abgründe der Verführbarkeit sein können.

»Kultiviert und leichthändig schildert sie einen Sommer im Leben der siebzehnjährigen Flavia, die zum Spielball des gesellschaftlichen Lebens an der Côte wird.«

Schweizer Illustrierte

05/2281/02/R